S P R I N G

每一本好書都是一顆種子，
春天播種在你的心田夢土上。

Spring

S P R I N G

每一本好書都是一顆種子，
春天播種在你的心田夢土上。

Spring

承太郎——著

黑天使的告白

有人說天使翅膀上的每一根羽毛，都是祂在成為天使前的一片回憶。
我回頭看了看我背上的翅膀，原來這是真的，因為每一根羽毛都散發著令人熟悉的光澤。
和煦的陽光下，妳已經離開。
我輕拍背上的翅膀，讓羽毛揚滿整間教室。
沒什麼，我只是想在展翅高飛之前，再淋一場回憶的雨。
然後，感動莫名。

推薦序

黑天使的魔法

這個故事，有一種非常夢幻卻又真實無比的神奇氣味。已經好一陣子沒有一個故事像這樣，可以讓我在翻開第一頁之後，就奮不顧身地花了好幾個好幾個小時，一口氣從第一個字讀到最後。

故事裡的主角是一個平凡卻又不平凡的男孩，「小黑」。看完了這個故事，我打從心底為這男孩單純得沒有任何雜質的傻勁，深深著迷。

小黑充滿無厘頭的對話，讓我捧著肚子大笑。小黑三不五時的小小狡猾，讓我猛拍桌子說妙。小黑陷入茫然而沮喪的泥沼，讓我吸進來的空氣跟著寂寥。小黑在漆黑的夜裡飛灑在雨中的液體，讓我陪著一起品嚐煎熬。

時間的流動，短暫而漫長。

我的幾個小時翻動書頁的時間，是小黑踩滿刻骨銘心腳印的幾年。走到小說的最後一頁，對眼前長出黑色羽翼的這個天使而言，我彷彿，不再只是一個素未謀面的聽故事人。

我變成小黑的朋友。

就這樣靜靜地坐在他的身邊，看他用最真摯的表情，和最溫柔的語氣，訴說著在他翅膀下那片記憶的大海裡，曾經璀璨激起的漣漪。

小黑的聲音裡，流洩著最顓頊卻清澈的真情。

何其可貴。

『好聽嗎？這故事。』小黑轉過身，用他天使的笑容問我。

我沒有說話。

我，無法說話。

『怎麼了？』小黑輕拍翅膀，黑色的羽毛頓時揚滿天際。

「我中了黑天使的魔法。」我說，用微弱而顫抖的氣音。

那是一種，讓人深深動容的強大魔法。

陳孫華

推薦序

兩種眼淚

認識承太郎的作品，是一個非常偶然的機緣。

一直以來，我因為從事日本流行音樂文化相關工作的關係，去逛書店的時候總是會特別留意跟日本有關的書籍。去年某個雨天的午後，我在書店偶然邂逅了承太郎的上一部作品：《貧窮男惡搞東京五百天》，還記得那天因為那本書的關係，我一個人在書店角落全身發抖，一邊看一邊狂笑到忘了時間，還差點趕不上電台的Live節目。

那也是我那天唯一從書店帶走的一本書，結帳的時候嘴角還在抽筋。「這死孩子，你怎麼會這麼好笑？」是我當天步出書店時的心情，然後我馬上請助理找他到電台訪問，訪問那天聊得很愉快。

那之後期待了相當一段時間，終於又聽到承太郎的新作要推出的訊息，很開心搶先一睹了這個截然不同的新故事，以及寫推薦序的邀約。

不過在那之前，我想要先跟大家分享一件事。

從小時候開始，我就是那種笑的時候是比哭的時候容易流淚的體質。

應該不少人也有這種體質吧？你知道，很多人在大笑的時候，就算不必靠猛眨眼睛的方式硬擠，眼睛裡面也會自己冒出一堆不知道從哪裡來的水。特別是我身邊一些淚腺比較發達的女性友人，每次明明是笑得花枝亂顫，臉上竟然還會一邊出現淚眼婆娑的奇觀。

但是哭就不太一樣。說真的，我不大愛哭，而且有時候想哭，還常常哭不太出來。

雖然我相信從山頂洞人時代開始，躲在棉被裡嚎啕大哭肯定就已經是人類宣洩情緒的重要方式（雖然我不確定那個時候有沒有棉被，說不定還停留在用樹葉蔽體）。可是我總覺得在嚎啕大哭之下唏哩嘩啦流出來的眼淚，那裡面包覆的悲傷程度，應該遠遠及不上剛開始要哭之前，滾在眼角附近打轉的那第一滴液體。

對，重點在第一滴。我每次哭都是第一滴流不出來。第一滴出來了，接下來看要傾盆還是怎樣都沒問題了。

嬰兒哭個不停，可能是因為肚子餓或發燒，那是單純生理面引起的反射行為。等到長成大人以後，哭變成是一種心理面的情緒釋放。而那象徵著釋放瞬間的第一滴眼淚，其實是充盈了所有情緒的菁華，等到第一滴眼淚出來，後面的淚流不止就又感覺比較回到生理面的反射行為了，就像扭開的水龍頭水就會自己一直跑出來一樣，困難的是扭開的那個動作。

承太郎這本《黑天使的告白》，用兩種方式扭開了我很緊的水龍頭。

我很開心地在前面大半本笑得淚流滿面，再度出現這「死孩子，你怎麼會這麼好笑？」的感覺，卻在後半部開始一路衝到最後一頁的時候，無法停止地全身發抖，終於在摀著嘴吐出了一口氣之後，一滴蓄積了強烈感動的透明液體，重重砸落在最後一個句點。

於是我決定鄭重向大家報告，《黑天使的告白》毫無疑問地榮登我今年以來看過最棒的一本小說，而故事裡的主角「小黑」，則成為我從未謀面卻最想拍拍他的肩膀，給他一個超大力擁抱的人。

吳建恆

自序

《黑天使的告白》這部小說，傾注了承太郎大量的靈魂之力。

我明白這是個很科學的年代，凡說話總得亮出證據。因次所謂「傾注了大量的靈魂之力」，自然不能空口無憑，一定要舉出具體的事證來輔助說明。

在《黑天使的告白》長達七個月又零七天的漫長撰寫過程中，承太郎的外貌隨著劇情的進展，竟也出現了一些不可思議的變化。

七個月零七天前，七個月零七天後。

我秉持著一種很科學的態度，和一顆很忐忑的心，把分別在前後兩個時期近距離自拍的兩張照片，打開在電腦桌面交叉比對。

只能說，不是同一個人。

二十七根白髮，十四條魚尾紋。

以及最可怕的，默默地揚升了一・八三公分的髮線！

不啻是透支靈魂之力的沉重代價。

卻同時，也是這個故事精彩程度的證明。

從開頭到終結的每一幕場景，無一不是承太郎用我上揚的髮線、啊不，用我灌注了靈魂之力的文字力量，所勾勒出來的，充滿無數真實感情的動人畫面。

在一邊撰寫的時候，我數度與本書的主角「小黑」融為一體，達到古人所謂天人合一的境界，寫到哇哈大笑，寫到嚎啕大哭，寫到面紅耳赤，寫到哽咽無言。

到最後一個句點被安靜劃上的時候，我就站在「小黑」的身邊，一起跟回憶進行一場豐盛的對話。

在那個滿佈晴朗陽光，夏風徐徐吹來的教室裡，回首曾經。

多少年前，有一個叫作小黑的超級笨蛋。

請你來讀一讀，他的故事。

『不知道下一次，是什麼時候。但就算下一次再見到妳，我也一定還是會情不自禁地跟妳說，我是如此如此如此喜歡著妳吧？一如多少年前的那個……告白的黑天使。』

這是小黑在那個教室裡，最後的自言自語。

承太郎

第一部　那個高三下

六年前。不，是七年前。

該死……到底是六年前還是七年前？

……我忘了。

說不定其實是八年前。

好吧，十年前。一個高三模擬考的清晨。

陰天，灰濛濛的天空。

早起的鳥兒們彷彿為了提前炒熱模擬考的氣氛，在校門口的鳳凰木上瘋狂叫囂。

可惜現在城市裡已買不太到彈弓這門武器，否則我一定會讓牠們在第一時間內永遠安靜。

站在校門口名為督導儀容，實為找學生碴的訓導主任和值星教官，面罩寒霜的表情像極了催魂鎖命的黑白無常，一左一右，直對著往來的學生發出陣陣的邪笑。

才踏進校門一步，模擬考的肅殺氛圍像是一陣憑空颳起的凜風，一瞬間迎面撲來，割膚生痛。

定睛一看，周遭的同學不分你我，臉上盡籠罩著一模一樣的慘白。

不，等等。

有兩個地方是隱隱發黑的。

第一，眼圈。

第二……

答對了，是印堂。

大凶，大凶，大凶……大凶，每一張臉……，都是大凶。

一條條的蒼涼人影，黑壓壓的厚重烏雲。

校園，化成了一座煉獄。

是的。

這裡正是一間標榜「人生以聯考為最終目的，分數乃宇宙間無上真理」的高雄某知名私立高中，打從創校以來，便以槍林彈雨的考卷轟炸激發學生潛力為其屹立不搖於南台灣的一大號召，更因此獲得無數忙碌的現代家長們信任，成為把子女推入填鴨式教育火坑時的不二選擇。

不過請放心吧，這並不是一個探討當代教育弊病與受虐學子的社會啟示故事，而是一個不折不扣的愛情故事，我保證。

如果到目前為止我的文字敘述上有任何誤導的地方，我願意為此道歉。

這是個愛情故事。真的，我說真的。喂，喂，不要闔上書本啊！喂！

我一邊朝教室方向走去，手裡一邊拿著一本昨天晚上才唸了十秒就不幸睡死在桌上的數學講義，以本人頗為拿手的一種名曰「死到臨頭才要囫圇吞棗」的快速記憶法，硬背著老師在考前特別勾給我們的必考題。

講到這個，有一件事情真的不是我故意要拿出來痛批，但是這些學數學的人到底瞭不瞭解必考題的定義啊？人家所謂的必考題是說，「必」定會「考」出來的題目才叫作必考題，結果你老師的居然給我勾了一百六十幾題是怎樣？一整本數學講義上的習題你根本幾乎都打勾了嘛！難不成模擬考這一百六十幾題都「必」定會「考」出來嗎？混帳！我學生當了十幾年，最痛恨就是有人想用這種假仁假義來敷衍我！

呼，我會這麼火大也不是沒有道理的。

就因為這次數學的模擬考範圍，正好是那每每一講出來就會讓無數高中生聞之色變，進而口吐白沫，最後七孔流血的「三角函數」啊！

轟隆轟隆！窗外忽然旱地生雷，校園裡的八條野狗集體仰天悲鳴。

沒有錯，三角函數的恐怖連野狗都感覺到了，因此你千萬不要掏著耳屎以為這區區三角形的玩意兒沒什麼大不了，因為這跟你去屈臣氏買三角褲只量量腰圍可不一樣！

如果你碰巧是高中生的話，我相信現在你的大腿已經不明所以地在顫抖了吧？

沒事的。你一點也不需要感到羞恥，因為聽到這四個字會發抖，絕對是你身為地球人的一種正常表現。不過如果屬於菁英人種的你，堅強的腿部絲毫沒有任何發抖跡象的話，那麼我在這裡要率先恭喜你，台大校長已經在羅斯福路的中心呼喚你了。

可惜他當年並沒有呼喚我。

於是這一門在線條單純的三角形上玩弄高深公式和外星符號的學問，不僅成為我高中時最大的頭號天敵，更是迄今為止地球上唯一一種能夠讓我在十秒鐘之內陷入昏迷的事物。

因此，今天我是已經抱著豁出去，靠隔壁的覺悟了。

上了樓梯，我一個踉蹌的小跑步奔入教室，心忖利用早自修殘餘的一點寶貴光陰做最後一波的垂死掙扎，好歹多背個幾題是幾題，多搶個幾分是幾分。

咦？

我的位子上……為什麼坐著一個女孩？

我躡手躡腳地退出了教室，抬頭確認了一下門口上方的班別標示牌。

三年十四班。

奇怪，沒錯啊。

我昂首挺胸再度走進教室，看了看那個坐在我位子上的女孩。

「這位阿姊，妳坐錯位子了喔！」正想要這麼開口時，我赫然發現這個女孩有幾分面熟。

再稍微靠近一點點看。

銬！啊這不是班上的女同學雅欣嗎？

等一下，那……為、為什麼雅欣會坐在我的位子上？

很明顯，這只會有一個答案。

就是我竟然忘記今天是固定要換座位的星期一了啊，該死！

這下可真是失算，虧我剛才還想說趁早自修時間多背他個幾題習題的，現在按照我每換一次座位平均就要花十五分鐘來計算，根本就沒有時間背了嘛。但是悲慘的事情還不只如此，在一瞬間我意會到另一個更令人崩潰的狀況：我上星期是坐在教室最後一排，也就是距離黑板最遠的地方，而根據本班特殊的換座位規矩，我這個星期必須重新輪回教室第一排的座位去。

第一排！是第一排啊！混帳。

第一排這個距離黑板和老師最近的不祥之地，象徵著什麼意義你明白嗎？！

不明白？你是好學生你當然不明白！

告訴你！坐在第一排最慘烈的地方，就在於接下來一段為時不短的日子裡，我將無法再像以前那樣在課堂上公然趴在桌子上睡覺啊畜生！這對於身心俱疲，迫切地需要在上課時間補充睡眠的高三學生來說，這是一個多麼晴天霹靂的噩耗你能體會嗎？！

你不能？你是好學生你當然不能體會！

但是我必須說，白天在學校的充足睡眠，一直是我每天晚上看電視看到半夜三點依然能保持精力充沛的泉源，那甚至比我晚上在家裡的睡眠來得更加重要啊畜生！你到底懂不懂啊！

你不懂？你是好學生你當然不懂啊！

唉，罷了，一直罵你也不是辦法，國有國法，班有班規。無奈地嘆了一口氣之後，我把手上的數學講義塞進書包，走向雅欣。

「你終於來啦。快點整理一下你的抽屜好不好？不然我沒有辦法放東西。」雅欣意識到我接近的身影，轉過頭來說。

「好啦好啦！那妳先起來一下，我盡量在十五分鐘內整理好。」我抿著嘴說。

「十五分鐘？！今天要模擬考耶！你可不可以整理快一點？」雅欣瞪大了眼，說。

「好啦！就說盡量了啊！」我說，蹲下身去，整個頭埋進抽屜。

你也許會好奇，為什麼整理一個小小的課桌抽屜會需要花到十五分鐘對吧？就讓我來說明一下我抽屜裡面囤積物品的結構好了。

基本上目前貯藏在我抽屜裡面的各類有機無機物品，保守估計是超過四十五種的，但是在這當中又以（1）被揉成一丸一丸的發霉考卷，（2）擤過鼻涕的考卷，（3）擂過鼻孔屎的考卷等，三項保有濃厚歷史風味的物資為大宗，而我之所以每次換座位的時候都需要花上十五分鐘，最主要當然就是忙著把這些極具紀念意義的珍貴物資，原封不動地移駕到新的抽屜。

喂、喂！不要露出那種嫌惡的眼光嘛！高中男生很多都是這樣的了，抽屜不亂哪能成為男子漢啊？這就跟乖乖地把上衣紮進褲子裡頭也沒辦法成為男子漢是一樣的道理。

唉，就說你們不懂啦！總之在那個慘綠年代，高中男生的思想都是帶著點淡淡的愚蠢的。

我分門別類將抽屜裡的物資收納到三個大號塑膠袋之後，起身走向位於教室第一排的新座位。而就當我在新座位旁蹲下身去，準備把塑膠袋裡的東西一一歸檔到新抽屜裡的當下，我腦域裡內建的美女搜尋引擎乍然生出一陣未曾有過的猛烈感應，猛烈到迫使我不得不暫時放下手邊繁忙的歸檔工作，派出四分之一的眼角餘光，循引擎指示的九點鐘方向偵測了過去。

這不偵測還好，一偵測我差點展開雙腿像瑪利歐一樣跳將起來。

該名女孩柔亮的髮絲上漾著湖水一般的粼粼，白皙的頸部肌膚宛如西伯利亞高原上的稀世冰珀，從耳際延伸到下巴的稜線呈現萬中無一的黃金彎曲，均勻無比的體態找不到一點瑕疵。

這驚人的美女等級促使我不由自主地又再加派了二分之一的眼角餘光，進一步偷窺、啊不，進一步偵測了過去。

我的老天。

女孩已臻完美的側臉輪廓差點已經要教人大嘆天地造化之神奇，就更不要說那一股超級正妹身上才會散發的粉紅色香氣，更是鋪天蓋地直朝我的眼耳口鼻、四肢百骸、五臟六腑、七筋八脈、九大穴位、十隻腳趾、十一根鼻毛、十二指腸……等全身上下的每一寸方位籠罩過來，形成一種無從防禦的感官攻擊。

「唉呀！」

我一暈，伴隨著嬌喘一聲，手上的三袋考卷灑落一地。

我說，這個人……不、不就是……校、校、校花嗎？

儘管我吃驚的表情還僵在半空中，但我仍然清楚地感覺到有一隻斑比正在我的胸口亂撞。

等一下。我得弄清楚一點。

為什麼校花，會突然坐在我的左邊？

如果我沒記錯的話，一直到上個星期為止，坐在我左邊的人，不是那位女子鉛球校隊的主將，外號「母豬龍女王」的慕珠蓉嗎？

我於是拉長脖子，鬼祟地張望了一下四周，觀察著周遭同學座位變化的情況。

啊。原來如此。

原來這全是肇因於剛才我提到過的，本班特殊的換座位規矩所產生的結果。我盡可能簡單地向各位說明一下。

像一般在班級裡面，不是都會有「每個星期要換座位」的那種規矩嗎？譬如說有些細心的班導師，為了避免坐在兩側的學生長久下來會產生斜視，於是規定每隔一個星期就要往右邊挪動一排這樣。而本班那位極具民主素養的班導師，則是為了兼顧公平、客觀、理性、互惠、自由、共生……等一百多條民主原則，獨家開發出一套換座位的方式：每個星期不只要換「行」，還得換「列」。其具體的作法就是每個星期一，所有人除了要往「右邊」挪動一行之外，還必須要「後面」退後一列，就是固定往右下角移動就對了。

但，照理說，就算是依循這個方式，隔壁座位的面孔應該還是不會改變才對吧？是沒錯。

但關鍵就在於，我們這間教室的座位並不是剛好可以「坐滿」成一個完整的四方形的。教室的第一列以及最後一列，分別有幾個缺角。

譬如說現在教室裡有八行，雖然第二、三、四、五行每一行都有八個位子，但第一、六、七、八行每一行卻只有七個位子，第一行和第八行主要是因為緊靠兩邊牆壁的關係，為了避免兩側的反光，因此這兩行最前面的第一列沒有座位，第六行和第七行則是因為有同學轉學了的關係，最後一列的課桌椅也被撤除，現在是空著的。

好吧，我知道缺乏空間概念的你，已經相當輕易地被我弄糊塗了，我早就說了幾何數學很困難的你就不信。但是沒有關係，反正這並不是重點，你只要知道重點就是在換座位的時候，如果剛好碰上了這些座位上的缺角的話，就有可能會出現隔壁的面孔改變的情況，就像我現在碰上的這個例子。

OK，講解完畢。

由於坐在母豬龍女王的右手邊已經長達整整兩個月的關係，讓我差點都要忘了自己還有逃出生天的機會。

「逃出生天？」你問。

唉呀，其實也沒有什麼啦。

基本上就是啊，自從我坐在母豬龍女王身邊的那一天起，我午餐便當裡面的雞腿、爌肉、雞排等肉類的那一道主菜，都成為了獻納給母豬龍女王補身用的貢品，就更不要提我的兩罐立可白、六支飛龍牌原子筆、三塊美少女戰士橡皮擦，和一張七龍珠限量墊板了，全都被充繳到母豬龍女王的抽屜裡。總而言之很簡單，在母豬龍女王的麾下，是不允許有任何私人財產存在的，你的東西，就是母豬龍女王的東西；母豬龍女王的東西，當然還是母豬龍女王的東西，可以說那完全是一段持續著主人與奴隸關係的不堪歲月。

「不是堂堂男子漢嗎？為什麼不想辦法抵抗呢？」你也許會這麼問。

唉，我難道沒想過要把雞腿搶回來嗎？問題是我並不想拿自己的生命開玩笑啊！這又有什麼辦法呢？誰叫母豬龍女王是全校、噢不，全高雄市最壯的女人？據說她在田徑校隊推鉛球的成績已經符合進軍奧運的資格，胳膊上的二頭肌差一點比言承旭還大。

但是我又何嘗想過，在眨眼之間的一個週末過後，左手邊座位的人竟然會從母豬龍女王變成了校花？

自從母豬龍降臨我隔壁，同時統治了方圓三公尺以內所有同學的午餐便當以來，我也只能在每天睡前半小時默禱，祈求上天能夠讓我從白堊紀重返人類的世界，但是我從來也不敢奢想自己會有一天來到仙女的隔壁。這我可要強調一下，在上下三個年級加起來總共五十幾個班級的學校裡頭，能有幸跟校花身在同一個班上，基本上已經是祖上積德；而小弟不才，何德何能？現在竟然有幸坐到校花隔壁這個寶座？唉，我想這一定是我長期委身伺候在母豬龍女王身邊所修來的福報，總算天祐善人，因果有數。

在苦盡甘來、重見天日的歡笑和淚水中，我緩緩拉開了椅子，一屁股服服貼貼地坐下。

胸口充塞著久違的人間溫暖。

但，居安思危，我向來都不是一個會得意忘形的人。

在坐到校花隔壁的同一時間，我不禁已經開始擔心起隨時可能找上門來的麻煩。

因為在這間閉鎖的校園裡頭，跟校花同班的男生一直以來就是全校其他男生的公敵。這應該不難理解吧？因為其他班級的男生，向來是既羨慕又堵爛我們能夠每天跟校花一起上課，一起放學，能夠在上課時間痴呆地偷看校花，能夠跟校花呼吸同一間教室的空氣。

而像我現在這樣，一口氣坐到了校花隔壁的位子。

不難想像說不定待會兒一下課就會有一百幾十個手拿掃把和鐵鏟、堵在教室門口準備蓋我布袋的校花粉絲了呢，約我放學後到屋頂決鬥的戰帖搞不好還會馬上像雪片般飛來。

啊？瞧你那表情，好像不太相信事情的嚴重性？

告訴你，很多事情你可不要說它不可能發生哦！連續劇不是都有演過嗎？

因為深情的男主角不願意把校花讓給壞學生們，於是在大雨滂沱的屋頂上，被不守江湖規矩的壞學生們圍毆得鼻青臉腫，就在這個時候，校花在一個偶然的巧合下，看到了男主角抽屜裡的戰書，於是奮不顧身地衝上屋頂，濕身撲倒在男主角身上保護男主角，雙手不捨地捧著男主角血流滿面卻其實偷偷暗爽的臉頰，在悲壯悽惻的背景音樂中，痛斥那些壞學生們：「住手！不要打了！我就是愛他！所以求求你們！不要再打了！我愛他！我愛他！」

不、不都是這樣演的嗎？是、是這樣沒錯吧？

…………

好，我相當清楚地看到你們頭頂上緩慢飛過的那隻烏鴉了。

不過你們放心。

連續劇是連續劇，現實是現實，不管發生什麼事我都不會跟這些壞學生們一般見識的。

但是萬一，我只是說萬一，萬一真的有人找我上屋頂決鬥的話，可怎麼辦才好呢？

那可真是傷腦筋了喔。

如果壞蛋們硬要那麼做的話，那男主角就非正面迎戰不可了呢。

啊，對了！

那就找他們到籃球場上用籃球一決勝負好了，誰贏了就可以得到校花。

嗯……還是要比賽跑百米啊？比賽跑百米好像也不錯。

但是其實說真的，比腕力我也還蠻有自信的。

好，我看就這麼決定了！就用腕力來決定校花是屬於誰的好了！

這才是我所嚮往的男子漢之間堂堂正正、充滿力與美的競爭啊！

……………

好，我看到你頭頂上緩慢飛過的第二隻烏鴉了。

沒事，繼續。

話說回來，我現在到底是在幹嘛啊？眼睛盯著數學講義，腦子裡根本就已經胡思亂想得一塌糊塗了嘛！給我清醒一點！跟三角函數之間的精神搏鬥，是不允許有任何分心的。

眼看時間緊迫，我索性把數學講義翻到公式總整理的那一頁，先把公式背熟一點，考試的時候就算題目不會解，公式先背出來，搞不好多少可以賺一點筆墨分數。

哦，原來（$\sin\theta+\cos\theta$）的平方＝（I＋School Flower＋Love）啊……

我在一旁的計算紙上默寫出了我和校花的「愛的方程式」，一邊笑瞇了眼。

……………

啊，你們的頭頂上怎麼又有烏鴉飛過了？

銬！我現在到底又是在幹嘛啊我！這是公狗發春嗎？太難看、太難看了！

不行！再這樣下去，我今天的模擬考肯定會萬劫不復的！

我抄起桌上的原子筆，手臂一翻朝自己的小腿肚猛力一捅，一股魂飛魄散的劇痛感瞬間有效地驅除掉我腦中的雜念，於是我趕緊重新聚精會神，把注意力集中到桌上的數學講義。

就在這個時候——

我突然隱約感覺到，來自校花座位所在的九點鐘方向，有一道逼人的視線正投射在我左側臉頰的太陽穴上。

……莫、莫非是校花在看我？

我胸口的那隻斑比頓時又開始活蹦亂撞了起來。

我於是停止了拿原子筆自殘小腿的動作，微微傾斜我的脖子，再一次派出我四分之一的眼角餘光朝那個逼人的視線迎了上去。

噗吱——

沒有火光，也沒有電流的燒焦味。

但兩人的目光紮紮實實地在萬分之一剎那的頃刻，交會在兩個座位之間的走廊上空。

就只是那麼一點點輕微的交會而已。

我卻立刻被逼得趕緊縮回自己四分之一的眼角餘光，把頭低低埋進數學講義裡以遮掩我吃驚的表情。

深邃，清澈，剔透，燦亮。

剛才那個閃光……

是湖泊嗎？

不，不是。

難道是龍珠嗎？

不，不是。

莫非是黑洞？

這個我不確定。

但總之那絕不會是人類的眼睛。

人類的眼睛，沒有這麼大，又這麼圓，又這麼亮的。

「請問……」鈴鐺般的聲音驟然傳來，敲在我正噗通噗通個不停的心臟上。

「啊、啊?!什、什、什……什麼事?」我結巴得差點把自己的舌頭咬斷。

不瞞各位，如果沒有記錯的話，我第一次跟校花說話是在高二上學期的十二月十七日上午九點五十六分二十六秒~九點五十六分二十八秒，前後共三秒；地點是在教室外面的走廊；內容是「不好意思，借過。」；而那距離現在已經是四百天以前的事。

真沒想到在高中生涯之內，我還有機會在事隔四百天之後跟校花說第二句話。

「請問一下……這題習題你會嗎?老師上次好像有教過一個特別的解法?」我完全感覺到兩顆Size跟高爾夫球差不多大的黑洞正盯著我。為什麼會說「感覺到」呢?這是因為有了剛才在半空中被她的眼睛殺到的經驗，我這回並不敢貿然跟她四目相對。

於是只好避重就輕地看往她手上湊過來的數學講義。

「這、這題嗎?偶、偶、偶看看喔……」我緊張地連咬字都開始漏風。

看著她筆尖指著的那題習題，我嘴角咧出了一絲笑容。

哈，哈，哈，實在是可笑極了呀。

放眼望去這本數學講義裡面三角函數的習題，能有幾題是他媽的我會的?

乾脆坦白說一句好了!我連題目在問什麼都看不懂啊、畜生!

話是這麼說沒錯，但是身為男子漢的尊嚴，絕對不允許我還沒有經過挑戰就棄械投降。於是我硬著頭皮拿起了筆，盡可能地用我會的那幾個基礎到不能再基礎的公式，在手邊的計算紙上做一些苟延殘喘式的掙扎。

但是我太心知肚明了。

算完整本計算紙我也算不出來的。

五分鐘，一溜煙過去了。

「怎麼樣？還沒解出來嗎？」她在催了。我卻很想哭。

「等、等一下，這一題我真的有印象的……真的，我發誓我有印象……再、再給我一點時間，我、我一定可以的……」我很明顯地還在逞強。但沒有辦法，我寧可咬舌自盡也絕對不願意在校花面前承認自己的無能。

難看，已經太難看了。

看著一整面已經寫滿了的計算紙，我除了心底暗暗叫苦之外，更首次對於自己昨天晚上只唸了十秒鐘就睡死在桌上這件事，生出了無比的悔意。

手上的原子筆不堪我在計算紙上的苦苦掙扎，竟出現了斷水的跡象。

但是即便如此，解出來的機率依然是零。

黑線一條一條地開始飄落在我溢滿汗珠的額頭。

眼淚則開始沁向我的眼角。

「沒關係，我看我還是去問老師好了……」她抽回她的數學講義，起身走向老師的講桌。

「啊？啊！這、我……喂！人、人家快要解出來了啊！喂……喂……」我想要吶喊，卻叫不出聲。

因為解出來的機會根本是零。

只能呆坐在位子上，看著她殘忍的背影。

Spotlight打在我的身上，幾片枯葉飄落在我的背後。

一種沉痛無比的挫折感，正囓咬著我身為一介男子漢的尊嚴。

噹——噹——噹——噹——噹——噹——噹——。

坐在校花隔壁的第一天，充滿屈辱的第二次說話。

在模擬考的鐘響聲中，無情地結束。
心情像坐雲霄飛車的早晨。
跟校花的明天還未知，模擬考的恐懼卻已經率先擺在眼前。
第一堂課考的是……答對了，數學。

□

兩天慘烈的模擬考結束了。
樹上鳥兒的叫聲重新悅耳了起來，迎面拂來的風也重新舒適了起來，校園又回復到昔日的祥和與寧靜。
扣除掉考試的時候，學校其實還是個不錯的地方的。
由於前天早上自尊心慘遭重創的關係，昨天中午模擬考結束之後，我忍住了留在學校打籃球以及去湯姆熊打電動的誘惑，直奔回家把自己鎖在房裡，狠讀了他五個小時的三角函數。
最重要的是：沒有睡著。
釣魚、恍神、鼻子吹出泡泡，這些一概都沒有。
堪稱我個人三角函數學習史上的空前突破。
而五個小時下來的唯一成果，就是在篳路藍縷地寫滿了數以百張計的空白計算紙後，總算把被校花問倒的那一題給解出來了。
哼，我早就知道。只要我稍微認真起來，沒有什麼事情是可以難得倒我的。
不過話說回來，我幹嘛那麼認真啊？
講起來也不過就是被問倒一題三角函數而已啊，如此理所當然的事情。

我記得以前坐在母豬龍女王隔壁的時候，我沒有這麼上進的。

啊！我知道了。

營養不夠，當初一定是營養不夠。雞腿、爌肉都要獻納給母豬龍女王吃，導致我缺乏用功讀書的營養。

嗯，一定是這樣沒錯啦。

教室到了。

我刻意選擇從後門進入，再走回最前面的第一排，輕輕拉開椅子，鬼祟地坐下。

之所以這麼做自然是因為，我暫時沒有把握可以若無其事地和她那一對跟高爾夫球一樣大的眼睛正面交戰，因而在可能的範圍內我會先盡量閃躲。

模擬考的考卷也改得太快了。

早上第一堂的數學課，我就被迫面對自己惡貫滿盈的考卷。

「林博光！」

低沉沙啞的嗓音，喊到了我的名字。

講台上的人是我們的數學老師，同時也是班導師。男性，年齡目測在五十出頭，但實際只有四十出頭，名叫何水貴，學生則喜歡叫他「水鬼」。

除了名字諧音的關係之外，單看長相也還真不是普通的像。其特徵包括了慘白還長有老人斑的肌膚、厚到跟水蛭一樣的眼袋，更重要的是他嘴裡那條非常誇張的舌頭。

這舌頭有多長呢？

根據其他幾位跟水鬼同一辦公室的老師們共同指證，水鬼有時候心血來潮的時候，會在辦公室現場表演用舌頭挖鼻屎給他們看，但是我迄今一直還沒有機會親眼目睹這項超凡的神技。

我走向教室前面的講桌旁，從水鬼手上接下了考卷。

從考卷上方凹陷焦黑的大拇指指印，我很清楚地感覺得出來，水鬼在把考卷遞給我的時候，指尖暗暗運起了一股無儔的殺意。

不用說我也知道是發生了什麼事。

回到位子上，我攤開考卷，看著考卷右上角那單薄而淒涼的分數，心中驀地湧起一股衝到廁所跳馬桶自殺的衝動。

答對了。

考卷右上角的分數正是那一氣呵成，毫不拖泥帶水的個位數，一個豪邁的「6」字。

要不是這次的題目裡有幾題選擇題碰巧被我過人的運氣給矇對的話，相信我早已經完成了抱蛋而歸的英勇壯舉。

「請問……」鈴鐺般的聲音再次突然傳來。不用說，當然是校花。

「不、不要問我！我不會！」我宛如驚弓之鳥，一瞬間把考卷揉成一丸就往嘴裡吞。我寧可生吃考卷回去拉個半死，也不願意被校花目睹我悲涼的分數。

「啊？你不會什麼？」

「喔！沒……沒有啦，沒什麼……什、什麼事？」我在校花面前的爆猛性結巴症似乎並還沒有好轉的跡象。

「可不可以請問一下，考卷是不是要訂正完才收回去啊？」

「什麼？！考、考卷要訂正？！」我聞言一愣，滿臉黑線。天啊，我好苦。我真的不曉得一張個位數的考卷應該從何處訂正起。

這麼說起來，不知道校花考得如何……

我好奇心陡生，於是一個似有若無的抬頭挺胸，我拉長了脖子，再度派出我青睞有加的四分之一眼角餘光，瞄向校花桌上的考卷。

該死！我確確實實地看到她的分數上也有個斗大的「6」字。

但是那「6」字是十位數字啊混蛋！太令人羨慕了！竟然有十位數字。

我神不知鬼不覺地收回眼角餘光，內心的懊喪再次驅使我衝到廁所跳馬桶自殺。你想想，連校花這種每天要忙著應付大批粉絲蒼蠅的人都拿得到六十幾分了，那我這個每天無所事事的廢柴，考這種差點歸零的分數是在幹什麼？

除了用雙手來回搓揉臉頰之外，我實在無法抒發自己內心的窩囊。

這時候，為了確認校花是不是光靠個位數字的分數就贏過我，我於是再度晃頭晃腦地把眼神飄了過去，透過她手指頭的縫隙，往她分數的個位數字部分探去。

「啊！你幹嘛偷看人家分數！」她似乎終於察覺到我在偷窺她的分數，緊張地立刻用手掌把考卷摀住。

「不用遮了，我都看到了啦。」我說，鬆了一口氣。因為她分數的個位數字比我的總分還要低兩分，真是好險。啊？我好像也太容易滿足了喔？

「你很奇怪耶！幹嘛偷看別人的分數啊！」她嘟囔叫道。

「妳考得很不錯啊！幹嘛怕人家看。對了、那個，妳的考卷……嘖，那個，就是，可、可不可以借我訂正啊？」我支支吾吾，斗起膽子提出了商借考卷的要求。

「借你訂正？可是我才考六十幾分耶？」她有點不好意思地說。

「我知道，可是不打緊。因為妳至少有五十幾分的正確答案是可以借我訂正的。」我點了點頭，然後把頭別向窗外的彼方，眼角閃爍著不明液體的反光。

「五十幾分？哈哈……」她很不給面子地當場就大笑了出來，而且我清楚地感受到笑聲中潛藏的得意。

「喂！笑什麼笑啊！」我佯怒，假拍了一下桌子叫道：「喂，妳這個人！沒有同學愛就算了，怎麼這麼沒有同情心啊！難道我不想要中規中矩地考個六十幾分嗎？難道今天考六分是我自願的嗎？」忿然語畢，我又一次把頭別向窗外的彼方，眼角又一次出現不明液體的反光。

她笑得更誇張了，除了花枝亂顫之外我找不到更貼切的形容。

而我確定那個笑，絕對是「嘲笑」的那種笑。

好一個勇敢的小女孩啊，大家也不熟，竟然就這樣當面嘲笑本人。看來我不兇一點，她是不會知道這個地球上還有壞人這種東西存在了。

「嗯哼哈嘻嘻呼嘿，這麼好笑啊……」

我隨性地轉動著手上的原子筆，嘴角也咧出了一陣陰森怪笑。

「啪！」

沉雄的一掌拍在桌子上，我用氣音在嘴裡以台客的語氣咆哮道：「啊不然妳是笑屁啊！是安怎？長這麼大是沒有看過數學考六分的人泥？我擱妳講，今天哪工唔是看在妳是校花的面子，依照拎北高中時代殘暴不仁的個性，妳金罵早就已經抱著巴鬥蹲在地上透毀了啦！」

「哈哈哈……」她大笑到連最後一顆大臼齒上有一點小蛀牙都被我發現。

很明顯，我用氣音的破口大罵她完全沒有聽見。

沒想到不過是一張六分的考卷，可以讓一個超級正妹笑得手舞足蹈。

「好了啦！考卷到底借不借啊妳！六十幾分是有這麼好得意的是不是啊？不過就是比我多一個位數而已嘛！有什麼了不起的！」我催促叫道。

「好啦好啦……」她總算稍微冷靜下來，一邊拭著眼角笑出來的淚水，一邊將考卷遞了過來，突然又縮回去說：「等一下，可是借你的話，我自己要怎麼訂正啊？」

「妳六十幾分不必訂正了好不好？水鬼光處理我們這種三角函數智障兒就處理不完了，哪還有空去管妳有沒有訂正啊！快！先借我訂正個幾題！一張除了選擇題以外全部空白的考卷交回去，真的不能看啊！」

我一把將她手上的考卷抽了過來。

她則大概是看到我在講到「三角函數智障兒」的時候裝出來的智障表情，又開始玩起一個人哈哈大笑的遊戲。

一邊訂正，啊，或許更應該說是照抄著答案，我一邊端詳著校花的字體。頓時間，只覺得彷彿連考卷上都瀰漫著校花身上那股獨特的香氣。

沒想到校花的字，還真是漂亮。

雖然數學考卷上也不過那幾個數字和英文字，但那字體真的很清秀。光從這幾個字我就感覺得出她心地很善良。

應該也蠻孝順的吧！這女孩，字這麼清秀。

一看這個字就知道她一定很有愛心又喜歡小動物……你看看，這個字。真的，沒話說的清秀。

長輩緣應該也不錯吧，阿嬤一定會滿意的。

要進我們家門，這個很重要。

…………

啊！這？請、請問一下，那、那個，剛才是發生什麼事了嗎？

難道是傳說中的澳洲催眠大師馬汀蒞臨現場了嗎？

否則有誰可以跟我解釋一下，為什麼我會在考卷上畫出我阿嬤的臉？

…………

對我來說，用來對抗幻覺的方法，一直都只有一種。

手上的原子筆一翻，往小腿肚最柔軟的那個位置雷霆一戳。

一陣撕心裂肺的惡痛順利地在一瞬間驅逐我腦中的雜念。

我趕緊再將精神集中，把握時間盡快抄錄校花考卷上的正確答案。

半晌。

噹——噹——噹——噹——噹——噹——噹——。

我殷殷期盼的下課鐘聲，總算清脆地響起。

把筆往抽屜裡一扔，我疲憊地靠在椅背上吐出一口又長又濁的氣。

三角函數的惡夢，「6」分的惡夢。

在這一瞬間都已經離我遠去。

飄盪在我腦海裡的，只剩下校花考卷上淡淡的香氣和娟秀的字體。

以及阿嬤滿意的表情。

□

噹——噹——噹——噹——噹——噹——噹——。

喂、喂！有沒有搞錯！下課十分鐘也過得太快了吧！竟然連拉坨屎時間都不夠用！我也不過就是想安安穩穩地坐在馬桶上靜靜地想點心事罷了，有這麼困難嗎？！

嘖！這實在是不合情理的時間配置，學生應該要有多一點自主思考的時間的。倉皇地亂擦了幾下屁股後，飛快地拉上褲子奔出廁所，只覺得股溝的夾縫裡還殘留著一點異樣的黏膩感。

〈公告：地理老師由於今天身體不適，請假一天。請各位同學們坐在位子上自習，並且保持安靜。〉

黑板右側斗大的字樣，讓我頓時想要打人。

請假是不會早一點說嗎？害我現在股縫中間黏剔剔的，走起路來感覺怪透了！早知道不用這麼趕的話剛才就在廁所裡多擦幾張衛生紙再出來！

啊，這麼說起來……

我剛才一時情急之下，馬桶是不是好像沒沖啊？

算了算了，給清掃廁所的同學一點活幹也是好的，以免他們老是抱怨工作缺乏挑戰性。

地理課於是變成了自習。

我不禁覺得有點可惜，因為地理在所有的科目裡面算是我難得的強項，如果模擬考考卷有發下來的話，我好歹可以稍微扳回一點剛才數學苦吞六分的顏面。

不過算了，既然老師不來，索性趴下來睡個覺好了，坐第一排這種機會不多的。

「砲五進四，將軍抽車！周公，輪到你了。」正當我在睡夢中下棋下得正津津有味的時候，教室已經如預料一般變成了一座實體聊天室，鬧哄哄地吵成一片。

鈴鐺般的聲音，卻在這個時候突然鑽進了我的耳朵。

「喂！」是校花。

「……」我抬起頭來，揉了揉眼睛，打了一口超大的呵欠之後，痛喝一聲：「噓！觀棋不語真君子！」

「啊？什、什麼觀棋不語真君子？」她一臉茫然。

「啊？啊！沒、沒什麼啦！剛、剛才是妳叫我嗎？」我這會兒才稍微清醒過來，說。

「嗯，有一件事情想問你一下……你……你是不是去過非洲啊？」她挑高了眉毛，問出了一個奇怪的問題。

「……非洲？沒去過。那種地方不會有太多人去過吧？」我回答得理所當然。

「可是你以前跟我說你去過非洲。」她說。語氣並不像是在開玩笑。

「我跟妳說我去過非洲？！別、別開玩笑了，怎麼可能啊！我真的沒去過啊！」我看著她，攤了攤手，說：「再說我以前哪認識妳啊？高、高一到現在我們也才講過幾次話而已？我哪有機會跟妳說我去過非洲的？」

「有，你說過。」她現在臉上的那個表情，也不像是在開玩笑。事有蹊蹺。

我靜默不語，試圖在腦海的記憶裡尋找蛛絲馬跡。

Hmm……

可是明明就真的不可能啊！

哪！誠如我之前也說過的，在這個星期一坐到她隔壁之前，我第一次、也是唯一一次跟她說話，應該是在高二上學期的十一月三十日上午九點五十六分二十六秒～九點五十六分二十八秒沒錯啊。跟校花講話這種光宗耀祖的事情，我不可能會記錯的。

「那，你小時候有在梅花鹿兒童美語班補過習嗎？」她說出了一個讓我頓時萌生出些微印象的地方。

「……梅花鹿？」我皺著眉頭奮力思索。

「嗯，梅花鹿……有沒有？」她邊說邊觀察我臉部表情的變化。

「梅花鹿？！」我的聲音一瞬間突然拉高了兩個Key。

「對！對！梅花鹿！想起來了沒有？」她臉上的表情就像是一位試圖喚醒失憶症患者的護士，在氣急敗壞中摻雜著殷切的期待。

「那個……，我可以否認嗎？」我搓了搓下巴，咧著嘴乾笑道。

「啊哈！那就是有啦！我就說一定是你沒錯嘛！」她像中樂透一樣大叫。

「不，我拒絕承認自己曾經在那個把小孩當白痴的補習班補過習。」我嚴正地搖了搖頭，說：「啊！等等，妳、妳怎麼會知道的？再說梅花鹿兒童美語班不是聽說已經倒閉了嗎？倒得好！哼，早該倒的他們。」我忿然地一邊說一邊比出中指。

我小時候簡直恨透了這家補習班！誰叫他們在我都已經高達小學五年級了的年紀，還強逼我在耶誕派對上演一齣內容蠢到不行的話劇，最惡劣的是……你知道那群天殺的老師們叫本男子漢在話劇裡演什麼爛角色嗎？他們竟然叫我演……、演……

算了。

呼——這些都過去了，很多往事是沒有回首的必要的。

「你在梅花鹿的時候好矮喔！比我還矮！真沒想到你現在竟然會長到這麼高。你現在應該有一百八以上吧？」校花笑著說。喂！喂！她怎麼講得一副曾經跟我很熟的樣子？就算我曾經在梅花鹿補過習，但我明明就不認識她啊！

我搓著下巴，腦中正啟動最強的搜尋引擎，試圖尋回在梅花鹿兒童美語班的那段回憶，卻依然印象全無。

沒可能，這沒有可能的。

在我人生的旅途中曾經出現過這麼正的女生的話，我沒道理一點印象也沒有的。

「在梅花鹿的時候，我們有同班過嗎？我怎麼一點也想不起來班上有妳這個人？」我歪著頭問。

「有啊！你都不記得了喔？那時候你跟我、還有我姊同班啊！你那時候真的好矮喔，皮膚又好黑，臉髒兮兮的，看起來就是一副好像智商還蠻低的樣子。有一次下課時間，你不知道為什麼突然自己就跑過來，跟我和我姊炫耀說什麼你去過非洲，還說你有很多黑人朋友什麼的，於是我和我姊就記住你這個去過非洲的小黑人了。」她比手劃腳，詳細說明著事情的始末。

我那時候好矮？皮膚又好黑？看起來就是一副智商蠻低的小黑人？

「嗶剝——」

我額角上的青筋，不由自主地蠕動了一下。

「有——嗎？那我怎麼會連一點點印象都沒有呢？再說我怎麼可能會無聊到去說自己去過非洲這種蠢話呢？」我在「有嗎」的地方輔以張學友抖音外加升Key的方式來強化語氣，同時瞇起眼睛，擺出一張「不要鬧了好不好」的表情。

「有啦！你明明就有說過！好，那你還記得我姊嗎？」她著急地辯駁道。

「我連妳都沒印象了，更何況是妳姊。」我訕訕地呵一口呵欠，說。

「唔……那你記得在梅花鹿的時候，有一年耶誕節大家要演話劇的事嗎？」她問。

我頓時雙眼暴睜，閃出兩道充滿恨意的凜光。

因為那場話劇演出，正是我剛才提過的那個我畢生難以釋懷的惡夢。

「……」我沉吟了一會兒，說：「有。然後呢？」我很擔心她提出一些不該提的事，可能會迫使我必須要殺她滅口。

「我姊演瑪丹娜啊！你應該還記得吧？我姊那時候才國一，就戴假髮、穿比基尼模仿瑪丹娜啊，結果後來拿到第一名啊！你一定記得的吧！」她激動地叫道。

瑪丹娜？

這、這麼說起來的話……我確實記得當時有一個胸部平得要命卻還硬要模仿瑪丹娜的大姊姊。當初好像還跟一群班上的豬朋狗友打賭，那個大姊姊的假乳溝是不是用鉛筆畫上去的。

「那是妳姊？」我吹了吹人中的鬍子，問。

「嗯！」她點頭，眼神中充滿企盼，期待著這條線索能讓我多想起一些什麼。

「那妳呢？妳演什麼？我還是想不起來有在梅花鹿見過妳啊。」我又問。

「那次我剛好生病，所以沒演。」她答道。

「難怪……」我納悶地皺著眉頭，自言自語：「可是如果有遇到過這麼正的女生的話，我腦中的美女資料夾不可能沒有登錄的啊……」然而關於校花的那筆記憶卻真的像是被刪除了一般，怎麼就是都想不起來。

「你說什麼？」她以為我在跟她說話，於是問。

「喔，沒、沒事。」我搖了搖頭，還在腦中翻箱倒櫃試圖尋出那記憶的碎片。

靠！我說……這校花該不會小時候其實長得很醜吧？

就只有這個可能了啊！

否則我到現在連幼稚園小班的時候，班上第六漂亮的女生長得怎麼樣都還記得了，像校花這種萬中無一的超級正妹豈有可能會忘記。

「那次耶誕節的話劇表演，你演天使。」她突然說。

卻啟動了我神經崩潰的按鈕。

嗚啊啊！閉、閉嘴！給我閉嘴！我不聽！我不聽啊！

我五官扭曲變形，表情異常痛苦地說：「該、該死！妳竟然連這個都記得？！那、那可是本人這輩子最痛恨人家提起的往事之一啊！」

「哈哈……我當然記得啊！我跟我姊在台下快笑死了！想說世界上哪有長得這麼黑的天使啊！根本是在演包公嘛！」校花燦然笑道，渾然不知她的這一番毒舌已經把她推向被我滅口的危險邊緣。

「嗶剝——」

我額頭上的青筋再次不由自主地蠕動了一下，手裡同時已經抄起一枝閃著寒芒的原子筆。

本人畢生，最痛恨的事情，就是人家說我，長得黑。

所以，小妹妹，我說妳該不會，是以為這年頭只要當上了校花，就可以，亂說話不用負責任了吧？

奉勸妳，講話最好，還是小心一點。

可不要，惹毛叔叔了！

叔叔呢，也不過就是，皮膚的顏色，稍微深了那麼一點點罷了！

那絕對，絕對不是「黑」好嗎！

以後，要是再這麼口無遮攔，不經大腦就，亂講話的話，

小心，叔叔把妳，弄哭喔！

我在嘴裡唸唸有詞，沉痛自己竟然會出生在這麼一個「笑黑不笑白，美白不美黑」觀念橫行的年代。

「我看你現在也還好啊，可是你小時候為什麼會黑成那個樣子啊？真的很誇張耶！根本快要跟木炭一樣了！」她笑道，繼續在火上潑油。

「嗶剝——嗶剝叻滋——」

隨著額角上的青筋一陣澎湃湍急的蠕動，我收縮成菱形的瞳孔已然透射出黑色的殺氣。

好想就這麼給她巴下去，但是當然不可以。

「遺、遺傳啦！不然皮膚黑現在是犯法喔？！靠！」我咧嘴叫道，臉橫撇向另一邊，下嘴唇噘得老高。

「你生氣了？」她側著臉說，語氣中隱含著一點內疚和撒嬌的成分。

「生氣？！廢話！」我把手掌從額頭往下巴一抹，原本七竅生煙的表情瞬間又變得無比慈眉善目，笑瞇瞇地說：「當然沒有啊！怎、怎麼會生氣呢？啊哈哈……」我實在太沒用了啊該死！

「那就好。不過我真的沒想到你上了高中以後會長到這麼高耶！算是長高了的黑天使吧！」她總算說出了一句勉強像樣的人話。

「還、還好啦。」我靦腆地說，隨即想到了一件事，問：「喂，那這麼講起來，既然妳明明就還

記得我，高一、高二的時候怎麼都沒有跟我說過這件事啊？又不像我，是因為真的完全不記得了的關係。」

對嘛，你看是不是這樣說的？都這麼久以前的事情了，我都忘了，她竟然還記得；更何況我的長相跟髮型，跟小時候都已經不太一樣了，她竟然還認得出來；如此如此的，惦念我這個人；這、這只會有一個可能嘛！對不對？！

我說啊……校花該不會是早在梅花鹿兒童美語班的時候……就已經被我俊朗不凡的迷人風采給煞到了吧？

唉呀，呀，呀，呀，呀，呀，呀。

唉。ＯＫ，我想……這其實也很正常啦！看到我當時才國小五年級就已經英挺帥氣的外表，是少女都會情不自禁的，我不怪妳。

「沒有啦，因為你不只長高了，而且也好像變白了一點，所以其實我一直也不是很肯定梅花鹿的那個黑天使到底是不是你，所以我剛剛才會先問你是不是去過非洲啊！而且剛進高一的時候，我看你好像不太認得我的樣子……那、那我是女孩子啊，怎麼可以主動去認你？那樣也太冒昧了吧！所以就、就……就算了啊。」她嘟囔著嘴說。

「喔。」我輕應了一聲，嘴角呈現邪惡的上揚。

我說啊……她臉頰上紅起來的那一小塊面積是怎麼回事啊？

這個傻Ｙ頭，該不會是在害羞吧？

嘖，我家阿嬤最喜歡的就是害羞的女孩子了。

要進我們家門，這個很重要。

……………

夠了！停止！不要再進入那個幻想的迴圈了！澳洲催眠大師馬汀也沒有每一回都出現的！

不過這真的是讓人意想不到啊。

校花和我之間，原來早就存在著如此交纏糾葛（有嗎？）的淵源，竟然早在兒童美語補習班的時候就已經認識了！你說說看！這不是青梅竹馬是什麼？這不是天造地設是什麼？而且更重要的一點是，包括連我在話劇裡面飾演一位長得像包公的天使這件如此detail的事情在內，她竟然還保留了那麼多有關於我這個人的記憶，三歲小朋友都會覺得這件事不單純好嗎！這件事不單純啊！

一種無法停止的暗爽，像滿月的漲潮一樣湧上了我單純的大腦裡描繪的那片浪漫沙灘。

嘴角，又一次邪惡地上揚了。

□

籠罩在發模擬考考卷壓力下的一個星期總算慘烈地過去，又來到了象徵著重新出發的星期一。

我和校花的座位，已經從第一排換到了第二排。

而我和她的關係，也已經從高一、高二時期的毫無關係，大幅進展到了我偶爾可以跟她借個面紙來擤鼻涕的深厚交情。

……………

唉呀，好歹也跨出第一步了嘛！

人和人之間的相處，急不來的。

就好比我和我阿嬤，也是到了我五歲會講話以後才慢慢變熟的一樣。

噹——噹——噹——噹——噹——噹——噹——。

第一堂課的鐘聲響起。

水鬼扺著張嘴走進教室，臉色還是那麼樣地蒼白。

走向講台之前，水鬼還不忘用他那眼白面積比眼球面積大上五倍的陰森目光，斜瞪了我一眼，宛如利箭一般的視線頓時直朝我的咽喉射了過來，迫使我羞赧地低下頭去，大腿內側則不住顫抖起來。

看來對於我在這次模擬考中以六分之姿勇奪全年級最低分這件豐功偉業，身為執教者的水鬼似乎還不太能夠釋懷。

唉，這老頭就是這樣，年紀也一把了還不懂得克制自己的脾氣。

要不是最近電視新聞上報導私立學校體罰的事件抓得很緊，我猜他八成會在下課時間把我押到無人的會議室，然後抄出榔頭和電話簿，用香港警匪片裡面皇家警察拷問犯人的那種很痛卻驗不出傷的方式來招呼我的胸口。

學名好像叫作隔山打牛。

「現在我把學生個人基本資料表發下去，這個學期家裡的住址、電話號碼這一類的基本資料有變更的同學，就把舊的改掉寫上新的，改好之後各排最後一個再收回來。」水鬼一邊說一邊按照座號把基本資料表傳了下來。

基本資料表？

電話號碼……？

我搗著嘴，咧出了一絲賊笑。

果然人要是走在運頭上，城牆都擋不住啊。

話說之前的這一整個週末，我才正在對該如何弄到校花的電話這件事感到棘手不已。

我想你也不是不知道，在「學校」這種身邊經常會存在著一堆礙手礙腳同學的環境底下，根本就不可能讓兩個人有任何促膝長談的機會。再加上現在我們正處在高三下學期這種最嚴峻的考前衝刺時期，每天如火如荼的小考和作業就忙死我們了，哪還有那個美國時間相約到空曠的涼亭裡面，坐下來一邊喝咖啡一邊談心啊？

如此一來，按照這種停滯不前的步調發展下去的話，我看就算一直到畢業之前，我和校花恐怕都還沒辦法脫離借面紙來擤鼻涕的關係。

可是好不容易才擺脫母豬龍女王的支配而坐到了校花的隔壁，我難道要空手而回，坐以待斃嗎？

當然不，否則這個故事就發展不下去了。

那麼，有一點概念的人都知道，「要電話」正是一條泡妞必經的基本路程。

但是直接開口問她「請問一下妳家電話號碼幾號？」卻又很可能會是一種太過唐突而冒險的舉動。萬一不幸慘遭拒絕，接下來的日子恐怕每天都要在尷尬無比的氣氛中度過了，那樣甚至比停留在借面紙來擤鼻涕這樣的關係來得更糟。

因此要在很自然，很柔和，很smooth的情境下順利要到電話，絕對需要精而純熟的火候。

而我，剛好就沒有那種火候。

所以我只能趁眼前這個天上掉下來的絕佳機會，採取行動。

準備看本人表演吧。

「咳、咳，」我虛咳了兩聲清了清喉嚨，故意對著校花說：「呿，太無聊了吧！再不到半年就要畢業了還改什麼資料表。喂，不如妳的資料表借來看看吧。」

我小心謹慎地裝出一副只不過是因為無聊才要跟她借資料表來看的表情，一邊伸出了手。

「別人的資料表有什麼好看的啊？」她抬起頭來看了看我，說。

「唉呀，就是無聊嘛！快一點啦。」我的食指微微抖動，示意她少囉唆趕快把資料表交出來。

「偏不要。」她拿起資料表甩開我微抖的食指，接著把資料表收進抽屜。

「唉呀，這麼跩？算了算了，有什麼了不起的啊？也不過就是資料表而已嘛！幹嘛啊，難道我不跟妳借來看就會怎樣嗎？好好笑喔！不希罕啦。」我攤了攤手劈哩啪啦地說。這一招是台灣鄉土劇裡面經常出現，非常基本卻異常管用的「以退為進法」。

「好啦！借你就借你啦！真的很無聊耶你。」果然管用。她乖乖把資料表遞了過來。

我接過了資料表，審慎地檢視著每一個欄位。首先最重要的當然是電話號碼的欄位，再來是生日、住址、血型、家人的姓名……嘖，有好多欄位要記啊！真恨不得眼前有一台影印機可以直接印一張比較快。

我一邊倉促地掃視著欄位，卻沒有忘記一件重要的事。那就是，光只有把她家的電話號碼背起來並沒有用，重要的是她的認可。如果沒有在得到她認可的前提下，就這麼冒冒失失地一通電話打過去，恐怕反倒會是一種太過無禮的舉動。

Anyway，我得想個辦法。

叮！

有了。

「喂，原、原來妳爸爸也叫作周志明啊？實在太巧了呢！剛、剛好跟我家公寓隔壁一個阿伯同名同姓耶。」天啊，我在說這句話的時候語氣也未免太心虛了，因為這個同名同姓的隔壁阿伯根本就是我胡亂虛構出來的人物，目的是鬆懈她的戒心，好讓我可以一步一步尋隙切入重點。

「這沒什麼啊，我爸這種菜市場名，同名同姓的人本來就一大堆了吧。」她說。

靠，果然失敗了。

從她平淡的口氣裡我可以很明顯地感覺到，她對這個我瞎掰出來，和她父親同名同姓的鄰居阿伯沒有絲毫一點追問的興趣。

我僵硬地笑了一笑，額頭上飄降了幾條尷尬的斜線，心裡苦到不行。

但是我不會那麼容易氣餒的。

我依然深信，要得到她的認可，就一定要先鬆懈她的戒心。

「啊，原、原來妳媽媽叫鄭春嬌啊！」我露出一副近似白痴的燦爛笑容，驚喜叫道。原來當年五月天的「志明與春嬌」還沒紅之前，她爸媽就已經早一步相愛了。

「是鄭青嬌、不是鄭春嬌啦！你不要連國字都看不懂好不好！」她疾言厲色地糾正道。

「啊？喔、喔，原來是青嬌不是春嬌啊，看、看錯了啦！我想說妳爸爸叫志明，結果妳媽媽又剛好叫作春嬌的話，會不會也太絕配了一點，啊哈哈……哈……」我乾笑道，真想挖個地洞逃離現場。

「就跟你說是青嬌不是春嬌了啊！」她拉高了嗓子說，明顯已對我低能的發言感到不耐。

「好、好啦好啦！青嬌、青嬌。那……可不可以問一下，妳媽媽是唸清交的嗎？」靠腰我到底在幹嘛啊！低能的發言完了，現在竟然開始玩起腦殘的諧音遊戲！我好遜啊畜生！眼睛明明就死盯著她家電話號碼的那個欄位不放，結果竟然一直在這裡顧左右而言他！

「喂！你幹嘛拿我媽的名字開玩笑啊！一點也不好笑！資料表還給我啦！」她叫道，手一邊伸了過來要把資料表搶回。

「等、等一下啦！等一下、再借我看一下！拜託！拜託！」我抬起肩膀擋開了她的手，眼睛繼續盯著她的資料表央求道。

「才不要！快點還來！」她手依然不斷伸過來搶。

「236-2336……」

糟，我看得太投入，嘴巴竟一不小心唸出聲音來了！

「你嘴裡是又在唸什麼東西了？！」她正色問道。

不、不行了！

眼前這個機會不把握住的話，恐怕這個愛情故事還沒開始就要結束了啊！

可惡，跟你拼了啦。

「沒、沒什麼啦，那個、就是那個嘛，就是那個妳家的電、電話號碼啦！好好記喔！236-2336，朗、朗朗上口耶！啊哈哈……哈……」我上氣不接下氣地說，語氣笨拙得像是一隻變不出新把戲的老狗。

完了，連我都感覺得到自己的聲音搖搖晃晃得多厲害了，不知道早看過男生把戲的校花，八成已經在一瞬間內識破了我剛才拐彎抹角了半天的意圖。

我的世界頓時暗了下來，眼前的景物全部變成灰階。

她卻沉默了下來，伸手要搶回我資料表的手也停格在半空。

只是凝視著我，沒有說話。

或許，她是在等我說下一句話？十秒鐘的死亡靜默。

我倉皇地吞了口口水，深呼吸，一次，兩次，三次。

再次開口。

「那、那個啊……那個有沒有……那個就是啊……」我強吸了一口悲涼的空氣憋在胸腔，奮力說出我寡廉鮮恥的請求：「我可以打電話給妳嗎？」

今天我林某人是決定豁出去了。想我十八年來孑然一身，爛命一條，今天如果被拒絕的話，大不了立刻辦轉學躲到其他學校去，再過十八年後還不又是一條漢子？

來吧！我準備好接受妳殘酷的答案了！

她深邃得令人難以捉摸的瞳孔裡彷彿寫著「好啊，原來你這傢伙也是想要把我」，冰冷地盯視著我，卻不發一語。

我則宛如被撞破心事的小男孩一般，低頭去試圖閃躲她質疑的目光。

頭皮發麻，汗流浹背，胸口窒悶，呼吸困難。

好壓迫的氣氛。五秒，十秒，十五秒。不行，受不了了。

「其、其實我只是想說，反、反正學校的生活很無聊嘛！妳看我們，每天一直讀書、一直考試的，都快煩死了！所、所以我才會想說、偶爾可以打電話找妳聊聊天啊！對……對不對？」雖然鼻頭上早已積滿凝重的汗水，我卻努力裝作沒事地攤了攤手，接著說：「而、而且我只是說偶爾，也不一定真的就會打啊！對不對？妳、妳也不看看我在外面的事業做得多大，不怕老實告訴妳，我每天除了固定要聽音樂、看報紙和躺在床上發呆之外，還要不定時撥空收看當紅的媳婦系列鄉土劇和每個星期出兩集的霹靂布袋戲錄影帶，哪、哪裡有這麼多時間一個朋友一個朋友打電話關心啊？啊哈哈……哈……」在七零八落的乾笑聲中，我的臉上已經浮現出一百多條僵硬的黑線。

可恨的是她依然一句話也不說，只是置若罔聞地把頭轉了回去。

長達一分鐘的靜默過去。

這種生殺大權操在對方手中的滋味，好不難受。

我的心情逐漸冷卻，於是靜靜地將資料卡退還到她的桌上，再慢慢地把手收了回來。兩隻眼睛傻愣地盯著地板，不敢相信自己這次的獵取電話號碼行動即將宣告失敗。

很快地，第二個長達一分鐘的靜默過去。

我殘存的一絲期待已經完全幻滅，眼前只剩下一片無止盡的漆黑。

唉，待會兒就去學務處辦轉學手續吧。

這個校花隔壁的位子，我是沒有臉再繼續待下去了。

好，就這麼決定了。

在第三個長達一分鐘的靜默結束之前，校花如果還是沒有任何善意回應的話，我會認命地含淚轉學的。

不要這樣！求妳不要這樣！

求求妳！給我在這個位子繼續坐下去的勇氣！人家……人家只是想打電話給妳啊！

我在心裡暗自吶喊，祈求著眼看就快要倒數結束的奇蹟。

但一切的企盼只是枉然。

每一排的最後一位同學已經站起來，把資料表往前收了回去。

校花卻依然不發一語。

時間一點一滴地向前奔流，我的淚水也一點一滴地同步向眼角匯聚。

雖然我真的很捨不得這個校園裡美好的一草一木，但看來我終究還是得黯然離去了。

因為校花的隔壁，已經不再有我的容身之處。

即便我再怎麼厚顏無恥，要電話被拒絕的尷尬始終還是超過了我可以承受的範圍。

所以，再見了，小花，小草，還有校門口的鳳凰木，和鳥兒們。

我會很想念很想念你們的。

替我照顧校花，掰。

我起身，背起書包，把椅子靠上。

橙黃的晨曦，射在我孤寂的背影上。

「嗯，好啊……但是晚上十一點以後不准打來。」鈴鐺般的聲音說。

呼——！呼——！呼——！呼——！總算！總算哪！這真是遲來的正義啊！在第八個長達一分鐘的靜默結束之前，她總算下達了核准的口諭！不枉費我特地將等待的門檻延長到第八個一分鐘！真是快嚇死我了！呼——！呼——！呼——！呼——！

我在心裡握拳拉弓，為自己的死裡逃生感動得淚流滿面。這成功問到電話的一步，對整個泡妞的過程來說有著太過重要的意義。

然而卻當我陶醉在自己的成就之際。

「林博光！現在上課時間，你背起書包、把椅子靠上想幹什麼？想逃學嗎？！」講台上的水鬼，一聲咆哮。

啊？啊？

我看了看自己肩膀上的書包，看了看已經靠上的椅子，看了看已經走到教室門口的自己，看了看笑翻了的校花。

啊？

□

星期六的晚上——

我雙腿交叉，攤坐在房間角落的一張椅子上。

右手凝重地托著下巴，左手的食指和中指則是假裝自己正叼著一管菸蒂已經燃燒長達三公分的香菸（但其實那是一支鉛筆）。

眼神，失焦在正前方的一個茶几上，一具老爸十年前買的轉盤式電話。

耳邊，卻不斷喧擾著潛意識深處的兩個自己，在互相爭執的聲音。

自己甲：「唉唷……我們根本就還不熟不是嗎？而、而且之前也說了不一定會打電話給她的不是嗎？就這樣子突然打過去，會不會太躁進了啊？」

自己乙：「廢話！你管她熟不熟啊？泡妞就是要下手為強！辛苦問到的電話就是要拿來打的啦！」

自己甲：「唉唷……這樣好嗎？搞不好她那一天只是不忍心當面拒絕一個兒童美語班的昔日

同窗，才會客套性地答應我可以打電話給她的啊？」

自己乙：「那不就對了？你們可是已經認識了好幾年的昔日同窗耶！交情之深厚堪稱非比尋常啊！不用怕啦！了不起最慘也就是打去被掛掉而已嘛！東怕西怕的就不要學人家泡妞，乾脆回鄉下去種田好了啦！」

自己甲：「唉唷……可是……」

自己乙：「你再說一次『唉唷……』我立刻勒死你。」

長達半分鐘激烈但其實根本呈現一面倒的天人交戰。

我終於勇敢地站起身，甩掉手上那管自以為是香菸的鉛筆，走向茶几，拿起了電話。

在手指呈現劇烈發抖的狀態中，插進電話轉盤的數字孔裡，轉出了那個號碼。

鈴——

「喂？」靠！怎麼才響一聲就接了啊！本身家裡是有在做生意嗎？

「喂、喂……」我誠惶誠恐地應道，腦袋卻根本一片空白。

「請問你找哪一位？」她問。

「是、是我啦！我是坐在妳隔壁的、的、……的包公、噢不、的黑天使啊！啊哈哈……」該死，我現在講話的模樣活像一個傻笑中的智障。

「……黑天使？那是什麼鬼東西？」

啊？

「喂，妳、妳不記得我的聲音嗎？」我慌張地問。

「你……是不是要找我妹？」電話那一頭的人冷冷地問。

「啊……？妳妹？啊，啊！那個、我……這……，不、不好意思喔，麻煩妳幫我把電話轉給校花、啊不、不是啦，轉、轉給妳妹。」銬腰，原來是我自己認錯聲音了啊，真糗。

「……你等一下。」

過了一會兒，從電話那一頭的遠方傳來兩名女子惡毒的對話聲。

「這個說自己是什麼黑天使的白痴是誰啊？怎麼傻呼呼的。」其中一名女子問道。

我額頭上應聲飄落了幾條黑線。

「黑天使？哦！就是那時候在梅花鹿兒童美語班說自己去過非洲的那個小黑人啊！就是很黑、很矮還演天使的那個白痴啊？有沒有？」另一名女子說明道。

囧↑我臉上瞬間出現了上面這個近年來網路上很流行的表情。如果硬是要加上一個背景配音的話，應該就是「唉呀」二字。

「哦，就是那個非洲人啊？！」一開始提問的女子說。

囧，我到底是什麼時候變成非洲人了啊？

這對姊妹本身是有受過小松小柏的毒舌訓練嗎？

好，好，沒關係，給我記住。

「喂？」校花總算接過了電話。

「喂，是我啦！很黑、很矮還演天使的那個白痴。但是我必須鄭重澄清一下，我真的不是非洲人。」我語氣中隱含不滿地說。

「哈哈哈……你聽到了？哈哈哈……」

靠腰，不然這陣大笑是怎樣？真的把我當成白痴了。

「喂。好啦，不要鬧了。剛才對妳姊真是很不好意思，我不知道她的聲音會跟妳這麼像。」

「會像嗎？從來沒有人認錯過耶！我姊的聲音比較沙啞吧？」

「是、是嗎？也對啦。我現在聽了妳電話裡的聲音之後，才發覺的確是比妳姊好聽多了。」

『姊！非洲人說妳的聲音很難聽！』校花在電話的那一頭突然對著遠方大叫。

「喂，我哪有這樣講啊！我並不是那個意思，我的意思是說妳在電話裡面的聲音很好聽，這跟妳姊聲音好不好聽無關……」我聞言一驚，在電話的這一頭連忙極力澄清。

『媽的！那他幹嘛還把我當成是妳啊！叫那個耳屎塞到滿出來的非洲人給老娘小心一點！』電話的那一頭，一陣淒厲而碎裂、有如鋸齒狀的咆哮聲震了過來，雷霆萬鈞的程度連我房間窗戶的玻璃都瞬間出現一道閃電形狀的裂痕。

我心頭暗驚，腦海裡驟然閃過了小時候在兒童故事書裡面看過的母夜叉的臉。

「喂，耳屎塞到滿出來的非洲人，你有聽到我姊說的話嗎？」校花問。

「想不聽到都很難，我猜妳姊的音量，跟砂石車的引擎所能夠發出的極大分貝數也相差無幾了。」

『姊！他說妳的聲音跟砂石車的引擎差不……』

「好、好了啦！不要再跟她說了！」眼看她又要在電話那一頭同步傳話，我連忙出言喝止：「很明顯妳是誤解我的意思了，我其實真正的意思是說，從令姊豪情萬丈且具有律動感的音量看來，毫無疑問地，她絕對是地球上罕見的新世代完美尊爵豪華頂級新女性人種的典範，不但非常貼心而且操控性佳，如果可以的話，我真希望自己有這個榮幸可以在她的安全氣囊下當個幸福的小哈巴，每天為她上油打蠟、調整馬達，讓她成為全世界的優質男人夢寐以求的座駕……」我拿起老爸買的汽車雜誌，滔滔不絕地朗誦起一篇新聞稿。

「哈哈……哪來的這些狗腿台詞啊你？既然是這樣的話，偷偷跟你說，我姊剛跟她男朋友分手喔！你要不要考慮一下啊？不過我猜我姊應該不太會喜歡你這種非洲人啦！哈哈……」她在電話的那一頭自己笑得很高興。

「是喔？那還真是好險……」我倒是鬆了一口氣，拍著胸脯慶幸自己並不是屬於那種母夜叉會垂涎的類型。

「什麼？你說什麼好險？是我聽錯了嗎？」她抬高了尾音，用一種捉弄的語氣問道。

「沒、沒有啊！我剛有說話嗎？啊哈哈……」我看著窗戶玻璃上的閃電形狀裂痕，傻笑著說。

「好啦！不鬧你了。幹嘛？打電話給我幹嘛？」校花問。

這不是明知故問嗎？當然是打電話來把妳的啊！難不成我打電話來跟妳討論下一屆總統大選的事情嗎？

可是你知道我當然不能這樣回答啦。

「喔，就無聊嘛！星期六晚上，反正明天也不用早起，閒著也是閒著啊。」這個理由雖然很爛，但我可是想了一個下午。

「對啊，星期一到星期五每天都好累喔，每天都睡不飽。只有星期六我才可以好好睡覺。」她慵懶地說。該死，不會是想要掛電話去睡覺了吧？

「喔，可是我還好耶！星期一到星期五白天在學校也都睡蠻飽的，害我有時候晚上回家反而睡不太著。唉，我也不知道為什麼，可是我真的覺得教室的課桌椅，是地球上最適合人類睡眠的地方了，尤其是水鬼的數學課，他講課的聲音比費玉清的晚安曲還厲害，不用到十秒就可以讓我輕易進入假寐狀態。」我說，語氣頗為得意。

「你怎麼這樣啊！難怪老師最近上課的時候都一直看我們這邊！被你連累了啦！」只有像校花這種好學生才會稱呼水鬼為老師。

「唉唷，怎麼可能？我打瞌睡技術可好了，像我之前坐在教室最後一排的時候，有一次睡到從椅子上摔下來水鬼都沒發現。」我自豪地說。

「哈！難怪你模擬考數學會考六分。對了，你有其他的兄弟姊妹嗎？」她問。

「有啊，哥哥一枚。」

「啊？是喔？不像。」她語氣有點驚訝。

「不像什麼？」

「我覺得你比較像哥哥，不像弟弟。」

「……比較像哥哥？那是怎樣？」

「怎麼講……你感覺起來有那種哥哥的調調。」

「調調？是一種音樂的類型或舞步嗎？我想妳說的應該是『阿哥哥』吧？那個跟哥哥可不一樣。」

「唉唷，不是啦！就是……你就是那種、那種好像蠻懂得照顧人的樣子啊，都沒有其他人這麼說過嗎？」

「嗯……原來如此。好吧，那我只好大方承認了，其實街坊鄰居的叔伯姑嫂們也都說，我的個性很像是在從前那個缺乏節育觀念的年代下，那種下面還又六、七個弟妹要照顧，結果媽媽一不小心又懷孕了的傳統家庭裡的長子，堅毅不拔又具有一張溫暖可靠的背。唉，可能我們家的人個性都比較像小孩子吧，所以變得好像都是我在照顧他們，真是沒辦法。」我嘆了口氣，好不做作地說。

「是喔？這麼慘。我只有一個姊姊，所以我在我們家就是最小的妹妹，我爸和我媽也都叫我妹妹。」

「說到這個，那……我以後應該要怎麼叫妳啊？也不能說每次都叫妳『喂』吧？妳其他的朋友都怎麼叫妳？」

「其他朋友都叫我名字啊！就叫我周妍文，熟一點的朋友就叫我妍文，就只有你會叫我『喂』。」

「妍文？不要吧！那多噁心啊。」只叫兩個字的方式，對我們這種未來要成為男子漢的人來說，未免太娘兒們了一點。前面也說過了，我高中時代是走硬漢路線的，活得像個男子漢是我當時對自己最大的期許。

「亂講！哪會噁心！我覺得妍文很好啊！那不然你想怎麼叫？」

「叫全名『周妍文』的話好像也太不熟了一點，嗯……好吧，好歹我們從梅花鹿兒童美語班到現在也認識八年了，如果妳不介意的話，容許我親切一點，就叫妳一聲『阿文』好了？」我問，語氣頓時變得很鄉土劇。

「才不要！叫阿文好俗！與其這樣我還寧願你繼續叫我『喂』！」校花抗拒地叫道。看來她非常排斥阿文這個稱呼。

「是喔……那，好吧，既然妳說我像哥哥的話，就跟妳爸媽一樣叫妳『妹妹』好了啦！唉，雖然對於我這個未來要成為男子漢的人來說，『妹妹』這個稱呼還是稍嫌魄力不夠了點……」我嘟囔著說。

看到這裡，我想稍微具備一點泡妞常識的人都知道。

我這認乾妹妹的招數擺明就是在把她啊！該死，拐了一大圈，還不就是為了要使出這招！

「你要叫我妹妹？妹妹……妹妹……」她喃喃說道。

「怎、怎麼樣？」我略帶心虛地問。

「你是可以叫我妹妹啦……可是我要叫你什麼啊？我叫你哥哥也太奇怪了吧？」

耶！聽到了沒？她說我可以叫她妹妹！

我的奸計得逞了！

「對，雖然我有一張溫暖可靠的背，但是叫哥哥還是蠻怪的。那要叫什麼好呢？」我一邊在電話的這一頭拉炮慶祝，一邊思索。然而雖然我現在腦中所能浮現出來的稱呼，不外乎是「寶貝」、「親親」、「小可愛」、「哈泥」這一類的詞語，但是當然不能說出來。

「還是乾脆就叫你小黑好了？反正你長得這麼黑。」她突然說。

「小……小黑？」我頓了一下，說：「這聽起來像是一條野狗的名字。」我用人狗有別的暗示，委婉地表達這稱呼我並不中意。
「嗯……」她想了一下，說：「不管，我決定叫你小黑。」
「不要啦！我就說了不要小黑！叫小黑我還寧願妳直接叫我『喂』！」我抱怨道，拒絕自己被矮化成一條狗。
「啊！怎麼才講沒多久已經十一點多了啊？時間過得好快哦！小黑！你還不睡覺嗎？」校花用很高的音調在「小黑」二字上做了強調。該死，這傢伙是故意的！
「唔……哼！小、小、……小黑平常在學校睡太飽了的關係，這個時候精神正好呢！怎麼啦？該不會妹妹已經睏了吧？怎麼這麼沒用啊？」
我屈服了。
從此成為校花口中的小黑，一條狗。
「妹妹是因為平常在學校都很專心聽課的關係，所以晚上都很愛睡。」
「少來，小黑上次明明看到妹妹在英文課的時候瞇著眼睛一動也不動，最少有十分鐘。」
「亂講！妹妹最喜歡英文課了！怎麼可能睡覺！」
……………
結果那一晚，妹妹來小黑去，非常幼稚的對話一直扯到了半夜兩點鐘。
妹妹，和小黑……嗎？
……嘿。

□

風和日麗，晴空萬里，湛藍的天空上堆著幾朵泡棉狀的白雲。

迫不及待跳下床鋪之後，我唰地一聲豪邁地拉開窗簾，欣賞著眼前這個一切都煥然一新了的美麗世界。儘管因為情緒過度亢奮下的睡眠不足，導致我的眼白佈滿了蜘蛛網狀的稠密血絲，但一股對於未來的澎湃期待，卻還是讓我整個人的精神處於一種無比抖擻的狀態。

一邊嚼著便利商店買的三角飯糰，一邊踩著麻雀般的輕快步伐蹦進校門，我有生以來頭一次發現，上學竟然可以是一件如此有意義的事。

回想星期六晚上掛了電話之後，我先是坐在原地憨笑了好一陣子，投射在我背後牆壁上的影子，逐漸從一個人影，變成了一頭發春的黑狗影，接著我以慢動作的小跑步飛撲進被窩，用棉被矇著頭，回憶著跟校花剛才的每一句對話，和每一個互動。我那已經在黑暗中漂流了十八年的疲憊靈魂，就彷彿突然找到了新大陸上的燈塔一般，只覺得全身上下乃至於從鼻尖吸進來的每一口空氣，都是這麼地灼熱而幸福。

於是一直到隔天早上為止，我除了自始至終一直處於漂浮狀態的嘴角之外，大腿更是夾著枕頭搓個沒停。

啊？

喂！別想歪了！我、我只是覺得有點冷！你以為我在幹什麼了！

真是的，這可是一部普通級的小說啊。（這句話是提醒我自己的。）

該死，我現在情緒好高昂啊。

請原諒我都已經身為一個十八歲的老成高中生了，還情不自禁地在光天化日的校園底下，做出一邊大笑一邊對著天空連環揮拳的低能動作。

人在心情太爽的時候，智商通常都會降到很低。

畢竟兩個星期以前還苟延殘喘在母豬龍淫威底下的我，在學校裡只是名不見經傳的小人物的我，數學模擬考只考六分勇奪全年級最低分的我，曾幾何時奢想過自己竟然可以霸佔校花的一個星期六晚上？而且還親密地跟校花稱黑道妹，閒話家常？

校花！是校花耶！是全校的雄性動物無不覬覦的校花啊！

如果不是現在旁邊有一堆往來的學生，我多麼想跳進腳踏車棚裡擁抱校犬，再衝進花圃裡親吻樹幹。

帶著熾熱激昂的心情，和已經快要上揚到眼睛高度的嘴角，我走進了教室，輕輕拉開椅子坐下。

這個星期我和校花的座位將往後再退一排，這麼一來總算是退到第三排了。

第三排在這間教室裡的戰略意義，就是所謂的「可以公然趴在桌上睡覺的安全距離」，或者另一種說法是「老師的板擦無法精準攻擊的安全距離」。

「你來啦。」她並沒有抬起頭，只是盯著她桌上的參考書，說。

「早。」我輕應了一聲，心臟噗通一跳。

「喂！」

在耗費了九牛二虎之力，整理完我那塞滿了奇珍異品的抽屜之後，我輕輕地叫了她一聲……

「喂」。

我到底在搞什麼啊！不是說好了要叫她「妹妹」嗎？怎麼結果還是叫了她「喂」？

嘖，還是算了。

在學校這種公共場所，像「妹妹」這種曖昧的稱呼畢竟還是不適合太過張揚。

「幹嘛？」她繼續專心地盯著她的參考書，依然不轉過頭來看我一眼。

可惡，我今天可是有東西要現給她看的說。

「唉呀！有一隻神態猙獰的蒼蠅正停在妳的頭髮上！」我故意大叫，語氣極度誇張。

「真的嗎？！」她果然花容失色地抬起頭來，舉起手在她的頭頂上胡亂揮舞了一番。

「騙妳的啦，哈哈哈……」我嗤嗤笑道，旋即立刻擺出昨天晚上對著鏡子練習過的超帥氣表情。她轉過頭來正打算賞我一記白眼之際，一道來得及時的晨曦從窗外的四十五度角，巧妙地打在我的臉上，我右手的大拇指和食指之間的虎口早已撐開，並且恰恰抵住我的下巴，構成一個當年很紅的勿忘影中人Pose。

可帥了。全場歡聲雷動，少女尖叫窒息。

「啊？你幹嘛換新眼鏡啊？」她驚訝問道，反應卻似乎不怎麼熱烈。

「哼哼哼，怎麼樣？氣質很清新脫俗吧？這可是我精挑細選了好久才找到的。」我用中指將鼻梁上的新眼鏡往上推了推，傾斜著一邊嘴角流露出得意之色。

「你……你為什麼要換這種阿公戴的眼鏡啊？好土。」她皺著一邊眉頭，不解地問。

「土……土妳個大頭啦！到底識不識貨啊妳？這種粗黑框的學者型眼鏡可是當今時下最IN的設計！是設計好嗎！嘖，缺乏品味的傢伙真的很難相處耶。」我惱羞成怒，語氣激憤地說。

搞不清楚嘛！這種粗黑框的Type可是連十年後最紅的粉領殺手蔣友柏都選用的款式，人家我十年前就未卜先知引領潮流了，竟然跟我說好土。

「可是戴在你臉上明明就很滑稽啊！根本就一點也不適合嘛。而且仔細看你那個鏡框的材質，感覺起來蠻像便宜貨的耶！該不會是高雄火車站路邊那種一副兩百九的吧？」她噘著嘴，冷冷地說。

「囉唆！兩、兩百九也是錢啊！」我萬沒料到她竟然一眼就洞悉了我這副眼鏡的底細，頓時氣急敗壞。

「哈哈！就說嘛，果然就是兩百九。」這該死的傢伙要不是校花的話，我絕對現在就一掌斃了她。

「住嘴！」我氣得滿頭大汗，臉紅脖子粗地說：「呼，妳該不會沒有近視吧？」

「怎麼可能沒近視？我近視還很重耶，九百多度。我現在有戴隱形眼鏡啊，看不出來嗎？」她突然將眼睛湊了過來，正面對著我，用手指把眼瞼稍微扳開。

「唉呀！」

一道深邃的閃光，刺進了我暗沉的瞳孔。我慘叫一聲飛退，眼前頓時一昏。

可怕的傢伙，在毫無預警的情況下硬吃她這記超近距離的眼神攻擊，我看任誰來都一樣要被電暈過去。

「九百多度？真的假的啊？妳眼睛大得跟顆高爾夫球一樣，完全看不出來有近視好嗎。」我一邊問，一邊按住眼皮以穩住剛才被閃光強襲的瞳孔。

「看不出來對不對？但其實我只要眼鏡一拔掉就跟瞎了差不多。你呢？近視幾度？不可能比我還重吧？」她笑著說。

「我？跟妳那快要瞎掉的眼睛比起來算是小意思，不過就五百多度罷了，但是我有異常嚴重的散光，是我小時候躲在棉被裡面看漫畫修練出來的結果。我說妳該不會除了近視九百多度以外，還有散光吧？」別嚇我，那種眼睛還有散光的話可就太唬爛了啦。

「沒有耶，我沒有散光。散光到底是怎樣啊？看到的東西會散開嗎？」

「沒錯。散光這種東西呢，就是好比我現在拔掉眼鏡看妳的話，」我摘下眼鏡看著她，說：「像這樣，妳的眼睛就會暈開成五、六坨模糊的殘影。唉呀！妳的臉！妳、妳的臉怎麼了？為什麼妳的臉……會腫得跟麵龜一樣？！而且還很像是五、六顆不同口味的麵龜不均勻地重疊在一起那麼樣的腫！難道……妳就是那傳說中來自麵龜星球的入侵者？幹什麼！想要用麵龜攻擊我們地球嗎？放馬過來吧！」我再次把眼鏡戴上，說：「好了，這就是散光，懂了吧。」

「你很愛演，」她伸出手，說：「但是不好笑。兩百九眼鏡借我看一下。」

我大感沒趣地摘下眼鏡，遞了過去。

她撩起側面的頭髮塞到耳際之後，拿起我的眼鏡似乎打算就這麼試戴看看。

我見狀不禁心頭一喜，暗爽著那副兩百九眼鏡將可以透過耳部的接觸吸取校花的靈氣，而這絕對有助於我以十倍的價格在學校的公告欄上把它拍賣掉。

眼看就在快要戴上去的時候，她手部的動作卻忽然停格在半空中，旋即她的眼角往背後微微一瞥，最後又把手放了下來，始終還是沒戴上去。

機敏如我，當然已經從這個小動作裡瞧出了幾絲怪異。我用我無數次的作弊經驗練出來的眼角餘光，以極為刁鑽的角度往身後探去，果不其然就發現了有好幾對不懷好意的目光，正從背後監視著我和校花這個方向。

監視？

沒錯，就是監視。

或許在這裡我得先解釋一下，除了每天讓學生們人仰馬翻的考試轟炸之外，這間私立高中裡另一項廣獲諸多家長們好評的特色。

這必須從一個小故事說起。

回想今天早上升旗時，訓導主任站在司令台上感慨萬千地述說了一個淒美絕倫的故事。

話說在上個星期某個夕陽斜曬的浪漫黃昏，學校裡某一名高三的男同學和另一名高一的學妹，穿著學校制服，小手拉著小手，比肩散步在學校對面的羊腸小巷裡，兩人十指糾纏你儂我儂的甜蜜模樣，不知羨煞了多少擦肩而過的路人和街坊。

但是很多時候，最悲慘的事情總是在最歡愉的時候出現，快樂到了盡頭就會發生悲劇。於是，就當這位覷準了時機成熟的男同學，把可愛的學妹帶到一處電線桿旁的角落，單手輕摟學妹腰間，另一手撥開了蓋在學妹臉上的劉海，臉湊了上去眼看準備就要逞兇之際……一隻渾厚有力同時散發殺氣的手掌，筆直地拍落在男同學的肩膀。

結實卻顫抖的手掌主人，正是剛從巷子尾的麵店吃完麵走出來的……教官。

男同學起初還不知死活，很不爽地轉過頭來嘴裡正要送出髒話之際，一看到那張熟悉的教官的面容，臉上立刻化為一片灰燼般的慘白。

他想頑抗，想澄清，想狡辯說他沒有要對那個學妹怎麼樣。

但是那隻還僵硬地摟在學妹腰際上的鹹豬手，卻無情地剝奪了他任何反駁的立場。

教官的影子越來越大，越來越大，大到籠罩住男同學和女同學的全身，籠罩住整面牆和電線桿，籠罩住這整個城市，籠罩住這對男女一切美好的未來。

「跟—我—去—訓—導—處。」終於，教官開口。眼睛裡的火光炯炯可見。

男孩甚至連逃跑的餘力都失去，灼熱的液體在內褲裡失控橫流。女孩的情形也沒有好到哪裡，手足無措之間，瞳孔已經開始出現休克性的放大。

就在氣氛凝重的訓導處辦公室裡，眼看兩人馬上就要被迫懲以浸豬籠、啊不，被迫懲以退學處分之際，訓導主任畢竟不是無情的草木，念在這位男同學馬上就要參加大學聯考而且成績不錯的份上，大仁大德的主任決定網開一面、從寬處理，僅僅予以男女同學「兩支大過留校察看，外加勞動服務到畢業」的小小懲戒。

就這樣，訓導主任在司令台上聲淚俱下地說完這個教官抓猴的事件之後，嚴正地警告操場上的所有同學務必嚴守男女分際，千萬不要妄想挑戰本徵信社、啊不，本校的權威，否則一切後果自負。

小故事說完了，你一定覺得很誇張吧？

對！只是牽手！就只是牽手而已！了不起再加上摟腰好了，這用棒球來比喻的話，也不過只是擊出了一支普通的一壘安打罷了！根本沒有什麼對不對？！

但是這間學校的訓導主任和教官可不這麼想。

對於站在防守那一方的訓導主任和教官而言，這支一壘安打的意義可是無比重大。

從棒球的角度來看的話：

Ⅰ首先，這一支一壘安打象徵著你可以趁著投手、啊，這裡說的投手也就是教官，還來不及做出牽制的時候火速盜上二壘；這極有可能發生在剛才故事背景的學校對面的羊腸小巷、人跡罕至的校舍屋頂，又或者是更肆無忌憚地就在放學後的無人教室裡。

Ⅱ接著在你成功站上了二壘之後，誰都知道好色的男生就一定會立刻開始窺伺三壘的壘包，於是你很巧妙地再次利用投手、也就是教官的一個防堵上的漏洞，飛身撲上三壘；根據經驗顯示，這最有可能發生的地點是在學校裡的廁所、花圃或草叢等具有優良隱蔽性的場所。

Ⅲ最後，重點來了，當你踏上了三壘之後，誰都知道在三壘上踩得住煞車的人是真君子，只可惜在這個既開放又速食的年代裡已經沒有真君子，有的只是一堆用下半身思考的禽獸，於是你這隻禽獸也不能免俗地在繞過三壘之後，索性直接發動強迫取分策略，硬是挺回本壘攻下了致命而該死的一分，造成了投手、也就是教官的責任失分；而這最有可能發生的地點，無疑是學校附近一帶的汽車旅館。

看出這個零和遊戲的邏輯了嗎？

今天教官如果不趁你們還只是在學校對面的巷子裡手牽手散步的時候，就用雷霆的手段把你們強行拆散，恐怕幾個月後教官下一次碰巧在對面的巷子撞見你們的時候，看見的就不只是一對手牽手散步的小情侶，而是衣衫不整地剛從汽車旅館裡打完一支全壘打走出來的亞當和夏娃。

所以，趕盡殺絕。對，就是趕盡殺絕。

這就是訓導主任和教官處理男女關係的最高指導原則，同時也是本校受到許多保守的家長們高度推崇的管教特色。

男女同學相處之間的距離和分寸，無時無刻都必須受到相當嚴格的審視。

這和校花試戴我的眼鏡有什麼關係？

那當然。

在這裡，男同學和女同學之間一切多餘的、非必要性的、具有曖昧感覺的、會招來不當聯想的直接或間接接觸，都是犯罪。

更明白一點地說，現在只要班上有隨便一個爪耙仔跑到訓導處密報，指控我意圖透過一副眼鏡和校花暗通款曲搞曖昧，疑似有藐視校方權威的嫌疑，那麼很可能待會下課時間一到，本校十分敏感的教官們就會從教室的前後門攻堅進來，以強大的火力把我們兩人制服之後扭送訓導處辦公室法辦，同時無限期沒收這副眼鏡，以作為訓導主任隔天在司令台上講述另外一個淒美故事時的呈堂證供。

不蓋你們，但這就是一間如此為了強迫學生專心於課業，而採取不擇手段壓抑人性的偏激學校。尤其像校花這種身分過於特殊的人，四周圍總是隨時有一大堆人戴著放大鏡在注視著她的一舉一動，因而她的小心謹慎其實也是有道理的。

儘管如此，我卻還是不禁為自己的兩百九眼鏡無法一親芳澤，好讓我可以轉手高價拍賣而暗呼可惜。

「幹嘛那個臉？在想什麼啊你？」校花注意到我臉上古怪的表情，問。

「啊？什麼在想什麼？沒、沒有啊！」我聳了聳肩。

「是嗎？最好給我老實一點喔你！」她白了我一眼，隨即又低下頭去端詳著我的眼鏡，說：「喂，為什麼這副眼鏡的鏡框看起來會這麼小啊？好像給小孩子戴的喔。」

「屁啦，那是妳自己的頭太大了。」我攤了攤手，故意這麼說。其實她頭小的程度，大概是我的二分之一，是水鬼的三分之一，是吳宗憲或張宇的五分之一。

「亂講！我的臉明明就很小好不好！」她捏著自己纖瘦的下巴高聲辯駁，卻又像是突然發現了什麼似的，指著鏡框大叫：「啊！你看你看！你看這裡！上面明明就是寫For Children！這支眼鏡根本就是專門給小孩子戴的嘛！」

我湊近一看，挖靠！那鏡框右邊的柄上還真的印了幾個小小的英文字For Children。真不愧是地攤貨，哪有人家眼鏡上面會這樣寫的啊？而且我比起正常小朋友大上數倍的頭顱明明就也還戴得下啊。

「好、好奇怪啊！我在買的時候都沒發現！」我抓著後腦勺，強詞奪理。

「還你啦，都幾歲了還戴小朋友的眼鏡。」校花一把將眼鏡扔到我的大腿上，卻同時再次用一種很不自然的角度往背後瞥了一眼。

我當然也感覺到了背後的那些眼睛。畢竟這可是以前坐在豬龍女王隔壁的時候，從來沒有過的事。

因為是校花，所以一舉一動，顯得格外醒目。

這種公眾人物的心情，在學校裡一直身為市井小民的我其實很難體會。

就好比我總是可以非常過癮地在光天化日之下痛挖鼻孔，打呵欠也不一定要用手遮住嘴，甚至在天氣比較熱一點時，我還可以十分隨性地把手伸進內衣裡面搓它幾粒濟公丸殺殺時間。

因為我只是小人物，但校花不是。一般人可以，但她就不行。

「喂，妳平常在學校的時候……會不會覺得還蠻不自在的？」我禁不住問。

「什麼蠻不自在的？」

我手指在桌子底下偷偷比了比後面，壓低聲音說：「有這麼多人在注意妳，做什麼事情應該都很不自在吧？難道不會嗎？譬如說妳臨時想挖個鼻孔可能就還得特地跑到洗手間這一類的。啊，等等，妳應該跟我們普通人類一樣，也會挖鼻孔吧？」

「哈哈……當然會啊！不過要挖也不會在公共場合挖吧？這不是基本禮儀嗎？哈哈……」她先是一陣大笑，旋即又轉回苦笑說：「不過……嗯，沒有啦。」

「妳就已經說『不過』了又說『沒有』。」

「嗯……與其說很多人的注意讓我覺得不自在，不如說總是有太多奇怪的流言讓我感到很疲倦。你懂我的意思嗎？」

「有一點抽象。」我用小指掏了掏耳屎，說。

「唉呀，其實也沒什麼啦，反正我自己也已經蠻麻木了。」她又苦笑了。

「我不知道妳指的是哪一件事，但是我剛才在來學校的路上確實是有聽到一些八卦啦，不過把妳講得有點誇張。」

「我知道啊。」

「妳知道？！」

「當然啊，人家在背後講我的壞話，我自己怎麼可能會不知道？」校花說，臉上的笑容很僵。

「既然知道，那妳不打算替自己解釋一下嗎？」我問。卻似乎是個蠢問題。

「要跟誰解釋？」她想也不想地問。

「啊……我也不知道要跟誰解釋，但總之好歹是不是也該澄清一下？譬如說我現在問妳的時候妳就可以澄清一下啊。八卦八到最後本來就很容易以假亂真，妳什麼都不解釋的話，人家不是更容易覺得妳搞不好是在默認嗎？民眾很盲目的，像我有時候也搞不太清楚一些校園八卦的真實性。」我聳了聳肩，提出了我的見解。卻似乎是個爛見解。

「……」她沉默了，只是安靜地看著我，那眼神似乎正在改變。

我蠢得要死，竟裝無辜地抿嘴點了點頭。

她淺嘆了一口氣，臉色忽然罩上一層凜冽的浮冰，語氣寒冷地說：「不用了，隨便你們要怎麼想。我沒有必要對任何人解釋。」說完旋即起身走出教室。在離開位子的時候，她的腳後跟還稍微蹬到椅子腳，發出了尖銳的嘎吱一聲，彷彿在宣洩著某種悶氣。

錯愕地留在位子上的我，頭頂上空出現好多的點點點和蜻蜓，還有一個大問號。

我……

我到底說錯了什麼啊？

「乒──，匡啷。」

一聲清脆的聲響乍然傳來，很明顯聽得出是玻璃破掉的聲音。

可是這聲音……，怎麼會這麼近啊？

我低頭看了看腳邊。

奶奶個熊！我昨天才買的新眼鏡！

□

「喂，你聽說了嗎？校花最近好像跟六班一個籃球校隊的男生搞上了耶！聽說校花雖然外表長得漂亮，其實私底下心機很重而且還超拜金，那個六班的男生好像已經送她很多次禮物了，而且還聽說至少要送一些名牌包包之類的東西，校花才願意跟男生出去約會耶！媽的這種女人真的最賤！」一個不算很熟的別班同學，一邊搖頭一邊罵道。上學的路上，我碰巧在教室大樓的樓梯口遇見他。

「哦，你怎麼知道的？」我給了一個敷衍的笑容，問。

「就、就我聽人家講的啊！最近不是大家都在講嗎？」不太熟的別班同學支支吾吾地說。

「人家？哪一戶人家？」我繼續問。

「靠腰！人家就人家啊！哪、哪還有什麼哪一戶人家的啊……」不太熟的同學講不出來，倒是連「靠腰」都罵出來了。

「沒關係，別緊張！我只是問問。反正就是某一戶人家說的嘛！對不對？我知道、我知道。」我拍了拍那個別班同學的肩膀，淺淺地笑了笑，說。

然後他又給了我一句靠腰。

以上。

這就是我今天早上聽到校花最新八卦的全部經過。

由於我當時還極度沉醉在「妹妹和小黑講了一晚上電話」的興奮情緒裡，因此下意識地根本拒絕相信這種八卦。

但是八卦主角的校花本人可似乎沒有這麼豁達了。

就在我們聊到這件事，呃，也就是新眼鏡摔破的接下來幾天，校花不知道是改用馬桶水箱裡的水洗臉還是怎樣，一張美麗的臉卻差點比我們這一樓的男生廁所還臭。

因此不要說是找她聊天了，就連平常考考卷要傳過去跟她交換改的時候，我的手都還會不由自主地發抖。

然後，徹底靜默的一個星期在晃眼間過去。

兩個座位之間，彷彿結了一座十公尺厚的南極堅冰。

是，是。我是可以理解她在校園裡成天被大家注目的壓力。

可是這到底關我什麼事啊？我也不過就是偶然聽到了這起八卦罷了，聽者無罪啊！嘴巴長在別人身上，就算我再不爽，難道叫我給那個別班同學一耳光嗎？不可能嘛！對不對。

哪，看吧。

害得本少爺在這麼一個良辰美景的星期六夜晚，竟然從八點不到就已經坐在茶几旁邊碎碎唸到現在，都已經十點了你看看！

我閉上眼睛，做出我今天晚上第一千六百八十三次深呼吸，睜開眼。

緩緩舉起了茶几上的話筒，手指插入那個有點生鏽的號碼轉盤。

那個號碼，轉了出去。

鈴——

「喂？」電話的那一頭接起。

不妙。

這個聲音……我還是分不出來到底是她，還是她姊。

根本就太像了啊。

「喂、喂，」顫抖的聲音訴說著我內心的惶恐。

「請問你找誰？」對方問。

完了。

這一句話的聲音……我還是聽不出來現在話筒彼端的人到底是她，還是她姊。

史上最難的選擇題，不，或許應該說是非題。

「請、請、請問，周、周、周妍文在嗎？」我問，語氣坑坑疤疤到不行。

電話裡時間之緊迫實在不容我細想，於是我只好把心一橫，賭這個人是她姊。畢竟要是再像上次那樣跟她那個母夜叉轉世的姊姊裝熟的話，後果絕對不堪設想。

「喔，她現在在洗澡喔。」電話另一頭的人答道。

果然是她姊！呼，好險剛才沒有貿然裝熟。

「是嗎?那沒關係，我晚一點再打好了。」我迫不及待要掛掉電話，一刻也不願意和這隻母夜叉多作糾纏。

「晚一點再打?現在已經快十一點了耶!說!你是哪裡找她?」她姊凶神惡煞地問道，似乎已經不記得我的聲音。

「我、我只是她同學……」我試圖敷衍帶過。

「同學?!哪一個同學?叫什麼名字?說!」她姊追根究底，語氣像是一個在拷問犯人的女警。

我的背脊卻已經開始發涼。

特別是上次我認錯她們姊妹聲音的事情，讓她姊似乎對我非常沒有好感。

「我、我的名字是那個……就是那個啊，有沒有，妳知道的嘛!也就是那個、那個啊，有沒有，我不可能跟妳講過吧、我、那個……」語無倫次，彰顯著我的恐懼。

我看著窗戶玻璃上那個還殘留著的閃電形狀裂痕，決定索性無恥地把電話掛掉。

「哈哈哈!笨蛋，你怎麼還是認不出我的聲音啊?」

啊?

這放浪形骸的笑聲……怎麼有點耳熟?

「妳?妳是……?靠!妳幹嘛騙我啊!可惡!」我大叫道。

「我要看你認不認得我的聲音啊!誰知道你根本就聽不出來嘛!哼。」

「唉、唉呀，這妳就不懂了，其、其實我剛才早就聽出來妳是誰了啦!只是故意配合妳一下而已。」我以一招十分老套的說詞辯駁道。

「少來了你!剛才不是還說什麼『請問周妍文在嗎?』的嗎?我看你根本就把我的聲音認成我姊了吧?」

「嘖……可惡，好啦好啦!我承認我認錯聲音了，但我其實不是把妳的聲音認成妳姊，而是把妳認成伯母了啦！想說這麼臭老的聲音除了伯母以外應該沒有別人才對……」我賣弄尖酸的賤嘴極力反攻。

「放屁啦你！我要去告訴我媽！」

哇賽！這堂堂校花竟然祭出「放屁」二字。

「好啊，妳去告啊！去告啊！反正妳媽也不認識我，就去告啊！」我索性翻白眼甩著頭，吐出品行惡劣的高年級小學生欺負弱小時專用的台詞。

「你錯了！我媽認識你！」她大叫，語氣聽起來頗為得意。

「什麼？妳媽認識我？等、等一下，妳媽為什麼會認識我？她……」我愣了一下，想了想之後，說：「難道她也有在梅花鹿兒童美語班補過習？」

「神經！我有跟我媽說過你啦！我跟她說我小時候在梅花鹿兒童美語班認識的小黑人，現在坐在我隔壁。」

靠，又是小黑人。

我在梅花鹿的時候，難道就沒有其他更顯眼一點的特徵了嗎？可恨。

「喔，那伯母對這件事有什麼看法嗎？」

「沒有。她只有問你對我好不好。」

「啊？那妳怎麼跟她說？」

「我就說你對我很壞，只會跟別人一起欺負我。」

「喂！喂！到底是誰欺負妳了？！我可是什麼也沒做啊！」

「哼，反正你跟那些在背後亂講我的人都一樣。」

「妳果然還在生氣這件事！但問題是我並沒有跟亂講妳的人一樣好不好？！哪，好歹在我這幾天不眠不休的調查之下，總算找出是誰在背後散播妳的謠言了！妳知道是誰嗎？就是我們班上的玉珍和素珠！這兩個人真的光聽名字就知道是超三八的傢伙！」我義憤填膺，疾言厲色地說。

「我知道是她們啊。」她倒是語氣相當淡然。

「妳知道？那她們到底為什麼要在背後亂講妳？不會無緣無故吧？」

「唉唷，你不要問啦，我不想講這些事。」

「快一點，我已經泡好茶準備好洗耳恭聽了。」

「嘖，你很煩耶。好啦好啦，這講起來就很複雜啊，反正……反正就是玉珍就是喜歡一個籃球校隊的六班男生嘛，然後前幾天那個男生就到教室外面拿東西送我啊……就只是這樣而已啊！我怎麼知道我會被講成這樣啊！」

「等等，有一個疑點，那個男生幹嘛沒事拿東西送妳？」

「我怎麼知道啊！他就說什麼他爸媽去國外買回來的紀念品還什麼的……」

「喔……那妳就收下了喔？」

「我就跟他說不要啊！又不是生日還是什麼節日。可是他就說不是什麼貴重的東西，只是普通紀念品，還拜託我一定要收下……」

「結果這個從國外買回來的紀念品到底是什麼？」

「一條金項鍊……」

靠腰，台就算了，最好是有人會去國外買金項鍊回來當紀念品啦！

我只用膝蓋推敲了五秒，立刻對這件事情的始末得出了一個結論。

「好吧，讓我來做出一個合理的歸納好了。也就是說，玉珍哈到的那個六班男生，偏偏喜歡的人不是玉珍而是妳，然後好死不死在某個偶然的情況之下，那個六班男生千里迢迢從遠在四樓的六班，跋山涉水特地跑下來二樓的我們教室外面送妳禮物的畫面，被玉珍給撞個正著，於是少女天性的嫉妒頓時像山洪爆發般一發不可收拾，秉持著所謂我得不到的，別人也別想得到的精神，少女玉珍終於決定走上復仇的絕路，開始在背後亂放炮射妳，到處放話說妳不只是一個愛勾引男人又拜金的霹靂淫娃，更是一部只要送禮人人可搭的免費公車！呼——、呼——、呼——、是、是不是這樣啊、一口氣講完講得我好喘！」

「什麼？！她們真的有這樣講我嗎？」她倒吸了一口氣，似乎被我相當流暢的惡劣描述給嚇到。

「後面幾句是我自己補充的啦，啊哈哈……」

「小黑！你竟然這樣講我！好啦你！就知道你跟玉珍她們同一國的，只會一起欺負我！」她在電話那一頭嚷嚷叫道，然後假哭。

「唉呀，我只是試圖原汁原味地揣摩玉珍的心情嘛！好啦，那不然這樣好了！不要說我小黑當朋友不夠意思，萬一妳跟玉珍真的一觸即發，在教室後面互毆起來的話，我一定站在妳這邊，行不行？」我拍了拍胸脯允諾助拳。

「哈哈……笨蛋！不過這是你說的喔！那你記得到時候幫我抓住她、讓她不能動就好！」

「沒問題，我想我應該可以輕而易舉地箝制她細瘦的脖子和雙手，接著再用我前一天穿過的襪子悶住她那張喜歡在背後放炮的八婆嘴，至於妳呢，到時候就聽我口令，看是要直接用蓋狠鋤她的骨盆讓她濺尿，還是索性給上一記側路的肝臟攻擊讓她吐膽汁。不過無論如何，妳都可以放膽痛扁沒關係，她咬著我前一天穿的襪子保證唉不出半點聲音來，老師不會發現。」我無私地把自己十多年累積下來的格鬥技巧，一五一十地傳授給校花。

「哈哈哈、咳、哈哈、咳、咳，漫畫看太多了你！」她在電話的那一頭已經笑得岔氣。

「對了，常常有人送妳禮物嗎？就像玉珍喜歡的那個六班男生那樣。」我話鋒一轉，轉到另一件我相當關心的事。

「嗯，老實講，真的蠻常有的。」她回答得理所當然，卻並不帶有炫耀意味。

不過我想應該也是啦，之前學校裡早就謠傳，把校花每年來自海內外、啊不，校內外男生的禮物全部轉換成現金來計算的話，據說總值快要跟本校訓導主任一年的年薪差不多。真是個令人腿軟的數字。

「那，除了這個送金項鍊的白爛六班男生以外，送妳禮物的人一般都送些什麼啊？」

「很多耶，花啦、CD啦、書啦、衣服啦、手錶啦，大概就這一些吧。有的我一時也想不起來。不過我國中的時候有一個最誇張的男生，你知道他送我什麼嗎？他竟然送我一台鋼琴！而且還是演奏式的那種掀背鋼琴！結果鋼琴送到我家樓下的時候，我當場都傻眼了！」

「靠，會不會太誇張啊？那……那後來呢？」

「後來我當然是叫那個送貨員把鋼琴運回去啊！怎麼可能真的收！」

媽呀，怎麼大家一樣都是人，命運會差這麼多啊？

想我打從娘胎出生到現在，十八年來唯一獲得異性贈送的禮物，是一袋新鮮的木瓜。還記得那是遠在小學三年級的時候，阿嬤為了獎勵我月考勇奪全班第十七名的好成績，特地從鄉下寄來的厚禮，而第十七名則是我小學時代所拿過的最佳名次。（其實也是小學「以來」所拿過的最佳名次。）

「那，除了送鋼琴的那一個神經病之外，還沒有有哪一個禮物是妳印象比較深刻的？我說的是正面的那種印象深刻，不是驚嚇的那種。」

「印象深刻喔，嗯……應該是那個吧！也是在我國中的時候，有一個很會做卡片的學長，曾經送給我好幾張他親手做的卡片。可能因為是親手做的關係，感覺比較特別啦。」

呼——幸好她沒有說她印象最深刻的是藍寶石項鍊和LV包包，這證明了她善良的本性還沒有被這個貪婪的社會給泯滅。

這麼一來，我家的阿嬤一定會喜……好了好了！不要再提阿嬤了！這篇故事裡阿嬤的戲分已經夠多了！

「親手做的卡片？哪一種親手做的卡片？」我進一步追問更細節的部分。

「啊？我也不知道是哪一種耶，就是卡片一打開會有很多立體的城堡跟花草跑出來那樣子，很漂亮。」

「喔……可以借來看看嗎？啊，不過這樣好像對那個學長不太好喔？畢竟裡面搞不好寫滿了『我最LOVE的學妹小乖乖』、『學長這雙巧手是為了做卡片給妳而存在的』這一類噁心巴拉的話，哈哈哈……」

「你是怎麼想到這麼爛的句子的啊？他才沒有那樣寫呢！而且他都是寫在另外一張紙上，然後再夾在卡片裡面啦！不是直接寫在卡片上面。」

「哇賽，這學長還真是有心。那他現在人呢？在哪兒？」

「啊？好像……好像是在淡大的樣子啦。」她回答得還真不確定。

「好像？！」我頓時搞糊塗了，說：「你們聽起來不太熟耶！」

「後、後來他就沒有跟我聯絡了啊！我也是聽其他朋友說他考上淡大的。」她理直氣壯地回答。

等一下等一下，這個不太對吧？

又不是像韓劇裡面一樣得絕症，好端端的為什麼立體卡片學長後來會沒有跟校花聯絡？

「他沒有跟妳聯絡，該不會其實是因為妳……拒絕他了吧？！」男生會突然間不跟自己喜歡的女生聯絡，然後又不是得絕症的話，我能想到的就只有這個可能。

「我拒絕他了啊。」她回答得相當平靜。

我卻一瞬間汗流浹背了。

那個學長不是已經送了讓她印象深刻的立體卡片了嗎？怎麼竟然還是慘遭三振？

「難怪！那他怎麼可能還跟妳聯絡啊？妳這個冷血無情的傢伙，虧那個淡大學長還送了妳親手做的立體卡片！在這個紛擾的年代裡，這種純情又有真心的好男人不多了啊！」我大叫為學長發出不平之鳴。唉，畢竟雖然淡大學長已經被三振出局了，但是還在伺機尋求揮棒機會的我，也忍不住要為他付諸東流的努力掬一把同情的淚。

「我知道那個學長是一個好人啊。」她的口氣也太淡然了吧、混蛋！

聽到這句話已經沒有疑問，誰都知道那個學長是收到了一張殺傷力無限大的好人卡。

「看來這年頭，真的不流行好人。」我仰起頭深嘆了一口氣，愁傷著這個人心不古的年代。

「喂，我那時候才國一耶！國一！那不然難道你要叫我跟他在一起嗎？」她大喊冤枉。

「妳那時候才國一？那他多大？」

「國三。」

「所以妳是什麼時候拒絕他的？」

「國一。」

囧↑我的臉再度糾結成這個悲苦的形狀。

這女人原來從國一開始就把拒絕男生當然是家常便飯啊、混帳！

不安的汗水像藤蔓一般迅速爬滿了我的背。

我實在不敢想像才國一的校花，用好人卡三振掉淡大學長那個血腥的畫面。

我早就知道，校花要是真的這麼好把，早就是人家的女朋友了，哪裡還讓我有機會在這裡蠢蠢欲動？這個我當然知道。

但是我卻無法否認我心生畏懼的事實。

被深愛的女孩用好人卡攻擊的畫面，怎麼想像都覺得太過殘酷。

「幹嘛啦？幹嘛不說話？」她一邊喝東西一邊說，聲音唏哩呼嚕的。

「沒、沒事。我想我只是受到一點輕微的驚嚇。對了，這麼多人送妳的禮物，妳都還有留著嗎？」

「當然有啊！我分成幾個大的紙袋裝起來，按照幼稚園、國小、國中、高中不同時期區分，現在都收在我的書櫃裡面。我很珍惜這些禮物耶！連我媽和我姊我都不准她們碰。而且我都還記得每一樣東西是誰送的喔！」

……分成好幾袋？

原來除了立體卡片學長之外，還有好幾袋的犧牲者躺在校花的書櫃裡啊、混蛋！

電話的這一頭，我語塞了。

就像手腕突然射不出絲的蜘蛛人一樣狼狽。

「小黑！你幹嘛又不講話了？你今天晚上怎麼好像一直心不在焉啊？」

「沒、沒有啦，我想我只是受到了一些外星隕石的撞擊，不礙事的。對了，星期一別忘了帶妳淡大學長的立體卡片來借看一下。」我信心動搖之後的聲音，在一瞬間變得像風中的蠟燭一樣虛殘，於是再扯沒幾句之後便匆匆跟她說晚安，掛了電話。

腦中卻不由自主地一直重複著，男生被喜歡的女生用好人卡攻擊的畫面。

『對不起，我知道你很會做立體卡片，而且我也知道你是一個很好的人……可是我真的沒有辦法跟你交往。』

嗚。

淡大學長，你好慘。

□

『對不起，小黑，我知道你對我很好，而且我也知道你是一個很好的人……可是我真的沒有辦法喜歡包公……』

嗚啊、啊、啊、啊、啊！

呼──、呼──、呼──、呼──、呼──是夢嗎？這是夢嗎？

銳利的曙光從窗簾的一角透射進來，我坐在房間裡的書桌前，仰天悲鳴。

看了看四周，桌燈還亮著，一旁的電風扇也還開著，床頭上的音響還在重複播放著張學友當年已經蟬聯排行榜七週冠軍的〈忘記妳我做不到〉。

一切都維持在我昨晚失去意識之前的狀態。

回想昨晚，和校花講完電話之後，我搖搖欲墜地癱躺在床上，時而咬著指甲嘆息，時而抱著枕頭哀嚎。終於，在嘗試了數一萬隻綿羊、背唐詩三百首等方法仍然無法入睡之後，我果斷地走下床鋪，來到書桌前面，從書包裡抽出那本我一生中最懼怕的數學講義，把心一橫直接就翻開到三角函數的章節，打算利用恐怖的習題進行自我催眠。

一開始，事情進行得很順利。我成功地在一分鐘內喪失了意識。

但心緒不寧的我，並沒有立刻進入到睡眠的狀態，而是遊走在半夢半醒的狀態中，遁入了一種奇怪的虛擬實境。我先是穿越了一片白茫茫的雲霧，再繞過了一片樹木參天的雨林，接著又來到了一片橫亙千里的沙漠荒原，最後眼前一花，竟然置身在學校的教室裡。

一抹金燦卻略感哀愁的晨曦，斜照在兩條人影上。其中一條人影是我，另外一條人影則背對著我，但看那綁著馬尾的熟悉背影，應該是校花沒錯。

我心中暗吃一驚，心想我不是已經在這裡了嗎？怎麼眼前還有一個我？莫非我是穿越了時光隧道，即將預見未來？

於是我趕緊藏身到一根柱子後面試圖不要被發現，同時把眼睛微微探出柱角，窺視著兩人的互動。

只見另一個我緊閉著雙眼，眼淚如海洋般不斷從鼻尖低落地面，滴答作響。

背對著另一個我的女孩深嘆了一口很長很長的氣之後，終於開口。

『對不起，小黑，我知道你對我很好，而且我也知道你是一個很好的人……可是我真的沒有辦法喜歡包公……』

接著乍醒在書桌前的我，只好下意識地發出一聲慘絕人寰的悲鳴。

如果這一切不是作夢的話，那麼這個被拒絕的理由也太搞笑了一點。這都要怪那個很會做立體卡片結果還是慘遭三振的學長，帶來了不祥的啟示。

一個形同行屍走肉的渾噩週末結束之後，又來到了嶄新的星期一早晨。

早自修時間，班導師水鬼開教務會議去了，不在。

這種難得的好機會我當然不會錯過，於是額頭和鼻頭雙雙服貼在桌面上，人中的位置正好卡在桌子的邊緣，口水則相當噁心地在嘴唇和地面之間拔河牽絲。

很明顯，由於前兩天睡眠品質實在太過低落的關係，我現在睡得相當熟。

Z——Z——Z——Z——Z——Z——Z——

唉，做人最要不得的就是缺乏自知之明，校花的等級那麼高，不是平凡人的你高攀得起的！哪，你也都聽到了，多少男生的屍骨，現在就躺在校花書櫃的紙袋裡，還不明白嗎？

校花不會看上你這種黑得像包公一樣的傢伙的。省省功夫吧，小黑！現在回頭還不晚哪。

可、可是……

難道要我放棄眼前這個坐在她隔壁的大好機會，放棄小時候曾經跟她一起在梅花鹿兒童美語班補習的同窗緣分，放棄妹妹和小黑這得來不易的親密稱謂，然後昧著良心跟她說：「讓我們快快樂樂地當一輩子的好朋友吧！」這樣嗎？

幹，不要，我不要。這樣的人生，太窩囊了。

與其這樣，我還寧可像絢爛的煙火般綻放出短暫卻璀璨的光芒，哪怕最後註定燃燒殆盡在陰暗書櫃的紙袋，哪怕最後可能會跟淡大學長還有一些已經早一步陣亡的先烈們一樣，成為她好人卡下的一片殘缺記憶，哪怕……

我也要轟轟烈烈，愛得像一個男子漢。

Z——Z——Z——Z——Z——Z——Z——Z——Z——

啊，好像有人在搖我……呼……鼾……

誰……是誰在搖我……？呼……鼾……

別搖啊……我愛睡得很……讓我再睡一下……一下下就好……拜託……呼……鼾……

「喂！你還沒整理抽屜啦！喂！你還睡！快點起來啊你！」

一串隱約傳來的聲音，逼使我吃力地將左眼撐開一道細縫看到底是發生了什麼事，右眼則繼續維持在昏睡的緊閉狀態。

哎呀，雖然拉開了一條細縫，但是前面只有白花花的模糊光圈暈成一片，我根本就看不清楚啊……不行……我想我真的是太累了……必須要再多睡一會兒才行……什麼事情等我醒過來之後再說吧……呼……鼾……呼……鼾……

左眼皮的細縫又慢慢變回了一條線。

噹——噹——噹——噹——噹——噹——。

啊……打鐘了啊……掃地時間到了嗎……？呼……鼾……

我把已經快要垂落地面的口水一吸，奮力睜開已經糊滿眼屎的睡眼，只覺得一對眼皮比健身房裡的啞吟還重。拉高伸了個懶腰，打了一口差點讓下巴脫臼的超大呵欠，我起身準備開始打掃工作。

正要把椅子搬到桌上的時候，我眼角的餘光瞥到了一堆散落在地上的東西。

「這誰的啊?東西就是要好好收在抽屜嘛!亂丟在地上，像什麼樣子。」我冷笑了笑，手自然而然地探進抽屜裡去撫摸撫摸我那些珍愛的古董。

啊!空的?

怎麼會空的?!

我珍愛的古董們呢?!怎麼不見了?!不會吧大哥!那可是我三年來無價的回憶啊!

這時候，我的眼角餘光又掠過了那一堆散落在地上的東西。

那種考卷的揉法，和那些考卷上的筆跡，以及最重要的，那些考卷上淒涼的分數，在在都指出……那正是我抽屜裡的寶貝啊、混帳!

「媽的!是誰丟的?!」我桌子一拍，忿然大叫。

「你那麼兇幹嘛?雅欣來了，可是你抽屜沒給人家整理好就趴下去睡覺，我們又叫不醒你，雅欣問我你抽屜裡的東西要怎麼辦，我只好叫她先丟到地上啊!誰叫你要一直睡啊。」校花若無其事的表情看著我，彷彿一點也不覺得她這樣做有任何不妥。

雅欣這個名字在故事最開始的時候有出現過了，就是每逢星期一換座位的時候要坐到我原來位子的女孩，長頭髮戴著眼鏡，個子不高小小一隻，姿色在班上女生裡面排名第五左右，也還算得上是美女一枚。

「妳這傢伙……」我原本還惺忪的睡眼驟然轉成了赤紅凜凜的怒目，叫道:「好歹妳也請雅欣先幫我拿個袋子裝起來啊!全部灑在地上是叫我要怎麼整理啊!」

「有什麼關係?反正你抽屜裡還不都是一些考卷跟垃圾?髒死了你。」她則繼續著她那校花式的白目，絲毫不為我兇狠的眼神所懾。

「妳!」我高喝一聲，按在桌子上的手掌迸出一股滾燙的殺氣，一張一縮的鼻孔則不住冒著陣陣白煙，隱然是我要開扁的前奏。

雖然我在那一瞬間真的很想一腳讓她飛出這個星球，但畢竟在這世上，只要稍微還有一點人性的人都不會做出殺死自己妻子的舉動，所以我當然也不會這麼做。（咦，是什麼時候變成你妻子了啊……）

我於是吸了一大口冰涼的空氣吞進喉嚨，設法讓快要從鼻孔噴出來的火焰在身體裡化掉，旋即彎下腰去收拾散落一地的東西。

藉著這個機會將地上揉成一團一團的考卷攤開之後，我才赫然發現原來自己個位數的考卷還真的不是普通的多啊！唉，回想高一、高二的我年少氣盛，每次月考一到就跟班上幾個豬朋狗友互相砥礪、爭奪全班最後一名爐主寶座的荒唐歲月，如今一切只覺得往事如煙，不堪回首；高一不努力，高三徒靠杯。

然後現在更慘了，在這種正值聯考當前的緊要關頭，我竟然又迷上了遙不可及的校花，成天神遊作白日夢，我哪來的前途可言？

完了，聯考完了。

考不上好學校，就只能坐在地下道賣口香糖兼拉胡琴賣藝過一生，然後這輩子也完了。全完了。我成為苟活在這個地球上沒有任何貢獻的一坨廢物，比糞坑的蛆還不如。

一個落魄的少年，無依無靠地蹲在地上，手裡疊著幾張慘不忍睹的考卷。

窗外的風來得很是時候，一把吹起少年的劉海，在少年越來越模糊的眼睛前面，蒼涼地飄動。

一種突如其來的百感交集。

屬於十八歲少年的百感交集。

「幹嘛啊？你生氣啦？」校花注意到我眼角的反光和通紅的鼻頭，問。

「我沒生氣……只是有一點感傷。」我用手肘擦了一下臉，淒然地嘆了一口很濁的氣。

「無聊，感傷什麼啊？剛才睡那麼久你還沒睡飽啊？」她不解地問。

「不，我只是看到這灑落一地的考卷，頓時間對於光陰的荏苒感到不勝唏噓。哪，妳瞧，這裡還有一張我高二的時候數學零分的月考考卷呢！妳說令不令人感嘆？唉……然後我突然又想到那個已經被妳三振的淡大學長……」我音量漸微，到最後一句話的時候甚至幾近哽咽。

「什麼？你說什麼三振什麼學長？」

「啊，沒、沒有啦……」我用袖子拭掉眼角的液體，強顏歡笑地說：「我是說妳那個淡大學長做的立體卡片呢？有帶來嗎？有帶就快點拿出來，讓本卡片達人鑑定鑑定妳學長的斤兩。」

「卡片達人？哈！哈！愛吹牛。」她大笑了兩聲，然後從書包裡拿出一個正方形的粉紅色信封，遞了過來。

我沒有答腔，只是懷抱著極為複雜的心情將卡片從信封裡抽出，展開。

挖靠！

這卡片裡面的立體小花雕工好細！該死……這簡直是有目共睹，堪稱職業級的水準之作啊！純淨無瑕的白色基底，搭配上粉色系的一朵主花，周圍再點綴上錯落有致的小草和雲朵，整體構成一幅美麗柔和的溫暖畫面。

好樣的啊，淡大學長！就連身為男生的我，都不禁要為你這張卡片裡面精緻萬分的呈現而動容啊！

這……

難道說這麼屌的卡片，都還追不到校花嗎？

我的額頭又開始冒汗了。

「喂，你的表情幹嘛那麼凝重啊？」校花歪著頭，瞧著我的臉。

「啊？喔，喔，我、我有嗎？」我有點恍惚地說。

「到底在想什麼啊你。好啦，看完了吧？卡片還我。」

「等、等一下啦！我還沒看完啊！」我再次反覆端詳著卡片的每一個細部，過了半晌後努力保持鎮定地說：「這淡大學長的手工還ＯＫ嘛！立體小花雕得是有模有樣的，不錯不錯，本達人決定勉強給他六十五分好了。」我將卡片裝進信封，丟回她桌上。

「六十五分？哈！哈！少臭屁了你。」她又大笑了兩聲，不屑的口吻說。

「他這張卡片是什麼時候送妳的？」

「我國一，他國三，你上次問過了。」

「是嗎？我問過了嗎？唉呀，唉呀，果然我就說嘛！這卡片果然是只有國三程度的啦！技法不錯是不錯，可是流於表面，缺乏精神，整體的感覺就是嫩了那麼一點。」我攤了攤手，裝出一口專家的語氣，說。

「喂！你幹嘛一直批評啊？這是我收過的卡片裡面最喜歡的一張耶！」她一邊說著，竟一邊作勢將那張卡片捧入胸口。

該死的卡片！你竟然膽敢比全校男生都早一步碰到校花的胸部！

我心裡咬牙切齒，臉上的表情卻當然不敢有一絲動靜。

「對了。」我硬吞下一口氣，問。

「嗯？」

「妳生日過了吧？幾月幾日啊？」

這其實是個明知故問的問題，因為在這間學校裡，包括校車司機和福利社老闆在內，只要是男的就沒有人不知道校花的生日是二月一日。

「二月一日。」

「啊？是喔，那已經過很久了嘛？」

三月十三日——

「哪有過很久啊?也才一個多月前而已啊。」

「唉,真是可惜,那時候是寒假吧?如果早一點知道的話,搞不好本卡片達人有時間弄張卡片出來,讓妳見識見識什麼叫作卡片界的王道。」我佯裝嘆氣,演技精湛。

「屁啦,馬後砲。這麼厲害的話,你現在還是可以做啊。」她輕蔑的眼神告訴我,她並不相信我會做卡片。

「現在都已經開學了,哪有時間啊?每天考不完的小考和作業,晚上還要補習。」

「好啦沒關係啦!我只是開玩笑的。你用不著說這麼多藉口,真的。我知道你沒有做卡片的才能。」

靠!好賤的激將法。

「什麼叫作沒有做卡片的才能?告訴妳,我只是現在真的沒有時間罷了,有時間一定做一張來嚇嚇妳!」我高分貝反駁道。

「沒關係啦,真的沒關係。」她輕鄙一笑。

我卻沒有再說話。

一邊轉著手裡的原子筆,腦海裡已經暗暗醞釀起一條妙計。

突然間,有一雙非常濕又非常臭的手伸過來,掐住我的臉頰不停地甩動。

「靠!大白天的,你是又在想什麼變態的事情了?」這雙手的主人說。如此噁心難耐的腥臭味沒有別人,正是罹患嚴重手汗症的阿佑。

阿佑是這個故事裡面排名前三名的配角,也是我高中時代的超級好友,現在正好坐在我前面的座位,也就是班上第五正的女生,雅欣的右邊。他之所以能夠有幸成為班上少數獲得我欽點為好朋友的人之一，背後其實隱藏了一個極為感人的友情故事。

話說在高一、高二那段我之前提過的荒唐歲月，我不僅成日嬉戲，沉迷電玩，更是視讀書為無物，視分數如糞土。在好幾次的段考裡，我真的都險險要登上全班最後一名的爐主寶座了，卻都被阿佑所救。

因為超夠義氣的阿佑，迄今為止無論是在哪一次的段考裡，他總是以比我爛個一、兩名左右的名次，不離不棄五十名、他第五十一名；高二上學期的期末考，我全班第五十六名、他第五十八名；並且在高二下學期最慘烈的那第二次月考當中，阿佑更是誓死搶下了全班第六十名的爐主寶座，免除了第五十九名的我成為爐主的恥辱和尷尬！這種捨身護友、我不入地獄誰入地獄的過人情操，深深地撼動了我熱血的心，讓我決定不避手汗的腥臭也一定要和這麼一個好人結拜兄弟。

「幹嘛啦！嘖，你的手會不會太濕了啊！」我撥開他的髒手，趕緊舉起袖子擦拭沾得我滿臉的臭汗。

「走啦！陪我去福利社買早餐吃，順便有一點小事情要請教你。」阿佑說完，起身往教室門口走去。

忘了說，由於學校的福利社距離我們的教室非常遙遠，必須橫跨半個操場和兩座籃球場才能抵達，因而往往為了避免沿途孤單，要買東西的時候我們多半會找人結伴同行。

而我，就是阿佑每次去福利社的固定旅伴之一。

□

「有什麼小事情要請教我？我先聲明，我可是不知突發性的便秘要怎麼處理喔。」我說。

兩個人已經走到操場上。我會這麼說，是因為阿佑這孩子從小身體就有很多毛病。除了超級嚴重的手汗症之外，還有先天性的哮喘、椎間盤突出和輕微的少年白；記得高三上學期的第一次模擬考之前，阿佑還因為太緊張而嚴重便秘到住院。

此外，阿佑那饒富特色的長相也是人間一絕。

只有在國畫裡面才會看到的那種細長鳳眼，從正面完全看不出來到底有沒有鼻孔的超級鷹勾鼻，再搭配上一張肥厚而呈現深紫色缺氧狀態的嘴唇，無疑堪稱是相貌學中千年一見的經典。還有，在他右邊脖子上靠近肩膀的地方，還有一塊像狗皮膏藥一樣烏漆媽黑，不曉得是胎記還是什麼來著的正五邊形印跡；還有還有，他雖然身為男生，小腿上卻連一根像樣的腿毛都沒有；還有還有，他的掌紋裡面竟然沒有生命線；還有還有……

好了好了，他身上怪異的特徵多到我無法一下子列舉完畢，總之這傢伙無論從哪一個角度看都不像是地球上會存在的人種。至於到底是哪一個星球的人，我暫時還沒有查出來，等查出來了一定告訴你們。

「誰便秘！你白痴喔。」阿佑知道我是在暗虧他上學期便秘住院的糗事，不禁漲紅了臉。

哈哈，惱羞成怒的阿佑真是可愛啊。

這傢伙雖然體弱多病並且身體結構怪異，但他卻異常地重視自己的形象啊、氣質啊、面子啊等等的東西，只是他自己從來都不肯承認。

「不要害羞嘛！咱們兄弟之間還有什麼秘密？便秘一點都不可恥啊！可恥的是你罹患了便秘，卻不願意到保健室接受大胖阿姨的浣腸！來，我這就帶你去保健室，相信我，我一定會幫你提醒大胖阿姨要溫柔一點的，腸一浣，下嘴唇一咬，很快就出來了喔。」我繼續瞎說，還故意不斷把便秘兩個字的音量放大好讓操場上路過的行人全聽見。

沒辦法，吐槽阿佑是我高中時代最重要的樂趣之一，更是我們友情的基石。

而大胖阿姨則是我們學校保健室裡出了名恐怖的中年護士，她不用棉花棒塗抹而將整罐雙氧水潑灑在傷口上，以及使用驚人蠻力來治療跌打扭傷的急救處理方式，每每讓保健室裡不時傳出殺豬般慘叫的聲音，同時也讓所有受傷的同學在進去出來之後，比原本傷得更重。基本上，大胖阿姨兇殘的程度，跟我們班上的母豬龍女王可以說是不分伯仲的。

「靠，很吵耶你！講真的啦！你最近是不是……」阿佑說到一半，冷不防一顆籃球突然從左前方朝阿佑的頭顱飛來，阿佑一股巧妙的柔勁將球卸向更遠的右後方，然後若無其事地繼續說：「是不是跟校花變得很好啊？」

制服上只有一條槓的可憐學弟，只能悶著頭去撿已經不知道飛到哪兒去的球，完全奈何不了我們這些快要不受校規管束的高年級壞蛋。

這時候，操場邊還沒開花的鳳凰木上突然飄降了一片落葉，在空氣中以渾沌的軌跡飄轉之後，眼看要降落到我的腳尖前面。

「有嗎？」我一腳將那片落葉往前一踢，問。

「應該有吧？大家都在傳了。」阿佑正經的臉怎麼看都還是很好笑。

「大家都在傳？傳什麼？我跟校花清清白白、坦坦蕩蕩的，雖然以後會怎麼樣我不知道，但是到目前為止，我們可是都還沒有做出任何對不起父母師長的事情來喔。」我看著阿佑正經的表情，忍不住繼續耍白爛鬧他。

「幹，你能不能正經一點啊。」阿佑生氣了！脖子上的狗皮膏藥胎記隨著青筋上下抽動。

「好啦好啦！我承認我跟校花是還不錯啦，You know，事情就是這樣子嘛，You know，就是還蠻有話聊的啊，You know。」我學ABC一邊說You know一邊將手往前甩動，同時擺出一張「其實這也沒什麼啦」的屌臉。

阿佑卻突然把眼睛瞪得好大，很用力地凝視著我。

「怎、怎麼啦？」我問。

「拜託教我！我也要學可以跟女孩子變好的方法！」阿佑細長的鳳眼堅定得發光。

「喔？你是又愛上誰了？」我搭著他的肩膀，問。

「沒有又。」他說，一邊握著拳頭。

「雅欣？你不是已經放棄了嗎？」我驚訝問。對，對，就是那個把我抽屜裡的東西丟到地上，姿色排我們班第五的嬌小女孩。據阿佑自己說，他曾經分別在高一下學期和高二上學期，兩度對雅欣一見鍾情。雖然我一直告訴阿佑，其實第二次就已經不算一見鍾情了，可是阿佑堅持說是。

「對，可是那是因為我媽跟我姊都勸我在高中的時候不要交女朋友，所以我才會放棄的。」阿佑正經地說道。但是這可笑而逞強的理由當然是阿佑自己說的。

真正的理由，是阿佑跟女生相處的技巧實在是太拙劣了。在男生面前滔滔不絕、超會扯唬爛的阿佑，只要一來到女生面前，馬上就會害羞得跟一隻剛出生的老鼠一樣膽小，半句人類的語言也吐不出來。

這樣當然不可能會有任何發展的機會。

「那現在呢？又想追了？」我問。

「嗯。看你在短短時間內就跟校花擦出漂亮的火花，我心中頓時又再次充滿了希望，所以我決定了，無論如何我一定要在畢業之前跟雅欣告白！」阿佑一手握著拳頭，一手指著天空，不知道是在起勁什麼。

「擦出漂亮火花你個大頭啦，我只是這一陣子剛好坐到校花隔壁，多少會聊一下天而已。」我隱瞞了和校花是兒童美語班舊識的事。

「那就夠了！真的！那就夠了！快教我！」阿佑語氣激動，抓著我的肩膀叫道。

唉，的確。

對於到目前為止一看到雅欣就會語無倫次得開始說外星語言的阿佑來說，光是「聊一下天」就已經是一道極難克服的障礙。

「那是你自己的個性問題啦！你在女孩子面前老是太害羞了！不是我要說你，但是你應該積極主動一點，尋找打開僵局的契機啊！對不對？」我語氣懇切地提出了我的見解。

「打開僵局的契機？那是三小？」阿佑聽不懂。

「好吧，講明白一點好了，有時候人生的契機或者是說緣分這種事情，是你自己都無法想像的神奇的！好比說，你看你暗戀了雅欣這麼久，其實搞不好人家雅欣也早從高一就開始注意你了也不一定呢？又或者是說，搞不好你跟她以前曾經是同一家兒童美語班的同學呢？只是你自己忘記罷了！總之這個世界上很多事情很難講！重點是你必須先想辦法打開你們倆之間緣分的契機。」我試著將發生在自己身上的事情投射到阿佑身上以鼓勵他。

但老實講，阿佑要追雅欣的機會恐怕不是太樂觀。我記得之前就有聽校花說過，雅欣喜歡的男生類型，是唇紅齒白有書卷氣的那一型，而不會是鳳眼肥唇還有狗皮膏藥胎記，也就是阿佑本人的這一型。

「啊？同一家兒童美語班？……可是我小時候沒有補過兒童美語班啊？」阿佑很認真地在思考這個問題。

「我只是比喻！比喻！重點是你要主動一點去跟雅欣聊天！你可以問她將來想要幹嘛啊，想要唸什麼科系之類的啊！或者你也可以問問她的興趣啊！她不是蠻喜歡畫畫的嗎？上次我遠遠看到她的參考書，裡面都畫滿了，你可以問她有沒有喜歡的漫畫啊！唉唷，反正高三的生活這麼苦悶，就隨便找一些好玩的話題先聊開再說嘛！聊開之後，緣分的契機就會自然而然砰地一聲出現了啦！」虧我現在說得好像頭頭是道，其實回想我剛坐在校花隔壁的時候，自己根本就沉默得像一棵神木。算了，反正鼓勵別人總是比自己做容易很多。

「好傢伙！你果然蠻行的嘛！」阿佑的眼中閃爍著崇拜的星星，說。

「這沒什麼啦！倒是你，記得照我的話去做。」我看著遠方蔚藍的天空，一股開導朋友的成就感頓時油然而生。

「你就是這樣把上校花的嗎？」阿佑用一種景仰民族英雄的語氣問。

「是還沒有把上啦！You know，其實我也只是比其他男生跟她更熟一點而已啊，You know。」每當我心裡有一點得意的時候，就會開始學ABC瘋狂說You know。

「靠！那也已經很強了啊！校花總是沒有那麼好把的吧！你記不記得高一的時候，隔壁班不是有一個成績超好，長得很帥，家裡又超有錢的小開嗎？他當初不是到處放話說校花一定會被他把走？還說什麼曾經跟校花單獨一起出去看過電影咧！在學校轟動了兩個禮拜，結果後來還不是也沒消息了。」阿佑眯著他那一雙鳳眼，不屑地說。

「我當然記得。唉呀，那種愛亂放話的笨蛋，閉著眼睛也知道會被校花三振啦。」我說。廢話，連最讓校花印象深刻的立體卡片學長都陣亡了，小開有個屁用。

「那你有認真考慮要把校花嗎？」阿佑認真卻倉皇的眼神看著我，像是在為我擔心。

「如果我說有的話，你覺得我勝算如何？」

「你功課不好，長得也不帥，家裡又沒錢。」阿佑搖搖頭。

「你說得對，我功課不好，長得也不帥，家裡又沒錢。」我攤了攤手，說：「可是我有一張很賤的嘴和滿肚子的壞主意，而這兩項正是泡妞最強的武器，You know。」我搔著人中，露出古代江湖郎中那種故弄玄虛的賊笑。

「幹，那倒是真的。」阿佑點頭深表贊同。

「不如我們來比賽吧？你追雅欣，我追校花，看誰先追到。輸的人請吃王品台塑牛排，如果最後兩個人都沒追到的話就算平手。」我搭著阿佑的肩膀，提出了這個主意。

這很公平，追校花的難度當然不用說；但是對於外型不討好、在女孩子面前講話又會結巴的阿佑來說，要追到雅欣也絕對是莫大的挑戰。我之所以會這麼說，其實最主要還是想激勵一下阿佑的士氣。

阿佑沉默不語，似乎非常猶豫。

「怎麼？不敢嗎？不敢就算了啦！反正你不可能贏。」我摸了摸阿佑的頭，語帶挑釁。

「靠！來啊！比賽就比賽！怕你喔！哼，我絕對不會輸給你的啦！」阿佑受不了我的蓄意鄙視，憤而再度一手握拳一手指天，頓時氣勢如虹。

我只是笑了笑，沒有再接腔。

腦子裡又開始思索起剛才在教室醞釀到一半的泡妞妙計。

然後，福利社終於到了。真的有夠遠。

□

當天晚上，回到家。

我迫不及待衝進老哥房間，打開他塞滿情色叢書大全的書櫃，在最下排深處的一個不起眼的角落，發現了我要找的秘笈。

老哥大我兩歲，現在在台中的某大學唸商業設計，家裡除了父母之外，就只有我們兩兄弟。雖然老哥從小時候開始就是個跟弟弟借錢卻從來不還的無賴，同時也是個喜歡用毆打弟弟的方式來鍛鍊身體的惡霸，但是有這麼一個學設計的老哥的好處，就是永遠不用擔心家裡沒有卡片設計的專業書籍讓你參考。

說起來都要怪那個淡大學長，立體小花卡片做得這麼漂亮要死啊！把競爭的比較基準拉得這麼高！偏偏我在校花面前自稱卡片達人這麼狂妄的話都撂下去了……雖然憑著我曾經在小學時代就讀過美術班的基礎，要做出一張像模像樣的卡片並不困難，但是要在短時間內扛出一張足以遠遠電掉立體小花卡片的作品，卻也肯定不是一件容易的事。

問題是，眼前的時間何等急迫？

只剩下三個多月就要畢業的現在，實在已經不容我花太多時間自己醞釀一張超凡的卡片，立刻翻出老哥櫃子裡的秘笈才是明智之舉。

記得老哥曾經說過，其實卡片這種東西，第一講求的絕對是「創意」，只要先決定好完成品大概會呈現出什麼外觀，然後那個預想的外觀也夠正的話，就算業餘的人來做也都不至於會差到哪裡去。也因此很多國內外的卡片設計比賽，技巧工法的俐落與否固然相當重要，但是評審評比的項目主要還是「創意」，那才是一張卡片是否可以撼動人心的至要關鍵，一張卡片真正的靈魂。

而我現在手裡捧著的這本秘笈，是老哥行走卡片設計界多年的私家珍藏，裡面收錄的作品全是在國際比賽中贏得大獎的超職業級鉅作。意思也就是說，從裡面隨便選一張送出去，絕對都會是讓收到的女孩感動到熱淚決堤的催情傑作。

於是，我盤坐在老哥的書櫃前，一邊凝神挑選著秘笈裡的卡片範本，一邊繼續構思整個卡片泡妞作戰計畫的後續安排。

很快地選定了一張某位名字我不會唸的義大利卡片設計大師的範本之後，接下來的星期二、三、四、五連續四個晚上，我毅然決然蹺了補習班的課，同時也遠離爸媽的眼線，一個人躲到火車站附近的Ｋ書中心，秘密展開艱鉅的卡片製作工程。

Ｋ書中心裡，美工刀劃破厚紙板的聲音嘶嘶作響，吵得隔壁一整排正在用功的人不斷用白眼瞪我，同時不停地有空飲料瓶和垃圾紙團扔向我的頭。

可是我才不管。

在這一刻，已經沒有人，任何事，可以阻止我用卡片追逐愛情的決心。

即便其實下星期一，學校又要舉行這學期的第二次模擬考。

啊？模擬考？

沒錯。

可是我才不管。

我神色認真地繼續埋頭割紙，並且也只是象徵性地把數學講義攤在書桌的一角。

因為這個世界上，總是有比模擬考更重要的事。

□

星期六晚上，我還是照例打電話跟校花聊天，兩個人又天南地北的瞎扯到半夜兩點鐘。

於是，每個星期六晚上跟校花講電話，就這樣被我有計畫地培養成生活作息裡的一種習慣，或許在不知不覺中也已經逐漸變成了她的習慣。

而她也越來越會在電話裡跟我撒嬌，像是用一邊的耳朵聽電話聽累了就要我等她一下，讓她換另一邊的耳朵聽；或者是抱怨我每次星期六都跟她講電話講太晚，害她因為太晚睡而使得額頭上冒出了一些小粉刺，雖然她口中的那些小粉刺憑人類的肉眼明明就看不到。

校花還跟我聊到很多她過去的事情。

是像我這種市井小民一輩子也無法想像的，校花的際遇。

她說在她以前唸的國中裡，有一支歷史悠久的女子儀隊，其中儀隊的指揮由於是代表著學校的門面，因此每年都必須經由各級師長召開高峰會議進行遴選，找出全校最正、最有氣質的女學生來擔綱此一重任；而最後被遴選出來的女學生，會被授予一柄九十公分長的儀隊指揮棒，那代代相傳、已經蒙著一層厚厚鐵鏽的指揮棒，不僅彰顯著女子儀隊的歷史榮耀，同時對於手握指揮棒的人來說，更是校園首席美女的身分象徵，重要性毫不亞於當年丐幫的打狗棒。此外，由於儀隊指揮的技巧與台風均需要長時間的磨練，因此歷年下來一直是由較為穩健成熟的國三女同學擔任，一年更換一次。

然而這個長久流傳的規矩，就在她入學的那一年被校方破除。她不但憑著驚人的美貌和氣質，史無前例地以國一之姿被學校高層一致通過指定為儀隊指揮，而且這一當就一連當了三年，神聖的指揮棒從入學到畢業為止從來沒離手過。

「妳當了三年的指揮？那……妳們學校的儀隊現在還沒有解散嗎？」我聽完後，很誠懇地問。

她氣得三分鐘不跟我講話。

她說她國中二年級的時候，學校裡有個功課好得嚇人，段考成績從來沒有脫離過全校前三名行列的男生，曾經連續一個學期，每天騎著樣態笨拙的淑女腳踏車，尾隨在她搭的公車後面，一路奮力猛踩追著到她家，可是偏偏等她下了公車以後，那個男生又不敢過來跟她說話，只是兀自站在馬路對面，用一咧靦腆的微笑目送她走進家門，然後心滿意足地離開。

「妳國中……是唸啟智學校嗎？」我聽完後，很凝重地下了這個結論。

她氣得當場發誓三天不跟我講話。

她說她國中一年級的時候曾經參加一個女童軍的營隊，結果在準備要洗澡的時候，赫然發現是要袒裎相見、所有人一起洗的那種開放式大浴池，她頓時間嚇壞了，內心既羞又怕，可是偏偏那個營隊長達四天，而且地點又是在極為炎熱的屏東一處鄉下，最後她終於還是無法忍受自己連續四天不洗澡，因而就此在國中一年級的稚齡，獻出了她在外人面前赤身裸體的第一次。

「喔？那有拍照留念嗎？有的話……我想看看耶！嘻嘻。」我聽完後，十分起勁地問。

結果電話那一頭傳來了一句超高分貝的「下流」之後，電話就斷掉了。

呿，她到底想到哪裡去了啊？我說的照片是她女童軍營隊的照片，並不是她洗澡的照片啊！難道是我那個「嘻嘻」的笑聲太低級了嗎？真是的。

她說她國小五年級的時候，坐在她隔壁的一位男同學，剛好也是住在她家隔壁一條巷子的鄰居，講話好笑得不得了，成天在學校就是講白痴笑話逗她開心，一心想要追她，可是她一直都沒有答應，只覺得那個男生很滑稽，因為在她當年還年幼無知的芳心裡只注意著另一個男孩，也就是當時她們班上的班長。

據說這個班長不但德智體群美五育兼優，神似混血兒的長相更是執全校帥哥之牛耳。而就在某一個放學後夕陽西曬的黃昏，這個天殺的班長竟然就趁著一個過馬路的老套機會，硬是牽了校花那冰清玉潔的手，成為了這個地球上第一個牽她手的畜生、啊不！是第一個牽她手的男生。

「靠！那這個混蛋班長現在人呢？死哪去了？」我聽完後，殺氣騰騰地問。

「他啊……在我心裡。」校花的語氣竟是有點悵然若失。

「他在妳心裡？！妳、妳的意思莫非是說……他已經掛了？」該死，我竟然有點高興。

「當然不是啊，笨蛋！他後來全家移民到加拿大去了啦！」她沒好氣地說。

我在嘴裡瞬間又用氣音吐出了一句三個字的髒話。不必懷疑，就是你現在想到的那一句沒錯。好你個混蛋班長啊！我有說你可以早我一步牽校花的手嗎？我有說可以嗎？嗄？媽的不要以為牽了我老婆的手然後落跑到加拿大去就沒事了啊你！（啊？到底什麼時候又變成你老婆了……），就不要好死不死回台灣上夜店把妹的時候被我堵到！否則二話不說一定先挑斷你的鹹豬手筋！

她說那個混蛋班長移民之後，當時另外那個坐她隔壁的好笑男生卻一直到現在都還在追她，她們偶爾也會講講電話，或是一起吃飯，不過就只是變成了很熟的好朋友那樣，因為那個男生總是會講很多笑話逗她笑，所以跟那個男生在一起的時候她總是感到很輕鬆。

「哦？！有比我好笑嗎？那個男生。」我聽完後，充滿敵意的語氣問道。

「比你好笑一點點。」她竟然不假思索地回答。

那句三個字的國民髒話，又再次以氣音的型態從我口腔深處噴出。

比、比我好笑一點點？！沒道理會這樣的好不好！混蛋班長比我早一步牽到她的手就算了，現在竟然隨便連一個好笑男生都贏過我？有沒有搞錯啊！這篇故事的主角是我耶！導演！導演！這劇情安排是不是弄錯了！我要求你立刻給我查清楚！否則我拒絕再出現在這篇故事裡了！

像這樣，各式各樣的話題，都在累積我對校花的了解，同時形塑彼此的感覺。

就在這麼平凡無奇的對話，以及毫無營養的廢話中，我和校花已經成為在電話裡無所不聊，而且話匣子一開就停不下來的朋友。

但有一個事實，卻並沒有改變。

我和校花，依然就是「小黑」和「妹妹」。

而不是「小黑」和「小黑的女朋友」。

照這個樣子進展下去，萬一我和校花之間直接就昇華成單純的兄妹情誼，那我可就變成比淡大學長還要可悲的傢伙了。

淡大學長人雖然早就已經被三振出局，但怎麼說好歹他也勇敢地上場打擊過了。

反觀我，卻還在練習區裡探頭觀望，就是缺乏走上打擊區的勇氣。

不行，就是下個星期了。

在距離畢業只剩下三個多月的現在，我連日來精心籌策，名曰「卡片贈伊人，淚灑妳心田」的泡妞計畫，已經不容許再有半刻的拖延。

我嚴正拒絕和校花變成兄妹。

而那也絕對不可能會是這篇故事的結局，我發誓。

□

星期一、星期二的模擬考，不用說，又是兩個字。

慘爆。

我向來積弱不振的文學類科目「國文」和「英文」就不用說了，連本來還小有一點自信的數學「排列組合」的部分，都變成了一場浴血的惡夢。

這都要怪這一次的考試，正好輪到一位酷愛以艱澀的題目擊潰學生信心而出名的女老師來命題。她這次出的排列組合問題裡面，記得其中有一題是這麼來著的：一群人一起圍圓桌吃飯，甲暗戀乙所以堅持要坐在乙旁邊，丙堵爛丁所以誓死不願意跟丁坐否則就翻桌，戊跟己跟庚三兄弟長幼有序觀念深厚，家裡的人規定他們出門一定要按照順時針方向坐在一起，辛跟壬則因為八字對沖的關係一定要坐在斜對面否則會發生災難什麼什麼的，試問這群人總共有幾種坐法？

我敢拍胸脯保證，在下一次外星人攻打地球之前，都不會有需要計算這種問題的場合。

所幸，靠著歷史和地理的護盤，我勉強將這次模擬考的全班名次力守在四十六。全班人數之前應該提過了，六十人。

校花，二十三。正好是我的一半。

阿佑，五十八。這可憐的孩子至今還在黑暗的大海中摸索高中課程的學習方法。

而我除了阿佑之外的另一個拜把兄弟，明哲，一部不折不扣的讀書機器，儘管是班上的男生裡面最早交女朋友的傢伙，這次卻依然輕而易舉地拿到了全班第三名。

明哲的女朋友也是我們班上的女孩子，名叫思吟，第二十六名，跟校花在同一個級距範圍內。

明哲和他女朋友交往的事情其實十分高調，兩個人下課時間動不動就會在教室後面玩起小手纏小手的遊戲，班導師水鬼也早就已經知道。照理說根據本校對於男女生交往的嚴厲限制，像明哲這種明顯逾越規範的行為，老早就應該被勒令退學、流放他校了，無奈明哲的成績實在太好，在本校以爭取升學率為第一優先的最高指導原則之下，明哲的行為於是得到了校方高層的默許，連訓導主任和教官們也只能忍氣吞聲地睜一隻眼閉一隻眼。

思吟畢竟是朋友的女人，我不太熟，倒是明哲本人很值得我跟大家鄭重介紹一下。

明哲、阿佑和我，三個人是在體育課打籃球時，永遠固定在同一隊的伙伴。

明哲犀利的外線，阿佑在禁區的突破，配合我在籃下的攬和外加幹拐子，構成了我們克敵制勝的無敵方程式，堪稱三位一體。

還記得當時學校裡有一位相當資深的體育老師曾經說過，一個人的個性從打籃球的風格就可以看得出來。

三個人當中，明哲是天生的控衛，敏捷而冷靜，從不虛投浪擲，一出手就務求精準中的，長距離的外線冷箭每每讓對手疲於奔命，卻又防不勝防。除此之外，為了避免在禁區卡位時的體力耗損和肢體碰撞，惜肉如金的明哲從來不進去籃下搶籃板球，而總是隔岸觀火地一個人站在遙遠的三分線外，笑看籃下的人撞個你死我活。

阿佑，天生的怪胎，超級逼真的假動作是他闖蕩球場的絕活，但是每次都是沒有騙過對手就先騙過隊友，往往假切入真傳球的時候，球都會莫名其妙地傳到對方手裡。迅若奔雷的切入是他的另一項大絕招，但是卻每每在成功切過了兩個人的防守之後，面對一個超級大空檔卻不出手，反而是又把球傳到外線給明哲重新組織攻勢。對他而言，最重要的是切入的動作夠不夠帥氣，至於得分，那只是其次。我之前也說過了，他這個人好重視自己形象的。

我，天生的賤胚，陰招百出，拐子特多，籃下抓衣角扯褲子的卑鄙小動作不知道惹毛過多少對手。由於手感奇差的關係，三分外線不靈光，中距離也不穩定，只有拖泥帶水在爛仗中胡亂取分才是我的王道。

還記得前兩天明哲聽阿佑說我有意染指、噢不，有意追求校花的事情之後，特地過來拍了拍我的肩膀，說：「不愧是我好兄弟，相當有種。但是一個忠告記住，泡妞這檔事的要領很簡單，就是千萬別打沒有把握的仗，最緊要的就是要有十足信心的時候才出手。並且妞要泡，書也要念，不要蠢得把全部的精神和心思都賭上去了，這世上女人還多得很，聰明的男人要懂得留給自己退路。」

體育老師的人生經驗果然不是蓋的，不管是打籃球還是泡妞，明哲這傢伙都是個工於計算利弊得失的高手。當然可想而知的，他在數學這一門科目上的表現也是強得令人傻眼，還記得我這學期第一次模擬考數學考六分的事嗎？大家猜他考幾分？是九十六分啊混蛋！足足比我多了九十分，並且是我的十六倍！

我從善如流，接納了明哲的忠告。接下來的兩天沒有再蹺補習班的課做卡片，同時也設法在卡片的製作手續上做了一點適當的壓縮，省略掉一些需要精雕細琢而可能導致曠日費時的細節，盡量把心力放在封面的構圖。

終於，模擬考結束兩天後的星期四晚上。

牆壁上的鐘指著十一點五十七分。

一張驚世駭俗、足以令鬼神動容的卡片，宣告完成。

滿桌子的碎紙，滿手指的刀傷，我凝神端詳著眼前這張傾注自己生命能量的卡片，內心的澎湃和感動無以形容。

卡片正面以鐵灰色霧面質感展開，右半部以細密的方格和黑、白兩色交互錯落的數字，建構成一幅簡約高雅的二月份月曆圖樣，然後在她生日當天的二月一日上，用一個熱情而醒目的酒紅色圓圈特別框起來，同時在左半部的刻意留白處，再適當地點綴上一對具有甜蜜暗示性的蝴蝶浮雕，整體畫面的鋪陳頓時顯得無比生動而細膩；另外在卡片內頁裡的呈現，我秉持著千言萬語不如一句真心的原則，僅用英文的書寫字體拓印上一列簡單的祝福：HAPPY BIRTHDAY & EVERYDAY IN THE FUTURE；最後在卡片背面的角落，再用小一號的書寫字體拓印上相當俏皮，但卻堪稱畫龍點睛的Made by Your Black Angel。

放眼望去，每一個角度，每一個細部，都是這麼的完美，這麼的俐落。

……除了背面拓上去的書寫字體有一點歪掉之外。

囉、囉唆！

那並不是重點好嗎！

重點是什麼你不會沒看到吧？！那當然就是我竟然大膽無比地在Black Angel之前加上了Your啊！我加了Your你看到了嗎！看清楚點！是Your Black Angel！這裡要強調是「妳的」而不是「別人」的！是「妳的」黑天使啊！

勁不勁爆？

勁爆！

酷不酷？

酷！（該死，我不敢相信自己竟然會寫出這麼老套的自問自答。）

好了，不管了，總之這種示愛的露骨程度，儼然已經是身為一介清純高校男孩的我，心臟所能夠負荷的極限。

和校花之間未來的造化，全看這張卡片了。

我小心翼翼地把卡片裝進另一枚特製的銀色封筒內，再妥善地放進書包最前面的夾層。

關了燈，鑽進棉被。

在一片漆黑之中，腦子裡開始思索著下一個關鍵的步驟。

要在什麼樣的情境下，把卡片交給校花？

□

經過我徹夜的反覆推敲，再加上淡大學長壯烈犧牲的前車之鑑，我很清楚光只有一張光鮮亮麗的卡片，並不足以把到校花。

不是說反正只要有把卡片交出去就沒事了，這可不是小學生的美勞作業。

因為泡妞，就是一場真槍實彈的打仗。

在每一個時間點採取的每一個行動，很可能都關乎著戰局的勝負和成敗。

一張光鮮亮麗的卡片，你可以想像成一發火力強大的飛彈，儘管蘊含的能量毋庸置疑，然而一旦發射的時機掌握錯誤，最後恐怕也只會淪為一攤墜入海底的廢鐵。

同理，要在什麼樣的「時機」送出這張卡片？才是高深學問的所在。

說到這裡，那些還在情場上浴血奮戰苦尋真愛的同袍們，看著我的眼睛。

答案是……

「氣氛。」

沒錯！

氣氛！就是氣氛二字啊！

這才是女人這種生物永遠無法招架的死穴。

□

方案一：單獨約她到教室大樓的屋頂，毫無預警地突然來個單膝跪地，不畏強烈逆光的刺射仰起頭來，雙手捧上卡片，嘴裡再咬上一朵深紅色的玫瑰，用畢生最溫柔的眼神看著她說：「這是我，黑天使，獻給妳，白雪公主的小卡片，希望公主會喜歡。」

↓囧……白痴啊！你以為現在是在參加童話故事角色扮演大賽嗎？

方案二：清晨五點就衝到學校，趁著教室裡還沒有半個人來的時候，神不知鬼不覺地將卡片預先塞進她的抽屜，然後等到她自己發現之後，再搔著後腦勺裝傻地說：「什麼？妳的抽屜裡有一張卡片？不會吧？是哪一個這麼浪漫的人，早上五點就跑來學校把卡片放到妳抽屜裡的啊？我真的不知道耶！啊哈哈。」

↓囧……白痴啊！你以為自己是在參加地球上最沒有創意的爛點子王大賽嗎？

方案三：戴上深黑色鏡片的墨鏡，嘴巴叼上一根泛黃的牙籤，故意耍酷走過去，一把將卡片摔在她的桌上，大拇指在人中的地方橫向一刷，然後嗆下一句：「更！淡大學長的立體小花卡片算蝦小？甲賽。恁爸這張妳給我看仔細點，兩個字，王道。」

↓囧……白痴啊！我看你不要送卡片，乾脆直接送她一顆雞蛋糕和一支番仔火算了！

□

「嗚啊！知易行難，根本沒有半個方案可以營造出像樣的氣氛嘛！」正當我躺在床上懊喪得抱頭哀嚎之際，腦海裡忽然間閃過了兩年前的那個蕭瑟秋天，老哥準備要出發到台中唸大學的臨行之前留給我的一枚錦囊。

錦囊？

對，我知道你現在的嘴巴正張得很大，但是你沒看錯。

老哥從小就是個瘋狂的武俠小說迷，因此當年要離家之前還特製了一枚錦囊這種古代的東西，留下來給我。

現在就讓我還原一下當時的現場。

站在家門口的老哥，一手提著皮箱，一手叼著根快要燒盡的殘菸，在臨行之前命令老媽把我喚到他的跟前。

「博光，雖然老哥小的時候跟你借錢從來沒還，又喜歡動不動就對你拳腳相向，可是如今老哥也差不多準備要長大了。離開這個家之後，老哥要面對的，就是大人的世界，要過的，就是獨立的人生。所以，以前跟你借過的錢，我看就這麼一筆勾消好了。畢竟在開始過新的生活之前，老哥真的不希望心裡有太多無謂的罣礙。」

老哥仰頭看著穹蒼的一角，嘆了一口無限感慨的氣，接著說：

「吁——這輩子老哥欠你太多了，如今咱們兄弟別離，老哥沒有什麼寶貴的東西可以留給你的，唯一留給你的就是這枚錦囊。你也知道老哥在行的東西不多，但是講到泡妞這檔事，那絕對是老哥義不容辭的專業。雖然你現在年紀尚小，但是老哥知道有一天你終究也得面對大人世界的感情問題，所以，當真有那麼一天，你在泡妞的路途上遇到了重大障礙的話，別懷疑，就打開這只錦囊吧，裡面會有你要的答案的。最後，願原力與你同在。」

老哥摸了摸我的頭，露出憐愛的眼神，說。那憐愛的眼神，彷彿準備離開大雄要回到未來世界去的小叮噹。

錦囊則已經塞進我上衣的口袋。

聽完了老哥臨別前的最後一番話，尤其是那一番跟我借過的錢一筆勾消的話之後，我真的很感動，感動得我想把拳頭狠狠地砸陷在他的鼻梁上。但是我很清楚我打不過他，於是只能象徵性抗議地高舉我的中指，然後把家裡的大門給甩上。

火大歸火大，憎恨歸憎恨，但是我卻無法否認在感情方面，老哥確實是我在這個世界上少數崇拜的人。在情場的路上，他不但從幼稚園小班就開始嶄露頭角，一邊利用贈送皮皮蛙貼紙的方式欺騙同班小女孩的感情，一邊還以超齡的思想和談吐打高射砲擄獲了好幾位幼稚園大班女孩的芳心；隨著年齡的逐漸增長，更是深入精研江湖上九大門派四大家族的泡妞技巧，融會貫通集於一身，迄今為止包括偷吃、劈腿在內的歷任女友人數已經累積高達七七四十九任，成績之斐然簡直令人激賞，啊不！是、是令人激憤。

於是二話不說，我摸黑打開衣櫃，找出兩年前的那一天穿的上衣，從胸前的口袋裡掏出了那只已經蒙上厚厚灰塵的錦囊，打開，裡面一張從筆記本撕下來的破爛紙條。

「親愛的弟弟博光，會打開這只錦囊，表示你正陷入了泡妞的難題吧?不用怕，記住老哥下面這段金玉良言：把妹的終極奧義，就在於『1製造反差』和『2出其不意』。道理很簡單，在這個不流行好人的年代，採用任何女孩子事先料想得到的方式，都是遜掉。」

斑駁的字跡裡，透射出老哥身為一介泡妞達人的高深領會。

就在窗外滲進來的皎潔月光下，我一瞬間福至心靈。

叮。

一條妙計誕生。

就在牆上的鐘，指著凌晨三點五十七分。

隔天，也就是星期五。

前幾天模擬考的慘爆，正巧給了我一個很好借題發揮的機會。於是一整天我都按照事前的計畫，偽裝出一副因為模擬考慘不忍睹的成績而悶悶不樂的模樣。就連平常每天最期待的可以跟她打屁聊天的中午吃飯時間，我都擺出一張愁眉深鎖，痛定思痛的表情，兀自把頭埋在參考書裡不發一語。不僅如此，為求逼真起見，下課時間明哲和阿佑邀約我去福利社，我都裝腔作勢地冷言拒絕。近乎窒息的低迷氣氛就這麼持續到了放學時間，我椅子一靠旋即閃身步出教室，一聲再見都沒有說。

我臉上僵硬的線條，校花當然看到了。

她完全感受到了我其實是精心偽裝出來的惡劣心情，壓根不敢主動跟我講話。

只能說，我的演技實在是可圈可點。

這麼做，目的當然是要先把我和她之間的互動降到冰點。

讓她產生一種我因為模擬考慘爆的打擊太大，因此決定專心一意奮發向上地把心思集中在書本上，而不會再成天嘻嘻哈哈和她打鬧的錯覺。

這麼一來，成天開朗搞笑的小黑，一夕之間變成了面色沉重的小黑。

冷漠、寡言、面無表情，眼中只有書本。

再也聽不到他爽朗的笑聲。

正是把妹的終極奧義之一——「製造反差」。
完美的佈局。

時間很快來到了星期六的早上，是個陰天。
那是一個星期六早上還得要上半天課的可怕年代。
噹——噹——噹——噹——噹——噹——噹——。
第一堂課的下課鐘聲，總算姍姍響起。
接著的第二堂課，是要在戶外上課的體育課。
出手的機會，來了。
一個偉大泡妞作戰的成功，有賴於縝密的規劃與精確的執行。
而此刻，正是「卡片贈伊人～淚灑妳心田」泡妞計畫成功與否的關鍵時刻。
我看了看掛在教室黑板上方的時鐘，指針指著八點五十七分。
再三分鐘，上課鐘就會響起。
除了兩名留守教室的值日生外，全班同學都已經下樓到操場去集合。
碰巧今天的值日生，輪到了班上最會在課堂上打瞌睡的睡女「玉蘭」，以及班上最沒有存在感的幽靈人「優玲」。
只能說天助我也。
這兩個都不是會多管閒事的人，應該不會影響到我待會兒的行動。
我謹慎地將卡片從書包裡掏出，模仿日本忍者拿手裡刀的握法，將卡片反塞進右手的袖子內。
接著轉頭觀察了一下教室的後方，睡女「玉蘭」一如平常，正蓋著外套趴在桌上昏睡，幽靈人「優玲」則瑟縮在教室的一角，低著頭安靜地看書。

空盪的教室裡，三個人。

一場泡妞的奸計正等著被執行。

雖然這兩天我已經在腦中模擬這一刻模擬好幾千遍了，但是當一到真的要付諸實踐的時候，心裡難免還是有幾分緊張。

我坐在位子上，一下子旋開水壺喝水，一下子用力搓揉大腿，盡可能穩住自己倉皇不定的思緒。

卡片，當然還夾在右手的袖子裡。

不急，離上課鐘響最少還有一分鐘左右，我有絕對充裕的時間可以從容出手。

卻突然間——

噹——噹——噹——噹——噹——噹——噹——。

如雷的鐘響，一聲一聲地響起，一聲一聲地敲進了我的心臟。

靠逼咧！上課鐘怎麼會提早響了？不是還有一分鐘嗎？！

不行了！這下子再不行動就沒時間了！

呼——、呼——、呼——、呼——、該死！我好緊張啊混蛋！

冷靜！冷靜下來！憑我的身手，一定行滴！

我張開了嘴，一口吸入了大量的空氣，憋在肺部。

起身。

就在我和校花的座位中間那條走道，我一瞬間假裝是要綁鞋帶而蹲了下去，左手以迅雷不及掩耳的速度掀開校花掛在桌子旁的書包，一眼逮中了書包最裡面的那本數學講義，右手火速跟上，食指和中指巧妙地一挑，把頁面朝上的數學講義扳開一道縫隙，接著一個反手將暗藏在右手袖口的卡片塞了進去，書包蓋起來，起身。

整個動作在七秒鐘內一氣呵成，毫無破綻。

完美的執行。

那張卡片現在已經安穩地夾在校花書包內的數學講義裡面。

而這件事情，只有我知道。

正當我十分滿意自己的執行能力，轉身準備走出教室時，一個念頭陡然襲上我的腦際。

靠逼咧！我忘了一件重要的事！

我於是急忙再次假裝要綁鞋帶，左手閃電般掀開校花的書包，右手探向那本數學講義，循著鼓脹的縫隙找到塞著卡片的那一頁，扳開，眼角餘光匆然一瞥，嗯，是第九十九頁……書包蓋起來，起身。

很好。那張卡片現在已經安穩地夾在校花書包內的數學講義裡面，的「第九十九頁」。

而這件事情，只有我知道。

完成初步任務的我，沒有太多時間在教室逗留，於是趕緊衝出教室往操場方向奔去，然後編了一個「上大號的時候不小心手指迴到便便，所以在洗手台清洗了很久」的爛理由，勉強對體育老師交代了過去。

接著一直到中午十二點放學之前，我依然繼續以無懈可擊的演技佯裝冷漠，兩個人幾乎已經快要形同陌路。

剩下來我所能做的，就是暗自祈禱校花不會在今天晚上我打電話給她以前翻開數學講義了。

下午在家睡了個午覺起床，已經是夕陽西曬的黃昏時分。

背起書包，我匆匆踩上腳踏車前往火車站附近的K書中心，因為今天晚上我約了明哲一起用功。之前也提過的，明哲是我們班上，不，是全年級數學最強的男人，幾十條三角函數的公式背得比水鬼還熟，因此今晚我特地以一客我家牛排的酬勞央請他出馬幫我進行數學特訓。

天昏地暗的三個小時過去。

數學講義裡的恐怖習題差點把我的腦細胞全部Format。

我憑著殘存的精神力走出K書中心時，火車站附近的書店和商店幾乎都已經打烊。

明哲因為家裡住得比較遠的關係，在提醒了我家牛排的約定之後，便匆匆搭上公車先回去了。

頭昏腦脹的我一邊乾嘔著噁心的胃酸，一邊拖著蹣跚的腳步走向K書中心門口的一根柱子。上頭鑲了一具現在已經看不太到的投幣式公共電話。

看了看錶。

十點五十七分。

時間到了。每個星期六晚上，固定要打電話給她的時間。

同時也是「卡片贈伊人，淚灑妳心田」計畫最精采可期的Show Time。

我拿起話筒，投入一枚十塊硬幣，按下校花家的電話號碼。

鈴——鈴——……鈴——鈴——……鈴——鈴——……

鈴聲在響，我的手卻在抖。

忐忑的心情七上八下，深怕自己暗藏在數學講義裡的卡片已經被她提早發現。因為那樣一來的話，這個磅礡的計畫將會毀於一旦。

「喂？」校花的聲音。

「喂，是我啦，小黑。」

「……你還打電話給我幹嘛？」她頓了一下，隨即冷淡說道。

「奇怪了，不可以打電話給妳嗎？」

「你這幾天不是一直在耍冷漠嗎？不是都不跟我講話了嗎？那就不要再打電話來啊！」她隱含斥責的聲音裡，卻不知道為什麼摻著一絲鼻音。

「妳感冒了?為什麼聲音變成這樣?」我問。
「感冒了也不關你的事。」她冷然說道。
我則暗暗偷笑。
因為就她目前為止的態度來看,我想她應該是還沒發現夾在她數學講義裡的卡片才對。
很好,一切都在我的掌握之中。
「唉呀,幹嘛這樣子嘛!妳沒聽到電話這一頭呼呼作響的風聲嗎?哪!我才剛從火車站附近的K書中心走出來,就迫不及待冒著刺骨的寒風在路邊打公共電話給妳耶!看我多有誠意。」那一年的冬天走得晚,一直到三月份的末梢天氣都還很涼。
「道歉。」她說。
「啊?道、道什麼歉?」
「你連續兩天對我這麼冷淡,不用道歉嗎?」
「喂!不、不用吧?!我只是剛好這兩天精神不好,在學校比較沒有多餘的體力找妳聊天而已啊!」
「我前兩天跟我媽大吵一架!本來想跟你講的!結果呢?!你在學校根本不理我!我姊又跟朋友出國去玩了!就只剩下我一個人躲在房間裡面一直哭!」她語氣驟變,大聲嚷道。怪不得鼻音會這麼重。
「好、好啦,對不起啦。唉唷,妳也知道我這次模擬考又考爆了,我很怕再這樣下去聯考真的會完蛋,所以前兩天晚上都在家裡熬夜唸書到天亮,那、那白天在學校的時候難免會比較缺乏活力嘛。」我當然是在胡說八道,因為我前兩天的熬夜根本跟念書無關,全是為了構思眼前這個泡妞計畫。
「藉口。」她又很冷哼了一聲,似乎對我的道歉不甚滿意。

看來是時候了。把妹的終極奧義之二——「出其不意」。

「好啦好啦，先不生氣一下好不好？我有一題數學講義裡面的習題急著問妳。」我說。眼看計畫就要進入最後關頭，我的心跳頓時猶如脫韁野馬般狂奔了起來。

「數學習題？」她問。

好！這個莫名其妙的語氣已經告訴我，她的數學講義肯定還放在書包裡沒拿出來！

「對，妳可不可以去拿妳的數學講義出來，然後翻到第九十九頁？」

「第九十九頁？是什麼？三角函數嗎？」

「妳去把數學講義拿來翻了就知道了啦！快一點。」我努力保持平靜地說，但其實我的心臟早已劇烈鼓動得快要從嘴裡噴出，迫使我甚至必須緊扯住上衣胸口才能勉強壓下。

「喔，好啦，我現在去拿，你等一下。」電話的那一頭被切換到保留狀態，響起了一陣輕快的旋律。

我則掛掉了電話。

嗚喔喔喔——

內心的澎湃無以復加，青春的靈魂正在沸騰。

我站在公共電話的柱子前面振奮地吼叫，同時不自覺模仿起阿佑的招牌動作：一手握拳，一手指天。

嗚喔喔喔——嗚喔喔喔喔喔喔——

一個轉身，我步伐如電，衝向停在騎樓的腳踏車，清脆有力地踢起中柱，在迎面打來的殘冬涼風中火速狂飆。

腦子裡一邊不斷地想像著，校花現在的表情。

在打開數學講義第九十九頁的那一瞬間。

□

「喂……？」電話那一頭的聲音沙啞得讓人懷疑是在哭。

「喂，是我啦，小黑。」我這時已回到家裡正用家裡的電話打給她。

「……剛才電話怎麼斷掉了……？」她問。

「沒有啦，剛才那張電話卡剛好用完了，我只好回到家裡再打。」我說謊，因為剛才的公共電話明明就是投幣式的。

我只想要給她一點時間，好好品味一下那張我滿手刀傷換來的卡片。

「你……、你幹嘛啦……」支吾的語氣，摻雜著撒嬌的味道。

「嗄？什麼幹嘛？」我笑嗤嗤地裝傻。

「你幹嘛啦……，厚……真的很討厭耶你……………」她的聲音突然間變得好細好細。

然後我很清晰地聽見，在電話的那一頭，液體滴落在卡片上的聲音。

我並不敢期待，一張卡片能有何等神奇的力量。

也並不敢妄想，一張卡片就足以讓校花變成我的。

我不知道在這個聯考壓力水深火熱的高三，這張卡片能不能帶給她一點什麼樣的溫暖。也不清楚跟她櫃子裡面被整理成好幾大袋的那些禮物和情書比起來，這張卡片是不是真的有那麼一點不同。

但是我確信。愛情的火光，迸發在剛才那一瞬間。

雖然也許只有一點點。

「妳看到了嗎？」

「嗯……」她的聲音依然很細很細，說：「前幾天模擬考考完以後，你每天都好嚴肅，連下課和中午吃飯時間都不跟我講話……所以我本來以為……我本來以為你今天應該不會打電話給我了。」

「妳得體諒我一下，因為要做這麼高難度的美工可是很花精神的，我每天眼睛都快瘦死了。怎麼樣？妳那個淡大學長的立體卡片當場就遜掉了吧？早跟妳說過他那個只是國中生的程度。」

「嗯……這卡片……是你請誰幫你做的？」她抽噎了一口氣，說了一句很婊的話。

「喂！什、什麼啊！雖然說從這次模擬考的成績來看，我或許到目前為止還沒有太多讀書的才能，但是做卡片的才能至少還有一點點！」不用說，我當然得隱瞞那其實是剽竊職業級大師作品的事。沒辦法，誰叫這年頭把妹從來就是不講什麼光明磊落的。

「啊！我看到了！背面的Made by Your Black Angel的字有一點歪掉了！真的是你自己做的耶！」她吸了一口鼻涕，又突然叫道。

「靠！什麼意思啊妳？妳的意思是說從字歪掉了這一點，才證明了是我做的嗎？」我為自己割得滿手刀傷，還必須遭到質疑而感到萬分的委屈與憤怒。

「當然是這個意思啊！哈哈……對了，你是什麼時候把卡片放進我書包裡的啊？」她破涕為笑，卻完全無視別人的憤怒。

「體育課。今天的體育課，我不是很晚才下去操場嗎？就是在那之前。唉，我想妳一定不了解，要神不知鬼不覺把卡片放進妳書包裡的難度有多高吧？念在妳剛好問到這個問題的份上，就告訴妳好了。」我假咳了兩聲，接著說：「在空盪而蕭瑟的教室裡，我首先是十分心虛地假裝要綁鞋帶而蹲下，先是避過了值日生的耳目，接著鬼祟地一把掀開妳的書包，在間不容髮的時間壓力下，我冷靜地在不到呼吸一口氣上下的黃金七秒鐘之內，我巧妙地把早已暗藏在袖口的卡片反手握住，閃電般塞進妳數學講義，並確認是塞進第九十九頁之後旋即火速蓋上妳的書包，最後再狂奔下樓到操場集合。這當中任何一個不起眼的環節要是有所閃失，這整個行動就會慘遭失敗，因此心臟沒有強到一個程度以上的人是絕對做不來的，ＯＫ？」我嘗試以生動活潑的講解來強調這個任務的難度。

FEB

「嗯……」她的聲音又變細了。

「好啦好啦，其實說真的是也沒有這麼誇張啦。妳好像蠻累的？今天早點睡吧。對了，下星期一想跟妳借一下數學講義，可以嗎？剛才跟明哲在K書中心討論了一整晚的數學之後，我已經痛下決心要重拾書本了！我相信我有天分的，所以要跟妳借數學講義來補抄之前水鬼趁我在課堂上睡著的時候偷教的習題。」這主要也是因為明哲說他的數學講義長期被保管在他女朋友那裡，沒辦法借我。

「嗯……」

「那妳早點去睡吧，掰。」

「……等一下！小黑！」她突然叫了一聲。

「幹、幹嘛？」我愣了一下。

「小黑……嗯，沒什麼……我只是想跟你說晚安。」

剎那間，一股說不上來的奇妙感覺注滿了我的胸口。

我只能說那感覺好甜好甜。

「嗯……妹妹，晚安。」

我輕輕掛上了電話，撲進被窩，用棉被包覆著自己的頭，一個人嗤嗤大笑。一直笑，一直笑。

最後在心滿意足的上揚嘴角中，甜甜地睡著。

坐在校花隔壁以來……不。高中以來……

不。有生以來……我第一次睡得這麼幸福。

□

星期一的早晨——

醒來的那一瞬間，我突然覺得眼前這個世界變得比往常還要美麗一億倍。

站在窗子前伸了個舒服的懶腰之後，我臉上漾著一種神經病一般的誇張笑容，雀躍地跳出房間。

「爸！我好幸福。」我拍拍老爸的肩膀，試圖跟他分享我的愉悅。

「你笑成那什麼蠢樣子？你到底知不知道，公司這個月的業績要是再拉不起來，咱們一家人就準備手牽手喝西北風了？既然這麼幸福，就抽空幫你爸想一想怎麼把業績拉起來啦！」爸愁眉苦臉地說道。

不知道從什麼時候開始，爸的心裡就只有公司業績。

「媽！我好幸福。」我拉拉媽媽的手臂，試圖跟她分享我的快意。

「幸福什麼？這次模擬考不是才又考了全班四十幾名嗎？一直以來媽對你的要求也不高，但是你到底什麼時候才打算考進全班四十名內啊？花了老娘這麼多錢補習！你是都補到膝蓋去了嗎？」媽不耐煩地說道。

不知道從什麼時候開始，媽的心裡就只有我的成績。

可惡，怎麼四年級生的大人都這麼難相處啊！

好，沒關係。我就不相信這個世界上沒人了解我。

「哥！我好幸福。而且你知道嗎？你留給我的錦囊真的幫上大忙了！」我拿起電話，打給遠在台中念大學的老哥。我想終究還是只有老哥才能分享我的心情啊。

「靠北！你這麼早打來要死喔？我跟我馬子還在睡覺啦！喀喳——」

啊，電話斷了。

不知道從什麼時候開始，哥的心裡就只有他的馬子。

混蛋！這些家人一個一個是怎麼搞的啊？！我只不過是想要告訴你們我現在很幸福罷了！難道這樣也錯了嗎？後現代主義社會的文明家庭，就是用這樣子的態度在對待家人的嗎？

我心灰意冷地背起書包，嘴裡咬上一片吐司，從冰箱抄了一瓶蜜豆奶，決定一個人無聲無息地離開這個冷漠的家。

出門前，我抱著期待的心情回頭看了看，多麼希望有人能笑著揮手跟我說聲再見。

但是事與願違。

老爸頂著那副已經快要從鼻梁滾落的老花眼鏡，非常專心地盯著手上那份工商時報。

老媽手裡拿著一只透明外殼的摳機，正在研究第四台解盤老師今天提供的超級飆股。

多麼冰冷的景象，這個家。

算了，算了。枉我這個當兒子的人，如此努力地在外面幫你們物色到一個超正的媳婦，結果你們一個一個竟然充耳不聞。

失落地甩上了門，我跳上前往學校的公車。

呼啊——

還是外面的世界好。

人啊，只要心情一好，看事情的角度也會跟著改變呢。

哪，就連一張國字臉，成天凶神惡煞地站在校門口督導儀容的主任教官，一瞬間也都變得順眼了起來。面無表情地矗立在玄關前面，頭頂上已經蓋著一層灰的國父銅像，一瞬間也彷彿正在對我微笑說：幹得好。

眼前的景色，一片清澈。

一條渾噩了十八年的靈魂，如獲新生。

我忍不住想要跟全世界的人擊掌。

為我那匠心獨運，化腐朽為神奇的「卡片贈伊人淚灑妳心田」計畫順利得逞而乾杯。

Cheers——

高舉手上的蜜豆奶，我十分陶醉地和走廊邊的椰子樹乾了一杯。

沒想到在這個偌大的地球上，終究還是只有植物才能夠分享我的心情啊。

椰子樹大哥，今天我們也要一起努力喔！（努力什麼啊……）

教室裡——

剛整理完抽屜的我，滿頭大汗地趴在桌子上，氣喘如牛。

「早。」熟悉的香氣，意外的聲音。

從背後大老遠的地方就傳來的香味，無疑是校花身上發出來的。

不過這還是她第一次主動跟我問早。

我轉過頭去，還沒來得及打招呼卻已經當場呆掉。

一個我未曾見過的校花……的髮型！

她竟然把從高一到現在綁了兩年半的馬尾給放下來了！放任她波浪般微捲的長髮自由地盤旋在肩膀兩側，在窗外晨曦的折射下漂浮著璀璨動人的波光。

不只我，教室裡的其他男同學們也很有默契地一致呆掉。就連站在講台上的班導師水鬼，也忘記了為人師表應有的形象而張大了他蒼白的嘴唇，傳說中超長的舌頭更不小心從嘴裡掉了出來。

很明顯，教室裡包括正在牆壁上爬行的那隻公壁虎在內，所有雄性動物的魂魄已經無一倖免地被眼前這個仙女吸走。

只有兩個字啊。

太正。

這女孩真的不是我要誇她，但這實在是已經遠遠超越了一般校園美女的水平。

「早。」我輕應了一聲，心裡卻忽然萌生了一種微笑卻有點可笑的想法。

為什麼？

你說她為什麼會突然在這個時候，把綁了兩年半的馬尾給放下來？

一個人突然改變原本保持了很久的髮型，通常都會有什麼特別的理由吧？

莫非……跟我有關？

雖然不用你提醒，我也知道這是一種很不切實際並且一廂情願的期待，但我這個人天生就是很容易從這種微妙的事物中得到啟示。

「妳把頭髮放下來了？」我指著她的頭髮，問。

「嗯，今天出門的時候有點趕，忘了綁。」她說，可是這不是我要的答案。

「喔？為……為什麼？」

「什麼為什麼？」

「啊，我、我是說……為什麼今天出門比較趕？」我呼吸急促地問。

「今天早上賴床啊！爬不起來。」

瞎小！就只是這樣而已嗎？沒有什麼其他更重大的啟示了嗎？可惡。

「喔。」我斜眼看著她的新髮型，一時間像被塞了奶嘴的嬰兒一樣，有點語塞。

「喂！你現在那個不予置評的表情是怎樣？我頭髮放下來有這麼糟糕嗎？」她噘起嘴嚷嚷著說。

那噘嘴的模樣，美得我心臟險些破胸而出。

「啊，那個、也、也不是說糟糕啦，只是看起來……看起來、嗯、怎麼講？好像突然變得太、太超齡了？完全不像高中生啊。」我慌忙把視線從她的臉上移開，支吾了老半天，說。

「超齡？……會嗎？」她提高了音調，問。

「完全會，可能跟妳有點捲的頭髮有關。頭髮一捲，整個人看起來就大了一輪。」我食指在天空中象徵地畫了幾個圈。

「沒辦法啊，我自然捲，尤其是髮尾的地方。」她拉了拉自己微翹的髮尾，嘟囔著說。

「嗯，看來我以後得改口叫妳姊姊了，哈哈。」我一手圈住嘴巴，小聲地說。

「才不要！人家明明就是妹妹。」她也學我用手圈住嘴巴小聲地說。

我卻不由得暗暗驚喜了一下。

這還是她第一次當著我的面，而不是在電話裡，稱呼她自己是「妹妹」。

一種輕飄飄的甜蜜粒子，頓時懸浮在我周遭的空氣。

待會下課時間一定要再去跟椰子樹大哥報告這件好事才行。

「啊！姊姊！妳頭髮放下來改走成熟路線之後，連手上戴的錶也改成金屬材質的了？」我無意間瞥到校花左手腕上一只輕金屬材質的鐵灰色手錶，問。

之所以會這麼問是因為原本從高一入學以來就一直戴在她手腕上的，應該是另一只錶面有一幅五芒星鏤刻圖樣的SWATCH。那只SWATCH的特色，除了在銀灰色五芒星的錶面上搭載了視覺對比強烈的黑色時針和白色分針之外，它印上棕綠色蛇紋的塑膠錶帶，更是在醒目的錶面之外增添了淡淡的神秘。

啊，你問我怎麼會知道？

那就更不用解釋了，因為基本上不管是校花的飲食偏好、生活習慣、日常興趣乃至於身上的各種配件，全校的男粉絲們本來就沒有人不知道。再加上我從小學開始就身為一位專業的手錶迷，對於稀有罕見的手錶向來具有高度的敏銳與知覺，雖說校花之前那只五芒星的SWATCH算不上是什麼昂貴的名錶，但在我暗中調查之後發現，那只手錶是瑞士原產地限定，台灣沒有進口的特殊錶款。

「就說不要叫我姊姊啦！很故意耶你。你說現在我手上這支嗎？這支是我暫時跟我姊借來的啦，因為我原本戴很久的那支已經很舊了，啊，你應該有看過吧？SWATCH的那支。」她摸著手上的金屬錶，說。

「看過，五芒星嘛。」我點點頭。

「五芒星？哈哈，哪來這麼遜的形容詞啊？跟你說，那支錶是我媽去瑞士玩的時候買的喔，台灣買不到那一款。」她說，語氣頗為得意。

「同學，五芒星明明不是形容詞，是名詞好嗎？那麼，妳媽的愛心已經被妳丟掉了嗎？」我小指一邊掏著耳屎，一邊說。

「怎麼可能丟？還在我書包裡面呢。」她翻開書包，從夾層裡掏出那只閃爍著神秘光華的五芒星。

「借來欣賞兩眼。」我把小指上的耳屎往風中一吹，伸出了手。

「很舊了啦！連錶帶都破皮了。塑膠錶帶就是有這種壞處。」她把錶遞了過來。

就在把錶放到我掌心上時，她不知道是哪一根手指頭的指尖，輕微地點到了我的手掌。點到，就只是輕輕點到，就好像蜻蜓點到水面。

但是我整個人卻觸電。

一道莫名強大的電流透過這麼輕輕一點，竄入我的手掌，然後沿著手腕和手臂上的筋脈向上攀爬，來到了左胸的地方，終於停住。

接著我的心臟突然暴走，抓狂似地撞擊著我胸腔的肋骨。

「真、真的耶！錶帶怎麼破成這樣，可惜了，難得SWATCH出了一支這麼好看的錶。」我連忙按住胸口，力圖鎮定地說。

「有點眼光嘛你，我也覺得SWATCH裡面難得有這麼好看的款式，我自己也喜歡，可惜它真的已經太舊了。」

「既然妳嫌它舊……不如……不如乾脆就借我戴吧？反、反正我好久沒戴手錶了，自從上一支我爸拿給我的、不知道是哪一家銀行致贈的紀念錶進水掛掉以後。」在不知道打哪兒來的狗膽講出這句話之後，我立刻為自己提出這種要求的勇氣感到吃驚。

「啊……？借你戴？」她的眉毛往上一挑，語氣揚升地說。

該死，這表情不太對，這語氣也不太對。

「啊，我、我只是隨便說說啦！不行的話就算了，啊哈、哈、哈。」我一見勢色不對，趕緊搔著頭乾笑幾聲，很孬地立刻把手錶還回她手上。

她把五芒星接了回去，然後用一種很弔詭的眼神斜盯著我。

卻不講話。

「喂，妳幹嘛！妳現在是幹嘛！為什麼要用那種鄙視的眼光看我？我……我說妳該不會已經把我當成那種喜歡貪小便宜的人了吧？」我舉起雙手，一副無辜的表情，問。

她手指輕輕搓著五芒星錶帶破皮的地方，一面繼續用眼白的部分打量著我。

「唉、唉唷！幹嘛啦！不要再用那種眼神看我了好不好！我也不過就是看在妳這支五芒星還不錯看的份上，勉強想說跟妳借來戴一下而已啦！如、如果只是貪圖一支免費手錶的話，我再跟我老爸要就有了啊！我老爸那邊每年銀行送的紀念錶，要多少有多少！」我氣急敗壞地解釋道。

她斜盯著我的眼神卻還在繼續弔詭。

我到底做錯了什麼啊！為什麼要用這種看待變態的眼神看我！我只不過就想借一支妳不要的破爛手錶來戴戴而已！又不是要借妳的內褲來穿！

我在心裡大喊冤枉，卻只能默默地用一種心虛的眼神反盯著她。

「你……是真的喜歡這支錶嗎？」她突然開口問。口吻充滿濃濃的質疑。

「當、當然是真的啊！否則破成這樣的中古手錶誰要啊！而且妳之前已經戴那麼久了，那錶帶一定很臭。」我義正辭嚴地說。

「才怪！塑膠錶帶不會臭，我戴過的更不會。好啦，你不要跟我打哈哈，我現在是很認真地在問你，你也看到這支錶的錶帶已經脫皮脫成這樣了，你真的還想戴它嗎？」她表情十分嚴肅地問。

「我、我當然是真的想戴啊！」我非常用力地點頭，接著說：「而且……」

「而且……？」

「而且我真的是也剛好缺一支手錶啦！哈哈哈……」我裝可愛地抓著頭，說：「我唉呀，記得上次模擬考英文作文沒寫完也是因為沒有手錶害的！所以我說嘛，身為一名準考生，手上真的是不能沒有一支錶啊，對不對？」一邊說我一邊用右手拍打著空盪盪的左手手腕，發出了「啪」、「啪」的清脆聲響。

「喂！說來說去你根本就只是貪圖一支免費的手錶嘛！那可不行。我的SWATCH只能借給願意真心善待它的人。」她搖了搖頭，說：「不過……如果你真的只是需要一支手錶的話，還是我拿另外一支我姊的給你好了？反正我姊有一大堆錶，她習慣每戴一個月就要換一支新的。剛好她最近也有一支塔羅牌圖案的SWATCH戴膩不想戴了，你要不要？」

「不要啦！我才不要什麼塔羅牌圖案！除非五芒星，不然我寧願不戴。」我嚴正拒絕。戴了那母夜叉的手錶一定只會招來厄運。

「嗯……」她低頭沉吟了半晌，然後又再度抬頭看著我，問：「你會好好善待它？」

「當然。」我抿著嘴堅定地點點頭，彷彿一名誓死守護家園的士兵。

「你發誓？」她用檢察官質問犯人的恐怖眼神凝視著我。

「我發誓。」我舉起三根手指到太陽穴附近位置。

她沒有說話，只是冷靜地用她犀利的眼神對我的誠意進行最後確認。
儘管我的額頭上淌落了幾滴困頓的汗珠，但毫不影響我堅決的眼神。
「手來。」她吐了一口氣，說。
我連忙再一次伸出剛才被她電傷的左手。
「什麼時候還我？」她五芒星就快要放到我手掌心上時，突然問。
「它不會動的那一天，我自然會還妳。」我愣著頭想了一下，說。
「哼。」校花白了我一眼，悶吭了一聲。
五芒星輕輕地落在我攤開的手掌心上。
恰到好處的一個剎那，五芒星的錶面碰巧對上了從氣窗透射進來的陽光，在教室側面的牆壁上映出了一朵五芒星狀的光暈。
握著五芒星的我的手心，彷彿感應到了校花從高一以來殘留在上面的溫度，一下子燙得快燒了起來。

□

傍晚十分的高雄火車站，華燈初上。
放課後的學子，熙來攘往。
遠東百貨B1的美食街，明哲、阿佑和我。
三個飢腸轆轆卻一貧如洗的少年，正坐在全美食街最高檔的鐵板燒店……外面旁邊的公共座位，竭盡所能地撐大鼻孔吸取從鐵板燒店冉冉飄來的香味精華，手裡卻舀著全美食街最便宜的一道單品：炒米粉。

哦，價格的對比大概是這樣子的：鐵板燒店最陽春的套餐一客從一百二起跳；炒米粉則是小盤的一盤二十，大盤的一盤二十五，最超值的是還另外附贈一碗顏色十分混濁的濃湯。

是這樣的。

從善如流的我一直銘記明哲的訓示，並不打算因為忙著把校花就放棄學校的課業和康莊的未來，因此從今天，也正好就是大學聯考前的倒數第一百天起，每天放學之後，我決定跟明哲一起到火車站前的K書中心用功。

不甘寂寞的阿佑今天也吵著說要一起跟來，但他輕盈的書包裡面卻只裝著一本《灌籃高手》漫畫的最新單行本。

嘖，也真是個不知上進的傢伙，聯考都已經剩下一百天了還在看漫畫。

說到那本最新的《灌籃高手》單行本，正好是畫到湘北對上全國冠軍山王工業的高潮部分，尤其櫻木使出神乎奇技的蠻力，扛住了山王工業中鋒和田雅史的弟弟和田美紀男那裡，真的是大快人心、令人振臂歡呼的精采一幕。

啊？

你、你問我為什麼會知道劇情？

喔，沒有啦！因為……因為阿佑書包裡面那一本《灌籃高手》，其、其實是我今天早上買來看完之後借他的啦……

唉唷！別、別這樣嘛！

高三學生除了唸書之外，也是需要其他精神糧食的啊！不然日子怎麼過下去啊！

總之我要強調的部分是，樂天知命的阿佑今天晚上跟來K書中心根本不是要為了要用功讀書，他只是想在K書中心裡面悠哉地吹冷氣看漫畫，然後順便在旁邊干擾我和明哲。

這傢伙就是那種喜歡拖著大家一塊爛的人。

「聯考完找一天來吃鐵板燒吧？順便慶祝大家金榜題名啊！好不好？」稍微一熱臉上就會以加侖為單位開始出汗的阿佑，用制服的袖子抹去凝聚在人中的汗水，接著再用他肥厚有力的嘴唇狠狠吸吮了一口米粉。

「你最好真的金榜題名了再說吧。不過照你目前的成績來看，如果沒有奇蹟發生的話，你的名字應該是會被題在重考補習班的點名簿，而不是聯考的榜單上。唉呀，不錯啦！反正也算是題名的一種嘛！哈哈哈……」明哲狹著鄙夷的眼神，一邊邪笑一邊拍了拍阿佑的肩膀，然後再用中指端了端他鼻梁上那副刻薄的銀框眼鏡。

「靠！你說那是什麼屁話！」阿佑肩膀反感地一甩，抖開了明哲那雙髒手，氣得從嘴裡射出一條米粉。

很明顯，這是一種心虛所引發的惱羞成怒。

明哲的話雖然尖酸了點，但是依照阿佑目前孱弱的成績來推算，名落孫山絕對是指日可待。

「唉唷！好了啦！你們兩個！那不然這樣好了啦，明哲你就教教阿佑讀書嘛！他要是金榜題名的話就請你吃鐵板燒吧！」我一邊說一邊用筷子把那條被阿佑噴到桌上的米粉夾起，然後筷子一甩，米粉飛進了明哲的盤子。

「幹！」明哲見狀大驚，一聲清亮的髒話連隔壁鐵板燒店正在炒菜的師傅都分神看了過來。

我和阿佑則笑得東倒西歪。

「阿佑你笑個屁！唬，我拜託你成熟一點好不好？你看看你自己，把不到雅欣就算了，成績又爛得一塌糊塗，連馬桶裡面的一坨屎都比你強。」明哲跟阿佑講話的時候，向來就沒有過一句溫和的措辭。

我曾經問明哲，為什麼每次都要用苛刻的話語如此羞辱阿佑？明哲回答說那全是因為恨鐵不成鋼，羞辱阿佑是因為關心阿佑，把阿佑當兄弟看。

不過有人會說自己的兄弟連坨屎都不如嗎？

好像也沒有。

不過這就是他們兩個人長久下來的相處模式。

「唉，不要再提雅欣了啦！我看我這輩子註定只能站在遠遠的地方看她，然後默默地祝福她了吧。」阿佑突然頹喪了下來，深嘆了一口氣。

雅欣真不愧是他最大的罩門。

「喂，你之前不是還鬥志高昂要跟我比賽嗎？怎麼也才過兩個禮拜而已，整個人就消沉成這樣？」說完，我拿起附贈的那碗顏色混濁的濃湯，啜飲了一口。

「唉唷，不用比了啦，我哪像你這麼強啊！連校花都快被你搞定。」阿佑說完，又灰心喪志地連吞了幾大口米粉。

「喂、喂，話可不要亂講，我是哪裡快要搞定校花了啊。」我放下湯，說。

突然，一股洶湧的吐意從胃袋逆衝上喉頭，我喉頭一緊，打了個嗝。那個嗝挾帶著剛才那碗濃湯的味道，瀰漫在我的口腔。

這……？！混蛋！剛才那到底是什麼湯？！為什麼天殺的鼻屎味會這麼重？！

我眉心微顫，心頭漾起了一陣不祥預感，下意識地轉頭望向那攤米粉店。

結果……

那個老闆娘竟然真的正用她肥短的小指在挖鼻屎啊——畜生！

天啊，是如此扣人心弦，令人魂飛魄散的一幕。

讓我對眼前的這碗濃湯，產生了某種非常衝擊性的可怕聯想。

我很想說服自己，老闆娘身為一個專業的小吃店業者，鼻屎挖歸挖，但怎麼也不可能拿客人的性命開玩笑。

但老闆娘用她接下來的動作告訴我，她老娘根本不在乎客人的死活。

在一陣猛力開採之後，老闆娘的小指從鼻孔裡拖曳出一坨橄欖綠色的可怕物質，拿在眼前端看同時滿意地笑了一笑。老練地搓了幾下，老闆娘相當隨性地把這剛出爐的新鮮鼻屎像砲彈般朝天一彈，在半空中畫出一道優美的弧線之後，灑脫地墜落在老闆娘前面那一鍋濃湯裡。

目睹了這驚悚而絕望的景象，我的眼睛瞬間翻白，白沫同時從我的口中汩汩冒出，我閉著眼睛都知道，老闆娘鼻屎的毒性直逼天下第一奇毒奪命追魂散，我更知道自己想要活命的話已經沒有其他的選擇，於是二話不說，抄起湯匙逕往我的舌頭一壓，讓老闆娘鼻孔裡的毒物沿著我的胃酸潺潺流出。

明哲見我面如死灰，於是趕緊拍了拍我的背，但是卻不明白我到底是怎麼了。

「幹嘛？講到校花就這麼興奮？」明哲問。

「不是啦！跟校花無關，是這個湯！你們千萬別喝，會喪命的。」我臉色還留有幾許慘白，苦口婆心地說。

「喔，我剛看到這湯的顏色就覺得不太對勁了，本來就沒打算喝。」

靠！那你又不早說！

我頓時間滿臉黑線，無言以對，對我和明哲之間多年的友情感到無比失望。

明哲卻突然賊兮兮地一把將我的左手扯了過去，拉開袖子指著我手腕上的五芒星，說：「你戴校花的手錶這件事，全班、不，全校都知道了。」

「奇、奇怪了！你們怎麼知道這支錶是校花的？難道不能是我自己買的一模一樣的錶嗎？」我將手抽了回來，小心翼翼地呵撫著五芒星。

「今天學校裡盛傳的兩件大消息：第一，校花把綁了兩年半的馬尾放下來，首次以長髮的造型出現在學校；第二，有一個無恥狗賊的手上正戴著校花的手錶。」明哲說，面色頗為凝重。

「無、無恥狗賊……？這麼說起來，我變成全校男生的公敵了？」我愣了一下，問。

「沒錯。根據我側面消息得知，目前已經有兩幫流氓學生的勢力，正在共同醞釀一個在學校對面小騎士炸雞的廁所把你阿魯巴到死的計畫；而還有另外一組始終默默擁護校花的乖學生團體，則是不堪校花的手錶流落狗賊之手的打擊，正在集結團員相約明天中午要在操場集體痛哭兩個小時以示抗議。」明哲越講是越誇張了。

「靠，我也不過就是借個手錶來戴一下罷了，最好是有那麼嚴重。」我說。

「別急，先聽我說完。再根據校方辦公室傳來的最新消息指出，目前全校的男同學已經開始串聯男老師工會、家長委員會和校花董事會的力量，打算發起萬人連署運動要把你攆出校園，聽說目前尚未參加連署的只剩下我和阿佑。」明哲的手指捏著眉心，裝腔作勢地吐了口氣。

「媽的你再扯啊！」我給了明哲的手臂一拳。

「哈哈哈，好啦！兄弟，你很屌，我對你有信心。真的把到校花的話，不要說鐵板燒了，我直接請你吃王品台塑牛排。」明哲笑嘻嘻地拍了拍我的大腿，說。

「等一下！那要是我追到雅欣呢？你要請我什麼？」阿佑插嘴，說。

「你這副死樣子都追得到雅欣的話，應該是你要請全班的人吃王品台塑牛排！不過你完全不必擔心要請客啦！因為這個可能性絕對是零！」明哲一邊說，右手的拇指和食指一邊圍成了一個象徵零的圓圈。

阿佑聽完，手掌朝桌子一拍，用髒話連續問候了明哲的好幾位女性長輩。我則是懶得理這兩個傢伙，一邊用筷子翻攪著盤子裡的米粉，一邊拄著下巴沉思。

「喂，又怎麼了？幹嘛突然又變成那副被母豬龍咬傷的臉啊？你這學期以來不單是成功擺脫了母豬龍女王的禁臠，還一躍成為全校最幸福的男人耶！」明哲搭著我的肩膀，說。

「唉唷，幸福個頭啦！我現在也不過就是跟校花變成稍微好一點點的朋友罷了，接下來要怎麼辦我根本不知道啊。」我攤了攤手，說。

「要怎麼辦你不知道？當然是約她出來玩啊，笨蛋！你看她連手錶都肯不避嫌地借你戴了，眼前形勢一片大好啊！」明哲語氣激昂。

「約她？」我卻一臉茫然，還真的沒有想過要在高三下學期這種時候約她出去玩。

「廢話！」明哲驚訝而不耐的語氣，就像一位數學教授不明白為什麼這個世界上有人會算不出答案。

「那……要約她去哪？」我問。

「……媽的，你真的是那個讓全校男生心碎的傢伙嗎？隨便看你要約哪裡就約哪裡！最好你要是有本事直接帶校花去學校對面巷子的賓館的話，阿佑就幫你付房間的錢！」明哲不愧是明哲，在兩性的觀念上總是遙遙領先我好幾步。當然，更領先了阿佑好幾光年。

「啊，關我什麼事了？」正低頭狂扒米粉的阿佑聽到有人提到他的名字，猛地抬起頭來。

「別吵！」明哲食指堅定地指著阿佑的盤子，示意阿佑繼續低下頭去扒他的米粉。

阿佑再度用「幹」字開頭的髒話問候明哲的女性長輩。

我則抿著嘴，兀自沉思。

「可是……，可是校花怎麼可能單獨跟我出去？你也不是不清楚我們這種私立學校的保守風氣。」我皺著眉，問。

「沒關係，你可以找一群人一起出來啊！這樣就自然多了吧！你就找校花的姊妹淘們一起出來嘛！只要她對你真有那麼一點好感的話，應該不會太困難吧？對了對了，說不定也可以順便再找雅欣一起出來啊！她跟校花不是還蠻要好的嗎？也算順便幫阿佑製造一點機會。」明哲拍了拍阿佑的肩膀，再看了看阿佑肥厚的嘴唇上沾滿米粉的模樣，旋即又嘆了一口氣說：「不過我想還是算了啦，憑他這副死人德行，就算找了雅欣一起來也不會有任何機會。」

「靠！你工瞎小！」阿佑盛怒之下，嘴裡竟再次噴出一條捲曲的米粉，筆直飛向明哲的額頭，最後黏住。

向來自視極高的明哲，哪堪受到這種污辱？臉上隱然泛出一抹暗紅殺氣，拳頭的關節則不住喀喀作響。

「好了啦！你們這兩個傢伙，到底幫不幫我想辦法啊！嘖……，不然這樣好了，我來約校花跟幾個和她比較要好的女生，你們再幫我找一些班上其他的男生吧？怎麼樣？」我用筷子把米粉從明哲的額頭上夾下來，隨手甩到隔壁桌一位大嬸後腦勺的頭髮上，不過遲鈍的大嬸似乎沒有發現。

「那你是想約什麼時候？現在都快聯考了，大家不是在補習就是在唸書，哪有時間啊？還是乾脆就照我剛才講的，聯考完大家一起去吃鐵板燒慶祝金榜題名好了？」阿佑還沉迷在自己一定會金榜題名的美夢裡。

「你懂個屁！打鐵要趁熱，畢業之後人一下子全散光了，感情的冷卻是很快的！我看到時候你就找你重考班的同學陪你去吃鐵板燒吧。」明哲的語氣就像一把抹了劇毒的利刃，聽得出來他正用口舌在報剛才的米粉黏頭之仇。

阿佑瞳孔一縮，又準備要開始用髒話問候明哲的女性長輩之前，我搶先一步用手摀住他的嘴。

「嗯，我同意明哲打鐵要趁熱的說法，不過阿佑講的也有道理，現在距離聯考只剩下三個多月，大家考前衝刺都來不及了，還會有時間出來玩嗎？」我問明哲。

「我想想……，不然就……下次模擬考考完那一天如何？反正模擬考只考半天，如果是考完當天的下午跟晚上的話，大家應該多少會比較願意放鬆一下吧？」明哲靈光一閃，說。

「啊？！下次模、模擬考、考？什、什麼時候？」一聽見模擬考三個字，阿佑的聲音立刻開始跳針。

「四月十三、四月十四。」明哲這種功課好的傢伙，對考試的日期總是記得比誰都清楚。

「靠！四月十四那天剛好是我生日！」我睜大了眼睛叫道。

「漂亮！一個約校花的完美藉口出現了。」明哲雙手一拍，露出了佞臣式的奸笑。

「是喔……，那你今年的生日禮物就是躺在賓館床上光溜溜的校花了，好好喔！但是我可不可以不用幫你付房間的錢？」阿佑的鳳眼輕易地瞇成一條線，露出了極其豔羨的目光說。虧這個智缺的傢伙竟然還把明哲剛才的玩笑當真。

「白痴。」我完全懶得理會阿佑，對著明哲說：「好，就這麼決定。我設法約校花跟她那幾個姊妹，明哲你幫我邀一下班上其他的男生吧？」

「好。那你想約去哪？吃飯嗎？」明哲問。

「嗯……，不如先去唱KTV再去吃晚飯吧！怎麼樣？不過既然我是壽星，晚飯就我請客好啦。」我說，心裡暗暗盤算著在KTV裡用張學友的情歌示愛的畫面。

「當然好啊，不過我想等你先確定約到校花之後，我再找其他男生吧？」明哲說，然後從制服口袋裡掏出一本萬用手冊記了一下。

「ＯＫ。」我轉身拿起掛在椅背上的書包。

「喂，記得幫我找雅欣喔！」阿佑露出懇求之色，說。

「我盡量啦。」我站起身。

明哲和阿佑也相繼起身，各自背上書包。

留下桌上三碗幾乎沒動過的濃湯，三個人離開遠東百貨Ｂ１的美食街，朝Ｋ書中心走去。一直到我上電梯之前，那位無辜的大嬸似乎都還渾然不覺，自己的後腦勺上正黏著一條從阿佑嘴裡反芻出來的米粉。

趁著這個機會，我要向當年的那位大嬸致上我最高的歉意。

您後腦勺上的米粉，是我甩的。希望阿佑吐出來的米粉沒有害妳那一塊的頭皮爛掉。雖然也已經事過境遷了，但真的很對不起，請您原諒。

□

翌晨——

我拖著搖搖欲墜的遊魂步伐撞進教室，一屁股跌坐在椅子上，書包都還沒來得及放下，幾個來勢洶洶的呵欠已經打得我淚流滿面。

憔悴而蒼白的倦容，宛如一個病入膏肓的老人。

「這位同學，請問你是誰？」就在我正癱靠在椅背上閉目養神的時候，左邊座位的人突然問。

「我是誰？什麼我是誰？我就是我啊！」我一頭霧水地答道，覺得這個人的問題還真是莫名其妙。

「你……是轉學生嗎？」那個人又繼續問了個奇怪的問題。

「轉學生你個頭啦，你現在到底是在胡扯些什麼啊？」我極不耐煩地轉過頭去，白了他一眼。

等一下。

呃……那個，我左邊的人……不、不是應該是校花嗎？

那，有誰可以跟我說一下……現在我面前這位長得像維尼熊的傢伙是誰？

「請問這裡是……？」我收斂起原本瞪著他的銳利眼神，有點心虛地問。

「高三二班。」維尼熊男子面無表情地回答。

「二……、二班？」我問，臉上閃過一絲錯愕表情。

如果我沒記錯的話，我唸的應該是高三「十」二班才對。注意我把重音落在了「十」這個字。

「對，二班。」維尼熊男子的食指，遙指著教室門口上方的牌子。

「哦。」我看了看那個牌子，佯裝鎮定地輕應了一聲。左顧右盼環視了一下四周之後，我拍了拍維尼熊男子的肩膀，堆起了鄉愿的笑容試圖裝熟地說道：「嗯，怪不得全校的人都說你們二班教室的風水好，我老早就想來參觀參觀了！今日有幸巧遇兄台，讓我更不禁要由衷地讚嘆你們二班不只是洞天福地，簡直就是地靈人傑啊！不過對了兄台，小弟還有點急事不先走不行，所以咱們有緣再見了，請！」一邊打躬作揖一邊講完這番我急中生智想出來的屁話之後，我火速拔起我的狗腿奪門而出，用吃奶的極速向前狂奔，涉過了幾條水溝，跳過了幾個籃球架，幾個起落之間我不知道自己已經跑了幾十里路，最後終於在校園盡頭一棵蒼涼的椰子樹下頹倒在地。

呼——呼——呼——靠，我，呼——我怎麼會，呼——怎麼會跑錯教室了？

我氣喘如牛，雙手用力掐著自己快要裂開的後腦，難以置信自己的精神狀態竟然會虛弱到發生這種像幼稚園小朋友一樣走錯教室的蠢事。

混蛋，全是昨天晚上那台防盜器響了一整晚的車子害的。

搞得我不只一整個晚上沒睡，到現在都還在耳鳴。

癱靠在椰子樹下小憩了片刻之後，我看了看手上的五芒星，眼看已經是打鐘時間，連忙扒著樹幹勉強撐起身體，搖搖晃晃地走向我正確的「十」二班教室。

到了教室門口，為了避免再度發生剛才那種愚蠢的意外，我十分慎重地從各個不同的角度，反覆看了門口上方的牌子十遍確定是高三「十」二班無誤之後，方才放心地走了進去。

「99」

黑板的左上角用紅色粉筆寫著的數字，第一時間吸引了我的視線。

是的，這正是所謂距離聯考天數的倒數計時。

而就在今天，它終於正式從原本一直以來的三位數字，邁入到只剩下兩位數字的九十九的階段了。

這意味著，所有的高三準考生將進入人生中最暗無天日的一刻。

「喂。」這時候，左邊座位的人突然開口。

「我、我不是轉學生啦！我、我只是來參觀你們教室……」我反射性地倉皇答道，同時抓出書包準備再次奪門而出。

「什麼轉學生參觀教室？」

「啊？啊……喔，沒、沒有啦，沒事。」看到眼前的人是校花沒錯，我鬆了口氣，說。

校花手裡拿著一本數學講義，架著我的下巴。

「幹嘛？」我抓了抓頭，不明所以。

「你上星期六在電話裡不是說要跟我借數學講義嗎？昨天忘記拿給你了。」她看著我，說。

「啊，對、對耶！我自己都差點忘了這件事了。」我收下她的數學講義，相當隨性地往抽屜裡一扔。

「喂！不要把我乾淨的數學講義亂塞到你的垃圾堆抽屜裡面好不好？！等一下你別忘了帶回家！啊，對！記得明天要帶來還我喔！」她皺著眉頭嚷嚷。

「明天？明天不可能啦！我要補抄的地方那麼多，一天晚上哪抄得完啊？」我從書包裡掏出自己的數學講義在她面前逐頁翻開，好讓她親眼了解要填滿這本空盪的數學講義將會是何等浩大的一樁工程。

一邊翻，我一邊用一種哀怨的眼神看著她，試圖博取她的同情。

「不行。」校花搖頭，無情地拒絕了我的乞求。

「為什麼？！妳這幾天就先唸一下別科就好了啊！幹嘛一定要急著唸數學不可啊？！」我跺腳吵

鬧。

「你自己看。」她手指一伸，指向和數字「99」遙遙相對的黑板另一側。

我順著看了過去。

就在值日生欄位的上方，用黃色粉筆寫著一條班導師水鬼的最新公告。

☆親愛的同學們，為了進一步強化你們解題的能力和速度，以期實際上考場的時候能夠有更加穩定的發揮，老師決定從明天開始，每天的早自修時間小考兩題數學（每題五十分），請各位同學回去好好準備。

原本就已經一夜沒睡好導致精神狀態不佳的我，如今看到眼前水鬼這一則公告，雙眼不禁綻出一絲血紅色的火光，一股歇斯底里的殺氣從太陽穴不住噴出。

我打開了鉛筆盒的蓋子，從裡面靜靜地掏出那把老哥送我的德國製超頂級圓規，扳開。

手裡握著固定圓心用的那一端針頭，緩緩地走向正坐在講桌前打盹兒的水鬼。

為什麼？

為什麼在這個聯考當前，民不聊生的動亂世局裡，你水鬼身為一班之導，非但不懂得在寶貴的早自修時間讓同學們好好休養生息，反而還要逆天而行，頒佈這種人神共憤，生靈塗炭的混蛋公告？為什麼？這到底是為了什麼？這樣做對你到底有什麼好處？有什麼好處？你說啊！說啊！

我高高拎起水鬼的衣領，悲憤地吼叫。

水鬼被我勒得無法呼吸，一條長滿舌苔的蒼白舌頭於是又從嘴裡掉了出來。

遺憾的是，他昏灰而無光的眼神已經告訴我，他根本沒有悔意。

是你逼我的，是你逼我的。

我無奈地嘆了一口心灰意冷的氣，放棄了讓他好好反省然後改過自新的念頭。

再見了，水鬼。在黃泉下為你的所作所為懺悔吧。

我這麼對他說，接著高舉我手上那閃爍著鋒利銀芒的德國製高級圓規，眼看著自己竟然就快要幹出弒殺親師這種大逆不道的孽行。

「唉呀，好痛！」我慘叫一聲，赫然發現一根原子筆正扎在我的手臂上。

「發什麼呆啊？你今天整個人好像很恍惚耶，沒事吧？」校花收回原子筆，說。

「啊、喔？不，沒、沒事。」我停頓了一下，眼前扯著水鬼衣領、高舉圓規正要刺向水鬼的畫面，像一面突然被砸破的玻璃一般消失無蹤。

我看了一下教室前面，水鬼不在。

打開了鉛筆盒，那把德國製的圓規我根本就沒帶。

我頓時蜷起身子緊抱著自己的頭顱，喘起一口又一口粗糙不暢的濁氣，簡直不敢相信自己的潛意識裡面竟會埋藏著如此殘暴不仁的因子，於是毫不猶豫抄起桌上的原子筆，再次使出我慣用的那一招驅逐雜念的方法，往自己的小腿肚猛力一錐，並拿起桌上的鉛筆盒放進嘴裡咬住。

從喉頭發出一聲悶叫之後，意識果然立刻清晰了不少。

「那是老師剛才進教室的時候寫的。」校花說。

「哼。」我只是輕淺並不屑地應了一聲。

「所以，明天。」她指了指我抽屜。

「靠，就跟妳說抄不完了嘛！好啦好啦，那不然我回去盡量趕一下，最快大後天，行不行？大後天星期五，剛好，在這個週末前一定還妳。」

「大後天？！不行不行，明——天。」她在明天兩字上特別加重了語氣。

你看看！你看看這個小氣的傢伙啦！明明都已經是個全班二十幾名的人了，現在竟然還吝於把數學講義多借個兩天給模擬考名次是她兩倍的同學。

「好，夠了，真的不要再跟我討價還價了，」我不耐煩地搖了搖手指，說：「一口價，後天。」

旋即相當無賴地把自己和她的兩本數學講義緊緊抱在胸口，以宣誓我非借到後天不可的決心。

「喂！現在那本數學講義到底是誰的啊！」她瞪大了眼睛，又拿原子筆戳了我一下，態度卻明顯軟化了。

可以多借校花的數學講義一天，挨這一戳相當值得。

我一邊抖動著肩膀奸笑，一邊把兩本數學講義從胸口放回桌上，打算利用早自修殘餘的時間先多少抄一點。

校花其實就是這種女孩。

撇開天生麗質的外貌不說，她這個人固然有時候講話既直接又居歪，不過她很有她自己獨特的一套傳達溫柔的方式。當然，也許因為她是校花，她總是必須對於校園內的蜚短流長有著更深沉的顧慮，因此她當要表達出一點溫柔，都必須比別人有更多的謹慎和勇氣。

於是她的溫柔，總是低調，又輕淺。

有可能偶爾出現在某些你意想不到的瞬間，表現出來的可能也只有輕描淡寫的一丁點、一丁點。

她不想被無關緊要的旁人察覺，卻希望對方可以巧妙地感覺。

我一邊凝視著不知道為什麼隨手一翻就翻到的，她數學講義裡熟悉的那個第九十九頁，一邊這麼想著。

一張小小的粉紅色紙片，夾在裡面。

上面寫著：

You can not imagine how happy I was when I saw your card ! Thank you, my Black Angel.

在紙片的角落，還畫著一個吐著舌頭的笑臉圖案。

「好醜的笑臉……」我喃喃自語，眼眶卻已陷入一種不由自主的模糊。

「你說什麼?」她問。

我剛才只是用喃喃自語的聲音非常沙啞，所以她應該是真的沒有聽清楚我說了什麼。

同時我剛才一翻到第九十九頁也只看了短短幾秒就立刻闔上，所以她應該也還不知道我已經發現了那張粉紅色的紙片。

但是她的臉，卻有一點點紅。

「沒、沒說什麼。」我小心翼翼地將這本帶來幸福的數學講義收進書包，連一題習題都還沒抄。

不過那已經不重要。

因為我豁盡我的腦力精心打造的整合式卡片泡妞計畫，已經收到了遠超乎預期的成效。

所以，安息吧，淡大學長。這也差不多該是你最後一次出現在這個故事裡的時候了。

其實我老早也說過了，只擁有一手花俏的卡片製作技術，很顯然是不夠的。從正統行銷學的角度來看，在這個顧客滿意度至上的時代，送卡片泡妞的重點已經不再只是追逐卡片本身的工藝，更關鍵的是顧客心裡那一種被完滿服務的感覺。

而，在卡片從你手裡到達顧客手裡的這一整段流程的規劃上，你輸得並不冤枉。

唉，好吧，我看我就破例機會教育一下時下的年輕人好了。

重點，不是在卡片本身，而是在於「氣氛」、是「氣氛」的營造啊！孩子們！學著點！

就在我振臂歡呼，為自己偉大計畫的成功而喝采之際，黑板上水鬼的公告突然再次竄入了我的視線。

這公告，著實已經激起了我的恐慌。

從我目前弱不禁風的數學實力來看，每天擁抱鴨蛋已經是用膝蓋想就可以預見的結果。但是如此一來，萬一改考卷的方式不是水鬼收回去自己改，而是左右同學交換改的話……，校花這嘴巴惡毒的傢伙不曉得又會用什麼方式來嘲弄我。

不行。我不能坐以待斃。

放眼望去，如今普天之下還救得了我的，就只剩下一個人。

那個傳說中千年一見解題如神的數學天才，三角函數差點比水鬼還強的男人，同時也剛好是我的好兄弟。

明哲大大。（裝什麼可愛啊……）

下課鐘聲一響，我立刻從抽屜裡拿出我原本從家裡帶來的早餐：火腿三明治和一瓶蜜豆奶充當束脩，前往明哲的座位乞求他念在上天有好生之德的份上，搭救我這個還在數學的苦海裡溺水的人。

明哲雖然是我的好兄弟，但不愧是個崇尚功利主義的混蛋，毫不客氣地收下了我的火腿三明治和蜜豆奶之後，拍了拍我的肩膀說：「其實本來要是別人來找我幫忙的話，我是不可能答應的。不過念在你是我的好兄弟，外加體育課打籃球同一隊隊友的深厚情誼份上，我想如果你願意提供『我家牛排八盎司沙朗一客』和『范曉萱雪人CD一張』的酬勞，或許我可以考慮星期日騰一點時間出來幫你小小特訓一下。當然啦，水鬼的早自修小考你放心，特訓的時候我會幫你一併猜題，好讓你最慢可以在下週就脫離零分的行列。」

聽完了這一席話，我雖然很想轉身一記迴旋踢把這個趁機敲詐的混蛋踢到外太空，但是為了拯救我的早自修晨考，我也只能堆滿笑臉不停地向這個混蛋道謝。

說來慚愧。

數學，我早在國小三年級就已經宣告不治的科目。

卻萬萬沒想到會在事隔多年的高中三年級，為了居歪的水鬼每天要晨考的兩題數學，為了在校花面前盡可能地保留一點顏面，我不得不硬著頭皮，死馬當活馬醫。

我要不眠不休。

苦讀數學。
我要焚膏繼晷。
搶救數學。
我要在世界的中心。
呼喚數學。

□

聯考倒數第九十八天——
小考來了。
就如同我所預料的一般，黑紙白字的兩道題目，我卻連半條稍微像樣的計算式都湊不出來，只能束手無策地看著考卷上的sin θ、cos θ 轉筆發呆。
「時間到！左右同學交換改！好了好了，寫不出來的就不要再撐了！再寫就算零分！」居歪的水鬼一聲令下，羞恥心在一瞬間將我整個人活埋。
老實說，看著眼前這張如此白淨無瑕的考卷，我真的不知道是有什麼好左右同學交換改的。
知恥近乎勇，我一向都很推崇這句名言。
於是我嘴角漾起一絲悲壯的微笑，自己先拿起紅筆，坦蕩地在考卷的最上方畫了個超大的零蛋，然後毫不扭捏地用雙手把考卷交給校花。
「妳不用動筆，我自己已經打好分數了。」我神情豪邁地看著窗外的藍天，相當豁達地說。
校花沒有答話，只是已經被我預先畫上去的那顆巨大鴨蛋笑得人仰馬翻。
哼，早知道這傢伙會有這種反應的。放心吧，我不會和她一般見識。

她一邊笑，一邊突然旋開了紅筆的筆蓋，啪答啪答地在我的考卷上寫了起來。

喂、喂，奇怪，我不是都已經自己打好分數了嗎？還有什麼地方好改的啊？

過了一分鐘，考卷回到了我的手裡。

不，嚴格說起來那已經不再是一張考卷。

在我自己打上去的那個零分的圓圈周圍，多了幾束放射狀向外散開的光線，圓圈旁邊的一大片空白處，則是被添加了幾朵白雲和幾隻海鷗。

扣除掉題目的文字部分，這一枚B5尺寸的考卷，已經完全變成了一張意境高雅的手繪明信片。

唯獨是那個被她巧妙地改造成太陽的零分圓圈裡面，寫著爽朗的「笨蛋」兩個字。

有趣。

把我的考卷當明信片啊？還蠻有創意的嘛。啊哈哈，啊哈哈。

混蛋！

這是幹嘛？這是在愚弄我嗎？

交白卷考零分是不可以嗎？嗄？是不可以嗎？！妳憑什麼因為我的考卷是空白的就在我的考卷上亂畫！

我雖然在心裡抓狂叫囂，表面上卻保持著很有風度的微笑。

因為我很清楚，零分的我現在唯一能做的就只有忍氣吞聲。

聯考倒數第九十七天——

我看著眼前這張又是沒有半題會寫的考卷，腦海中不禁浮現國小三年級時苦吞人生第一顆數學鴨蛋的悲慘記憶。然後又想到再過幾分鐘，自己馬上得苦吞另一顆鴨蛋的事實，心中頓時一陣難以言喻的惆悵。

不用說，我當然還是很乾脆地自己先用紅筆在考卷上畫了個圓。

交給校花的同時，已經有心理準備要接受她在考卷上即興作畫的污辱。

這一次，她是在零分的圓圈裡面畫上了線條簡單的五官，接著在圓圈的上半部外圍加上了神似我當年中分劉海的超矬髮型，最後在已經變成我的臉的零蛋左右兩側，題上了「**數學白痴，捨我其誰**」的上下對聯。

我拿回考卷，二話不說立刻對折放到鼻子前猛力一擤，揉成一丸之後大拇指和中指寫意地一彈，將紙丸彈進了我那黑暗的抽屜深處，讓那張考卷永世不得超生。

另外，我今天也依照約定，如期把數學講義還給了校花。

儘管裡面的習題我其實根本抄了還不到十分之一。

聯考倒數第九十六天——

老樣子，沒有半題會寫。

即便我擠破了我的腦袋，依然推不出半條算式。

倒是為了防堵她像前兩天一樣再次在我的考卷上興風作浪，我在交換改之前寫上了一個國字的「零」來代替阿拉伯數字的「0」。

她拿到我的考卷，看到筆畫很多的國字「零」之後，先是輕蹙了一下眉頭，接著大感無趣地在考卷上啪答啪答寫了幾個字，回傳給我。

國字的「零」旁邊寫著：

零分考不膩啊？不是都已經把數學講義借你帶回家抄了嗎？至少也隨便寫幾條算式好不好？

雖然國字的「零」成功地削減了她在我考卷上惡搞作畫的興致，但是我卻也笑不出來。

因為總結到目前為止的三次晨考中，對照我慘不忍睹的三上三下，校花則是猶如探囊取物一般，得到了兩次一百，一次五十的佳績。

沒關係，儘管趁這個時候得意吧。

接下來的週末跟明哲特訓完之後，我會讓妳刮目相看，重新正視本人的數學實力。

我仰起頭望著油漆斑駁的教室天花板，充滿決心的一拳揮向天際，在心裡吶喊出自我激勵的加油詞：「我要在世界的中心！呼喚……」

「數學晨考連續三天零分的人聽好！待會下課時間一個一個到辦公室找我！」

水鬼疾言厲色的喝叱，打斷了我正要燃燒的鬥志。

「喂，在叫你了耶。」校花看著我，眼神夾雜了憐憫和鄙夷。

「我知道。」我當然知道。

因為講台上水鬼的一雙鬼眼，正兇狠地瞪著我。

噹——噹——噹——噹——噹——噹——噹——

下課鐘響。

我站起身，表情木然地往水鬼的辦公室方向走去，蕭瑟的背影透發出一抹蒼涼。

一種自尊心遭到蹂躪的痛楚，正無情地撕裂著一個十八歲少年的倔強靈魂。

少年的背，在顫抖。

□

聯考倒數第九十五天，星期六——

天剛破曉的五點半鐘，K書中心裡靜謐無人。

唯獨一名額頭上綁著白布條的少年，面無表情地端坐在在一個靠近百葉窗的角落位子，猶如老僧入定。

沒有錯。

這位少年，正在和他從小到大打從心底感到害怕的數學搏鬥。

你不得不要豎起大拇指佩服少年的勇敢。

因為少年吞下了喪權辱國的連續三顆鴨蛋之後，非但沒有絲毫的退縮，反而是選擇了挺起胸膛，正面迎戰這個他畢生的天敵。

只可惜少年的勇氣固然可佩，高中數學的難度卻非比尋常。

九九乘法表都還背得不是太熟的少年妄想挑戰三角函數，就如同連馬步都還紮不太穩的人想要修練降龍十八掌一樣逞強。

少年的腦域裡面，兵兇戰危。少年的身體外面，則已經汗流浹背。

數學講義上的符號和公式，化作了有如實質一般的刀光劍影，不斷衝殺著少年遠本就已經不多的腦細胞。

額頭上白布條寫的「必勝」兩字才剛被汗水暈開，少年的喉頭一甜，突然又咳出了一團血。

很明顯，數學底子實在太差的少年，已經出現了類似練功之人走火入魔的徵兆。

然而少年執著的眼神卻依舊頑強。

因為少年知道，他和數學之間這麼多年來的恩恩怨怨，也該是時候做個了斷。

滴米未食，滴水未進。

忘記了時光流逝，忘記了晝夜晨昏。

和數學講義上的習題不知道搏鬥了上百個，還是上千個回合。

直到皎潔的月光從百葉窗的縫隙裡穿透進來，少年猛一抬起頭來才赫然發現，時間竟已在不知不覺間來到了晚上十點半。

蹣跚地步出K書中心大門的少年，早已油盡燈枯。

臉頰，則因為精神力透支過度而非常蒼白。

你們以為少年會就這麼不行了嗎？

錯。

少年苦讀數學的決心，甚至凌駕了少年自己的想像。

回到家，一如往常地跟校花講了兩個小時的電話之後，少年又坐回了書桌前，翻開了數學講義。

少年從抽屜裡拿出一條新的白布條，綁在頭上，眼裡綻放出蘊含著可怕精神力的藍光，仰起頭，充滿決心的一拳貓向天際。

沒錯，你們知道他要幹什麼了。

「我一定要在世界的中心！呼喚數……」那句為自己鼓舞士氣的招牌加油詞，蓄勢待發地從少年抽動的嘴角正要吶喊出口之際……

鈴——鈴——

茶几上的電話突然響起。

「數學啦歐啦歐啦歐啦歐啦！！！」少年接起電話，不吐不快地以嘶吼般的驚人音量對著話筒暴喝一聲，尾音的部分甚至因為太過激動而變成了假音。

「靠北！你是三太子附身起乩喔？！幹嘛電話一接起來就鬼吼鬼叫啊！」這機車的聲音，是少年的朋友明哲。

「啊，明哲是你啊！快！明天什麼時候要幫我特訓？早上六點半嗎？還是五點半好了？四點半我也沒問題喔？」少年彷彿接到救世主的電話一般，慌忙問道。

「四點半你個頭！你以為是要到公園特訓太極拳嗎？九點半啦！火車站前面的K書中心門口等。」明哲說，差點被少年過度積極的好學精神給嚇昏。

「需要帶學校的數學講義嗎？還是算盤、字典、翻譯機？我什麼都有的！」少年殷切的語氣，問。但光從算盤、字典和翻譯機這些少年提出的工具來看，就知道一直以來少年在學習高中數學的認知上錯得多麼離譜。

「笨蛋！高中數學從來就不需要準備那些東西！」明哲差點被少年的無知給氣得吐血，於是從鼻子噴了幾口氣之後接著說：「不過依你現在這種水平，我看再從頭唸數學講義也來不及了啦！哪，不要說我這個做兄弟的沒關照你，明天我會帶一本我精心整理的考試重點和解題秘笈，你什麼都不要想，放鬆心情好好跟我特訓一天，我敢拍胸脯保證讓你有出乎意料的突破。」明哲信心滿滿地說。

「好，那麼萬事就拜託你了。」少年說，語氣滿是恭敬和卑微。

「唉呀，大家兄第一場，還說什麼拜託不拜託的？倒是我家牛排八盎司沙朗一客和范曉萱雪人專輯CD一張的約定，可千萬不要忘記了哦！那麼就先這樣吧！明天見，掰！」明哲笑道，並且相當機車地把交換條件鉅細靡遺地複述一遍。

少年雖然很想破口大罵眼前這個唯利是圖的混蛋，但是少年明白在這個功利主義當道的社會裡，有求於人的一方永遠只能任人敲詐。畢竟對現在已經無路可走的少年來說，如果真能讓他的數學起死回生，就算條件是活生生的天然澳洲肉牛一頭外加范曉萱全裸寫真集一本，少年也會想辦法弄來。

聯考倒數第九十四天，星期日——

一早起床，少年火速踩上了腳踏車直飆K書中心。

守時的明哲已經站在K書中心門口，一邊啜飲著一瓶百分百的林鳳營鮮乳，手裡一邊拿著一份對少年而言像天書一樣的英文報紙在讀，全身上下散發著非同凡響的菁英份子氣勢。

少年很好奇地問明哲，幹嘛跟自己過不去要看英文報紙呢？

明哲甚至連頭也不抬起來看少年一眼，只是笑了笑地回答說他是想觀摩新聞英文的措辭來提升自己的英文寫作能力，然後輕鄙地拍了拍少年的肩膀，一副「你這輩子是不會懂的」的表情。

少年差一點下意識地把中指插進明哲的鼻孔，但理智在一瞬間壓下了少年的衝動。

儘管少年恨死了平凡人的自己竟會有這麼一個菁英份子的朋友，但是他並不敢忘記自己有求於人的可恨事實。

所幸，少年的另一位朋友，阿佑，今天也跟來了。

有阿佑這個笨蛋在場，多少還是緩和了一些少年心裡的自卑感。

只見吊兒郎當的阿佑一邊拿著一本《少年快報》在讀，手裡還另外拿著一包檳榔攤買的冬瓜茶在吸。

靠，原來菁英跟笨蛋的分別，連選擇的飲料種類都看得出來。

少年心裡這麼想著，於是連忙把自己手上那瓶才喝了兩口的蜜豆奶扔進垃圾桶。

K書中心裡，昏天暗地。

一個奇蹟，正在少年的身上發生。

在明哲私房解題秘笈的加持之下，少年不可思議地彷彿在一夕之間打通了學習數學的任督二脈。

那就像是阿基米德在泡湯的時候領悟出不朽真理的偉大傳說一般。

少年同樣地在一個垂首沉思的毫釐片刻，有意無意地參透了過去始終不得其門而入的三角函數之謎。

頓時間少年的額頭上閃出了一抹祥和而聖潔的靈光，同時咧開嘴角，少年笑了。

少年終於明白，自己不該再一味地拘泥在三角函數公式本身的皮相，而是應該在公式和公式的交匯串聯之間，尋求一種宇宙生成與天地平衡的奧秘。

福至心靈的少年立刻運筆疾行，果然豁然開朗的解題思維一洩千里，在流暢而完美的算式中，不斷解開數學講義裡最艱澀的習題，在這一瞬間臻上了自己前所未有的高峰，成為了一名真正的：數學強者。

從此刻起，少年再也、再也不是那個下課要到水鬼辦公室報到的肉腳。

已經今非昔比的少年，發誓要用實力來挽回他曾經失去的尊嚴。

在如此激昂的時刻，你應該知道他又要幹什麼了。

少年仰起頭望著油漆斑駁的K書中心天花板，充滿決心的一拳貓向天際。

「我一定要在世界的中心！呼喚數……」招牌的自爽加油詞，正要再次從少年抽動的嘴裡奪腔而出之際……

「你這題算錯了啦白痴！不是跟你說了這種題目不能用這兩條公式的嗎？要用另外三條交叉去算才對！」嚴厲的明哲拿圓規刺了一下少年的手背，說。

「啊？！什、什麼？不、不會吧？」

……………

聯考倒數第九十三天，星期一──

破蛋。

一個早在少年預料之中的必然結果。

只花了十秒鐘左右，少年便探囊取物般輕易解開了第一題那簡單得快要笑破少年肚皮的三角函數。

隨即懶懶地打了個呵欠，放下筆。

儘管第二題的對數問題，由於並沒有包括在明哲這次的特訓重點之內所以少年還不會寫，但對於已經連吞了三顆鴨蛋的少年來說，會寫一題已經非常足夠。

交換改考卷之前，少年神色自若地用紅筆在自己的考卷上方預先打上了阿拉伯數字的「50」，抬頭挺胸地把考卷遞給校花。考卷上那象徵著突破鴨蛋的「50」，在脫胎換骨的少年手裡寫來，顯得格外虎虎生風。

校花果不其然吃驚得張大了嘴，禁不住轉過頭來問少年：「第一題的三角函數這麼難，你怎麼可能會？！」

少年舉起食指左右搖擺了兩下，以一個臭屁死了的笑容冷哼了一句：「簡單。」

然後抖動著肩膀咭咭怪笑。

校花拿起筆啪答啪答在少年的考卷上寫了幾下，回傳給少年。

「不錯嘛！這麼快就突破零分了。」考卷一角的空白處上寫著。然後旁邊又是一個吐著舌頭的笑臉。

看來校花似乎很喜歡畫吐著舌頭的笑臉。

於是在接下來的聯考倒數第九十二天、倒數第九十一、倒數第九十天，少年又連續獲得了三次五十分的優異成績。上星期才把少年叫到辦公室痛剿一頓的水鬼，也對少年不可思議的突飛猛進感到無比激賞。

零分，對如今的少年而言，已經是個遙遠而縹緲的過去式。

從今以後，少年決定和他最愛的數學，過著神仙眷侶般幸福快樂的日子。所以這部作品，少年決定寫到這裡就好。

啊哈哈！開玩笑、開玩笑的啦！

既然少年已經脫離了零分的惡夢，少年決定再度回到第一人稱的口吻來講述這個故事。

□

中午吃飯時間，我和明哲特地相偕一起到遠在學校另一端的福利社，打算購買當時學校裡最受歡迎的熱銷商品「味精貢丸湯」慶功。

說到「味精貢丸湯」這項單品，乃是由福利社老闆娘不惜血本投入了龐大研究經費所精心調製而成，它不但在去年冬天一推出上市的時候就立刻成功征服了學生們的胃，更由於每天排隊人潮過多而導致供不應求，因而在校園內外颳起了一陣貢丸迷們徹夜排隊搶購的貢丸旋風。

推敲它成功的秘訣，就在於缺德的福利社老闆娘「先講求夠不夠甜，再講求傷不傷身體」這種和五洲製藥吳董事長剛好相反的研發理念，使得「味精貢丸湯」湯如其名，整個湯頭裡充滿了用味精堆砌起來的誇張甜味。問題是，在那個醫療觀念還不發達的年代，有誰會管味精吃多了會腎衰竭這碼子事呢？於是老闆娘覷準了這一點，以「包甜」二字為號召，讓包括我和明哲在內這一群健康概念貧乏的學生們前仆後繼地前來送死，如果要用一句成語來形容的話，這就叫作「飛蛾撲火」。

「怎麼樣？開口約校花了沒？」明哲喝了口湯，問。

我搖了搖頭，嘴裡咀嚼的貢丸正在噴汁。

「你是不敢約喔？」一起跟來的阿佑沒買貢丸湯，而是買了福利社老闆娘同時研發的另外兩道名菜，分別叫作「味精黑輪」和「味精鴨血」，同樣也是以做作得不像話的甜味博得了飛蛾、啊不，學生們的熱烈好評。

「不是啦，我還找不到適當時機嘛！而且重點是我還沒想好要怎麼開口。」將貢丸湯吞下肚之後，我一口氣再灌掉了三分之一的味精高湯，瞬間朝腎衰竭的路又邁進了一大步。

「牽拖，還不就是不敢嘛！虧我本來還以為你多罩。」阿佑吃相難看地啃著他那沾滿味精的黑輪。這孩子，我有預感老了以後我和他很有可能會在洗腎中心相遇。

一旁的明哲端了端被貢丸湯的水蒸氣霧化的眼鏡，說：「那你打算什麼時候約？再不約的話，下下星期一就要模擬考了喔？」

我繼續一口接一口喝著熱湯，沒有回答。

我正在思考。

「還是約下下次模擬考啊？」阿佑看似好心地幫我出主意，可惜卻是個爛斃了的餿主意。

「靠你白痴啊！沒有下次模擬考了啦！這次是最後一次，下一次五月中的是畢業考！考完學校就停課了啦！你這傢伙每天上學是上假的嗎？」明哲痛聲罵道。

罵得好，因為根本就沒有下一次機會。

「好，我會想辦法。」我一口氣乾掉沉積在碗底、濃度特高的味精原汁，眼神閃爍著決心。

聯考倒數第八十九天，星期五——

早自修時間，一樣的兩題數學，我一樣只會寫三角函數的那一題。

迅速解出答案之後，在另一題的空白處我開始啪答啪答地寫著。

＊四月十四，下下週二，乃百年罕逢之黃道吉日，宜婚姻、嫁娶、喬遷、入厝、開市、遠行，忌殯葬。本人小黑，將於同日正式宣告成年。由於此一黃道吉日適逢模擬考考完，倘若妹妹湊巧有空又肯賞光，下午好樂迪KTV慶生趴體等妳。另，晚餐將於國賓飯店港式飲茶餐廳設宴，我請。＊

考卷對折，傳了過去。

校花低頭仔細看著我的考卷，露出了微微驚訝的表情，嘴角旋即泛露出幾分笑意。

接著換她拿起筆啪答啪答地寫了一會兒，將考卷對折回傳給我。

＊你生日？？？祝你生日快樂喔！嘻……＊

一旁的空白處另外畫著一個插著蠟燭的雙層蛋糕，和那個一貫吐著舌頭的招牌笑臉。

這可惡的傢伙竟然避重就輕，想用畫圖來閃避我的邀約。

我於是立刻又拿起筆，在考卷上另外騰出一個空白的範圍，寫上：

＊嘻妳個大頭！到底來不來啦？難得我小黑十八歲大壽，敢不捧場扁妳！＊

考卷對折，又拋到她桌上。

她打開考卷，眉頭微皺了一下，啪答啪答寫了一會兒之後把考卷又丟了回來。

＊兇什麼兇啊你！喂，快聯考了還要去玩喔？而且KTV……該不會只有我們兩個人吧？＊

這回倒是沒有吐著舌頭的笑臉。

瞧她緊張的，一定是因為我忘記強調是要找一群人一起去了。

就如同我之前也說過的，在這學校裡男女之間的分際是很嚴苛的，一般的男女同學對於單獨出去約會這種行為，通常還是抱持著很深的忌諱。

我當然明白這個道理，於是旋即啪答啪答地振筆疾書寫上：

＊害唷，剛好模擬考完嘛！就當作是聯考前的最後一次玩耍吧？還有還有，當然不是只有我們兩個人啦！如此意義非凡的成年派對，我當然還找了班上其他的豬朋狗友作陪啊！包括了明哲、阿佑……還有……還有……好吧，暫時沒有了，其餘的參加名單尚待進一步確認。如何？妳也把妳那一群姊妹淘找來共襄盛舉吧？啊，這麼說起來我還差點忘了一件重要的事，就是阿佑啦，這個沒膽的傢伙想拜託妳幫他約雅欣一起來，就交給妳了哦，哈哈哈。＊

寫完之後我也懶得折起來了，索性直接把已經快被我們寫爛的考卷揉成一丸，用我靈巧的拇指和中指不偏不倚地彈進她的抽屜。

她白了我一眼，從抽屜裡撈出紙丸打開看完之後，又啪答啪答地寫了起來，然後把考卷再揉成另一團不規則狀的紙丸，竟心狠手辣地直接瞄準我的頭扔。

但是未免太小看我的反射神經了。

我敏捷地往後一閃，不但在間不容髮的空隙裡閃過了砲彈般激射而來的紙丸，更學「功夫」裡面的火雲邪神，從容地用兩根手指頭將紙丸狠狠夾個正著，打開一看。

＊你說晚餐你請，那KTV也你請嗎？你請的話我才考慮喔！不然我要怎麼開口邀我的姊妹淘啊？嘻……＊

看著紙條上的內容，我不禁臉色一沉。

因為本人畢生最痛恨的一件事，就是人家跟我談條件。

我二話不說，怒筆一揮，紙丸一揉，中指一彈。

紙丸以一種無比刁鑽的路線飛掃過她胸部的前緣，再次精準地射進了她的抽屜。

她面泛惱色，咬著下嘴唇斜瞪了我一眼，從抽屜裡撈出已經被我們的對話寫得密密麻麻的紙丸，攤開一看。

卻笑了。

因為我在紙丸上寫著：

＊對，我請，當然是我請啊！而且KTV裡面的餐點和飲料點到妳們爽為止！怎麼樣？我看就不要再猶豫了，趕快號召妳的姊妹們來吃垮我的零用錢吧！本少爺為了慶祝十八歲，展開雙臂竭誠歡迎啊！＊

該死！我真是太沒用了！

為了巴結校花來參加，我現在竟然正在考慮要不要打破我床頭上那隻養了三年的紅豬公撲滿來湊錢！

天啊，雖然說養豬千日，用在一時，但是這三年朝夕相處下來，我跟紅豬公的感情早就已經親如手足、患難與共，現在只不過為了調一點頭寸來泡妞，就意圖辣手將牠開腸破肚，我這麼做還是人嗎我？

可是芭樂票剛才已經開出去了，除了剖開紅豬公的肚子把錢拿出來之外，我已經別無選擇。因為牠肚子裡面的銅板，不只是我苦存了三年的積蓄，其實也已經是我個人名下全部的財產。

一思及此，我不禁手指掐著眉心，為了這人豬殊途、終須一別的弄人造化感到惆悵萬千。

趁我分神之際，突然一顆紙丸又激射過來，強襲我的腮幫之後掉落地面。

我彎腰撿起紙丸，打開。

＊嘻……你說的喔！那我要去！我會幫你們家阿佑問問看雅欣要不要一起去啦！＊

然後旁邊終於又出現了那個吐著舌頭的招牌笑臉。

我看著考卷上校花的回答，不禁放下了心頭大石，暗自為自己成功約到校花的壯舉，在心裡振臂歡呼了八次。

遺憾的是在同一時間裡，我彷彿聽到我豢養了三年的紅豬公，正在我家裡的床頭上兀自悲鳴了八百多次。

晚餐＋KTV的花費……，保守估計：五千。

五、五千……嗎？

阿豬，是這樣子的。

主人只能說，主人真的對不起你。

你知道主人絕對不是真心想要判你死刑的。

要怪也只能怪製造你這隻粉紅豬公撲滿的人，沒有考慮到要設置一個可以把錢自由掏進掏出的裝置。

而且，你一己的犧牲如果可以成全主人的幸福，主人相信你死，也一定會死得很驕傲的，對不對？

主人拍胸脯保證一定會追到校花，不會讓你的任何一滴豬血白流。

校花和你之間，主人真的沒得選擇。

所以阿豬，你不要恨我。

永別了，阿豬。

你那肥胖而可愛的模樣，會一直活在我的心裡。

我從廚房的流理台下，拔出了一把漾著寒芒的菜刀。

高舉過頭。

溫柔地蓋住阿豬的眼睛。

手起，刀落。

阿豬肚子裡的銅板漫天噴出，撞在牆壁和地板的聲音是那麼悲壯又那麼淒涼。

一條忠貞的豬魂，就此殞落在牠自私的主人之手。

嗚啊啊啊啊啊！不！不！我做不到！我真的下不了手啊！

在腦海中處決紅豬公撲滿的模擬畫面太過真實，以至於其實還坐在教室裡的我甚至眼角還溢出了淚。

不行。

我得馬上找明哲商量一下，這精打細算的傢伙一定有辦法拯救我的紅豬公撲滿的。

□

福利社前的階梯，兩碗味精貢丸湯。
「約到了？！」明哲的眼睛瞪得跟金魚一樣大。
「嗯。」我輕淺地笑了笑，露出一副「這不算什麼」的表情。
「靠……，你這傢伙還蠻有一套的嘛！虧我本來還越想越覺得難度很高，畢竟現在離聯考剩下三個月不到，誰會想出來玩啊？結果沒想到你這傢伙好像隨隨便便就約到了！」明哲嘖嘖稱奇，眼神流露出罕有的敬佩之色。
「唉，約到是約到，但是現在除了晚餐之外，下午的KTV我也要請客，我答應她了。可能這樣她才比較好去找她的姊妹們一起來吧？在這種聯考前的非常時期要找人出來總是需要提供多一點誘因的。」我悶嘆了一口氣，皺著眉頭說：「問題是我後來想想，我可能真的拿不出這麼多錢。」
「笨蛋，校花要去耶！這個機會有多難得？」明哲的話應該還沒說完。
「所以？」
「叫班上其他那些肖想藉這個機會跟校花一起出遊的男生，一人先繳個一千塊當押金，然後再搞個限定席次，我跟你保證一定一堆人排隊搶著報名啦。這樣一來，說不定連我們自己都可以不用出錢了，嘿……」明哲真不愧是明哲，輕易地想出了這條打著校花名義斂財的壞主意。
「喔，聽起來是條好計。可是你有想好要找哪些人了嗎？」
「當然還是先以我們寶芝林自己人為主啦，但是總不可能坑自己人的錢吧？所以我想還是有必要再找幾個眼鏡幫的人來充當一下分母才行。不過那群四眼色龜啊，媽的，只叫他們出一千塊就可以跟校花出遊還真是太便宜了。」明哲忿忿然道。
對了，提到這個，讓我先介紹一下所謂「寶芝林」和「眼鏡幫」這些名稱的由來。
由於我就讀的是社會組的班級，因此班上的性別比例非常合理地呈現出陰盛陽衰、女多於男的狀態。總計在全班六十餘名學生當中，男生約略只有二十人上下。而基於生物界物以類聚的自然現象，這二十人上下的男生還劃分為三股勢力。除了以明哲、我和阿佑為核心組成，為數六人的硬漢團體「寶芝林」以外，另有名為「眼鏡幫」和「幽靈團」這兩派人馬。

那麼我先從「眼鏡幫」講起好了。

顧名思義，該幫是以七、八位清一色近視從九百度起跳的四眼田雞組成，其中一名臉部輪廓呈現三角形因而綽號「眼鏡蛇」的傢伙，他的視力據說已經直逼李炳輝。「眼鏡幫」這群傢伙最讓人受不了的地方，就在於他們平日在班上總愛裝出一副韜光養晦的好學書生模樣，但其實私底下根本是一群成天在廁所裡偷偷交換A片的色龜。

接著講到「幽靈團」。

該團團如其名，主要由六、七位彷如幽靈般神出鬼沒的成員所組成，一干人等平日在學校總是行蹤飄忽、低調寡言，鮮少與其他同學社交，有時候久久在走廊上遇到一次甚至還叫不出姓名。

唯該團中有一成員名叫楊英偉，和我們「寶芝林」的成員十分交好。據說楊英偉的父親是高雄市政府內的達官要人，正因為深懂官場之道，所以在講究人面的公家機關裡非常吃得開，楊英偉這個名字，據了解便是出自於他父親的座右銘：「陽奉陰違」這四字箴言。

然而，楊英偉本人卻非常痛恨人家連名帶姓叫他。

跟「陽奉陰違」四字箴言倒無關，主要是因為他的姓名只要在唸的時候一不小心稍微唸快一點，然後再一不小心把中間那個字給略掉的話，那個唸出來的發音，就會瞬間變成一種讓男人無比自卑的隱疾名稱。我想聰明絕頂的你，隨便唸個兩次也已經知道是什麼隱疾名稱了吧？

答對了！所以那當然也就非常順理成章地變成了他的綽號：「陽痿」。

總之他父親替他取的這個名字，具有相當豐富而多元的延展性。

最後，要講到以明哲、我和阿佑為核心所組成的「寶芝林」了。

這個名稱的發想和緣起，主要是來自於當年紅遍大街小巷的清朝古惑仔：黃飛鴻系列電影裡的第一大幫派。我們的一干成員不僅是班上最叛逆不羈、桀驁難馴的一票硬漢，更是所有老師欲除之而後快的眼中釘，舉凡在課堂上集體趴在桌上睡死、掃地時間不掃地而在公共區域玩梭哈、在福利社門口吹口哨搭訕學妹等，都是我們年少輕狂的光榮事蹟。之前提到的陽痿之所以跟我們「寶芝林」交好卻又不隸屬於我們這個團體，就在於陽痿雖然跟我們很熟，但是個性太過乖巧聽話，從不會跟我們去幹一些令老師和教官頭痛的勾當，如此一來則不符合我們寶芝林「胡作非為」的門規。

而除了明哲、我和阿佑三人之外，「寶芝林」的成員還有暴牙蘇、短腿七、肌肉寬三人。

雖然一聽這幾個名字就知道是配角，但是我還是多少介紹一下。

暴牙蘇住在每天得通車一小時上學的屏東，家裡不只擁有橫跨幾個山頭的大把土地，還雇用了一批佃農在土地上栽植各種價格不菲的經濟作物，是馳名屏東縣當地的超級田醮。這陣子他適逢家裡要採收農作，但由於土地大到實在是人手不足忙不過來的關係，之前甚至還請了幾天假在家幫忙，因此模擬考完那天的慶生派對，他應該是不克參加。

跟暴牙蘇正好相反的短腿七，出生在甲級貧戶的清寒家庭，是靠助學貸款在讀高中的窮苦人家小孩，平常中午的午餐都靠著打游擊這邊吃一塊、那邊吃兩口維生，每天晚上放學之後還得到加油站打工貼補家用。聽說模擬考完的當天下午他已經找到另一個派傳單的零工要打，因此恐怕也無法參加。

三個人當中的肌肉寬原本似乎是最有可能參加的人，不過一身硬邦邦肌肉的他，天生一副跟陳松勇一樣在滄桑中還會分岔成三個音軌的破鑼嗓，對於唱KTV可能不會有太大的興趣。更重要的是，聽說肌肉寬最近瘋狂愛上了一個隔壁班的女孩，正在苦追當中，模擬考完的那天下午他正在嘗試邀那個女孩去看電影，所以大概也無法參加我的生日派對了。

這麼算起來，就只剩明哲、阿佑、陽痿有空。加上我的話，就是四個人。

但是四個分母根本就不夠。我屈指算了一下，校花那群姊妹淘最少最少也會有六個人來，如果真的只有四個男生的話，光付KTV的錢就會付到哭出來。

也因此明哲才會提出找眼鏡幫的人來充當分母的構想。

畢竟這群四眼田雞要是知道可以跟校花一起出遊的話，我看再多錢也吐得出來。

「喔！你約到校花了？！那、那我的雅欣呢？！雅欣有沒有要去？」阿佑拿著剛排隊買到的味精黑輪，姍姍來遲。

「還不知道啦。不過我已經有請校花去幫你邀雅欣了，她來不來就要看你個人的命數。」我聳了聳肩，說。

「喔，反正雅欣不去的話我也不去了。」阿佑一邊啃著甜滋滋的味精黑輪一邊說。

「靠！什麼叫作雅欣不去你也不去？！現在是你兄弟我生日耶！難不成兄弟是這樣當的喔！」我拿起衛生筷遙指著他的鼻頭怒斥。

「雅欣去我就去。」阿佑重申。這混蛋。

□

高中生涯最後一次模擬考，在春意瀰漫的人間四月天裡慘烈地展開，也慘烈地結束。

考完最後一科地理之後，我一邊收拾書包，一邊探頭看看教室外面的天氣。

好極了。

豔陽高照，一片湛藍，怎麼看都像是應該出去玩的天氣。

我靠上椅子，背起書包，走向校門口，準備和在不同教室進行考試的明哲、阿佑會合。

之所以會在不同的教室進行考試，主要是基於學校的規定。

學校為了盡可能防堵同學之間彼此作弊之情事發生，每當有模擬考等重大考試舉行的時候，所有學生都必須依照學校的公告，更換到不同的教室進行考試，以確保座位前後左右的人都是不認識的別班學生。

當然這種規定是很麻煩沒錯，不過好處在於有機會可以跟不認識的別班同學交流。

我會這麼說，主要是因為肌肉寬最近愛上的那個隔壁班女孩，據說正是在上一次模擬考的時候坐在他前面座位的女生。根據肌肉寬本人的說法，要不是因為在考試的時候不斷被前面那位女孩的頭髮香味拂弄得意亂情迷、導致無心答題，他上一次模擬考才不會考這麼爛。

這分明是在為他全班五十一名的成績脫罪，根本沒有人聽得下去。

但最後肌肉寬卻真的瘋狂愛上了那位香髮女孩。

肌肉寬說他一連好幾個晚上作夢的時候，都還不斷聞到那個讓他難以忘懷的髮香，所以無論如何他都非追到那個女孩子不可。

好一個不可思議的「一聞鍾情」。

我和明哲聽了之後，建議他直接詢問那個女孩使用的洗髮精品牌，然後我們再叫深深暗戀著肌肉寬的母豬龍女王每天洗給他聞。

啊？母豬龍女王？我知道你腦中已經彈出了一個隱含恐懼的問號。

不過這件事情也差不多該交代給你們知道了。

我說的這件事情，指的是母豬龍女王的感情世界。

雖然我知道各位根本就並不想知道母豬龍女王的感情世界，但是怎麼說好歹祂（注意我用了相當尊敬的神字邊的「祂」）也是在本篇故事的第一回就出現的大反派，請各位原諒我還是有這個義務浪費幾行字來陳述這件事情。

母豬龍女王雖然個性和力量都不像人類，但是卻還保留著人類的情感。

體格魁梧的祂，對於另一半的要求條件其實並不挑剔。祂唯一的小小要求，就是要找一個吵架的時候不會三兩下就被祂打死的男人。

放眼學校裡的男生，吻合這個資格的就只有一個人。

答對了！正是一身橫練肌肉、壯得像非洲公獅一樣的肌肉寬。

於是母豬龍女王從高一開始，就深深地認定了肌肉寬就是祂這一輩子要委身相許的男人。

祂一點也不在意肌肉寬願不願意接受祂，因為祂知道無論什麼事情到了最後，終究一定還是沒有人可以違逆祂的主意。

而對於這件事情，我們所有「寶芝林」的成員，無不寄予無限的嘉許和祝福。畢竟能夠讓這麼一位高高在上的母豬龍挑中的受害者，赫然是我們「寶芝林」裡的一份子，這不單單只是我們「寶芝林」成軍以來的最高榮譽，更是我們以行動拯救世界的實質表現。

但是，你一定會懷疑，肌肉寬本人是怎麼看待這件事情的呢？

好吧，我只能稍微透露一點。

據說肌肉寬得知了自己被母豬龍女王盯上之後，曾經兩度到教務處拍桌子提出轉班申請的要求，最後卻都遭到校方的拒絕。自覺這樣下去活著比死了還要痛苦的他，曾經在高一和高二的時候，數度嘗試拿原子筆捅腹自盡，可惜最後卻偏偏都被保健室的另一頭兇獸「大胖阿姨」用人工呼吸救活，逼得他再也不敢輕言自殺，遂苟且偷生，歹活到現在。

悲慘的男人肌肉寬，我衷心地希望他在母豬龍女王長大到適婚年齡之前，能夠趕快追到那個香髮女孩，然後逃到一個母豬龍女王找不到的地方，重新開始他的人生。

校門到了。

明哲對我招了招手。阿佑則蹲在一旁看最新一期的《少年快報》。

我們相約要先到火車站附近的NET去定裝，因為我們可不想穿著土里土氣的學生制服出現在KTV的大廳。

NET則是當時高雄火車站前商圈最屌的一家品牌服飾店，一件新台幣幾百來塊的衣服對還是高中生的我們來說可是天價。

「校花她們呢？」明哲問。

「她說她們一群姊妹淘要先回家換衣服，可能會晚點到。你訂幾點的包廂？」我問。

「兩點十五，保留十分鐘。我們先去火車站，陪你買完衣服再吃個飯過去都還來得及吧。」明哲一把拉起專注於漫畫世界的阿佑，三個人走向公車站牌。

「陪我買？你不買喔？你該不會要穿制服吧？」我問。

「我有帶我哥的牛仔褲和牛仔外套來換，不過待會兒看看有沒有不錯的T恤啦，有的話我看我也買一件好了。」明哲比了比他手上提的一個紙袋。

「陽痿和眼鏡幫那些人呢？」我搜著口袋，掏出待會兒坐公車要用的零錢。

「陽痿家裡好像臨時有點事情，剛才他跑來跟我說他今天不能去，叫我跟你說聲抱歉。眼鏡幫那群人說要先回家放書包，待會兒再直接過去KTV，媽的這群色龜超興奮的。」明哲說。

「喔。」我輕應了一聲，對陽痿的缺席感到有點可惜。

「啊，對了，聽校花說雅欣今天有事不能來。」我拍了拍一邊走路還在一邊看著漫畫的阿佑，說。

「什麼?雅欣不能來?!」阿佑頭立刻彈了起來，露出一副被烏雲滅頂的表情說：「那我要回家了!」

「囉唆。」明哲超狠，直接一腳把阿佑踹上剛好進站的公車。

經過了十幾分鐘的搖晃，公車抵達了高雄火車站。

三個穿著制服的高中毛頭悍然無懼地闖進了NET，二話不說當然是往折扣區的方向走去。

「這件啦，這件不錯，打折後二九九，你看看它這個條紋，多帥氣。」知道雅欣今天不能來的阿佑，在心情低落之下竟然開始胡亂推薦，因為……

「靠北！你是看到鬼喔？你現在手上拿的那件衣服明明就是素面而不是條紋的啊！」明哲叫罵道。

「啊、喔，對、對耶，怎、怎麼是素面的啊？我剛看的時候明明就是條紋的啊……那、那這一件呢？這一件咖啡色的還不錯吧？」持續恍神的阿佑拿起了另一件衣服，愣愣地說。

但那件衣服明明是米白色，而不是咖啡色的。

明哲搖頭嘆了口氣，走過去摸了摸阿佑手上拿的那件衣服，皺著眉說：「這件厚得跟太空人穿的太空衣一樣，你以為現在攝氏幾度？」

「唉唷，沒辦法啊！這邊這一區都是冬裝的折扣品嘛！」阿佑摸著鼻子把衣服掛了回去。

「那就從這些冬裝裡面，設法找一些比較具有春天氣息的吧。」我十分慎重地挑選著衣架上成堆的衣服，畢竟是待會兒要在校花面前要帥用的，馬虎不得。

「這件吧？我覺得蠻適合你的。」明哲拿起了一件襯衫，方格狀的花紋頗具貴氣。

「幾元？」我問。

「二五九，打折後。」明哲從領子處翻出標價牌看了看，說。

我將衣服接了過來，在身上比了一下，嗯，似乎不錯。

「漂亮，就這件吧。」我說，把衣服丟進購物籃裡。

於是在打折區東挑西選了半個小時之後，三人提著一籃衣服到櫃檯結帳。

我一件方格花紋襯衫，一件厚到不行的絨布褲，折扣價合計六百三十八元。明哲一件光是用看的就覺得很熱的長袖T恤，折扣價兩百二十九元。

阿佑在無視我們的反對之下，買了一件可能去攀登聖母峰的時候才用得到的超厚毛外套附一個可拆卸式的帽子，以及另外一條零碼的鐵灰色毛褲，折扣價合計五百七十八元。

雖然那條鐵灰色的毛褲他硬要說是墨綠色的。

而且最瞎的是在買完之後，阿佑還立刻將那件毛外套穿在身上，跟我們行走在電子氣溫看板上寫著三十一度的高雄火車站街頭，然後一邊跟我們說什麼他天生體質比較怕冷的屁話，結果全身一邊不斷地噴汗。

一點十五分。

三個人相當驕傲地提著極富時尚感的NET卡其色購物袋，前往遠東百貨B1美食街吃午餐，再順便利用那裡的廁所進行變裝的動作。

一點五十分。

離開遠東百貨的時候，我們已經從青澀稚嫩的高中毛頭，搖身一變成三個穿著帥氣冬裝的笨蛋。行經的路人們紛紛對我們投以驚嘆和同情的眼光，一邊驚嘆著我們的耐熱力，一邊同情著我們的智商。

終於，在羞恥心無法負荷之下，我們決定捨棄在公車站牌旁邊一邊等公車一邊讓路人欣賞的愚蠢想法，直接在路邊攔下一台計程車，以最快的速度呼嘯而去。

儘管如此，我們還是看到了在計程車的後照鏡裡，只穿著一件白色吊嘎Y內衣的司機臉上寫著「拎北是看到鬼了嗎？」的錯愕表情。

「司機，冷氣可不可以開強一點？」已經受不了的阿佑，終於開口問。

□

五福路上好樂迪KTV的一樓大廳，擠滿了一群群從外表看起來就很像是大學生的帥哥美女。非假日也可以隨時想唱歌就來唱歌，這年頭大學生的生活果然是糜爛得讓人欣羨。

穿著長袖襯衫的我和穿著太空人雪衣的阿佑，漲紅著臉坐在沙發上，全身上下的每一根毛細孔都在飆汗。

明哲正在櫃檯確認我們的包廂。

隨後，「眼鏡幫」的人來了。分別是阿皓，士凱，景宏，阿賓，四人。

「眼鏡幫」沒有半個人帶禮物來送我這個壽星，因為明哲已經交代過他們今天的場面不需要他們準備什麼禮物，只要把皮包和現金準備好就行。

女孩們則都還沒有來。

「三〇二包廂。」明哲從櫃檯走了過來，手裡拿著一張包廂單。

「OK，我們先上去吧！」我站起身，引著大家往樓梯方向走去。我已經迫不及待衝到歡樂吧拿冰塊塞進我衣服裡面了。

「喂，等一下，校花呢？不是說校花會來嗎？怎麼沒看到人？」眼鏡幫帶頭的阿皓問。

「女生她們會晚一點到啦。」明哲說。

「喔，真的嗎？我想說如果校花沒有要來的話，我們也要走了。」阿皓懶懶地說，那表情機車得讓我想拿釘鞋掌他的嘴。好歹今天也是本少爺隆重的十八歲生日，講話竟然可以這麼不給面子。話說要不是今天因為校花那一群姊妹淘有多達六個女生要來唱霸王歌而導致我們缺乏分母，你們這輩子難道會有機會跟校花出來玩嗎？混蛋，總是搞不清楚誰才是老大。

「不會啦！她們晚點就到了，我們先上去吧。」明哲忙打圓場。

我悶哼了一聲率先走上樓梯，其他人也陸續跟了上來。

包廂內，氣氛僵硬得像是偷渡客的收容所。

一群面容呆滯的男生，索然無味、咿咿呀呀地哼唱著張學友的新歌，和張雨生的老歌。

「三點十分了耶，校花該不會不來了吧？」阿皓問，一副猴急的嘴臉讓我差點在他的鼻梁上打出一記飛馬流星拳。

「嗯，應該快到了吧！女孩子出門遲到很正常啦！倒是你們，要不要再多點幾首快歌啊？郭富城的狂野之城好了啦！我要粵語版的！幫我點！」明哲看了一下錶，出言緩和包箱內很乾的氣氛。

這個時候——

「不好意思！有您的訪客！」一個好樂迪的服務生推門進來，宏亮而抖擻的聲音喊道。服務生的後面站著幾道人影被擋著，只能穿越他的褲縫看到幾雙腳。

其中有一雙好白好美的腳。

服務生退後離去，六個女孩站在我們面前，不僅全都盛重地穿著裙子，臉上也都明顯地有化妝。

校花，站在中間，一襲黑色的One Piece削肩連身洋裝，美得全包廂的人眼睛差點要飛出體外，再加上她手上拿著一束高雅的香水百合，一幅鮮花美女的畫面像魔法般停止了這個包廂的時間。

直到阿皓手上的麥克風掉到地板上發出鏘地一聲，才總算劃破了這個定格的狀態。

我瞥了阿皓一眼，發現這混蛋剛才明明還在抱怨連連，結果現在竟然目瞪口呆地嘴角都給我流出口水來了。

算了，本壽星現在暫時沒空扁你。

我站起身，飄逸地甩了甩我身上那件剛買的NET襯衫，盡可能以我生平最帥氣的表情和姿勢外加Slow Motion走向門口。

來吧，看是獻吻還是獻什麼的，儘管來吧，我全部的身體都已經準備好了。

我解開我襯衫最上面第一顆和第二顆的淑女釦，敞開我黝黑得發亮的胸襟，然後輕閉雙眼，陶

醉地將臉湊向前去。

突然我的頭陷入了一叢花叢裡面。

該死！不該是花叢的啊！這種時候一般不該至少都有一個香吻以上的才對嗎？

我撥開了那束頂在我臉上的香水百合，發現校花在班上最好的朋友小碧正對我擠出一個一點也不可愛的鬼臉，拿花束捅我的兇手很明顯地就是她。

「生日快樂！」校花把花束從小碧手上拿了回來，捧著笑瞇瞇地說。

我一時之間像是突然失去了說話的能力一般，緊抿著下嘴唇的同時，我感覺到有某種不明的液體正在向我的眼角急速匯聚。吁——想俺小黑十八年來漂泊四海，孑然一身，一直都是老粗一個，現在我何德何能有這個榮幸可以獲得校花獻上一束鮮花？

「恭喜你十八歲了喔！小黑。」校花接著說。你無法感受在大家的面前，這小黑二字是多麼親密的稱呼。

「謝……謝謝！」我接過了花束，有種一輩子也無法忘記這一刻的奇怪感覺。

「你不請我們坐下啊？」小碧俏皮地問。

「喔，坐、坐！」我害羞得拍了拍自己的腦袋，一腳將斜躺在沙發上正在看《少年快報》的阿佑踢下椅子，請女孩子們坐下。

從知道雅欣今天不來的那一刻就開始失魂落魄到現在的阿佑，連起個身跟女孩子們打聲招呼都懶。不，從他呆滯的眼神看來，我強烈懷疑他到底知不知道女孩子們進來了。

明哲很快將歌本遞給她們，我則先把手上的花束安置到一個角落，殷勤地到包廂外面的歡樂吧幫女孩們張羅點心和飲料。

就在我手裡捧著一只盛滿了飲料和點心的餐盤，用膝蓋頂開門準備再度進入包廂的時候，一個殺千刀的情景令我當場錯愕在門口，手上的餐盤差點沒有隨著下巴一起掉到地上。

好一個厚顏無恥的阿皓！好一群厚顏無恥的「眼鏡幫」！

你知道他們幹了什麼嗎？

這些個混蛋竟然把女孩子旁邊的所有位子都一一填滿，然後只留下了左右兩側最邊邊的角落位子給我和明哲，而阿佑甚至是用「蹲」的在一旁看《少年快報》的！

反了反了！現在是幹嘛？！想要喧賓奪主、謀朝篡位嗎？！

我一口上衝的怒氣雖然已經快要驅使我把手上的餐盤射向阿皓的腦袋，卻因為我是派對主人的關係，也只好把怒火哽在喉頭，不便發難。

走進包廂，把飲料和點心放妥在桌上之後，我只能別無選擇地坐在距離校花很遠很遠的角落，聽「眼鏡幫」的那群無恥之徒們一搭一唱，鬼扯著冷到我一點也笑不出來的噁爛笑話。

明哲坐在我對面的另一個角落，眼中流露抱歉之色。

我搖了搖頭，示意他「沒關係，算了」，然後偷偷把一撮剛從我深邃的耳朵裡開採出來的耳屎彈到阿皓的飲料杯裡面。唉，不要怪我骯髒，畢竟這一切都是他咎由自取，再說我沒有用味道更嗆的鼻屎而只用了耳屎，基本上來講已經算是手下留情。

在這一群女孩子當中，以小碧的歌藝最為精湛，不只Key超高，而且還是個善於模仿范曉萱的氣音高手。於是在大家的起鬨下，小碧接連使用范曉萱當年那獨樹一格的抽噎唱腔，演唱洪榮宏的台語歌和張國榮的粵語歌，神乎其技的真假氣音轉換，逗得現場的來賓們好不開心。

偏偏全場就只有我這個當天的壽星，一點也不開心。

包廂的時間一點一滴地在眼鏡幫源源不絕的噁爛笑話中流逝，我卻完全插不上話。

明哲坐在對面的角落愛莫能助，阿佑則是直接把《少年快報》蓋在頭上睡死。

唯一值得欣慰的是，校花跟我有過五、六次的眼神接觸，每次接觸的時候她都會用唇語問我要不要坐過去她旁邊。她的左邊是正跟「眼鏡幫」第二號人物士凱聊開了的小碧，右邊則是另一個女孩子佳融，正在跟居歪的阿皓聊天，但是其實笨蛋都看得出來阿皓其實根本是想找校花聊天，因為阿皓跟佳融聊天時，一雙賊瞇瞇的眼睛根本就沒有在看佳融，而是死盯著校花。

這個混球，真的越看越讓我認真地考慮是不是該把桌上的餐盤拿起來貓他兩下。

我看校花那一排的位子已經坐得那麼密了，也不好意思就這麼大剌剌地坐過去擠開小碧和佳融，所以只是微笑搖了搖頭示意校花沒有關係。

於是我繼續一個人坐在那個靠近牆壁的角落，低頭看著腳邊那一束香水百合，然後繼續發我的呆，然後每隔五分鐘看一次手上的五芒星SWATCH。

時間一分一秒，滴答滴答地過去。

我的耐性一點一滴地喪失，然後開始逐漸懷疑起我這個身為壽星的人在這個場合的存在價值。

終於。

「買單。」

時間來到了五點左右，我神色黯然地步出了包廂，把帳單拿給服務生，一個人頹喪地蹲靠在歡樂吧前面。

過了一會兒，明哲也走了出來，手裡拿著一疊鈔票。

「這是那些眼鏡幫的人出的錢，他們說下午唱歌的部分他們一人出五百，女生不出錢的話，你、我和阿佑三個人一人應該只出兩百就夠了吧？」明哲將鈔票遞了給我。

五百？媽的花五百塊跟校花開心地玩一個下午？最好是這個世界上有這麼便宜的事情啦！我火大得恨不得把這些髒錢丟進果汁機裡加水絞碎，然後在一杯一杯灌回那群講了一下午冷笑話的混球嘴裡。

「呼——」站起身，我很用力地吐了一口氣試著冷靜我的情緒，說：「阿佑那傢伙半條歌都沒唱到，不要叫他出錢啦，我們兩個一人出三百吧。」

「嗯。」明哲知道我心情惡劣，並沒有多說什麼。

五點十五分——

包廂的時間在小碧一曲抽噎的范曉萱新歌〈雪人〉中結束了，在場所有人無不捧場地給予最最熱烈的掌聲。

啊，除了正用《少年快報》蓋著頭在睡覺的阿佑和臭著一張大便臉的我以外。

一群人在依依不捨中走出包廂，眼鏡幫帶頭的阿皓還趁機鼓譟著女孩子們聯考完再一起出來唱KTV。好一個得寸進尺的傢伙，簡直不是東西。

「聯考完出來唱KTV？沒問題！你皓哥一句話，我怎麼可能說不好呢！放心吧！下次無論如何我一定會盡我一切的努力約母豬龍女王親自出馬陪你唱歌的！到時候我看你就準備小鳥依人地在祂的懷抱裡一邊吟唱《綠島小夜曲》，一邊為你今天的所作所為贖罪啦！」我一邊走下樓梯，一邊齜牙咧嘴地在心裡審判著阿皓今天的罪與罰。

由於我走在最前面的關係，一群人當然看不到我猙獰的神情。

然而在樓梯的轉角處，一個剛從一樓準備要上二樓來的服務生，卻被我充滿殺氣的眼神嚇得踉蹌跌回了一樓。

來到一樓大廳，突然有人從背後點了點我的肩膀，說：「壽星，你今天幹嘛穿那麼厚的衣服啊？剛才包廂裡面太暗了都沒注意到。還有明哲和阿佑，你們三個會不會太誇張了啊！」是校花。

「不帥嗎？」我勉強收起扳著的臉，苦笑著問。

「哈哈！」她噗哧一聲大笑了出來，說：「走在莫斯科街頭的話應該是還蠻帥的啦！但是這裡是高雄耶！很熱很熱的高雄。」

「哎呀，不要這樣嘛！好歹這也是我們在火車站前的時尚名店精心挑選的勁裝。」我側身擺出一個自認為應該蠻帥的Pose。

「火車站前有時尚名店嗎？」校花問。

「不會吧，這妳都不知道？當然是NET啊。」我語氣頗為得意。

「NET……算是時尚名店嗎？」她上揚的尾音傳達了她對於NET這個時尚名牌的質疑。

然而除了聳聳肩傻笑兩聲之外，我實在不知道該如何回答。因為在我當年貧瘠的時尚知識裡，NET的確已經是一個首屈一指的時尚名牌，同時也是一個我唯一知道的品牌。

「走了走了，準備坐計程車去餐廳了！四個人一輛，女生兩兩一組，然後再搭配另外兩個男生一起坐，比較不會危險。」明哲的聲音暫時紓解了我的困窘。

「嗯，我來叫計程車。」說完，我走向大馬路旁。

攔下了第一台計程車之後，我揮了揮手叫校花她們過來。

校花當然是跟她最好的姊妹小碧一組，而我故意擋開了想湊過來跟校花坐同一台車的混蛋阿皓，把明哲和阿佑先推上了車。

隨後再把剩下的人一一送上計程車之後，我一個人搭一輛車最後走。

在計程車上，我頹軟地傾靠在椅背上，一點也high不起來。

抵達國賓飯店的時候，其他人都已經先到了。除了先進去安排座位的明哲之外，大夥兒都站在門口等候。

我一下車，校花冷不防突然挨近我的身邊，說：「喂，問你，我剛坐的那台計程車，車牌幾號？」

「啊？車、車牌幾號？我不知道耶，剛才太趕了我沒注意，怎麼啦？」我支支吾吾地說。

「你沒注意？」校花皺起眉頭，噘著嘴說：「阿皓跟士凱都有記下我那台計程車的車號，你竟然沒注意？要是我發生危險的話怎麼辦？」

「啊，我、我……」

天啊！我快苦死了！雖然那一陣子在計程車上發生的兇案不少，可是我不是都已經派了明哲和阿佑兩個壯丁一起護送妳了嗎？這樣怎麼可能還會發生什麼危險！幹嘛還要記車牌啊！再、再說就算真的發生危險的話，妳可以推開車門跳車啊！人家楊子瓊在○○七電影裡面都可以跳車了妳為什麼不行？女孩子偶爾也應該堅強一點的嘛！

我心裡這麼想著，但是當然不敢說出來。

「你看看你，要多跟他們學著點啦，不然怎麼追得到女孩子啊？」校花看我的臉上呈現出「囧」樣的表情，沒好氣地說。

「知、知道了啦，囉唆。」我癟著嘴，說。轉過頭去，看到站在稍遠處的阿皓和士凱兩個人正雙雙露出很賤的笑容。

我整個人已瀕臨崩潰邊緣，很想當場拿出一面鏡子照看看自己的頭頂上是不是正在冒煙。

呼——，今天是My birthday，但卻好像不是My day。

進到餐廳以後，你可以想像的，我的心情已經悶到了極點，連一點點開口和大家聊天的興致都已經喪盡。於是一場飯局從頭到尾，我這個應該是主角的壽星就只是陰沉地瑟縮在餐桌的一角，一邊靜靜聆聽著「眼鏡幫」那群人延續下午還沒講夠的超冷笑話，一邊狂嗑燒賣和叉燒酥洩憤。

坐在我右邊的明哲，靜默不語。

坐在我左邊的阿佑，像條死魚。

事情到底是怎麼了？這個生日派對怎麼跟我想像的完全不一樣？

今天到底誰是壽星？到底誰是老大？

我。

對，是我。

可是為什麼現在會是由阿皓那個渾球來主持整個場面？

我不懂，不懂。

無論如何，這頓飯實在太漫長了。

漫長得連放在我椅角邊的那束香水百合，眼看都有點快要枯萎發黃的跡象。

但是阿皓率領的四眼色龜們，卻還十分熱絡地繼續自High著他們天寒地凍的笑話，絲毫沒有一丁點閉嘴的打算。

於是我只好又繼續埋頭狂嗑我的燒賣和叉燒酥。

總算，再怎麼痛苦的時間終究會過去。

九點鐘，偌大的轉盤式圓桌上只剩下眾人杯盤狼藉的殘渣，我則剛剛嗑掉了今晚的第八塊叉燒酥。

結束了呢，我十八歲的生日。被一群爛人搞砸。

拿著這群爛人提供的髒錢買完單之後，一行人走出了餐廳。

「壽星，你今天是不是心情不好啊？看你都沒講什麼話。」小碧突然走了過來，用一種溫暖的眼神看著我，問。

我瞬間感動得想要趴在小碧的身上痛哭，感激她還記得今天誰是壽星。

「有嗎？妳多心了啦。」我豁盡全力擠出了一個基本上還是很僵的笑容，說。

「明明就有！你看你現在那張臉！臭得都快要裂開了！怎麼了嘛？幹嘛心情不好？」

「沒事啦，真的沒事。大家都玩得很開心，這樣子很好啊。」我笑了笑，說。

「是嗎？連妍文也覺得你怪怪的喔，剛去洗手間的時候，她跟我說她也覺得你今天看起來很沒精神。」

「會嗎？妳們真的都想太多了啦！哈哈～」除了苦笑之外，我真的不知道該再說些什麼。

「唉唷，你不要這樣子不開心嘛！你看，為了你的生日，妍文和我們其他的女孩子都特地穿這麼漂亮來參加你的Party耶！哪，就連我這個私底下從來不穿裙子的人也特地跟妍文借了一件來穿，你看你面子多大！」小碧撩起她身上那件棗紅色的裙子，在我面前轉了一圈。

看著她的小腿，我馬上就明白了為什麼她平常不穿裙子。但是我不明白的是，為什麼一個女孩子的腿毛可以發育到那麼長。

「小碧，謝謝妳，我知道妳很給我面子。」我點了點頭，說。

我當然很開心校花和其他女孩子盛裝打扮來捧我的場，而且還送了我一束很漂亮的香水百合，這些我都知道。

可是我現在真的就是開心不起來。

走出國賓飯店的門口，我請大家集中成一圈，準備聽我發表壽星的炸彈感言。

「跪下！你們這群四眼幫敗類搞不清楚今天誰生日是不是！沒聽過壽星最大這句話是不是！很愛講冷笑話把別人的生日搞砸是不是！媽媽沒有教過你們做人處事的道理是不是！給拎北去甲賽啦！」

↑我當然很想扯著阿皓的頭髮這麼說，但是當然不可以。

身為一位已經正式年滿十八歲的成年人，我知道從今以後事事都必須要有風度。

「很感謝大家來參加小弟我的生日Party，希望大家今天都有玩得很開心，也希望聯考完以後大家還有機會可以像這樣子一起出來玩，最後祝大家聯考都能金榜題名，考上自己理想的學校。」

我深深地一鞠躬感謝大家，然後在嘴裡小聲地祝福眼鏡幫的全體成員通通落榜。

解散之後，我獨自坐上一台計程車，頭癱靠在車窗搖晃不停的玻璃上，品嚐著剩下兩個小時就要過去的十八歲生日。

突然間，上嘴唇的兩側流進了少許來路不明的液體。

靠，這生日好鹹啊。

□

隔天早晨。迎接我正式長大成人的第一道曙光並沒有出現。

天氣說變就變，昨天差點把身著冬裝的我們熱死的太陽，今天一大早就躲進了厚厚的雲層裡去，天上還飄起了毛毛細雨。

走廊上晾滿了同學們五顏六色的傘，教室裡的地上則到處是濕答答的鞋印。

「早。」校花的笑容依然很甜美，不論陰晴。

「喔，早。」我點了點頭，也硬擠了一個黑人般燦爛的微笑。

「你昨天是不是心情不好啊？」她問。

「沒有心情不好啊，我是壽星耶，大家都來參加我的生日派對，我怎麼會心情不好呢？」睡了一覺起來，我原本惡劣的心情已經平復多了。畢竟都已經十八歲了，我告訴自己要成為一個男子漢的話就什麼事情都要往前看，已經過去的事情就該讓它過去。

「那就好，我還特地穿連身洋裝去耶！好害羞喔。那其實是我姊最近新買的，我偷偷拿來穿，Size有點太大……你覺得好看嗎？」怎麼她跟小碧都一樣，都把穿裙子來參加生日派對說成是一件很不得了的事似的，難怪兩個人會成為好姊妹。

「當然好看。」我笑了笑說，廢話，因為她穿什麼都好看。「妳呢？昨天玩得還開心嗎？」我接著問。

「很開心啊！小碧很會唱歌吧？她模仿范曉萱的聲音真的好像喔！」她笑了笑說，廢話，不用出錢當然開心。啊，算了算了，我剛剛才說過我不要再計較過去的事情的，往好的方面想，至少託眼鏡幫的福，我的豬公撲滿還安然無恙地活在我的床頭上。

「嗯，有機會的話，聯考完再一起出去玩吧！……單獨。」我把最後「單獨」那兩個字含在嘴裡，沒膽子大聲說出口。

「嗯！」她笑著說，也不知道有沒有聽到我說的「單獨」那兩個字。

這時候，水鬼板著一張鬼臉走進教室。啊，其實他也沒有刻意板啦，反正他的臉本來就長那樣。

倒是他手上拿的那個不祥的牛皮紙袋……，啊！該死，這老頭該不會又要迫不及待地在模擬考完的隔天早自修發考卷吧？

我雙眼頓時渙散開來，下嘴唇隱隱顫抖，憂心著自己這次的分數。

「林博光。」在發了二、三十個人的考卷之後，水鬼冷冷地喊到了我的名字。

「有……、有！」我面色凝重地走向講桌，同時暗地裡運起防禦的架式。因為我深怕自己的分數會讓易怒的水鬼在一個激動之下對我施用暴力。

水鬼看著我的考卷，眉毛隱隱抽動。突然間，他昏沉的眼球一轉，冷盯著我的臉。

果不其然！

水鬼肩膀一抬，一記手刀就要朝我的肩膀斬了下來，幸虧早有防備的我相當機警地側身閃開，一個鬼影擒拿手扣住水鬼手腕的動、靜二脈，另一手則凝成猴子偷桃的爪子狀直朝水鬼的下陰襲去。

「你幹什麼！」好一個老傢伙！果然不是省油的燈，水鬼電光石火間略退一步，挑起膝蓋截下了我卑鄙卻奪命的一擊，喝叱道。

「啊、沒、沒有……對、對不起，可是你剛不是要用手刀斬我嗎？我、我只是想要自衛。」我為自己的過度反應辯駁。

「誰要斬你啊！我只是要拍你的肩膀！」水鬼反手甩開了被我箝制住動、靜二脈的左手，拍了拍我的肩膀。

「喔？為、為什麼要拍我的肩膀？」我問，難為情地把剛才試圖偷他桃子的手給收了回來。

「還不就是你這次的分數嗎？好小子，不錯哦！短短的時間裡進步這麼多。」水鬼罕有地對我發出如此慈祥的微笑，並且還露出了他那一口很黃的牙。

我不好意思地摸了摸頭，從水鬼手上接下了考卷。

定睛一看，考卷右上方的分數……竟、竟然是六十二分！是六開頭的六十二分啊！這……、我沒有看錯吧？想我打從升上高三以來篳路藍縷地奮鬥至今，這還是頭一次數學及格啊！明哲的數學特訓得到了令人滿意的成果，總算不枉費我那一客我家牛排八盎司沙朗和那一張范曉萱專輯，這一切都值得了！

感動再感動！

一個少年成功戰勝數學的故事！

全世界的人都覺得他不行，但是他做到了！

我捧著考卷，喜出望外地在講桌旁當場手舞足蹈了起來。

「好了啦！拿了考卷快滾。」水鬼叫道，然後賞了我屁股一腳。

校花這次則考了同樣是六開頭的六十七分，但對她而言這應該只是個差強人意的分數。

「不可能，你怎麼會進步那麼快？」她噘著嘴，很不滿意自己竟然只比我高了五分。

我可以理解她的心情啦。還記得我剛坐到她隔壁時的第一次模擬考，她足足比我高了五十幾分，還好心地把考卷借給我訂正呢。

「唉呀！這個妳不懂啦！我本來就有天分，只是我以前不想努力罷了。」我一邊用小拇指掏著耳屎一邊說，然後習慣性地把掏出來的耳屎吹向天空。

「一定是這次的題目太簡單了啦，考不出實力。」她不服氣地說。

「對啊對啊！我也這樣覺得，就是因為這題目太簡單了，沒有把我真正的實力考出來，不然妳怎麼可能贏我？」我臭屁得幾乎已經忘了自己還輸她五分這件事情。

她正要拿筆刺我的時候，發完所有人考卷的水鬼突然開口。

「咳、咳，同學們，注意一下。」水鬼咳了兩聲，把原本兇戾陰沉的聲音校正成一種富有磁性的口吻，說：「你們高中生涯的最後一次模擬考已經結束了，有些人進步很多，讓老師刮目相看，」水鬼用讚賞的眼光看了看我，接著說：「有些人卻還在泥沼中執迷不悟，」水鬼用放棄的眼神看了看阿佑，又繼續說：「不過無論如何，我希望所有的同學都能夠持續努力，接下來的考試是五月中旬的畢業考，畢業考考完之後，你們高中階段所有的考試就全部結束了，唯一剩下的就是最重要的聯考。我期勉同學能夠堅持不懈，在這人生中最關鍵的階段裡好好衝刺。高三學生最後一天的上課是訂在五月二十日，五月二十一日以後就停課了，你們有多一點的自修時間可以好好準備聯考；另外，畢業典禮是訂在六月十八日，你們的畢業證書和畢業紀念冊也會在那一天發給大家，所以同學們一定要來學校，可不要忘記了。」水鬼一面說著，一面擦拭著他老花眼鏡下閃爍著的液狀光芒。唉，畢竟大家在一起也相處了八百多個日子，水鬼雖然平日為人冷漠刻薄，但終究在他的心裡還是保留有一點人類的情感的。

我則不禁看著窗外還在飄雨的天空兀自感嘆。

吁——時間真的過得好快啊。

一轉眼間，高中都要畢業了呢。

屈指一算，能坐在校花隔壁的幸福時光，也只剩下短短的一個半月了。

一個半月後大家各分西東，誰能預測未來會怎麼樣呢？

學校的老師和教官總是不停地在說，說什麼上了大學以後就會眼界大開，就會有機會接觸到更多不同的人，就會開始真正成熟的人生，就會知道什麼才是真正成熟的感情。而高中以前的感情，因為只是在沒有太多選擇之下所產生的感情，因此都還不能夠算是真正成熟的感情，所以在上了大學以後，現在的感情多半會風化，會變質，會消逝，會擱淺。

我並沒有不認同，卻只是一直都很迷惑。

畢竟他們吃過的米，比我現在吃過的鹽多，他們談過的戀愛，也許比我看過的愛情小說多。

但是高中時的感情，不就是高中時的感情嗎？

為什麼一定要拿來跟上大學以後的感情比呢？

或許不成熟，但這就是高中時的感情啊。

否則上大學以後的感情，跟上研究所以後的感情相比，難道也要叫作不成熟嗎？還有二十五歲以後的感情、三十歲以後的感情，四十歲、五十歲、六十歲的感情，要怎麼比？

一個階段有一個階段的感情，一個階段有一個階段的心情，這不就是人生嗎？

我現在的心情，就是妍文。

每一天跟她的相處，都好快樂。

都好快樂好快樂。

雖然剩下一個半月，這絢爛而美麗的時光就要結束。

但是我卻絕對不會讓它結束的。

絕對不會。

我咬著原子筆桿，一邊在腦海裡澎湃地構築著我、妍文，以及我和她美好的將來。

□

噹──噹──噹──噹──噹──噹──噹──噹──

打鐘了，掃地時間。

「博光！」陽痿跑過來，點了點我的肩膀。

「喔！家裡沒什麼事吧？」我問，記得明哲昨天說了陽痿家裡臨時有事，所以才沒能來參加我的生日派對。

「沒有啦，我奶奶突然住院了。真的很抱歉啊，臨時不能去參加你的生日會。」陽痿滿臉不好意思地說。

「沒關係，奶奶的身體比我的生日會重要多啦！那奶奶現在呢？沒事了吧？」我問。

「還好啦，我奶奶年紀很大了，身體一直不太好。她最近因為高血壓的關係，健康狀況很不穩定。」陽痿嘆了口氣，說。

「嗯……」我拍了拍他的肩膀，想安慰他卻不知道該說些什麼。

「對了！我是要拿畢業紀念紙給你寫啦！哪，有空幫我寫一下吧！再過沒多久就要畢業了呢！」陽痿笑著說，遞給我兩張雪點圖案的信紙。

「畢業紀念紙？」我問。

「嗯！其實就是跟畢業紀念冊一樣的意思啦！只是一整本的畢業紀念冊，每次拿給一個朋友寫，通常都得過個一、兩天才能拿回來給下一個朋友寫，一個月下來搞不好才寫了不到十個朋友，那樣太花時間啦！畢業紀念紙的意思就是同一時間把信紙發給不同的朋友寫，每人發個兩、三張，一個星期內幾乎就可以把所有的信紙都收回來了，然後再買個活頁夾還是什麼的裝訂起來就ＯＫ啦，意思一樣，但是比較省時間啦！」陽痿解釋道。真沒想到還有這種方式。

「哦，也就是用分散的信紙代替一整本的冊子嗎？」我看著手上兩張漂亮的雪點信紙，說。

「沒錯！班上很多女生都開始在傳這些信紙啦！下個月就要停課了耶，你也趕快抽空幫我寫一下吧！」陽痿很誠懇地笑著。我就是欣賞他笑起來的那種誠懇。

「那要怎麼寫？是寫個人檔案這一類的資料嗎？」我記得國小、國中的時候寫畢業紀念冊好像都要寫什麼個人檔案之類的玩意兒。

「不用不用，電話、住址這些通訊資料，到時候學校發的官方版畢業紀念冊上面都會有啦！你就隨便寫一些自己想寫的感言吧！反正作紀念用的嘛！」陽痿說。唉呀，原來是可以自由發揮的啊！那我一瞬間就立刻想到要寫什麼了。主題叫作「陽痿：一個自卑綽號的美麗與哀愁」的話，我相信一定可以達到百分之百的紀念效果。

「我知道該怎麼寫了。」我搔著下巴奸詐地笑了笑，然後拍了拍陽痿的肩膀。

「喂！不要寫我綽號的事！否則翻臉喔！」陽痿從我微瞇的邪惡眼神洞悉了我的意圖，立刻大叫道。

「哈哈哈！唉唷，陽痿，人要看開一點，反正這只不過是作紀念用的嘛！」我大笑道，絲毫不理會陽痿陣紅陣青的臉色。

隨後，在這個星期之內我又陸續收到了七、八份畢業紀念紙，你絕對不敢相信這當中竟然還包括了我生日當天差點想一拳揍死的阿皓。虧這恬不知恥的傢伙竟然還有臉拿給我寫，也不想想你在我生日派對上幹了多少讓我火大的事，唉，好吧，既然你都自投羅網了，我也只好就不客氣地把我一直以來想要對你傾訴的滿腹髒話全剿在你的畢業紀念紙上了。

不過話說回來，在這七、八份信紙當中，為了確保我的人身安全，我想我絕對還是有必要優先寫好母豬龍女王特別賜予的那兩張紫色信紙。喂，你可別以為那個紫色信紙是薰衣草那種柔和的「淡紫色」喔！那個紫色，是妖豔得讓人想吐的「妖紫色」！紫到不能再紫啊！呼，母豬龍女王英明獨到而充滿霸氣的眼光果然不是蓋的，連挑選的信紙顏色都那麼地讓人喘不過氣來。對了，聽明哲說她這一系列發下去的畢業紀念紙裡面，只有一個人拿到的不是妖紫色的，那個人不用說當然就是她的心上人肌肉寬，而她發給肌肉寬的信紙是什麼顏色的你猜？

賓果。

是非常非常之可怕的「血紅色」。

據說肌肉寬一拿到信紙，立刻在第一時間衝到辦公室跟水鬼借打火機把信紙焚燬，同時打電話報警。因為在那信紙燃燒的過程中，他不斷地聞到從信紙的灰燼中傳出的血味，於是他深深地懷疑那信紙是母豬龍女王用自己充滿愛意的鮮血染紅的。

其他我還收到的信紙，包括了我們「寶芝林」幾個好朋友像暴牙蘇和短腿七，以及校花的姊妹淘小碧、佳融等人。明哲，因為我們實在太熟了的關係，拿信紙來寫反而覺得很矯情，所以他並沒有發給我。阿佑，這個少一根筋的傢伙，打從幼稚園開始就從來沒有買畢業紀念冊給朋友寫的習慣，有那些錢的話他寧可拿去買漫畫。

我，則是在放學後跑到火車站附近那間當年還沒倒的新學友書局，經過十分鐘的精挑細選之下各買了一包「櫻花信紙」和一包「藍天信紙」，打算把櫻花圖案的給女同學寫，藍天圖案的給男同學寫。

第二部　逆襲

時間飛快如箭，眨眼間距離我的生日又過了一個星期，教室的黑板上讓人看了就胃痛的聯考倒數天數計時寫著七十三。

校花參加我生日派對的事情，以一種非常可怕的擴散速度轟傳了整座校園。

一時之間輿論譁然，流言四起，原本不過是一介無名小卒的我在學校裡的知名度瞬間暴漲，不僅在大家的口耳相傳中變成了有史以來距離校花最近的男生，更同時非常合理地成為了全校男生最想痛扁的對象。

就像這兩天，坐在福利社前的階梯上喝貢丸湯的時候，不時有來來往往的路人對我投以殺氣騰騰的目光。喝完貢丸湯走回教室的時候，也經常有裝滿石頭的易開罐從不明的方位飛向我的頭。

唉，這群可憐的傢伙們，也只能用這種幼稚而無理取鬧的方式來抒發他們的悲憤。遺憾的是，這一切都無法改變校花送我的香水百合就擺在我家茶几上這件事，更無法改變現在的我已經從一個原本沒人聽過的俗辣，變成跟校花最要好的小黑的事實。

但是我卻一點也沒有得意忘形。

只是繼續和往常一樣，在學校裡跟校花聊天打鬧，講一些很笨又營養不良的笑話，還有最重要的，每個星期六晚上固定的一通電話。偶爾我們會在電話裡玩一些讓兩個人笑得半死的蠢遊戲，或是一起罵老師。心血來潮的時候，我們當然也會相當認真地討論一些嚴肅的問題，譬如說為什麼水鬼的舌頭會這麼長，或是為什麼像水鬼這種人也娶得到老婆等等。

我和校花之間，從來就沒有談情說愛，更加沒有肉麻露骨的表態。但是我卻可以很清楚地感覺到，有某種微妙得難以形容的感情，正在我們平凡無奇的嘻笑打鬧中，以飛快的速度在滋長。

我想，我應該，應該，有那麼一點機會的。

儘管在現實上，我們正面臨著龐大而令人窒息的聯考壓力，暫時還很難有開始的時間和空間，但是只要聯考這個束縛一結束，正在急速滋長的微妙感情就一定有機會爆出璀璨的火焰，只要，只要我再努力一點。

「喂，你不給我寫嗎？」校花看到我正在整理桌上一疊信紙，說。

「嗯。」我笑了笑。

「為什麼？我想要寫你的。」她嘟囔著說。

「可是，」我抬起頭來看著她，說：「我不想給妳寫。」

「為什麼？」她拉高了音調問。

「因、因為、因為……吸——」我猛地吞了口氣憋在胸口，說：「因為妳是我以後，啊，我是說上了大學以後，還是我會很想要、很想要繼續聯絡的、的……重、重要的……的人，所以，我不想讓妳寫。妳知道，這種東西一旦寫了的話，就覺得好像畢業之後就不太會聯絡了呢，妳、妳明白我的意思嗎？」我困頓地解釋著那種難以言喻的感覺。

不知道為什麼，我一直都覺得畢業紀念冊這種東西，在寫的那一剎那，就彷彿是在為了可以預知的分開而紀念，為了已經註定的離別而紀念，然後在很久很久的以後，再把這塵封許久的紀念，拿出來懷念。

於是在寫，和拿出來懷念的兩個時間點中間，很可能會經歷一段很長很長的失聯。

但是我不要這樣。

我不要和校花離別，更不要和校花失聯。

儘管連我自己都已經不太記得，但是從小時候在梅花鹿美語班的初次見面，到事隔十年之後的現在，兩個人又再次相遇在這同一間教室裡的隔壁座位。我一直都很相信，在這種不可思議的緣分延續背後，一定存在著某種冥冥的意義。

雖然我們坐到彼此隔壁的時間來得有一點晚，但是我相信，大學以後，這段緣分一定還是會繼續以一種冥冥的方式被延續下去的。

我堅信。

校花搖了搖頭，說：「我不太明白。不過……你畢業以後，真的還會繼續跟我聯絡嗎？」她兩顆圓潤的瞳孔，光芒閃閃地看著我。

「當然。」我的眼神篤定而堅強。

「好，打勾勾。」她嘴角揚起微笑，像個小孩子般伸出大拇指和小拇指。

「笨蛋，就算不打勾勾，我也一定會繼續跟妳聯絡的，不管，不管未來我們各自會在哪裡。」我堅定地看著仰角七十五度的遠方，豪氣萬千地說。

左手，則已經伸出去，對著她的拇指蓋了個強而有力的印章。

她沒有接話，只是持續安靜地用她那跟高爾夫球一樣大的雙眼凝視著我。

「可以嗎？」我轉頭迎上她的雙眼，問。

「當然可以。」她點點頭，輕應。

一陣沁涼而輕盈的風，突然從不知道是哪一個方向吹了過來，彷彿一邊見證著兩人輕描淡寫的承諾和默契，一邊為兩人的未來送上爽朗的祝福。

校花前額的劉海隨風飛動，露出了完整的臉。

我在那個頃刻就已經非常篤定，眼前的這個人，是我不管過了多久也會深深喜歡的人。

噹——噹——噹——噹——噹——噹——噹——噹——

下課時間。

「喏，寫好了。」我走到小碧的位子，把她上星期發給我的畢業紀念紙還給她，上面寫滿了我出自肺腑的真跡。

「啊，你寫這麼多喔？謝啦謝啦！可是博光，你的字怎麼跟明哲的字那麼像啊？都飛得一塌糊塗。」小碧一邊看著信紙，一邊皺著眉說。呿，有沒搞錯！竟然拿我率性奔放的「鳳翼天翔字體」跟明哲那種飛天遁地的「舞龍舞獅字體」相比。

「哈哈，可能我們兩個混在一起久了，互相影響吧。」我聳了聳肩乾笑道。

「喂，偷偷跟你說喔，你很有機會。」小碧突然用手肘頂了我一下，賊兮兮地笑道。

「什麼很有機會？」

「廢話！當然是妍文啊！」小碧用酷似范曉萱的氣音叫道。

「妍文很有機會？」

「幹嘛裝傻啊你，我當然是說你跟妍文很有機會啊！」

「哦？妍文有跟妳說過什麼嗎？」我問，希望從小碧口中套取一點情報。

「嗯，她說她覺得你是一個很不錯的男生啊，而且你對她也很好、很疼她……還有、還有……忘了。」小碧苦思了半天，最後聳了聳肩。靠腰，根本講沒兩句。

「忘了？喂、喂！」我急叫道。

「唉唷，反正就是你真的很有機會啦！至少我從來沒有聽妍文這樣說過其他的男生，所以你可要好好把握呦！」小碧又用手肘頂了我一下，然後笑得像個快要得逞的媒婆。

「把、把握妳個頭啦！真是的。」我拍了拍小碧的頭，一個人害羞地傻笑著。

你說，連校花的頭號好姊妹小碧都這麼挺我，你說天時、地利、人和我還有哪一項沒有掌握在手裡的？

或許，我現在其實已經穩穩地站在距離「校花男朋友」這個位子最近的地方。

也或許，這冥冥的緣分，已經快要開花結果。

走向窗邊，我在輕柔微風的包覆下，一邊這麼想著。

□

「人在最幸福的時候，也最危險。」

記得有一次，老哥手指間夾著根菸，一邊站在窗邊看著藍天的彼端，一邊唏噓地說出這句話。

「怎麼說？」我看著老哥寬厚而寂寥的背影，問。

「因為人在最幸福的時候，總是很容易自以為是地沉浸在幸福的假象中，卻察覺不到身邊的危險。」老哥每次都愛用這種不著邊際卻又好像有點道理的語氣說話。說完之後，老哥把已經短到可能馬上就要燙到手的菸蒂丟在地上，然後用腳把它踩熄。

現在回想起來，當時的我年紀還小，對老哥這番境界高深的領悟毫無感覺。

但是老哥的話，卻靈驗得可怕。

毫無疑問，現在絕對是我高中以來，甚至是人生以來最幸福的時候。

於是，危險也出現了。

以一種讓人完全招架不及的速度，在那個宛如惡夢般的瞬間。

噹——噹——噹——噹——噹——噹——噹——

中午吃飯時間的鐘聲總算響起，我已經餓得兩眼發昏。

夥同明哲、阿佑和陽痿等人，我們一如往常地準備翻越學校側門口附近的圍牆欄杆，到學校對面的小吃店去買午餐。

由於背負著私立學校最重視的升學率，通常只要不要影響課業，學校教官對於高三準考生某種程度以內的違規行為通常是睜一隻眼閉一隻眼的。就像現在我們翻牆出去買午餐的行為，基本上校方也是採取默許的態度。

倒是身上毛病一堆的阿佑，剛才又因為突發性地腹痛發作緊急衝進廁所代謝，害得我們延遲了十多分鐘才出發，結果一抵達目的地：學校斜對面的阿婆鍋燒意麵店的時候，已經擠滿了洶湧的人潮在排隊，於是又足足苦等了十五分鐘才拿到阿婆親手煮的熱騰騰的鍋燒意麵。

眼看時間已經耽擱太多，四條人影於是火速翻牆奔回學校，準備抄體育館後面的一條捷徑回教室。

這個時候已經接近午休時間，校門口附近送便當的家長和等便當的學生早已散去，校門口右側的體育館附近照理說應該是空空盪盪，杳無人煙。但是在遠遠的前面，卻有人。

而且，是兩個人。

「喂，博光，那不是……？」明哲指著兩點鐘方向的遠處，回頭看了看我。

我吞著一口口水卡在喉嚨，卻無法說出半句話。

因為映在我瞳孔裡的，是讓我如遭雷殛的一幕。

有兩個人，站在體育館旁的一處角落。

當然，其中的一個人是校花。

而另一個人，卻是我不認識的某個男生，某個……長得有點像維尼熊而有點面熟的男生。

「吁——」我深吸了一口氣，試圖穩固自己的心情。

然而我的右眼皮，卻忽然在此刻詭異地跳了兩下。

我的右眼皮一直一直，都是跳壞的。

不安的感覺開始湧入胸口，我頓時覺得自己搖搖欲墜。

不，沒事的，沒事的。

他們只是在說話。

他們很有可能只是普通的朋友，純粹是剛好在這沒半個人在的體育館附近遇到，然後寒暄幾句。

而且，一定也是因為校花的頭上沾到了什麼東西，那個混帳才會伸手去撥校花的頭髮的。

對，一定是這樣，我猜一定是這樣沒錯。一定是這樣的啦！哈。

我腦中的自我安慰機制雖一直這麼告訴我，卻無法阻止我全身抽搐。

「啊，那不是成軒嗎？」陽痿突然開口，語氣聽起來似乎認識眼前這個男生。我立刻轉過頭去，焦慮而倉皇的眼神看著陽痿，頭上浮出一個巨大問號。

「成軒……是哪個笨蛋？」我的拳頭正在捏緊。

「啊……他是二班的，以前是我國中同學。我好像有聽他說過他跟校花是國小同學，而且他家好像就住在校花家附近，算是鄰居吧……，我們國中同班那個時候，是曾經有聽不知道誰說過他從國小就開始追校花了啦，只是一直沒聽說過有追到。」陽痿感覺出我快要爆發的怒氣，一五一十地道出眼前這個混帳的來歷。

「國小同學？……校花的鄰居？……從國小就開始追校花？」我喃喃自語，腦海中正飛快地進行著這幾組關鍵字的複合搜尋。

國小五年級的時候，坐在她隔壁的男同學剛好也是住在她家隔壁巷子裡的鄰居，講話好笑得不得了，成天逗她開心想要追她，可是她一直都沒有答應，只覺得那個男生很滑稽。那個好笑的男生一直到現在都還在追她，他們偶爾也會講講電話、一塊吃吃飯，不過只是變成了很熟的好朋友那樣。

我記得。

在很久以前的一次電話裡，校花曾經提起這個人。

但是……為什麼？

為什麼這個混帳竟然是我們學校的學生？

為什麼這個混帳現在會跟校花兩個人出現在空無一人的體育館後面？

還有……

為什麼這個混帳，剛才會摸校花的頭髮？

有太多的為什麼，正在攻擊我的腦部，正在癱瘓我的情緒。

使我提著鍋燒意麵的右手，不停地顫抖。

使我直視著兩點鐘方向的雙眼，綻射出蒼紅的怒火。

一旁的明哲不敢出聲，陽痿和阿佑更是噤若寒蟬。

「我們……」

我吐出一口很長很濁的氣，用低沉卻銳利的聲音說：「走其他條路回教室吧。」

明哲走過來拍了拍我的肩膀，接過我手上抓得很緊的鍋燒意麵，然後跟阿佑兩個人合力把我的雙腳扳離原地，繞往另一條路走去。

我面無表情，依然瞪視著那兩個人的身影，眼球裡面分別代表「惱怒」和「絞痛」的兩條神經，正在歇斯底里地糾結。

拳頭，握得好緊。

好緊好緊。

□

回到教室的時候已經是午休時間了，我請明哲幫我把鍋燒意麵拿到廁所整包倒掉，因為現在的我食慾早已經因為憤怒而歸零。

趴在桌上，千百種恐怖的胡思亂想在腦海裡不斷盤旋，整個人毛躁得快要精神崩潰。

約莫過了十分鐘左右，一陣熟悉的腳步聲走近我隔壁的座位，然後是拉開椅子的聲音，翻動抽屜的聲音，喝水的聲音，抽出面紙的聲音，好多聲音。
我真的很想要抬起頭來，說些什麼。
對，說些什麼。
可是我應該……應該要說些什麼？
難不成我可以拍桌子然後很兇地盯著她問：「剛才那個摸妳頭髮的混蛋是誰？」
這樣嗎？
不，並不可以的。
我沒有這種質疑的權利，因為我並不是她的男朋友。
還是說，我應該要歪著一邊的嘴角冷笑，然後用那種話中帶刺的居歪口氣問她：「哎喲，不得了啦，原來那個從國小就開始追妳的男生，現在也在我們學校裡啊，可從來都沒有聽妳提起過呢。」
這樣嗎？
不啊！還是不可以。
講這種酸溜溜又缺乏風度的話，實在不是一個期許自己成為男子漢的人應有的行為。
還是說，乾脆……乾脆就直接裝作沒看到算了？
我不知道。
我真的不知道。
但是我睡不著。
心臟像是被一把大鉗子狠狠掐住一般地絞痛，不知道過了多久。
直到鐘響。
噹——噹——噹——噹——噹——噹——噹——噹——

比以往漫長又難熬一百倍的午休時間總算過去。

我緩緩抬起頭來之後的第一件事，就是用眼角的餘光斜瞄了校花一眼。

碰巧校花的視線也正朝向這個方向，於是對我笑了一笑。

我雖然很想盡力回以一個笑容，但兩邊的嘴角不但絲毫無法上揚，還被地心引力向下拉扯得很厲害。

「幹嘛？」她輕易察覺到我臉上的表情有異，問。

「我……我看到……我看到……唉，呼——沒、沒有啦、沒事。」我嘆了口氣，欲言又止。

「幹嘛啊？有事就說啊。」她挑起了眉毛，甜美的微笑依舊。

「我……呼——」我緩慢地吞吐了一大口氣，盡可能維持著若無其事的表情，說：「我剛才在體育館附近看到妳……在跟一個男生講話。」

「啊……」她表情微微一震，沉默了幾秒後才隨即又笑了笑說：「被你看到了啊？」等等。

她剛才是說：『被你看到了啊？』

我的天，這語氣很不對勁，這語氣很不對勁啊！

我無法阻止一股極度不安的情緒正在掩沒我強裝出來的鎮定，於是我只能不由自主地倒抽一口涼氣，吐掉。然後再抽一口涼氣，再吐掉。然後不斷重複循環這個動作。

我沒有聽錯，她剛才是說：『被你看到了啊？』

我沒有聽錯，那聽起來完全、完全就是一種做壞事被抓包的語氣。

我沒有聽錯啊！混蛋！

現在在你腦中浮現的恐怖猜測，在那一剎那也全部在我的腦中浮現。

這短短一句話背後埋藏的不祥感覺，委實太過可怕。

「那他是……誰？」我問，用我僅存的一絲理智。
「他啊？就是我跟你講過的那個很好笑的國小同學啊！」她說，表情看起來輕鬆寫意。
國小同學？這個我當然知道。
「那妳跟他……妳跟他……是……？」我想要確認的是，如果單純只是一個很好笑的國小同學，為什麼可以用那麼自然的動作撥妳的頭髮，而且妳竟然毫不抗拒。
「我跟他？就、就只是很熟的朋友啊！」校花睜大著眼睛說。
不是我的錯覺。但是她的語氣，閃爍得很厲害。
異常高揚的語調更加詭異。
「很熟的朋友？」我滿溢著懷疑的眼神，問。同時用手掌微微罩住嘴以遮住我正因憤怒而開始顫抖的牙齒。
「因、因為他就住在我家附近啊，我不是有跟你講過了嗎？我媽和我姊也都認識他啊！」她看出我的神情很不對勁，連忙解釋。
「啊？」但我背脊上的一把冷汗卻已經淌到腳底。
她剛才是說：『我媽和我姊也都認識他啊！』
對，我沒有聽錯，她說了這句話。
這句殺傷力驚人的話。
我沉默了，在這一個頃刻，只覺得眼前的世界天旋地轉。
「喂，你幹嘛那個表情啦！我媽和我姊也認識你啊！」她側著頭拉了拉我制服的衣袖，試圖給予我公平卻荒謬的安慰。
我看不到自己現在臉上是什麼表情，但是我肯定絕對是一副快要哭出來的樣子。
這明明就不一樣啊！

我跟那個長得像維尼熊的混蛋，怎、怎麼會一樣呢？怎麼可以拿我來跟他比較呢？

難、難道說，小黑不是獨一無二的嗎？

妳的黑天使……不、不是獨一無二的嗎？

不是嗎……？！

「……嗯。」我用鼻音淺淺地應了一聲，視線在一瞬間昏沉轉冷。

眼前那個我自以為幸福而美好的未來……

在一瞬間，聽到了崩塌的聲音。

□

晚上回到家，我沒有打開房裡的燈，只是拖著沉重的腳步走向書桌，宛如爛泥般癱陷在桌前的椅子上。失去力氣的肩膀垮靠在椅背，眼神渙散在一公尺前的牆，在失魂落魄的恍惚中度過了三個小時，對一個馬上就要聯考的高三學生來說，理當比什麼都寶貴的三個小時。

校花的五芒星SWATCH被我從左手腕上摘了下來，平放在桌上，順時針方向規律跳動的秒針在靜默的空間裡滴答作響。

可惜我腦海裡的畫面，卻沒有辦法隨著時間的前進而置換，而是被強迫定格在那個男生撥弄校花頭髮的那一幕，同時鏡頭還不斷特寫著校花那沒有絲毫抗拒意思的表情。

『我跟他？就、就只是很熟的朋友啊！』校花牽強的說辭，則成為了這整個連串畫面中最矛盾的旁白。

說謊！妳在說謊！

那橫看豎看都不像是「很熟的朋友」就可以有的動作好嗎！

妳在說謊！

我緊緊咬住嘴唇，從鼻子裡呼出一口燥熱而混濁的氣。

眉心，糾結得足以夾死一隻不小心闖入的蒼蠅。

噗。

其實也對啦。

像我這種抽屜亂得像垃圾堆，制服老是故意拉到褲子外面，功課普通籃球也不強，長得還好卻還老是喜歡耍帥的傢伙，學人家追校花？

好好笑喔，哈哈哈。

混蛋！混蛋！

我想用冰冷的拳頭把滿腔的怒火砸進牆壁，但是現在的我就連捏緊拳頭都提不起力氣。

我想瘋狂齧咬自己的手臂一邊自殘一邊嘶吼，但是喉嚨也喊不出半點聲音。

只剩下越來越重的心臟，依然噗通、噗通地膨脹收縮。

安靜，卻絕望地膨脹收縮。

一股強烈的無助感很快地充斥了我周遭的空氣，兩個月以來累積的信心彷彿被一陣巨浪滅頂的沙堡一般，瓦解得好快好快。

原本還以為已經近在咫尺的校花，剎那間再度變得跟天上的星星一樣遙遠。

因為有一個男生，比我還要靠近她。

因為那個該死的男生，可以盡情撥著校花的頭髮，用他的髒手。

用他的髒手！

我很用力地閉上雙眼，很用力地深吸了一口氣，就在這漆黑無光的房間裡，兀自咧出了一個複雜而逞強的笑容，拉開抽屜，抽出兩張櫻花圖案的信紙，放進書包。

也許，是我自己一開始就太天真了啦。
像校花這樣的女孩，本來，本來就輪不到我小黑的。
我行屍走肉般躺進棉被裡，任憑這種自暴自棄的情緒，佔據我所有的思考。

□

隔天早上，我好早就到學校了。
浮腫的黑眼圈和蒼白的嘴唇，是一夜難眠的證據。
晨考的兩題數學，我半條算式也沒寫。
交換改考卷的時候，我手裡除了已經預先畫上一顆大鴨蛋的考卷之外，還在考卷下面夾著兩張櫻花信紙，遞到校花面前。
「喏。」我神色平靜，面無表情。
她看到我手裡的信紙，先是愣了幾秒，隨即眉心以一種很緩慢的速度輕微地蹙起，一副「為什麼？」的神情凝望著我。
隨著窗外一陣來得很湊巧的風，兩個座位之間的上空，果然立刻就瀰漫起某種別離之前的落寞氛圍，視線前的一切景色彷彿突然被抹上了一許惆悵的淡黃。我就說畢業紀念紙這種東西，不知道為什麼就是可以輕易製造出這種感傷的空氣。
維持著這個淡黃的氛圍，兩雙眼睛在半空中交會了一分鐘。我遞著櫻花信紙的左手，也隨之在半空中停滯了一分鐘。
四目相交的兩個人臉上，雖然都沒有任何一分表情。
卻是我永生難忘的，那淡黃的一幕。

直到晨曦挪移，一道刺眼的光線從她背後的窗櫺上方射向我的眼睛，才讓我得以把臉暫時撇過一旁，逃脫了她犀利得讓我快要無法招架的視線。

「沒有啦，那、那個……我……我還是覺得給妳寫比較好。」我豁盡全力在臉上凝起一個牽強的笑容，說：「因為妳知道的嘛……其、其實我們上了大學以後，也不一定真的還會聯……」

「我不要。」

她沒等我說完就打斷了我的話，聲音像一杯涼透了的冰水。同時她清澈的雙眼，正以一種我未曾見過的方式，銳利地凝視著我。

不，嚴格說起來，應該說是瞪視著我。

晨曦照著她的半邊臉，一片橙黃。

那半邊臉的表情，竟是那麼強烈而不假雕飾的失落。

「別這樣嘛，快點。我希望至少可以趁著現在保留一些東西下來，讓我就算跟妳失去聯絡，還是可以好好記得妳……的字。」在『的字』前面，我不由自主頓了好幾秒。

「我不要。」

她抿著雙唇深吸了一口氣，說：「你昨天不是才說過，因為你以後就算上了大學還是要繼續跟我聯絡，所以才不想給我寫的嗎？那，為什麼現在還要拿給我？為什麼？你現在拿給我的意思是說，畢業以後就不要跟我聯絡了嗎？那麼，你昨天只是說好玩的而已囉？」她的鼻子，在一瞬間有點紅了。

我卻語塞了。

「……討厭死了你。」她平靜而冰冷地說了這句話，將臉甩過另一邊。劉海覆蓋了她的側臉，遮住了她的表情。

我只能收回正拿著櫻花信紙、尷尬地停留在半空中的左手，將信紙輕輕對折，暫時收進我髒亂抽屜裡一小片乾淨的角落。
盯視著教室前方的黑板，腦中剩下一片不知所措的蒼白。
還是頭一次，看到她這麼寒冷而失望的表情。
我……我在一時衝動之下做錯了什麼嗎？
我、我不知道！
還是說，根本就只是我自己在鬧彆扭，試圖採取一種以退為進的哀兵策略？好吧，或許有那麼一點成分。
我看著自己的手，忽然想起了昨天和她打勾勾的時候，那個蓋在我拇指上溫暖的印章。
真的，真的很溫暖啊！
所以，我本來在那一瞬間也已經開始以為，我是她心裡很重要的人了。我真的，真的很想這麼以為的。
但卻有一種很深很深的疑慮，從昨天中午的那一刻開始，以快得可怕的速度在我的心裡不斷膨脹。
只因為那個令人震撼而絕望的畫面，是如此清晰。
那麼，我只是單純地很想要知道，我在她心裡……到底算是什麼呢？
跟那個男生比起來……我到底算是什麼呢？
很可惜，現在的我已經失去了開口向她求證的勇氣。
那也許是因為現在的我，對校花的回答已經不再有任何自信。
接下來一個早上的四堂課，兩個人就在冰冷而詭異的靜默中度過。
我勉強按下紊亂的思緒，在四堂課的時間裡一口氣連趕了六份新收到的畢業紀念紙。她則連正眼都沒瞧我一眼。

一直到了中午吃飯時間，兩個座位之間的冷氣團似乎還是沒有任何回溫的跡象，才一打鐘校花就立刻跟小碧兩個人匆匆步出教室。我婉拒了明哲他們翻牆到校外買午餐的邀約，一個人頹廢地趴在桌上，眼睛直視著抽屜裡那兩張原本要拿給她的櫻花信紙，心裡不禁倉皇了起來。

「該死，我不會搞砸了吧？」我問自己，拿起兩張櫻花信紙在拳頭裡用力一揉。

然後攤開。又揉，然後又攤開。

然後在這沒有意義的反覆動作中恍恍睡去。

噹──噹──噹──噹──噹──噹──噹──噹──

鐘聲響了，卻沒有叫醒心力交瘁的我。

直到下午第一堂數學課的水鬼走進教室，在講桌上狠狠拍了兩下我才恍然甦醒，嘴角抹著一條已經乾涸的口水痕跡，桌子上則殘留著一灘證明我睡得很熟的泡沫狀液體。

我下意識地抬起手臂，用制服的袖子擦拭嘴角的唾痕，眼角餘光則順勢往左手邊的座位一瞥，卻愣住。

校花的座位，沒人。

椅子被安靜地靠上。

只剩下殘存在空氣裡的，校花身上那獨有的香氣。

「妍文呢？」我指著校花的座位，問坐在她前面的雅欣。

「她下午好像請假吧？剛才午休時間快結束的時候看到她背著書包走出去。」雅欣回答道。

「她有說她為什麼請假嗎？」我問。自從我坐到她隔壁以來，這還是她第一次請假。

「沒有。不過她是不是心情不太好啊？剛才要走的時候，她的臉色還蠻難看的。」雅欣說。

「啊？是嗎……大、大概吧。」

我側著頭看了看窗外的天空，然後又看了看正面的黑板。

天空還是一樣湛藍，黑板還是一樣墨綠。

教室裡，卻少了一點什麼。

我再次拿出早上原本要給她的那兩張櫻花信紙，撕掉。

撕掉，撕掉，全撕掉。

撕成一百多片碎屑之後，狠狠撒進抽屜。

心臟，他媽的好重。

□

在一整個下午的失神中總算捱到了放學時間，我沒有任何猶豫地蹺了補習班的課，一個人晃蕩在火車站前的街頭。

漫無目標地經過了遠東百貨、K書中心，和生日的時候才來過的NET，不知不覺間穿越一條長長暗巷，來到了一條排水溝渠的附近，在溝渠的圍欄旁一張被黏滿廣告貼紙的長凳上坐了下來。

肩頭一鬆，書包摔落地上。

幽微的螢橙色路燈下，一張情場受創的死臉。

舉起手拉了拉筋骨，鬆開制服靠近領口的兩、三顆鈕釦，我從書包裡掏出剛才在便利商店買的人生第一瓶台灣啤酒，清脆地扳開拉環，沒有太多猶豫就往嘴裡送去。在嗆辣啤酒滾滾入喉的同時，我還得一邊小心翼翼地控制流量，好讓啤酒的泡沫可以順利地從嘴角邊溢出，流經下巴後再像瀑布般灑落在領口和衣襟，好讓身上的制服也一同見證我屬於年少青春的落魄。

就在我制服胸口已經濡濕成一片時，冷不防一條黑不拉機、身上皮膚有多處潰爛的野狗，突然從長凳底下竄出頭來，一雙充滿關懷的真摯眼神凝望著我，汪啊汪地吠個不停。

「小黑……放心吧！我沒事的，不用擔心我。」我茫茫地看了看那隻黑狗，隨即又仰起頭來望著漆黑的天空，自言自語地說：「不曾為愛浪蕩街頭，哪能成為男子漢啊？」然後把放在我大腿上剛買的香雞排拿起來吃。黑狗看到我如此堅強，吠得是更大聲了。

真是條難能可貴的好狗，在我心情最低落最無助的時候，還這麼真誠地替我聲援。

「衝著你這麼挺我的份上，吃吧，小黑。」我摸了摸牠已經禿掉的頭，笑了笑，把只咬了兩口的雞排放在地上，然後拎起書包轉身離開。

淒迷的月色下，一個背影正消失在路燈彼端的人，一條正在長凳下狂啃雞排的狗，一個被踩扁在地上的空啤酒罐。

一股沉重莫名的失落感，在我的胸口不斷擴散。

□

翌晨。

暖洋洋的好天氣，卻趕不走我著涼的心情。

遠遠從教室後面看到校花的背影，放下來兩個禮拜的一頭秀亮長髮，又綁回一束純樸呆板的馬尾。我在驚訝中走到位子，坐下。

「喏。」校花手裡拿著兩張對折起來的鵝黃色信紙，嘟在我的面前。

看著我的眼神則相當平靜。

「這是什麼？」我一臉無辜的表情看了看她手上的信紙，然後又抬起頭看了看她，多少也已經猜到。

「我回家想了想……覺得還是寫給你比較好。」她的笑容好淺。

不知道為什麼，我右眼角上方靠近太陽穴的那條筋，突然在這個時候以一種漸行漸快的節奏熊熊惴動了起來。

就如同我之前也說過的，我的右眼皮，對，是跳壞的。而且從很小很小的時候開始，就一直是跳壞的。

不信的話，我也可以舉幾個例子給你們聽聽。

基本上在右眼皮狂跳之後，我曾經發生過「小學一年級：騎後輪有輔助輪的腳踏車結果竟然還以不可思議的角度摔進六號公園的排水溝」、「小學二年級：正要走進教室騎樓的時候被樓上調皮的壞孩子吐口水吐到頭」、「小學三年級：和老哥吵架結果被老媽關在廁所毒打一頓的竟然只有我」、「小學四年級：當年還是綠色的一百塊鈔票在把褲子拉上的時候不小心從口袋裡飄落馬桶」、「小學五年級：跑大隊接力的時候因為掉棒害班上得到最後一名」、「小學六年級：在垃圾桶裡發現自己寫給生平第一個暗戀女生的情書而且信封還沒拆」等等，基本上我截至目前為止的人生中所發生過百分之九十的重大慘案，都跟右眼皮的狂跳有著密不可分的關連。

而現在，右眼皮似乎又在暗示我了。

一種深沉卻含糊的恐懼，頓時像瀑布般湧入我的胸口。我不禁害怕起這次要發生的慘事，是眼前這個為期才兩個月不到的美夢即將幻滅。

她……是對我昨天拿信紙給她的事情感到失望嗎？

這麼說起來……她現在是在賭氣嘍？

那麼這兩張鵝黃色信紙……該不會是她打算用來終結我們上了大學以後還是要繼續聯絡的約定吧？

我看著她手上的信紙，一度猶豫著該拿不拿。

『啊？那不是成軒嗎？』

『啊……他是二班的，以前是我國中同學。我好像有聽他說過他跟校花是國小同學，而且他家好像就住在校花家附近，算是鄰居吧。』

『就是我跟你講過的那個很好笑的國小同學啊！我們是……是很熟的朋友啦。』

『因、因為他就住在我家附近啊，也算是鄰居啦！我媽和我姊也認識他。』

卻不知道為什麼，陽褄的話，和校花的解釋，在這個時候突然像交錯在一起的鉛筆線條，伴隨著昨天中午那令人欲振乏力的一幕，又再一次閃現在我的右眼簾。

就在同一時間，右眼皮的跳動已經完全失控。

呼——

呵，哼。

就算上了大學，繼續聯絡了，又怎麼樣呢？

妹妹和小黑，就算上了大學，也不過一樣就是妹妹和小黑。

不是男女朋友，不是戀人，什麼都不是。

能像那樣子單獨在體育館後面約會，能像那樣子撥著她頭髮的人，不是我，而是那個叫作成軒的人。

不是我。

不是我！

緊抿著下嘴唇，從鼻子吐出了一口沉重而刺痛的空氣。

伸出手，收下她手裡的兩張信紙。

「嗯……、謝謝。」我的聲音，竟忍不住在顫抖。

□

福利社前的階梯，兩個人，兩碗慢性自殺用的味精貢丸湯。

坐在我身旁的人，是陽痿。

「陽痿，你是我的好朋友，你知道我有事情要問你。」我手裡的竹籤翻滾著貢丸湯，眼睛瞪著湯面上凹陷的漩渦。

「嗯。是成軒跟校花的事吧？」陽痿很輕易便猜中。

「他們……呼。我直接問好了，他們有在一起嗎？」我面色凝重。

「其實我所知道的部分也都是聽成軒自己講的啦！我國中的時候跟他還算熟，只是那時候我們一群班上的同學都以為他只是在唬爛。」

「嗯。」

「那時候成軒就很常跟我們說，某某國中有一個長得超正而且還是什麼樂隊指揮的校花，然後就一直臭屁說他跟那個校花多好多好，叫我們等著瞧，說那個校花早晚會跟他在一起，然後等他們在一起之後再帶來讓我們看看什麼叫作正妹。」陽痿不疾不徐，娓娓道出我所不知道的過去。

「嗯。」我淺淺地喝了口湯，問：「然後？」

「成軒雖然既不帥也沒有什麼特別的才華，不過天生一張很有喜感的維尼熊臉，外加一張口才很好、很會逗女孩子開心的嘴，從國中那時候開始就超有女人緣的。啊，對了對了，我記得他那時候好像是跟我們說什麼、那個校花早就喜歡他很久了，只是因為他太花心了定不下來，讓女孩子太沒安全感，所以那個校花才一直不願意正式跟他在一起什麼的。」

「呸。」我隔空飛吐了一口唾沫，正巧噴到一個無辜學弟的襪子上，但是他沒有發現。

「對吧?任誰聽了都會覺得這傢伙在唬爛對吧？」陽痿攤了攤手。

「幹。」我不知道明明就這麼少罵幹的我為什麼會突然罵幹，但我就是莫名的一肚子火。「所以現在呢？他們該不會……該不會真的已經在一起了吧？」我接著問，手裡的竹籤狠狠地刺穿一顆無辜貢丸的心臟。

「這個我就不確定了。上高中以後，雖然我們碰巧都進來這間學校，但是因為他唸自然組，我唸社會組，所以其實也比較沒有那麼熟了，當然在學校裡面有遇到的話還是會打招呼啦，不過也沒有特別想到要去問他跟那個某某國中校花的事情，所以老實說我也是到高二的時候才聽說那個某某國中的校花原來就是我們班上的妍文。昨天在體育館後面看到他們的時候，我真的也嚇了一跳，然後才突然又想起國中的時候成軒唬爛我們的那些話。」陽痿的表情很誠懇，不枉費我一直把他視為班上第三要好的朋友，他知道那個叫作成軒的混帳不過只是他一個已經生疏了的國中同學，而我才是他的兄弟。

「不過看那個樣子，我想他們就算不是在一起，關係一定也已經到達某種程度了吧。」我皺著眉頭，雙手緊捏著在不知不覺間已經見底的貢丸湯杯。

「你先不要亂想，還是說我去找成軒問問？」陽痿熱切的眼神說明了他百分之百是站在我這一邊的。

「不，不用。」我很高興陽痿想幫我，但是並不需要這樣。

「是喔，還是說你要自己去問校……」

「對。我會自己去問妍文。」我沒有等陽痿說完就回答，語氣堅硬得像冰。

也許這樣做並不見得會比較好，但我絕對有必要找她本人問個清楚。

因為，我絕對痛恨當一個自作多情還渾然不知的笨蛋第三者。

□

星期六晚上，房間天花板上的日光燈碰巧壞了，一閃一閃，忽明忽滅。

我在茶几上的轉盤式電話旁席地而坐，雙手環抱著大腿，下巴卡在雙腿中間。迷茫地盯著掛在牆上的鐘，腦袋裡混亂的思路，像糾結成千百個死結的一球毛線。

八點，八點半，九點，九點半，十點。

時間一分一秒過去，頭也不回。

我連續拿起，又掛下話筒多達四十八點五次。

所謂的「點五次」是包括我現在又拿起了話筒但還沒掛下的這一次。

說真的，我實在……實在還沒有想好該怎麼問她。

當然，我也還不確定自己到底有什麼資格問她。

我不是她的男朋友，不是她的誰。

我從來沒說過喜歡她，也從來沒明講過要追她。

我只是自以為是地認為她一定明白我的心情，她一定感受得到我們之間的默契。

但是我終究，什麼都沒有說過。

尤其是那一句簡簡單單卻意義非凡的「我喜歡妳」。

我從沒有說過。

那麼，我是憑什麼問她了？

我和她，就只是朋友。

就算或許是比普通朋友更特別一點的朋友好了，但，那也就只是好朋友。

也就是說，我根本沒有過問她任何事的資格啊混帳！

問題出在這兒。

我惱火得差點把手裡的話筒折成兩半。

不行。我不要再想了。

否則我構造單純的腦袋，肯定會因為不堪負荷而在今晚爆炸。

鈴——鈴——

「喂？」是她的聲音。

「喂……是我啦。」

「喔。」她冰寒徹骨的口氣，說：「沒想到你今天還會打給我。」

「為什麼不會打？今天是星期六啊。咳、咳咳。」也許是因為這兩天晚上睡覺時好幾次氣到咬枕頭乾吼的關係，我的聲音明顯有點沙啞。

「你感冒了？感冒就早點去休息啊，反正時間也不早了，我也有點累。」她話中隱隱帶刺。

「靠，妳幹嘛故意這麼冷淡啊！就算感冒了還是可以打給妳吧？咳、咳。」我原本的心情就已經壞到處於火山爆發的邊緣，聽到她那種很不可愛的語氣，當下音調又拉高了兩個Key。

「沒有啊！反正你不是要拿信紙給我寫嗎？反正畢業以後你也沒有要跟我聯絡了不是嗎？那也不需要再打電話給我了啊！」她反駁道，也跟著大聲了起來。

「靠，我明明就不是那個意思！」我催鼓著沙啞得有點迸裂的喉音，說。

「……」她沉默了幾秒，說：「沒關係啦，反正我也已經寫給你了。你看過了吧？要好好收著喔！我花了一個晚上寫的呢，因為我想反正我們上了大學以後，應該也不太會聯絡了吧……」

「喂！」我滿腹肝火的引信一瞬間被點燃，不自覺爆喝了一聲，怒道：「妳現在到底在幹嘛？妳今天晚上到底在幹嘛？妳幹嘛一直要說這種話？好啊，妳現在要來說是不是？那妳倒是說說看啊！妳是叫我以後要怎麼跟妳聯絡？在體育館旁邊跟妳聊天的那個男生是怎麼回事？那個混蛋還伸出他的髒手撥……撥……呼！反、反正我看到那個混蛋還跟妳有說有笑的，多親密啊！那妳說啊！妳說我要怎麼辦？我還以為自己很特別！我還以為自己跟其他男生都不一樣！結果呢？根本就不是那樣！那除了拿信紙給妳寫、我還能怎麼辦？靠！」劈哩啪啦彷彿連珠砲一般，我用一種語無倫次的方式痛陳著自己的憤怒，直到喉嚨聲嘶力竭。

「喂！」她也回以一聲高分貝的大叫，理直氣壯地說：「第一，那個男生是我國小同學；第二，我們只是很熟的好朋友，我上次在學校已經跟你說過了吧？」

「哦？妳敢說，妳跟他只是很熟的朋友？」我上揚的語尾透射出強烈的質疑。因為我確信像校花這種身分既特殊、個性又矜持的人，能夠那樣撥她頭髮的人百分之兩億不可能只是好朋友。

「對！就只是很熟的朋友！你好奇怪。」虧她竟然能講得一派篤定！根本是睜眼說瞎話！

「我好奇怪？好，對，我很奇怪，那妳說啊！他那樣叫作妳很熟的朋友的話，那我呢？我算什麼？對妳來說我算什麼？妳倒是說啊！」連日來積壓的情緒如洪水決堤，我的理智已經全面暴走。

電話那一頭陷入了一陣無聲的靜默，只剩下我粗岔的呼吸聲還瀰漫在兩支話筒之間。

不知道過了幾秒鐘，還是幾分鐘。

「你……你這樣子讓我很害怕。」回歸輕柔卻略帶顫抖的聲音，從話筒另一頭傳來。

倒吸了一口好長好長好長的氣，我閉上眼睛，氣惱地快要捏爆自己的拳頭。

多麼希望眼前這困窘而難堪的一切，全都只是上天的惡作劇。

「對不起。」我緊緊扯住自己胸前的衣襟，非常艱困地說。

聲音，像強風底下奄奄一息的燭火。

「你不要這樣子嘛。」她說，聲音很溫柔，卻對我絲毫沒有產生任何撫慰作用。

「那個男生……他……他知道妳跟我很好嗎？」我問，聲音裡已經聽不見我氣若游絲的憤怒。

「他知道啊！我有跟他說你對我很好，不過他好像蠻生氣的！哈……」我不知道她為什麼還可以笑笑地跟我說這些話，但是我很確定自己的心臟在一瞬間又被補上了很深的一刀。

好奇怪，到底是為什麼妳要跟他說？

為什麼我跟妳很好的事情，妳需要跟他說？但是妳跟他很好的事情，好到兩個人在體育館旁邊偷偷約會的事情，妳卻都沒有跟我說？

「那，妳覺得妳是跟我比較好，還是跟他比較好？」我知道這是個很蠢的問題，但是我需要知道。我真的真的很需要知道。

「嗯……這很難比較，我比較晚認識你啊！對不對？想一想，其實本來這一陣子應該是跟你比較好吧？可是你今天對我好兇，大扣分！所以現在跟所有人都比跟你好。哈哈……」她半開玩笑地說，我卻一點也笑不出來。

人生最艱苦的事情，莫過於遇上了一個女人，她可以先用超可惡的態度成功把你激怒，然後馬上又變回笑嘻嘻的方式跟你說話，而偏偏你竟該死的喜歡那個女人。

「不要扣分行不行？」我吐出了一口比苦茶蒸發之後還苦的氣，說。

我簡直不敢相信自己這個窩囊的廢物，在一陣兇猛的發怒之後，現在竟然還打算討價還價博取同情。

「不行！你知不知道，你是第一個這樣兇我的人耶！連我爸媽都沒有對我這麼兇過！大扣分！」她『大扣分』這三個字說得也太大聲了。

但我卻是啞巴吃黃連。

「對不起。」我只能道歉。如果我還想要繼續喜歡這個人的話，儘管有多麼委屈，我也只能道歉。

「你不要亂想嘛，我很喜歡跟你講電話啊！而且就快要聯考了，我也不希望你因為我的關係影響到準備考試的心情。」她說，語氣是那麼地事不關己。好一個先把我激怒，然後扣我的分數，最後再叫我千萬不要因為妳而影響心情。

根本是耍人嘛混蛋！

為什麼這通電話裡她的每一句話，聽起來都是這麼可惡。

我胡亂敷衍了幾句，並且答應她我不會因為她而影響考試心情之後，匆匆掛了電話。

起身走向書桌，身心俱疲地摔坐在椅子上，我拿出抽屜裡那兩張鵝黃色的信紙，反覆看著上面的字句。

To：親愛的小黑

我想了好久，到底要叫你小黑還是叫你博光，可是叫博光好好笑喔，這名字跟你一點也不像，所以我還是叫你小黑好了，你不會生氣吧？（因為你好像一直都很討厭我說你黑。）

我真的很高興可以在高三下學期的時候，認識你這個特別的好朋友。因為你知道，我很討厭這個學校，討厭每天都在讀書和考試，討厭班上很多人整天為了成績為了分數勾心鬥角，討厭老師眼中永遠只有好學生。所以，真的很謝謝你，每天還花心思講一大堆無聊的笑話給我聽，讓我高中的生活裡面至少多了一些愉快的回憶。雖然很短暫，而且馬上就要聯考了，但是坐在你旁邊的這段時間，我真的真的很快樂。

我想上了大學之後，班上的同學就會各分西東了吧？不知道到時候大家會不會懷念高中的生活呢？但是我一定不會！哈。不過我會記得你啦！嗯，像你這麼好的男孩子，上了大學以後應該馬上就可以輕鬆騙到一個很棒的女朋友吧！呵呵。交了女朋友也不要忘記我喔！祝福你！

高三下學期坐在你隔壁的 妍文

□

時間在日復一日的大小考試中流逝得特別快。

一眨眼，五月了。

天氣熱了不少，鳳凰木上也開始蠢蠢欲動地綻出了縈縈點點的紅色花苞，整座校園裡流洩著一股畢業季節特有的氛圍。

「各位同學們，再過一個星期，你們就要停課了。學校的畢業典禮是六月十八日，當天可以拿到你們的畢業證書和畢業紀念冊，同學們不要忘了來參加。」站在講桌前的水鬼一反常態地以一種出奇感性的口吻說，俯視著台下的眼神裡漾著幾許惆悵。

有別於站在講台上滿臉感慨的水鬼，台下的同學們一聽到快要停課的消息，無不歡聲雷動，拉炮歡呼。

水鬼彷彿在避免什麼液體滑落一般地仰起了頭，再用他好久沒有露出嘴巴外頭的超長舌頭抿了抿乾燥的嘴唇後，接著說：「剩下的這一個半月，對你們來說是高中三年裡面最重要的衝刺期，也很可能是決定你們未來成就高低的關鍵期，所以你們務必要全神貫注、心無旁騖，那些暗地裡還閒工夫在給我搞男女關係的！」水鬼話鋒陡然一轉，停頓了半晌，用佔他眼睛總面積百分之九十九以上的眼白狠瞪了明哲一眼之後，目光竟也飄移到我身上，逗留了兩秒後才又繼續說：「不要以為老師都不知道你們在幹什麼。呼——過去老師一直睜一隻眼閉一隻眼，是因為老師也曾經年輕過，能夠體會你們乾柴烈火的飢渴心情，所以老師一直都不忍心真的把校規搬出來制裁你們。唉，眼看你們馬上都要畢業了，我只希望你們能夠答應老師，就忍耐這最後的一個半月！反正再怎麼痛苦再怎麼難熬也就這一個半月而已了！以後你們要怎麼樣糜爛怎麼樣墮落老師也管不著你們！所以你們一定要切記！千萬不要讓年少無知的兒女私情，矇蔽了你們擁抱美好前途的決心！去吧！我的孩子們！用你們璀璨的聯考成績，榮耀母校吧！」

水鬼講到情緒激動之處，不禁高舉右拳轟向天空，臉上的神情是那麼樣的悲壯，那麼樣的令人動容。

噹──噹──噹──噹──噹──噹──噹──噹──

這陣鐘聲來得剛好。

說完了這一番慷慨激昂的勉勵之後，水鬼拭著眼角的老淚，黯然步出教室。

坐在最後一排的明哲卻依然趴在桌上，鼾聲如雷。

水鬼的心酸其實不難體會。

你想想，全班最喜歡在他課堂上睡覺的人，同時也是全班第一個交女朋友的人，偏偏竟然就是全班數學成績最好的人。

你叫醒他也不是，你不叫醒他也不是，這種感覺一定很複雜。

倒是水鬼瞥了我一眼讓我有點意外。

這大概是因為我生日剛過完的那一陣子，和校花的緋聞在學校裡實在是傳得太沸沸揚揚了的關係。

經過了電話裡的那一次吵架，再加上聯考一天天逼近的關係，我和校花在學校裡聊天打鬧的時間已經減少了很多。下課休息和中午吃飯時間，即時兩個人都在位子上，我們通常也只是各自靜靜地看自己的書。

話雖如此，接下來幾個星期六的晚上我還是都有打電話給她。

只是兩個人聊的多半是一些無關痛癢的內容，任何可能造成尷尬的敏感話題，都被兩個人很有默契地避免。畢竟正值大學聯考當前，我們很清楚彼此都沒有為了感情的事而分心的時間，更沒有吵架的時間。

總而言之，兩個人現在的關係，就像在低空盤旋的風箏，一時間雖然飛不上去，但也沒有一下子墜落地面就是了。

唯一比較不一樣的是，我已經完全不再以「妹妹」稱呼她了。之前在電話裡偶爾還是會叫她妹妹的，現在則是完全沒有。

而她也不再叫我小黑了。

現在我們都很純粹地只叫彼此，「喂」。

我並不知道這樣子的稱呼，算是關係前進了，還是倒退？

好吧，雖然我們以前在學校裡也多半是互相叫對方「喂」。

但是現在叫的「喂」，卻又跟以前有點不一樣。

嘖，該怎麼說呢。

現在叫的「喂」，就好像真的只是單純地叫一個人「喂」，而完全失去了當初兩個人剛認識，剛變熟沒多久時的那種青澀又俏皮的感覺。

現在的「喂」，就只是「喂」。

就像你在叫一個稍微熟一點、可以不用對他那麼客氣的朋友，那樣單純。

「喂」……

好吧好吧，再深入一點想的話，如果我和她的關係想要更進一步的話，擺脫「妹妹」這個稱呼本來就是遲早必須的事情。因為一直以「妹妹」的稱呼叫久了，叫慣了，很可能在不知不覺間就會產生某種「兄妹」的感覺，但萬一在她心裡我們之間真的變成兄妹之情的話可就糟了！所以從這個角度來看的話，叫「喂」其實應該還是不錯的……

可是不知道為什麼，只是彼此叫對方「喂」的話，卻似乎又失去了叫「妹妹」、叫「小黑」那一份獨特而無可取代的親切感，失去了兩人之間微妙而充滿想像空間的曖昧。

從這個角度來看的話，關係好像反而是倒退了呢？

嘖，感情的經營果真是最困難的學問，光連個稱謂的意義都讓人頭痛。

算了，先不管稱謂的問題。在這段時間裡，我倒是私底下透過陽痿提供的幾個線民，打聽到不少關於校花跟成軒之間的事情。這些線民多半是陽痿和成軒共同的國中同學，有的甚至也住在校花和成軒家附近。

其中的第一個線民率先繪聲繪影地指出，自己曾經在幾個月前的一個週末午後，親眼目擊校花跟成軒在文化中心附近的某家泡沫紅茶店幽會。

第二個線民則是信誓旦旦地表示，校花和成軒早從高二下學期就已經開始秘密交往。

第三個線民的供詞就更離譜了，他竟然說校花和成軒的父母親彼此熟識多年，而且早就已經認定好對方是準親家。

哈哈，你猜得沒錯。

這三個線民各自被我海扁了一頓，同時我還用拖鞋一人痛摑了他們幾嘴洩憤。

唉，我這個人其實也沒什麼，但就是最討厭人家亂說話，尤其是說一些既不中聽又缺乏科學根據的屁話。

怎麼看都還是第四個女線民最中肯。

她也是陽痿和成軒的國中同班同學，現在就讀高雄女中。四個人當中只有她獨排眾議地表示，成軒的女朋友明明就是另一個也讀高雄女中、長得很漂亮個性卻很恰的潑婦，怎麼可能會是我們學校的校花。

哈哈，你又猜對了。

我二話不說，當場就允諾請她吃一客我家牛排，以作為她提供正確線報的獎勵。

對於她既誠懇又非常符合邏輯的證詞，我百分之百完全相信。

在泡沫紅茶店約會？

從高二下學期就已經開始秘密交往？

雙方父母親已經互相認定了？

放屁。

黑天使不會輸的。

絕對不會。

□

我和明哲、阿佑、陽痿這幾個好朋友相約停課之後，還是要照常來學校一起唸書。

反正待在家裡也無聊透了，而且一定會不知不覺就一直打混的，還不如乾脆就跟平常一樣到學校，中午大家還可以結伴散步到福利社買買味精貢丸湯，好好品味一下這只剩下幾個星期就要結束的高中生活。

停課的第一天。

我走進空空盪盪的教室，包括明哲、阿佑和陽痿在內，總共不到十幾個來學校唸書的同學，零星散佈在一瞬間變得空曠的教室裡。

我走到自己的座位，拉開椅子坐下。

看了看隔壁的校花座位。

空著。

沒來由的，某種懷念和惆悵摻雜的感受一下子湧上心頭，鼻子突然間覺得好酸。

快樂地跟校花坐在一起，宛如置身在天堂裡的幸福時光，竟然已經結束了嗎？

我真的完全，完全沒辦法相信啊。

在昨天之前，我還在跟她說笑打鬧，還在早自修的時候亂畫她兩題數學的晨考考卷，還在吃午餐的時候幫她剝橘子皮，還在上課的時候強迫她陪我玩賓果遊戲。

不只，不只這樣。

這三個月來，還發生了好多好多事情。

好短啊。

三個月。

這麼長的高中三年，我們好不容易才在這三個月裡變熟而已，結果竟然就要用畢業這麼爛的方式結束了嗎？

不。

不會的。

只是個開始。

這三個月，肯定只是個開始而已。

我看著校花的座位，捏了捏酸軟的鼻子，在心底默默發誓，上了大學以後，也要豁盡一切努力延續這三個月下來累積的一切。

於是把書包裡的參考書全倒出來，整齊地排放在桌上，起身走向教室最後一排正悠閒地在看英文報紙的明哲。

「明哲，拜託。」我緊握著明哲的手，說：「一個月的超級特訓，酬勞很簡單，國立大學：一客王品台塑牛排；私立大學：一客我家牛排。如何？」

「成交。」明哲垂下了手上的報紙，端了端眼鏡用一對貪婪的眼神看著我，說。

雖然牛排對窮高中生來說真的很貴，但是我很清楚自己在做什麼。

要計畫跟校花的美好未來之前，我很清楚，自己無論如何都得穩穩地考上跟校花在同一個城市裡的大學才行，而實力的快速提升將有助於我在選填志願的時候握有更多的彈性。

另外更重要的一點是，我絕對不能考輸那個叫作成軒的混帳。

在這個距離聯考只剩下一個半月的現在，還能夠幫我化腐朽為神奇的人，就只有貪婪的明哲。

特訓的日子，好苦，但也過得好快。

黑板上的聯考倒數天數以一種讓人措手不及的速度，飛快地減少。

四十二，三十五，二十七，二十……

十三。

聯考倒數十三天，六月十八日，學校的畢業典禮。

為期一個月的特訓，也正好到今天為止。

這一個月來，在明哲地獄式的鞭策之下，我一共完成了七本歷史地理題庫，兩千題數學習題，十五本英文文法測驗題，和三十七份綜合模擬考考卷的壯舉。我天生就已經削瘦的臉龐現在已經完全枯槁得不成人形，兩團凹陷的黑眼圈加上蒼白如筍的嘴唇，活像是一具剛睡醒不久的殭屍。

記得昨天傍晚要回家之前，明哲看著我失去對焦能力的瞳孔和深陷如溝的髮令紋，竟然滿意地說：「很好，很好，看來王品台塑牛排我是吃定了。」然後還不停地讚美我渾身散發著國立大學的優秀氣息。

我自己則是只有感覺到頭部一下子被灌進太多東西，腦神經抽痛得很厲害。

今天一早到學校的時候，除了胸口別著胸花的畢業生之外，校門口附近更擠了滿坑滿谷的花販和人手一台相機的家長。

「這位伯伯，要不要買一束花給你子女啊？」一位幫媽媽一起賣花的小女孩，仰頭看著我。

「伯、伯伯……？」我的額頭上頓時飄降了幾條黑線。我……我當真在一個月內有臭老這麼多嗎？

「是啊！伯伯我跟你說，我們這攤賣的花保證是全校門口最新鮮的，送給子女當畢業禮物再適合也不過了，怎麼樣？看在大家有緣的份上，我手上這一束可以考慮算你便宜一點，五百塊就好。」小女孩像背稿一樣僵硬地說出一點也不符合她年紀的話，手裡同時拿著一束花瓣快要乾掉的香檳玫瑰。好孩子，把我這個應屆畢業生認成家長也就算了，年紀輕輕真不應該這樣睜眼說瞎話的，妳手上那束花瞎子都看得出來它並不新鮮。

「不用了，我子女還要好久才畢業的，等他們畢業的時候再跟妳買吧。」我摸了摸她的頭，走進學校。

體育館附近簇擁著一群一群拿著相機在拍照的畢業生，操場周圍栽植的鳳凰木上則已經開滿了火紅色的花朵。

我一邊散步、一邊抱著莊嚴的心情巡禮了校園一圈之後，走到教室。

都還不見校花的人，就先看到了校花的位子上已經堆滿了氣勢磅礡的幾十束花，就連隔壁的我的位子也被拿來借放。在教室外面另外還有二、三十個彷彿進香團一般，拿著花束在排隊的人，有的跟我一樣是應屆畢業生，有的則是學弟，這些人想必是希望親手把花交到校花手上的粉絲軍團。不過這群虔誠的粉絲們手上的花還真的都是拼大束的，其中一個制服上只有兩條槓的胖子學弟手上甚至還捧了一個大花盆，靠，你現在是搞笑啊！你捧個花盆是打算來賀壽的嗎？

就在我強忍住不笑但是嘴裡已經噗哧噗哧個不停的時候，赫然發現另外一個不知道在想什麼的眼鏡仔手上，竟然拿著一個向日葵花圈！我的媽啊，你現在拿花圈來是要幹嘛啊孩子？你以為學夏威夷女郎熱情接機啊？我說，你該不會以為校花會站著不動讓你把那搞笑的花圈套到她頭上吧？真的是敗給這些可愛的傢伙了。

我一邊摀嘴憋住笑意一邊走到座位邊，把借放在我位子上要給校花的成堆花束一腳踢飛到外太空，一屁股坐下。

校花呢？怎麼只看到書包，不見人影？

「嘩！」突然有人從我的背後大喊了一聲，可惜並沒有嚇到我。

「妳跑去哪裡了啊？妳的粉絲都在外面等著獻上鮮花素果給妳耶。」我頭也沒回，自顧自呵著呵欠，說。

校花從我肩膀後面探出頭來，看著我的臉大叫道：「哇！這麼久沒見，你怎麼變這麼瘦啊？而且你的氣色看起來好差。」

「我沒事，這可是一客王品台塑牛排換來的。」我呵欠呵得眼油都滑了出來，這一個月的特訓下來實在是累壞了。

「什麼王品台塑牛排？」

「唉唷，沒有啦，妳不懂。」

「怪怪的耶你，照顧一下自己的身體好不好。」她輕輕拍了我的頭一下，然後轉身過去整理她桌上已經堆得跟一棵耶誕樹差不多高的花。

「這麼多花妳要怎麼拿回家？」我問。

「對啊，這麼多，根本拿不回家！待會可能送給小碧和佳融她們吧，一人拿幾束回去，其他的可能就留在教室吧……還是其實你想要？你想要的話就開口啊！你求我的話我可以考慮分你幾束喔！」她瞇著眼睛，語氣很欠扁。

「不需要。」我又呵了一口超大的呵欠。

好久不見的水鬼這時進來了，後面跟著幾名同學，抬著幾個大紙箱。

「同學們，前面這幾個箱子裝的是你們的畢業紀念冊，各排派一個代表過來領，記得要登記座號。去上洗手間的或是現在不在教室的人，前後左右的鄰居別忘了先幫他們代領一下。」水鬼一邊說一邊指揮，一疊疊剛出爐的官方版本畢業紀念冊被搬了出來，分別發給各排的代表。拿到畢業紀念冊之後，班上同學一窩蜂興奮地找身邊的人在畢業紀念冊上簽名，以紀念彼此三年同窗的難得情分。我也開始在教室裡到處亂跑，找明哲、阿佑、陽痿、肌肉寬這些好朋友們一一在我的畢業紀念冊上簽下他們帥氣的大名，好見證我們至死不渝，相知相守的友情。

東奔西跑的同時，我則也莫名其妙地一口氣連續在幾十本紀念冊上簽了名，熟的同學、不太熟的同學、從沒講過話的同學、忘記他名字的同學，來一個簽一個，來兩個簽一雙，酷似大明星的感覺好不過癮。

終於教室裡一陣哄亂的激情過後，我手裡拿著已經給班上大多數同學簽滿的畢業紀念冊，從教室後面繞回座位。

遠遠地，拿著畢業紀念冊的校花，也正巧剛繞過教室前面的講桌要走回座位。

兩對眼睛在紛擾的人群中交會，然後一步一步靠近。

她先笑了。我也笑了。

「妳也幫我簽一下吧？」我拿起手裡的畢業紀念冊準備遞給她。

「博光！幫我簽一下名！」突然間，母豬龍女王壯碩的軀體橫入我和校花之間，遮住我和校花在空氣中纏綿的視線。

「啊？！……………喔。」我當場傻眼，二話不說提筆在她的畢業紀念冊封面簽上我的大名以及一個雷霆萬鈞的「幹」字。混蛋，都要畢業了還來壞我好事。

把母豬龍一拐子架開之後，我把畢業紀念冊翻開，指了指封面內頁一個我特地為校花保留的空白版面，說：「幫我簽一下吧？簽在這裡。」
「那你也要幫我簽。」校花笑得很燦爛，把我的畢業紀念冊接了過去，也把她自己的那本遞了過來。
「要簽什麼？」我手拿著筆，一時間卻也不知道該寫些什麼。
「就簽個名嘛，然後寫幾句祝福的話啊，唉唷，隨便你要寫什麼啦。」校花一邊說著一邊已經開始在我的畢業紀念冊上振筆疾書了起來。
「喔。那，我參考一下妳簽什麼好了。」我拉長脖子探過頭去。
「喂！幹嘛偷看我的啊！你自己發揮啦！」校花立刻用手把寫的字蓋住。
「小氣鬼耶妳。嘖，那到底要寫什麼好啊？嗯……」我拿筆尖刺著自己的下巴苦思。
過了一會兒。
「哪，我寫好了。」她把我那本畢業紀念冊闔了起來，說。
「妳、妳寫好了？我根本還沒開始寫！」我倉皇叫道。
「你快一點啦！畢業典禮都快開始了，所有畢業生都要去體育館集合耶，快！」她催促道。
「好啦好啦，馬上好。」
啪答啪答啪答啪答。
寫完，闔上畢業紀念冊還給她，換回我自己的那一本。
說來很遜，我本來是打算寫上那句在我國小時代廣為流行的「勿忘我」的，可是想一想總覺得似乎又太了無新意了一點，於是最後是寫上了另一句也不怎麼高明的「忘記妳我做不到」。我現在也想不起來自己當初為什麼要寫這麼無聊的一句話，大概是因為那是當時張學友最紅的主打歌歌名。
署名的部分，除了用我獨樹一格的奔放字體題上了中文姓名的「林博光」之外，我另外用英文寫了和之前送給她的卡片上一樣的：「Your Black Angel」。

校花寫給我的則是：

「Thank you for all the happiness you brought me these days! Remember me always and forever!」後面簽著她的名字，和那個久違了的吐著舌頭的笑臉。

沒想到我和校花，連希望對方不要忘記自己的心情都這麼默契十足。

但我後來回頭想想，說不定其實在這個時候，我們就已經註定了只能存在於彼此的記憶裡。

「喂，博光！」正準備進體育館參加典禮儀式的時候，陽痿突然從後面叫住我。

「喔，陽痿啊，幹嘛？」

「你沒有送花給校花嗎？」陽痿問，表情看起來不太對勁。

「我沒送啊，怎麼了？」害我也跟著緊張了起來。

「根據可靠消息來源指出，成軒有送！」陽痿壓低了嗓子，在我耳邊說。

「什麼？那混蛋有送？幹！是哪一束？我趁大家去體育館的時候偷偷把它拿到垃圾場焚毀！」一聽到成軒的名字，我額頭上迅疾迸出兩條張牙舞爪的青筋。

「我不知道是哪一束，不過這條消息絕對可靠！」陽痿真是我的好兄弟，總是適時提供重要的線報給我。

「那怎麼辦？」我焦急地問。

「什麼怎麼辦？趕快去買一束送校花啊！畢業典禮這種別具意義的場合，你怎麼可以輸給他？」陽痿說，臉上充滿著宛如古代策士謀臣般的睿智。

「靠，可是我當初就是知道肯定有一大堆粉絲會送花，我不想跟他們一樣沒創意所以才不送的！」我焦慮地握著雙拳，神情凝重。

「你不要管那些粉絲了，現在重要的是成軒有送，你沒送！」陽痿說得極有道理，放眼學校，只

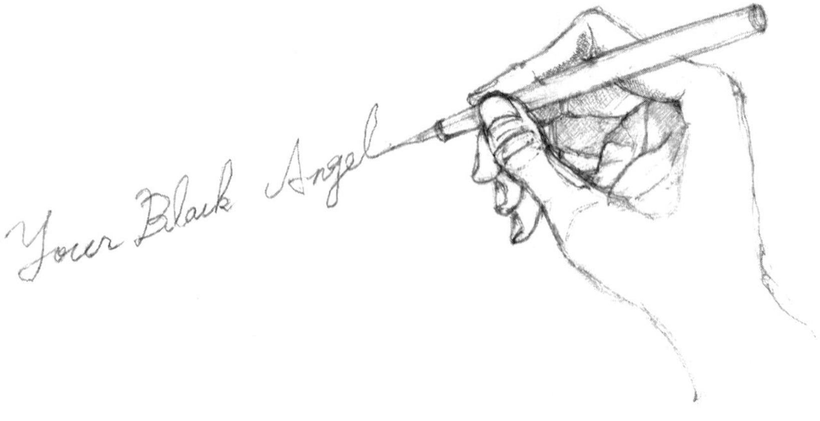
Your Black Angel

有成軒堪堪稱得上是我的對手。

「可是現在畢業典禮馬上就要開始了，聽說高三學生不是要全員到齊嗎？而且教官好像還要點名！怎麼辦？已經來不及了！」我一時間方寸大亂，不停折動著雙手的指關節。

「你現在去校門口買還來得及，我會幫你掩護，待會兒教官問的話我就說你去上大號。你快快買好之後先藏到教室的桌子底下，等畢業典禮結束之後再拿給校花。」好！好！陽痿真不愧是我泡妞智囊團的首席團員，不僅屢屢提供重要的線報給我，還在這種危急存亡的關頭獻上這麼一帖妙計。

說定了之後，我立刻掉頭往校門口狂奔而去。

到了校門口，不曉得是因為花販的生意太好已經賺飽收攤，還是時間已經太晚了的關係，原本一早擠滿一、二十家花販的盛況不復存在，偌大的校門口竟然只剩下一家。

嘖！算了，事到如今根本沒得選擇！

「呼——呼——呼——呼——小、小妹妹，我、我要這一束，快！」我跑得氣喘吁吁，指著架上一束花瓣快要乾掉的香檳玫瑰，說。

「啊！伯伯，您又回來買啊？」Oh，Shit！竟然是剛才那個小女孩！

「是、是啊……多少錢？」我從口袋掏出皮夾。

「這一束算你八百就好。」八、八百？剛才不是明明說五百的嗎？還真的以為我是老還癲嗎！

「可是我記得妳剛才不是說要算我五百……？」我瞪大眼睛，打算據理力爭。

「伯伯，你第一天出社會嗎？剛才算你五百是剛才的事啊！難道十年前一束五百的花現在也一束五百嗎？再說，剛才算你五百是因為這校門口十幾攤花販，同業競爭激烈逼得我們不得不降價求售，現在只剩下我們這一攤，嫌太貴的話您可以不要買啊！」小女孩的口中再度說出完全不符合她年紀的話，站在她旁邊用頭巾裹著臉的中年婦女，我猜是她媽媽，則不停地點頭稱是，似乎對自己女兒的應對進退相當滿意。

我則是當場傻了。看著小妹妹市儈的雙眼搖了搖頭，為這個世態炎涼的功利社會感到心寒。

但是面對這種坐地起價的黃牛花販，身為男子漢的我背負著匡正社會風氣的重任，當然沒理由束手待斃。

「唉唷，小妹妹妳做生意不能這樣啦！五百跳八百，搭妳嘛好啊，也跳太多了吧！妳看我都特地跑回來跟妳買了，拿出一點生意人的誠信來啦，六百！」我鎮定心情，不疾不徐地祭出一張老江湖的嘴臉開始殺價。

「伯伯，您送給您子女的花還要殺價啊？您的子女一定很傷心。唉，算了，就算您七百好了啦，一口價，不要再跟我殺了喔。」該死！從這小女孩犀利的商業措辭來看，我嚴正懷疑她家裡有固定在收視三立戲劇台的連續劇。

「好，既然大家這麼坦白，那就不囉唆了，六百五。再凹下去大家一拍兩散，我不買了。」好險我們家平常也是三立的忠實戲迷。

結果在一陣你來我往的抬槓和拉扯後，我總算和世故的小妹妹以六百八十三元五角的價錢成交。五角的部分小妹妹堅持不四捨五入，而拿出一個八百年前就已絕版的五角銅板出來找我錢，斤斤計較的程度令人讚嘆。

捧著花瓣快要乾掉的香檳玫瑰，我匆忙衝回教室把花藏在桌子底下，然後在陽痿的掩護之下，安全地在畢業典禮開始之前回到體育館。

兩個小時後，感傷的「青青校樹」旋律從禮堂的喇叭悠揚地響起，台上的司儀宣告禮成，畢業生們有的哭紅了眼，有的跟隔壁的同學擁抱，有的脫下制服就往天上亂甩，有的睡得像豬。在一片交雜著歡喜和感傷的混亂中，畢業生各自回到教室，等著領取最後那盼了三年的一紙畢業證書。

這個時候已經接近中午，在領到畢業證書之後，沒有要留在學校唸書的人就可以先行放學回家了。我於是趕緊趁著水鬼到教務處領回全班同學畢業證書前的一點空檔，拿起藏在桌子底下的香檳玫瑰，先衝到外面的洗手台去淋上一點水好讓花瓣看起來不會這麼乾，再趕緊衝進教室。

另一方面，校花、小碧和佳融已經拿出幾個超大的黑色塑膠袋，正準備開始收拾校花桌上那堆得像山一般高的花束。

該死的是，那每一束花看起來都比我手上這束不新鮮的香檳玫瑰稱頭。算了，比排場沒意思，心意到了才重要。

「喂，」我先是把香檳玫瑰藏在背後，緊張地走向校花，然後極盡低調地把花呈到她面前，眼睛彆扭地看著遠方，吞吐地說：「祝、祝妳畢業快樂。」像殭屍一般削瘦如骨的臉頰緊張地不斷抽動。

「啊？！謝謝！你……你什麼時候買的啊？」成功了！她顯得好高興。

「喔，剛、剛才大家去體育館集合之前，我狂奔到校門口買的啦。」我搔著後腦勺說。

「謝謝！這一束我一定會帶回家。」校花說，眼睛一閃一閃。

於是，我看著校花桌上的花束一把一把地被送出去給她的姊妹淘，其中那個搞笑的大花盆因為沒半個女生搬得回去的關係，被放在教室後面垃圾桶的旁邊，而另外一只搞笑的向日葵花圈則被巧妙地掛在教室後面的國父照片上。

最後校花只選了三束花帶回家，包括一束香水百合、一束鬱金香，和我那束花瓣快乾掉的香檳玫瑰。我猜其中那一束看了就讓人莫名火大的香水百合八成是成軒送的，只是也已經無從考究，我當然更不可能問校花。

畢業典禮，就這樣結束了。意思就是，高中生涯正式劃下句點了。

那，我和校花之間呢？

「Thank you for all the happiness you brought me these days！Remember me always and forever！」

我獨自坐在座位上，看著畢業紀念冊上，那彷彿尚未乾涸的字跡。

□

十二，十一，十，九，八，七，六，五，四，三，二，一，〇——

「砰！砰！砰！……砰！砰！嗚——哇——啊——啊——」

呼——呼——呼……我陡然驚醒坐在床上，額頭不斷滲出冷汗。

在夢裡，我看到自己的聯考考卷就像著火的鞭炮一般，一張接一張地在我面前爆炸。並且就在我還來不及從這個詭異又突然的景象中反應過來的時候，一名青面獠牙，下巴蓄著一抹虬髯的監考官已經朝我飄了過來。對，注意我用了『飄』這個字，因為在這個夢境中那個監考官並沒有腳。虬髯監考官不等我開口講話，只是面無表情地以一種肉眼跟不上的速度，抄起了我擺在桌子左上緣的准考證，手掌一弛一張，我的准考證竟憑空起火自燃！就在我因為眼前匪夷所思的異象而失去思考能力的時候，虬髯監考官的臉上忽然展露一彎詭譎微笑，舉起手在耳際旁揮了一揮，不知道從哪裡召來了一黑一白，頭戴高帽的兩名猙獰保安把我架出考場，叫了一台計程車把我押送到七賢路上的重考補習班，然後一腳把我踹了進去……

最後，我看到明哲、陽痿、校花、小碧、佳融，甚至還有成績最爛的阿佑等人，聯袂站在一所我未曾見過的偌大校園門口前對著我揮手，然後齊聲跟我說了一句：「博光，明年聯考要加油喔！」

然後我褲襠下的床單一濕，就尖叫著醒過來了。

對於前一天剛考完聯考的人來說，這個夢委實也太過驚悚了一點。

我狼狽地翻下床鋪，先到廁所用溫水抹了把臉，再更換上一件乾爽的褲子之後，走向陽台，推開窗。

一道刺眼的金黃打落在我的臉上。

聯考完的第一個天空，遠比想像中還要湛藍。

我閉上眼，深呼吸一口氣，吐掉。前所未有的通體舒暢。

苦不堪言的高三，水深火熱的高三，生不如死的高三。

在此刻，已經成為我人生中永恆的過去。

在前頭等著我的，是傳說中糜爛得讓人嚮往無比的大學。

踩著輕盈的步伐，哼著輕快的旋律，我走出房間，下樓準備迎接我人生中別具意義的第一台摩托車。那是老爸答應在聯考完之後犒賞我三年辛苦的，一台馬力超強、煞車超利、座墊超小，總歸一句，超適合載馬子的JOG90。我撫摸著它亮晶晶的車身，端詳著它雄赳赳的龍頭，架起中拄跨上椅墊，鑰匙一扳，試探性地旋了旋油門。

空氣被高速旋轉的輪胎給撕裂，排氣管飆放出磅礡的流焰。

好車。台，又夠力。

相當適合我男子漢狂放不羈的風格。

在台中唸大學的老哥，這時候也已經回高雄過暑假了。

還帶回一位新朋友。一隻看起來並不是很溫順的貓。

老哥說這是他的前一任女友在逢甲夜市撿到的，所以這貓咪的名字就是他上一任女朋友的小名：咪咪。我則非常懷疑這到底是她女朋友的小名還是她女朋友胸部的小名，因為在我的印象中，老哥高中時代交過的五個女朋友小名也都叫作咪咪。

無論如何，總之在老哥和他前一任女友分手之後，這隻叫作咪咪的貓就一直被豢養在老哥台中的宿舍。忘了說，咪咪貓如其名，是隻貨真價實的母貓。

接下來的一連好幾天，我跟老哥騎著我的新摩托車出去到處張羅咪咪暑假的新家、糧飼，以及一些給咪咪自己一個人無聊的時候打發時間用的小玩具。不過從咪咪這幾天冷漠的態度看來，牠似乎並不是很滿意我們的用心。我猜一定是因為撿牠回來的女主人已經不在了的關係，才會讓咪咪總是不經意流露出一種滄海桑田的哀傷眼神。

據老哥說，以前咪咪最喜歡老哥的前任女友幫牠洗澡了，每次洗澡的時候牠總是會溫馴地趴在地上，同時用高八度的喵喵聲表達自己的舒爽。但自從老哥和他前任女友分手之後，每次老哥要幫咪咪洗澡的時候都會演變成一場世紀人貓大戰。

我原本以為這應該是因為老哥幫咪咪洗澡的時候動作太粗暴，不小心哪裡弄痛了咪咪的關係，但經過幾天的觀察下來，我發現咪咪還真的是寧可讓我這個才剛認識沒多久的新朋友幫牠洗澡、剪指甲、點眼藥水，也不願意讓老哥的髒手觸碰牠身體的一分一毫，這種表現讓我不禁在心裡豎起拇指，暗暗讚賞咪咪堅貞高尚的貓格。

很快地，來到了聯考過後的第一個星期六晚上。

你猜得沒錯，電話現在已經拿在我的手上。

鈴——鈴——

「喂?」久違的聲音，還是一樣好聽。

「喂，是我，好久不見啦。」這是我聯考完後打給她的第一通電話。

「哪有?不是聯考的時候才剛見過面嗎?明明就在同一個考場。」

「那才不算。聯考那兩天裡面，妳完全沒有跟我講任何一句話，就連打招呼也沒有。」我嚷嚷抱怨道。

「沒辦法啊，我媽和我姊她們來陪考，你應該也有看到吧?我休息時間都跟她們在一起，哪有機會跟你講話啊?」她解釋。

當時在考場裡確實有看到她身邊一老一少的兩個女人。

「原來那個穿超低胸細肩帶的年輕女生就是妳姊?」

「嗯。」

「她的胸部跟以前在梅花鹿美語班演瑪丹娜的時候比起來，明顯變大了呢。真是女大十八變啊。」我用一種彷彿跟她姊胸部很熟的感慨口吻，說。這之前也提過的，當初我們一群男生一直懷疑她姊演瑪丹娜的時候，乳溝的線條是自己拿筆畫的。

「姊！小黑說妳胸部變大了！」校花出其不意地竟馬上又當起即時傳聲筒，在電話的那一頭高喊。

「叫他給老娘去死！——給老娘去死！——老娘去死！——娘去死！——去死！——死！」她姊足以震垮方圓五百里內任何玻璃的一陣咆哮，挾帶著驚人的迴音捲進了話筒。

多虧我早有準備，立刻拿起一塊菜瓜布充當吸音棉，包覆住話筒。

「我姊叫你去死。」校花語氣平和地複述這句不倫不類的話。

「聽到了啦，嘖。我這是在讚美她耶。」我把電話筒用脖子夾住，一邊開始幫剛睡醒的咪咪修剪牠藏污納垢的腳趾甲。

「虧你在聯考那種時候，還有閒工夫盯著我姊的胸部看。」她酸巴巴地說。

「喂！拜託喔，妳姊袒胸露背、不三不四的穿著才是處心積慮影響全場男性考生的心情。」我理直氣壯。

「姊！小黑說妳袒胸露背、還說了什麼？還說了什麼？」又來了，電話那一頭一陣大呼小叫。

「不三不四。」我呵了口呵欠，淡然地說。

「對、對！還說妳不三不四！」校花喊著。

「不是已經叫他立刻去死了嗎！這兔崽子剛才是沒聽清楚老娘的命令是吧？！」她姊又一陣分貝驚人的咆哮。

我索性把話筒嘟到咪咪耳邊，咪咪果然在一瞬間被那可怕的音量給震暈了過去。

「我姊命令你去死。」校花又重申了她姊不倫不類的指示。

很明顯，這兩姊妹的家庭教育出了不小的問題。

「聽到了啦，嘖。我現在在講電話啊，是要怎麼去死？就跟她說講完電話我自然會遵照她的吩咐乖乖去死啦！不要急嘛。」我隨口亂答，正全神灌注在咪咪最難剪的後腳趾甲上。據說老哥曾經在剪咪咪後腳趾甲的時候，曾經被咪咪奮力掙扎之下的後旋踢踹中過鼻梁，我得格外小心。

「哼！你這個大色狼。你們男生是不是只要一有穿得露一點的女生出現，就會一直盯著看啊？討厭死了。」她哼了好幾聲。

「唉呀，那倒也不見得，如果是妳穿得像妳姊那樣的話，我也不會看啊。」該死，咪咪的小趾趾甲小小一片，好難下手。

「為什麼？！」

「因為妳就算穿得再少應該也沒有太多東西可以看。」咪咪怪叫一聲突然跳了起來，大概是因為我不小心剪太深剪到牠的肉了。

「哼，你又知道了？」

「不必逞強。聯考那天，妳跟妳姊胸前的懸殊差距還不夠清楚嗎？媽媽不公平把妳們生得不一樣大，這真的不是妳的錯。」咪咪痛得淌淚了。

「喂！什麼嘛！我雖然不大，可……可是我是以形狀取勝啊！」她情急之下竟口不擇言地說出了這句露骨的話。

「……」我遲疑了一會兒，說：「真沒想到我們兩個相隔這麼久沒聊天，竟然一開口就是這麼黃的話題。」我總算在只剪到一次咪咪的肉的情況之下，完成了這件精密的美容工程。

「哼，還不是你先講的。」

「好啦好啦，講一點正經的。妳聯考考得如何？」我接著要幫咪咪點眼藥水，牠最近眼睛發炎得可厲害。

「唉唷！不要再說聯考的事了啦，我覺得我應該考得很差。」

「考得很差？為什麼？」

「就、就……唉唷、就是我那天剛好那個來啊，我很痛，而且還一直冒冷汗，腦袋幾乎完全沒辦法思考……反正我覺得我真的很倒楣就對了啦。」

「這是妳打算拿來當作考不好的藉口嗎？聽起來不錯。」我很抱歉自己竟然有點幸災樂禍，但我不得不承認我心裡多少是有點暗爽的，因為這麼一來我和校花之間的差距應該就拉得更近了，說不定運氣好一點的話還有機會落在同一間學校。

「才不是藉口！哼！你還是快點去死啦。」

「好啦好啦，我開開玩笑的嘛！」我還是一副嘻皮笑臉的樣子，因為咪咪在接受我點眼藥水的時候，眼皮要瞇不瞇的樣子實在太好笑了。

「那你呢？考得怎麼樣？」

「我不知道。不過考完的那天晚上，我作了個怪夢，夢到自己的考卷爆炸。」我一邊凝重地說，一邊也凝重地點了一滴眼藥水進咪咪的左眼裡面，咪咪當場酸得搖頭晃腦。

「哈哈哈哈哈！」她笑得還真夠誇張。

「喂。」

「哈哈……好啦，對不起嘛……哈哈……考卷爆炸……哈哈……」她持續誇張地笑。

「喂，我可是很認真地在擔心自己會不會發生答案卡畫錯格之類的事情。」我再一次凝重地說，也再一次凝重地抓住咪咪的脖子再點了一滴眼藥水進牠的右眼，咪咪張大了嘴，酸得已經快昏死過去。

「答案卡畫錯格？嗯……搞不好有可能喔！之前不是聽說每年都有一、兩千個考生就是因為答案卡畫錯格而落榜的嗎……」她說得煞有其事，故意壓低的語調十分驚悚。

「靠！真的假的？！」我聽了心頭一驚，雙手不自覺鬆開了對咪咪脖子的箝制，胸口立刻吃了咪咪一記傳說中後腿的迴旋踢，頓時呼吸一窒。

「哈哈哈哈哈……」她卻又開始大笑。

可惡的傢伙，嚇唬人還敢笑得那麼大聲，偏偏我又是那種非常容易受到夢裡的啟示所影響的膽小鬼。

「妳、妳少嚇我了啦！告訴妳！我每一科的答案卡都有檢查過兩、兩遍以上，才、才不可能會發生這種事呢！」我結結巴巴的語氣，跟我說出來的話倒是很不一致。

「哈哈……笨蛋！好啦，我要先去洗澡了啦。」校花笑啞了嗓，說。

「嗯，那就先這樣吧，有空再一起出來吃頓飯，掰。」

「嗯。記得我姊叫你去死喔！掰。」

「知道了啦！囉唆。」

「哈哈……好啦！不鬧了！掰。」

「掰……」

掛上電話之後，我走回書桌前，坐下。脖子往後一仰，後腦勺靠在椅背上。不知道是不是因為太久沒跟她說話的關係，總覺得剛才兩個人在電話裡聊天的感覺，存在著一種很難以言喻的陌生。

也或許，那只是因為在聯考結束之後，我更加確認了和她坐在隔壁座位，每天打鬧聊天的快樂時光已經永遠成為過去。我們即將面對的，是多采多姿的大學，是視野更加寬廣的大學，是彼此的生活圈可能會截然不同的大學。

結束了兩個人坐在隔壁的朝夕相處，我只覺得一瞬間離她好遠。

畢竟電話跟電話之間的距離，還是太遠了。

「喵——」

剛賞了我一記迴旋踢的咪咪這會兒突然跳到了我的腿上，用牠那不經意才會流露出的滄海桑田的眼神，仰望著我。

「是啊，咪咪。」

我笑了笑，捏了捏咪咪的脖子。

「我……好想見她。」

□

頭一個沒有聯考壓力的暑假過得比想像中快，也比想像中糜爛。

除了每天固定爆睡十四個小時以外，在意識清醒的短暫時間裡我選擇了在冷氣吹到飽的漫畫出租店避暑。漫畫店裡值得看的漫畫至少都已經看過五遍，不值得看的漫畫則也至少看過三遍，其中一些重量級的經典漫畫，譬如說令人熱血沸騰的《灌籃高手》已經看到了第十遍，香豔刺激的《城市獵人》則正準備朝第十三遍邁進。

除了漫畫之外，照顧咪咪則成為了我暑假的另一項重要任務。

這是因為重感情的咪咪，對於拋棄牠母親的老哥已經憎恨到了一種匪夷所思的地步。拒絕讓老哥幫牠洗澡也就算了，性格激進的咪咪現在竟然還拒絕讓老哥用逗貓棒搔牠癢，拒絕食用老哥餵的餅乾和牛奶，拒絕把糞便排泄在老哥鋪的貓沙上面，拒絕跟老哥呼吸同一個屋簷下的空氣。

這種不合作的態度卻惹惱了老哥。

於是在一個摸黑的夜裡，老哥趁著咪咪睡得正熟的空檔，用掃帚和畚箕把咪咪鏟進可攜帶式的貓箱內，連夜載到貓店去，竟打算在貓店裡寄賣咪咪！

咪咪知道了老哥趁牠睡著的時候用畚箕把牠鏟進貓箱，並且還密謀把牠賣掉之後，牠原本就已經處在躁鬱狀態的情緒變得比原本更加乖戾。據貓店老闆鑿鑿指出，之前有一位客人來看貓，貓店老闆本來打算大力推薦咪咪，於是試圖用逗貓棒搔咪咪癢以表現出咪咪可愛的一面的時候，咪咪一點也沒有出現其他正常小貓看到逗貓棒就會在地上打滾的可愛反應就算了，牠竟然還毫不扭捏地表演了一招當場翹起後腿拉屎，而且還伸腳把逗貓棒奪了過去，拿起來清理牠剛拉完屎的肛門！咪咪這種缺乏教養並且自暴自棄的噁心行為，不僅讓貓店老闆再也不敢碰咪咪，更用一張Hello Kitty的卡通海報把關咪咪那一格籠子遮住，以避免咪咪又在籠子裡出現什麼會把客人嚇跑的脫序行為。

狡猾的老哥聽聞自己試圖賣掉咪咪的陰謀失敗之後，只是把一張貓店的名片塞進我的上衣口袋，淡淡地拍了拍我的肩膀，用眼神示意把瘋狂的咪咪帶回家的重責大任他決定交由我全權處理，然後就跟咪咪的繼母，啊，也就是老哥剛把到的新女友跑去墾丁度假了。

這個任務雖然艱鉅無比，但是我卻沒有推辭。

因為我相信，憑著我幫咪咪捏屎擰尿、相處這麼多天下來的交情，能夠安然無恙地把暴走的咪咪帶回來的人，非我莫屬。

於是今天，我暑假開始以來最重要的任務，就是冒著生命危險去那間叫作「快樂貓咪窩」的貓店營救咪咪回家。

炎炎的午後，我騎在我剽悍帥氣的雪白色JOG90上，手裡拿著老哥交付的貓店名片，循著名片上的地圖標示前進。啊，對了，說到這個我不得不趁機讚美一下我這台油門只要輕輕一催、車身就會瞬間爬地噴出的新車，因為它優異而敏捷的性能，讓我好幾次差點凌空摔死在高雄的街頭。

ＯＫ，ＯＫ，話題轉回那張貓店的名片。

我一邊騎，一邊越來越覺得納悶。

一張貓店的名片上沒有印著半隻可愛的貓咪也就算了，但印著兩位頭上戴著貓耳朵髮箍、胸前兩點用Hello Kitty的頭遮住的裸女卻也未免太不尋常。

我定睛一看，赫然發現名片上印的店名並不是「快樂貓咪窩」。

而是：「**極樂咪咪窩**」。

……………

混蛋，老哥把名片搞錯了。

「喂？」老哥接起手機，旁邊卻同時聽到女孩的嬌喘聲，讓我當場在馬路上滿臉通紅。

「靠，你給我極樂咪咪窩的名片是在搞笑嗎？」我憤怒質問。

「啊？原來我拿了極樂咪咪窩的名片給你嗎？啐！難怪我前幾天在我的皮夾裡一直遍尋不著……那間店超正點的！下次有機會的話，老哥帶你去讓那邊前凸後翹的小花貓們幫你磨蹭一下，保證上癮啊。」

「不需要。」我不明白老哥為什麼總以為全天下的男人都跟他一樣好色。

「下星期三吧？好不好？你先打名片上的電話去訂位一下，記得報我的名字啊！有打折的。」老哥叫道，旁邊的女子嬌喘聲則依然斷斷續續。

「打你個屁折。我現在要去接咪咪回家，貓店的地址快說。」

「哦，貓店就在林森路上靠近新田路口那附近啦，店招牌是一隻已經過氣很久的菲力貓，店老闆則長得很像霹靂貓卡通裡面那隻最弱的小凱貓。」

「像小凱貓？也太有特色了吧。好，我會平安無事地把發飆中的咪咪帶回來的。」

「有勞有勞。」

老哥匆忙掛掉電話，快掛掉之前電話那一頭女子的嬌喘聲再度轉強。

這禽獸。

竟然好意思在我忙著去帶他前女人的小貓回家的時候，自己在墾丁和新女人逍遙快活。

超過氣的菲力貓招牌出現在我的眼前，「快樂貓咪窩」到了。

推開鈴鐺叮叮作響的門，一位身材矮肥的男子用他足以咧開到耳垂的大嘴對我微笑。

想必這位就是傳說中的小凱貓老闆了。

「小凱貓你好、啊不，老、老闆你好，我來接咪咪回家。」我開口。

「咪咪？哪位咪咪？」老闆說，瞧他咧得超開的嘴角似乎是天生的。

「在客人面前表演翹腿拉屎，外加用逗貓棒清肛門的那位咪咪。」我報出咪咪威名遠播的事蹟。

「啊？你是說阿豹嗎？」

「阿豹？那是三小？」

「喔，你說的那隻貓在我們店裡面被尊稱為阿豹，因為牠兇戾而狂悍的表現已經完全超過了一隻小貓該有的作風，於是我們只好把牠歸入豹類。」小凱貓老闆一邊說，一邊亮出他左手臂、脖子，和大腿內側的爪痕。

「對不起，我們家咪咪給你添麻煩了，我今天來就是要來帶牠回家的。」我拿出了早已預備好的貓箱和一把撈捕鯊魚專用的鋼絲網。

老闆點了點頭，從他身後的櫃子裡拿出一頂全罩安全帽和一雙厚實的皮革手套戴上，在跟我事先講定的戰術配合之下，拉開關著咪咪那一個籠子的門，然後像躲避手榴彈一般立刻就地臥倒。

我捕鯊的網子密不透風地罩在玻璃門的出口，等著兇暴的咪咪自投羅網。

但聰明的咪咪當然不會束手就範。

只見牠一個肉眼難辨的箭步奔了上前，用牠悍猛有力的左前爪一把格開了我的捕鯊網，在牆壁上橫身一個借力使力的彈跳，右前爪已經如急電一般朝我臉上撲了過來，企圖跟我拼個同歸於盡。

「來得好！」

我暴叱一聲，甩掉手裡的捕鯊網，把提在另一手的貓箱高舉起來，掀開貓箱的門迎向猛衝過來煞車不及的咪咪，待牠自投羅網之後，一把按住門，然後緊緊把鎖鎖上。

我早就說過了。

做事情，要懂得用方法。

我們萬物之靈的人類，怎麼可能會連區區一隻發狂的小貓都對付不了呢。

「砒吱！」剛才被咪咪借力使力踏過的那一片玻璃窗，突然迸碎出一道裂痕。原來咪咪這幾天在貓店的日子裡並沒有荒廢牠的武功，苦練成了那一套傳說中的曠世絕學：大力貓咪腳。

「老闆，我們家咪咪給你添了很多麻煩，真的很對不起，等咪咪情緒穩定之後，我再帶牠來向您賠罪。」我對著還抱頭臥倒在地上的小凱貓老闆鞠了個躬之後，推開鈴鐺叮叮作響的門，趕緊落跑了出去。

「混蛋！永遠不要再帶牠來了！」小凱貓老闆的叫囂怒罵從店裡傳來。

我則已經騎著性能卓越的JOG90呼嘯到一百公尺以外。

帶著危險的咪咪。

順利完成任務之後，我繞往另一條路回家，心想趁著這個天涼的午後在路上兜個風，順便多加適應JOG90的危險性能。

不一會兒，我來到了文化中心的附近，高掛在紅綠燈柱的標示牌上寫著「青年路」。

青年路……？

怎麼這條路聽起來這麼熟？

………………

該死！我竟然差點忘了那麼重要的事！

校花個人資料卡上面的地址，不就是寫著「青年路」嗎？！

而且之前陽痿提供的第一個線民，是不是好像有說過他曾經看到校花和成軒在文化中心附近的泡沫紅茶店約會？

雖然我一點都不相信他說的鬼話，但是這麼推論起來，莫非校花真的是住在這一帶沒錯？

於是。

一台油門一催就會爆衝的JOG90，一隻被鎖在箱子裡的暴走貓咪，一個正沿著青年路開始尋找門牌的男孩。

三十號、三十二號、三十四號、三十六號……，三十六號！是三十六號沒錯！

就、就是這間嗎？

我抬起頭，仰望著眼前這棟高聳入雲的氣派大樓，像個土包子似地用手掌拍了拍那使用昂貴花崗岩堆疊挑高的門柱。

這……這根本就是帝王豪宅嘛這！

我看光是這一座大門的造價，說不定就可以買下我們家那邊的一整棟公寓哪。

嘖，嘖，嘖，嘖，嘖。

我一邊搖頭，一邊連續嘖了五聲，以表示我最高等級的讚嘆。

果然能孕育出校花的家庭，就是不一樣啊。

我輕催油門，把我渺小的JOG90騎到路邊一棵行道樹下，探頭探腦地觀察了一下四周的地理環境之後，發現在超高級大樓斜對面的轉角有一家便利商店。

根據經驗法則，只要有便利商店的地方就一定會有公共電話。

我二話不說，立刻以一個驚險的逆向行駛拐到對面，把車停妥在便利商店的騎樓之後，提著貓箱走進店裡買電話卡。
忘了說，那是一個「手機」還只屬於富豪企業家和時尚人士的年代，市井小民在戶外想打電話就是得乖乖購買電話卡。至於老哥的手機，則是他前前前不知道第幾任的女友：某家上市公司老闆的獨生女送的。
鈴——鈴——
「喂？」對方接起來。
「喂，是我啦。」經過了那麼久的訓練，我當然已經可以憑著一個『喂』字的聲音來分辨出電話那一頭的人是她、她姊，還是她媽。
「你是誰？」靠、不會吧，難道我竟然認錯了？
「啊、喔，那個……請、請問周妍文在嗎？」我立刻改口，語氣謙卑有禮地讓我自己都想吐。那當然是因為我害怕電話裡的這個人是她姊。
「你是小黑嗎？你在哪裡？怎麼這麼吵？」對方說。
唉呀，原來我沒有認錯嘛！
「我用公共電話打的啦，路邊車子一大堆當然吵啊。」我回答。
「你在外面啊？」
「對啊，某棟超高級帝王豪宅對面的便利商店門口。」我語氣誇張。
「哦，是喔。」她沒有太大的反應。
「喂！妳、妳不問我更詳細一點嗎？」我急問。
「不用啊，我正要從我房間的窗戶看你在哪。」她說，真是冰雪聰明。接著電話那一頭傳來沙沙的風聲，問：「你在哪啊？我沒看到你在便利商店門口啊。」
「我在嵌著一具公共電話的柱子後面。」

「你站出來一點啦，我這邊的角度看不太到你。」

「喔，等等。」我把公共電話的線扯到最長，勉強把腦袋探出柱子外。

「啊！哈哈！我看到你了！你幹嘛跑到我家這裡來啊！」她不知怎地又叫又笑。

「順道經過啦。」我一邊說一邊仰起頭看她在哪。

「你手上拿著什麼東西？」她問。

「貓。」

「貓？」

「對，會喵——喵——叫的一種哺乳類動物。」

「廢話！你哪來的貓？」

「說來話長，但牠名義上的主人是我老哥。喂，妳不要一直問問題好不好？是要我在這裡站多久啊？妳下來一下嘛！妳們家大樓的玻璃一片一片都烏漆媽黑的，我連妳在哪一格窗戶都不知道。」

「啊？你沒有看到我嗎？那你等一下喔。哎咻——」

突然一隻手從大概八、九樓那一帶的右邊數過來第三扇窗戶伸出來，在窗邊揮來揮去。

「嚇了我一跳，妳家好高啊。」

「抱歉啊！這裡太高了，我不敢把頭伸出去！」

突然在她揮舞的手旁邊伸出了另一隻手，在半空中遙比了一記中指。

「靠，那比中指的混蛋是誰？」

「哈哈哈，是我姊啦！」她大笑道。

「混蛋！」我看著那隻巍然聳立的中指，怒急攻心地喊叫：「妳快點下來啦！我的電話卡已經快沒錢了！」雖然公共電話上的小螢幕上明明就還顯示著九十幾塊的餘額。

「下去幹嘛？」

「喂！好歹我誤打誤撞地也已經來到妳家對面了，下來一起喝杯茶不是基本的禮儀嗎？」

「亂講，這哪是什麼基本的禮儀啊？」

「嘖……好啦好啦，就算不是基本的禮儀，那……那妳可以下來陪我們家的貓玩啊！對、對不對？」我把裝著咪咪的箱子高舉在頭上揮來揮去，咪咪八成覺得頭很暈。

「是喔……好啦，可是我得先換個衣服。」啐，真是個龜毛的傢伙。

「對了，妳吃飯了沒啊？要不要一起去吃晚飯？我有騎摩托車喔。」

「吃飯？要去哪裡吃飯？」

「哦，這妳就問對人了，本牛排達人知道一家超讚的牛排館，不管是肉質還是醬汁都是超一流的。」

「嗯……可是我媽有煮飯耶。」

什麼！我說住豪宅的人妳沒事幹嘛自己煮飯啊伯母！嘖，這可棘手了，如果知道自己明明就有煮飯，結果女兒還硬是要跑出去跟另一個男人吃飯的話，做媽媽的人想必會很不高興。但身為一位準女婿候選人，讓丈母娘生氣是很不孝的。

「是喔……嘖……那、那……」我頓時陷入一陣無計可施的支吾。

「還是改天好了啦？」

該死，我都特地來了啊！而且也都已經一個人愚蠢地站在這個牆角講了十分鐘的電話，結果還得一個人回家的話教我情何以堪？

「我、我想到了！妳就去跟妳媽說妳突然胃痙攣導致食慾不振，想一個人到公園散散步，如、如何？」很明顯，這個我臨時編出來的主意瞎透了。

「好爛！這不行啦。」

「那怎麼辦？我不要一個人這麼早回家啦！」我嚷嚷苦求。

「嗯……好啦，那不然我去問一下我媽好了，你等我一下下喔。」

接著電話那一頭被切換到保留狀態的音樂旋律，是那首家喻戶曉的垃圾車之歌。

而不知道在什麼時候，我後面已經站著一位面色不善的大嬸，冷冷地盯視著手拿著電話筒卻一直不講話的我。

『少年仔，你不要佔著茅坑不拉屎好嗎？』我隱約從大嬸噘起的嘴唇，聽出了她內心深處的聲音。

兩分鐘過去，校花卻還沒回來。

保留狀態的垃圾車之歌已經開始重複。

更壞的消息是，大嬸的後面不曉得什麼時候又來了一位滿嘴通紅，咀嚼著檳榔的平頭男，正用一種殺氣騰騰的眼神冷視著我。

而從平頭男的袖子裡竄出的蟒蛇刺青，則讓我背脊發涼。

校花，快回來啊。

我暗暗祈求，電話那一頭的旋律卻仍舊悠揚。

大嬸抿起嘴，已經開始改用鼻子噴出空氣，平頭男嘴裡的檳榔已經化為一灘地上的紅渣，凹折指關節的聲音清脆可聞。

該死，為了等校花，難道我就非得必須被海扁一頓不可嗎？

我抿了一口口水，倒吸一口氣。

「喂、喂……老、老張啊……好、好久不見了啊……一把老骨頭還健壯吧？啊哈哈哈，你孫子多大了啊？什麼？都小學二年級了啊？真是歲月不饒人啊，啊哈哈哈，那你孫女呢？什麼？已經大二了？唉呀呀，時間過得好快哪，什麼時候辦同學會啊？啊哈哈哈……」為了保命，我只好對著電話，一人唱起一台很爛的獨腳戲，胡說八道。

「你在跟誰講話啊？」電話那一頭突然傳來校花的聲音。

「啊！我、這、我沒有……妳、妳是什麼時候回來的，幹嘛也不出個聲音啊！現在我後面正有一個恐怖的大嬸和一個平頭的兄弟在排隊等電話……」我眼角往後斜瞄了一眼，陡然驚見他們相當不悅的表情，於是慌忙改口：「喔不！不！是一位氣、氣質端莊的女士和一位平、平頭造型的嘻哈型男……」我緊張地氣喘如牛，額頭上瘋狂冒汗。

「我回來很久了啊！只是電話一接起來不知道你在胡言亂語什麼。好啦，這不重要，我跟我媽說了，她說ＯＫ。」

「ＯＫ？太好了！啊，對了，妳有跟妳媽說妳是要跟我出去嗎？」

「當然會跟她說啊。」

「喔，那妳趕快下來吧！我躲在便利商店裡面等妳喔！」我不知道自己為什麼不自覺加了個『躲』字，但我想這很可能是因為後面平頭男又開始折指關節的關係。

「你講話怪怪的耶！真是的。好啦，我要換衣服，所以你大概要等我二十分鐘喔。」

「好啦！總之妳快一……嘟——嘟——嘟——」

啊，電話竟然斷了。

但，並不是電話卡沒錢，也不是校花掛斷的。

因為一隻戴著超台金戒指的手指頭，正按著公共電話上的重播按鈕。

「少年耶，你有講卡久一點了喔？給恁爸先講一下甘好？」一口犀利的台語，一嘴黑掉的爛牙。

當然是那位平頭造型的嘻哈型男。

「好、當然好，老大您先打、您先打。」我謙卑有禮地用雙手把話筒交到眼前的平頭大哥手上，語氣彬彬有禮得像個卒仔。當然，我的電話卡還插在電話裡面，沒敢拔出來。

回頭一看，原本還排在平頭大哥之前的大嬸已經不見蹤影，大概是不耐久候，已經憤而先行離去。

站在便利商店裡，我恬不知恥地整整看了二十分鐘的霸王雜誌之後，校花那久違的倩影終於出現在馬路對面的豪宅前面，準備穿越馬路朝這裡走過來。看著她身上穿的T恤和牛仔褲，我實在很納悶為什麼換一套如此簡單的衣服會需要花到二十分鐘。

「我要看貓咪。」她走過來的第一句話，流露著興奮的眼神。

「我們家貓咪不喜歡陌生人的。」我故意把貓箱藏到背後，咪咪在裡面叫得好大聲。

「哇！貓咪在叫了啦！快點！我要看！」她聽見咪咪的叫聲不禁驚呼一聲，把我的手臂扯向前，咪咪懶懶的眼睛隔著貓箱的柵欄盯著校花，喵——喵——地又叫了幾聲。

「好可愛！你快點把牠放出來嘛！」校花一邊說著一邊竟然就要打開貓箱的柵欄。

「等、等一下！我們家的貓咪最近這一陣子正在發飆，把牠放出來很可能會傷及無辜的路人的！再說依照咪咪平常跑百米的速度，把牠放出來萬一牠當街亂衝的話，我可沒有把握追得到牠。」我趕緊把柵欄壓上。

「牠又不會發飆！」沒見識過咪咪發飆的校花硬是要把柵欄扳開。

「不行啦！我們家的貓咪在貓店裡的惡形惡狀我現在沒有空跟妳解釋，但是把牠放出來肯定會發生很可怕的事！」我執意把柵欄硬壓了回去。

啊？

奇怪，箱子怎麼好像提起來變輕了？雖然咪咪在絕食多天之後，骨瘦如柴的身軀已經號稱是貓咪界的范瑋琪了，可是我明顯感覺到手上已經只剩下貓箱的重量了啊！

咪、咪咪呢？

等等，為什麼會有一隻長得很像咪咪的小貓，趴在公共電話旁邊那台機車的椅子上面？

「靠！妳把牠放出來了啦！」我緊張得大叫。

「哇！好可愛的貓咪！你看牠的眼睛好大！」校花完全沒有在聽我講話，只是自顧自地撫摸著趴在機車座椅上的咪咪的頭。

如果我記得沒錯的話，老哥曾經說過，咪咪這輩子最討厭人家拿槍指著、啊不，用手亂摸牠的頭。

「妳不要再摸牠的頭了！牠會發飆的！牠一發起飆來的話可是見血方休的！」我提出嚴正的警告。

「不會啦！像我這麼溫柔又可愛的人摸牠的頭，牠怎麼會發飆？」一邊說著校花還一邊繼續摸個不停，該死的是，咪咪看起來似乎沒有打算發飆。

「嘖……咪咪！快點發飆給她看！不用給我留面子！」我竟然開始試著對一隻貓說話。

咪咪沒有理我，只是慵懶地呵了一口呵欠。

靠！咪咪這傢伙，剛剛明明就還在貓店暴走的，現在竟然側著頭依偎到校花的手掌心裡去了！混蛋！校花的手可是連我都還沒碰過啊！

「牠叫作咪咪喔？咪咪乖喔……你看牠明明就很乖啊，你幹嘛一直說牠會發飆。」校花竟然開始馬殺雞咪咪的脖子了。

「牠、牠剛剛不是這樣的！」我惱羞成怒，氣得大叫。

咪咪你這叛徒！虧你這傢伙還是隻母貓，竟然蕾絲邊的傾向這麼明顯！

「好了啦！快點趁牠還沒發飆亂衝之前，把牠抓進貓箱啦！」我氣急敗壞地催促道。

校花一把從咪咪的肚子把牠撈了起來，還在咪咪頭頂上親吻了一下，才依依不捨地把牠放回貓箱裡面。而咪咪、咪咪牠，牠竟然臉紅了啊混蛋！

嗚，我真是羨慕死你了啊，咪咪。

「要去哪吃？」校花轉頭問我。

「剛才我不是說過了嗎？有一家超讚的牛排館，口味一流啊。」

「喔？那邊可以單點飲料嗎？因為我吃飽了。」

「什麼？妳、妳吃飽了？」

「因為我媽飯已經煮好了啊，還是必須吃一下才能出門吧？沒關係啦，我可以陪你去吃啊。」

「好、好吧，那我看還是換別家好了！因為我家牛排好像沒有什麼飲料可以單點。」

「等一下！你剛才說什麼很讚的牛排館就是我家牛排？！」

「是啊！味道真的非常優呢！我跟明哲、阿佑最喜歡一起去那裡吃了。」我遲鈍地搔著後腦勺，渾然不知道哪裡出了差錯。

「我才不要去我家牛排！厚——好險我已經在家裡先吃飽了！」她相當排斥地說。但當時既笨又缺乏約會Sense的我，卻無法理解為什麼她不想去我家牛排這麼優質的牛排館。

「好吧，那不然妳推薦一間可以單點飲料的餐廳好了。」

「嗯……」她想了想，說：「那，去藍色狂想好了？」

「藍色狂想？」我摳了摳下巴，接著問：「在哪？」

「什麼？！你不知道藍色狂想在哪？」校花的口氣中充滿了快要昏倒的感覺。我猜她一定是沒想到，我竟然會對於要跟她約會這件難得的事情缺乏規劃到這種程度。

「不是啦！我知道在五福路，只是忘了在哪一段。」我急忙解釋。

「呼——」校花嘆了口氣，把我手上的鑰匙奪了過去，踢掉中柱，發動機車，說：「上來，我載你吧。」

「靠，妳、妳會騎機車？」我驚訝得瞪大了眼。

「我生日的時候是寒假啊，那時候我姊就帶我去考了啦。」她戴上安全帽。

我也戴上安全帽，跨上JOG90窄小的後座。

校花油門一催，車子立刻拔地噴出。

□

一路上，在JOG90貼心的超小座椅上，我們的距離很近很近。

為人正派的我當然不可能會有從後面一把抱住她的鹹濕膽量，但教我只抓住機車後面的扶手又未免太不甘心，於是經歷了幾番掙扎之後，我總算奮起勇氣，輕微地把雙手搭在她白皙的香肩上，並且開始向下滑動……嘿嘿嘿……

…………

我、我露出小人的淫笑了嗎？！我露出來了嗎？！

不！不是的！我、我是正人君子！怎、怎麼可能會那樣做！

不要用那種眼神看我！不要！

…………

天使林博光和魔鬼林博光在煎熬的天人交戰之下，取得了一個平衡的折衷作法，那就是：我把自己一對鹹豬手的活動範圍封鎖在她的肩膀上，並且僅僅是微微浮貼而非緊貼的狀態。

所幸她似乎並沒有抗拒。

迎面而來的風很涼爽。

鼻尖前，她秀髮上淡淡的香氣撲鼻而來，在四周的空氣中輕快地瀰漫。

原來，這就是幸福的味道啊。

原來幸福，也不過就是這麼簡單的事。

你喜歡的女孩，就坐在距離你不到五公分的前面。

用她輕柔的髮絲，癢著你的鼻子。
癢得我好幸福。

就在我一邊自我陶醉在校花的髮絲裡一邊傻笑的時候，機車抵達了「藍色狂想」。

那的確是一間在那個年代算是裝潢很酷了的西餐廳，不僅僅是它鑲在招牌上的花俏霓虹燈，就連店裡面吧台的裝潢和燈光的設計等也都相當精緻，跟我家牛排走的大眾純樸路線截然不同。

在店員的推薦之下，我點了一客光名字就夠讓人流口水了的德國巴伐利亞高原頂級豬腳套餐。

校花則是點了一杯看起來很龐克的檸檬蘇打。

咪咪聞到了香味，不停拍打著貓箱的柵欄示意牠也要點，但我沒有理牠。

雖然巴伐利亞高原的豬腳硬得差點扳斷我的牙齒，沾醬的口味也沒有想像中來得美味，但我還是跟校花聊得很開心。畢竟我們也已經好久沒有像這樣子面對面聊天了，自從五月中旬停課以後就幾乎只有在電話裡。

我和校花聊到了選填志願的事情，校花說她想唸台北的學校，不想上了大學以後還要留在家裡一整天給爹娘管。除此之外，她媽希望她去唸出路比較有保障的法律系或商學系，但她自己卻對外文系或日文系比較感興趣。她開玩笑說她一點也不想變成嘴巴厲害的律師，又或者是心機很重的商人。她只希望有機會能出國去唸唸書，看看這個多采多姿的世界。

很有校花無拘無束的風格。

「那你呢？想念什麼？」她問。

「嗯……對耶，我想念什麼啊？」我來回搔著人中，一邊咀嚼豬腳一邊陷入沉思。

這麼突然一被問，我才想到自己一直都不是那種懷抱著遠大理想的有為青年，當然更沒有那種在幼稚園還沒畢業前就已經決定好了的志向。

硬是要說的話，我承認在國中一年級的時候，我曾經十分慎重地考慮過要成為一位木瓜瓜農。

這是因為我當時有一陣子不知道為什麼（但我發誓絕對不是因為形狀）而深深地迷上了木瓜這種熱帶水果。那著迷的程度有多嚴重呢？大概就是一天晚上家裡的冰箱沒看到木瓜，我就一天晚上拒絕跟老媽說話的程度。

但是，但是。

礙於一些主客觀條件的變遷和現實生活環境的壓力，導致我如今要成為一位木瓜瓜農的難度已經太高了的緣故，我極有可能會放棄木瓜瓜農的夢想而轉填商學院的科系。

不料這個夢想聽在校花耳裡竟讓她笑得人仰馬翻，不停地搥打我的大腿。

看她笑成這樣，我不禁聲色俱厲地說：「木瓜瓜農這麼一個造福人群的偉大職業，妳竟然這樣恥笑它！妳說！妳對得起菜市場裡面那些辛辛苦苦被拉拔長大的木瓜們嗎？妳對得起高雄木瓜牛乳大王的二十幾位店員嗎？今天妳藐視木瓜，有一天妳一定會因為吃不到木瓜而哭泣的！」

校花聽完更是笑得淚流滿面。

於是在那個晚上，我把握住每一句話、每一個字的機會不停不停地搞笑，把我從幼稚園大班累積到高三以來，所見所聞的搞笑招數一股腦兒全部使出。我並不清楚自己為什麼會這樣子做，但或許我只是單純地想要證明，自己絕對比她口中那個從國小就開始追她的好笑男生還要好笑，這對我來說非常重要。

校花沒有吝嗇，回報我很多很多很甜很甜的笑容。

於是在幽微的光線下，令人心弛神蕩的爵士音樂中，笑得東倒西歪的兩個人。

不知道是不是那塊加了藍姆酒的豬腳把我弄醉了的關係，也不知道自己是從哪裡生出來的一口膽子。在她大笑到又要伸出手來搥我大腿的時候，突然的，突然的。

只是突然的。我，抓住了她的手。

在一個我自以為天雷已經勾動地火的瞬間。緊緊握住。

「好了啦，妳、妳不要再一直搥我大腿了啦……」我故作冷靜地說，額頭上的汗珠卻因為太過緊張而早已在一瞬間結實纍纍。

所幸她並沒有做出所有男生在第一次牽女生手的時候最害怕的事情：她並沒有把手抽回去，又或者是甩開我的手。她沒有。

我傻愣著一雙眼睛，緊盯著膚色一黑一白，但卻緊握著的兩隻手。

心跳，估計已經超過每分鐘一億下。

在這時空靜止的一瞬間。

沒有疑問，這是我第一次，牽除了我媽和我阿嬤以外的女人的手。

而且還是校花的手。

她一直沒有說話，但我卻感覺得到她那對像高爾夫球一樣大的眼睛正緊盯著我。

人終歸是要鼓起勇氣來面對現實的，就這樣默默牽著她的手畢竟不是辦法。

我緩緩抬起頭來，眼睛勉強闖進她目光的範圍，我的臉當場像滾水一樣發燙沸騰。

我知道，像這樣利用搞笑的氣氛突然強握住她的手，不只是不自然而已，還有點卑鄙。

「我……我……」我的嘴巴不知道為什麼像是突然脫離了大腦的主使一般，坑坑疤疤地說：「我……我這樣，會、會不會很過分啊？」Oh! Shit! 我這到底是什麼爛問題啊？牽都牽下去了還問！

「嗯。」她點了點頭，凝視著我的眼神卻出奇地平靜。

「啊？是、是喔？對不起、對不起！」該死！我這個沒種的廢物竟然不自覺鬆開了手！

「沒關係。」她笑了笑，把手收了回去，說：「但是以後不可以這樣。」

這……

她的表情也太平靜了！而、而且這到底是什麼意思啊？剛才牽都牽了，可是以後卻又不可以了？

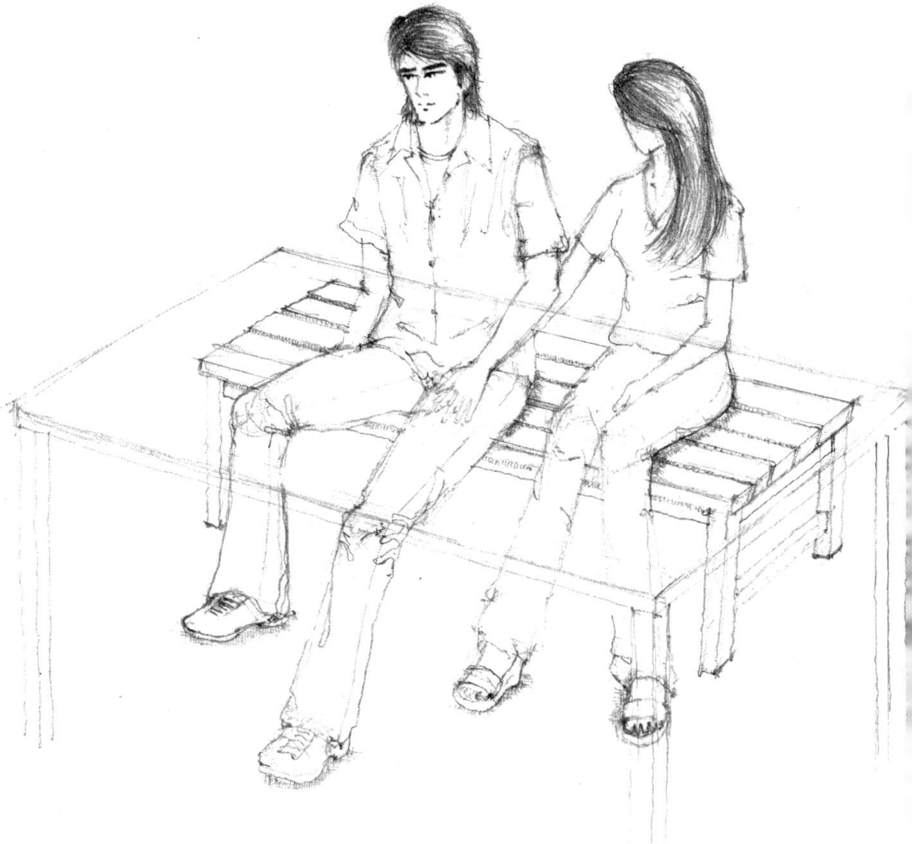

「以後不……不可以嗎？」等一等，我的腦袋裡面是突然被大便淹沒了嗎？否則怎麼會淨問這種智缺到極點的問題？

「當然不可以啊！我們又不是男女朋友。」她微笑著說，然後又搥了一下我大腿。

校花當時的微笑有點奇怪，而她的話語中或許透露著什麼含意。

但是我根本已經聽不清楚她說的話。

因為我的手，正燙得快燒起來。以後不可以，是以後的事情。

但至少我今天可是紮紮實實地牽到了，那宛如仙女的手。

「唉唷，以後的事情，以後再說啦！」我聳了聳肩，擠出了一個處於微醺狀態的憨傻笑臉，說。

晚上十點。

兩個人離開了藍色狂想，還是一樣她騎著JOG90載我，然後先回她家。又來到那棟高聳巍峨的帝王豪宅。

她脫下安全帽，輕撥了一下頭髮。

好香。

安靜了一個晚上的咪咪，倒是在這個時候開始喵喵叫了起來，想必是肚子已經餓壞了。

「太晚了，你快點回去吧！騎車小心。」她叮嚀。

「今天能見到妳，真的很開心。」我坐在機車上嗤嗤笑著說。

「嗯，你快點回去了啦！貓咪肚子餓得都在叫了！快點回去餵牠。」她蹲下來在貓箱旁跟咪咪說了掰掰之後，轉身往豪宅的雄偉大門走去，一邊揮著手。

「嗯，掰！」我笑笑揮了揮手，發動車子飛馳而去。

迎面而來的空氣中彷彿還殘留著校花的香味，我臉上欣喜的表情全寫在後照鏡裡。

沒有疑問，那是我迄今為止的人生中，最幸福的一個夜晚。

卻，也是我最後的一個幸福夜晚。

□

幸福的好心情和幸福得發燙的右手維持了一個星期左右，直到陽痿打來的一通電話。

一通算不上是晴天霹靂，卻讓我的世界從此開始颳風下雨的電話。

「喂？博光嗎？」久違了的陽痿的聲音。

「喂！是陽痿嗎？挖賽，真的好久不見啦！聯考考得如何啊？」雖然其實也才畢業還不到幾個星期，但我卻像是和幾年沒見的昔日同窗聯絡上一般興奮。這大概是因為在聯考完之後，我和明哲、阿佑還有一起出去打過幾次籃球，唯獨跟陽痿一直沒碰過面的關係。

「考得是還好啦！不過數學可能有一點小爆。」陽痿笑著說。

「哈哈，我則是國文和英文爆了！」我嗤嗤大笑了幾聲，說：「打給我什麼事？要找我出去玩耍嗎？」

「不是啦，其實也沒什麼特別的事，嗯……沒有啦，其實是想問一下你最近跟校花之間進展得還順利嗎？」陽痿支支吾吾得有點不太尋常。

「我跟校花？還不錯啊！我們上星期才一起出去吃過飯。怎麼啦？」我保留我強行牽了校花的手的事。

「啊！是喔？你們還有一起去吃飯？」陽痿聽了似乎有點兒驚訝。

「對啊，怎、怎麼啦？你語氣好像怪怪的？」害我也跟著緊張了起來。

「嗯……沒、沒有啦，那就好，那就好。」那就好才怪，這語氣明明就有事。

「喂！當不當我是兄弟啊？什麼事你就說啊。」

「嗯……好吧，博光，我老實跟你說，上星期我們國中班上的一群同學有出去聚會。」

「國中同學聚會？」

「嗯。」

「所以呢？你要跟我說的是……成軒那傢伙……也去了？」

「嗯。」

「喔……然後呢、然後呢？」我聽得出陽痿正要透露什麼重大情報給我，急忙追問。

「我們去西子灣，一群人坐在海邊的堤防上喝酒。成軒後來大概是喝醉了吧，總之就開始胡言亂語。」

「胡言亂語？胡言亂語了什麼？」

「博光我要先說，這其實也有可能是他發酒瘋亂講話啦，所以我想你也隨便聽一聽就好。」

「好，你說。」

「那天成軒就是先喝醉了，然後開始跟我鬼吼鬼叫說：『幹！那個死女人竟然騙我！她自己都已經答應說要跟我在一起了喔！結果現在還跟你們班那個林博光那麼好！媽的這樣我算什麼啊！機車！』接著還說了什麼啊？我有點不太記得了……啊，對了對了，他好像還說了什麼：『媽的我追了她八年！結果她現在才坐在林博光旁邊多久啊？連半年都不到！然後就一直來跟我講什麼林博光對她多好、她跟林博光多好什麼屁的！這算什麼啊！幹！我是她男朋友耶！』之類的。」

陽痿在電話的那一頭，字字鏗鏘。

每一句話都像拿鐵鎚敲在我腦袋上一樣，威力十足。

特別是「她自己都已經答應說要跟我在一起了」和「我是她男朋友耶」這相當令人震撼的兩句。

讓我整個人呈現完全愣住的狀態。

「這麼說……他們果然之前就已經在一起了？」我拒絕相信這個事實，於是使用反詰語氣徵詢陽痿的看法。

「這個我也不敢肯定。只是因為那天成軒是喝醉了酒才講出這些話，所以聽起來似乎不太像是在唬爛。我就是也覺得怪怪的，才想說打電話來跟你講一聲。」陽痿的回答很誠懇，但卻誠懇得讓我想哭。

「好吧，好吧。我知道了。陽痿，謝謝你啊，還特地打電話來跟我講，不過我想先讓我一個人冷靜想想好了。」我急著掛掉電話好整理自己紊亂如麻的思緒。

「嗯，但你也不要太緊張啦，不管成軒是說真的還是在唬爛，基本上既然他會這樣抱怨，應該就表示校花真的跟你很要好吧？只是當然說他們是不是真的已經在一起了的事情，或許你還是得找校花問清楚一點好。」

「我知道。謝啦，陽痿。」我困頓地笑了笑，說。

掛上電話，我走向床邊，坐下。

拿棉被緊緊摀住自己的頭。

棉被裡面一片黑暗，我的眼睛卻睜得好大。

校花真的跟我很要好？

哈，哈哈。

是啊是啊。

可是她跟成軒那傢伙是「已經在一起」了啊！

混蛋！

聯考前那一直被我蓄意封印起來的、在體育館旁邊成軒撥著校花頭髮的那個畫面，頃刻在我的腦海中又隱隱清晰了起來。

而一旦那令人如墮冰窖的一幕重新浮上腦海，我的理智就會全線崩潰。

可恨的是，那彷彿一步一步正在被印證的恐怖事實，正在衝擊我一直以來的自我欺騙，殘留在右手上的幸福熱度正在急速失溫。

「幹！假的！全是假的！」我在黑暗的棉被裡吶喊，已經沒有辦法繼續冷靜。

沒想到心裡最糟糕的預想，從陽痿口中間接得到證實的瞬間，竟令我感到如此倉皇。

而我更已經忍不住開始擔心，之前那幾個被我扁得鼻青臉腫的線民，說的話也許都是真的。

我百分之百相信陽痿，他絕對不可能騙我。

但是校花卻有可能騙我。

不。應該說，是那個撥弄頭髮的畫面。

騙不了人。

這時候，久違了的兩個自己，再度在我耳邊爭吵了起來。

自己甲：「不行了，我現在就要馬上打電話給校花問清楚。現在！」

自己乙：「不要衝動，瞧你現在氣得腦漿都快從鼻孔噴出來了，打電話去一定只是吵架收場的啦。」

自己甲：「靠！吵架就吵架啊！又怎麼樣？現在很有可能是她在騙我啊混蛋！」

自己乙：「好吧，那你現在打電話去，打算說什麼？難不成你要罵她髒話嗎？這件事情遲早是要弄清楚的，但絕不是你已經暴跳如雷的現在。」

冷靜的自己乙勉強說服了焦躁的自己甲，於是我只能在伸手不見五指的黑暗棉被裡，大口大口地呼吸，藉由吐出一口又一口快要焚燒起來的怒氣，來緩和自己打電話去興師問罪的衝動。

終於，呼吸越來越慢了，也越來越弱了。儘管十指的指尖還緊緊刺進手掌心的肉。

最後整個人蜷縮在棉被裡，只剩下無法停歇的顫抖。

因為排山倒海的懊喪和惱怒，正狠狠折磨著我全身。

□

三天後的星期六，傍晚。

雖然心情已經平靜了下來，但我拿著電話的手卻有點猶豫。

說到底，她本來就有選擇的權利。

所以她當然可以選擇成軒不選擇我，這個當然可以。我既無權過問她的選擇，對她的任何選擇更只能抱著尊重與祝福。

我並沒有這麼小氣，也沒有這麼輸不起。

如果她選擇的是別人，我會願意微笑祝福的。

至少，我會盡量強迫自己願意。

但是，她不可以明明已經選擇了別人，卻不坦白告訴我她已經選擇了別人。這絕對絕對不可以。

這就是我坐在電話旁，思考了一個小時所得出的結論。

簡單，卻很合理。

鈴——鈴——

「喂？」是她的聲音。

「喂……是我。」

「喔，幹嘛？該不會又碰巧路過我家對面的便利商店了吧？哈。」咀嚼東西的聲音。

「沒有啦，笨蛋。妳在吃東西？」

「嗯，吃飯。跟我媽和我姊。」
「那妳爸呢？」該死，我這是什麼爛問題啊？
「我爸不常在家吃晚飯。」
「喔，喔。」
「你等我一下，嗨咻……呼——吃飽了。好，我現在回到我房間了，打給我幹嘛？」電話那一頭接連傳來了收拾碗筷和開關房門的聲音。
「妳現在……可以出來嗎？」
「出去？幹嘛？」
「陪我去吃個飯吧？我媽星期六不常在家煮晚飯。」
「不要。今天不想出門了啦，剛跟我姊去逛街逛了一個下午，快累死了。」她竟然說不要。
「逛街？去哪逛？」我隨便問。
「去哪逛？新光三越啊。」
「喔。」
「結果什麼也沒買。」
「喔。」
「一直喔什麼啊？你今天怪怪的。」
「沒有啦。唉唷，走啦！就陪我出去吃頓晚飯嘛！否則我得一個人孤零零地在外面吃飯，好可憐的。」
「就說不要了啊！我已經換好衣服了啦。」她還是不要。
「換好衣服？換好什麼衣服？」
「當然是睡衣啊。」

我看了看錶。七點十五分。

這……這像是該換上睡衣的時間了嗎？

「喔。睡衣是細肩帶雪紡紗還會隱約凸點的那一種嗎？」

「不是啦！你這大色狼。」

「啊，不是緊身系列？那該不會是印有米奇和米妮的可愛系列吧？」

「只是普通的運動服啦！神經啊你。」

「既然是普通的運動服，那妳就穿著它陪我出去吃飯就好了嘛！不需要再另外換衣服了！」我也不知道自己現在是在幹什麼，因為本來不是要打電話來問清楚她跟成軒之間的事情的嗎？怎麼現在變成好像在央求她陪我吃飯。

「不要！我才不要穿運動服出門。」她的口氣很堅持。

「……那……那妳可以再換一下衣服啊？」或許是那個年紀的我還太蠢，竟單純地以為她可能真的只是因為服裝的關係才不想出門。

「不要不要不要！我現在就是不想出門了嘛！而且我已經吃過晚飯了啊！」她口氣一變，突然拉高了音調叫道。

「喂、喂……妳幹嘛突然兇啊？上次妳不也是吃過晚飯才出來的……」我有點措手不及，在嘴裡喃喃說道。

「喂！那不是那個問題！你到底知不知道？我上星期跟你出去已經……已經是很……已經是很難得了耶！你知不知道有多少男生要邀我出去？有人邀了我幾十次、幾百次我也沒跟他們出去過！我……唉唷！我本來就是很難邀的女生啦！就算是你，也不是每次邀我出去、我就得要跟你出去吧？」她劈哩啪啦說出來的每一個字都有如淬著毒液的利箭，扎進我耳裡的時候異常地酸刺。

但這每一句話，卻偏偏又合情合理得教人百口莫辯。

對。我是沒有比其他那些要追她的男生特別到哪裡去。

所以上次她願意跟我出去，可是給足了我面子。

那是一種珍貴的恩賜，輪不到我來討價還價。

就因為她是校花。但我什麼都不是。

我只不過是小黑，不管哪一方面都很平凡的小黑。

配不起妳校花的小黑。很幼稚，但我只能這麼想。

電話的這一頭，我陷入了一陣無聲靜默。

忽然覺得自己在她面前，似乎永遠也必須這麼……

卑微。

「如果是成軒那個王八蛋呢？」我沉沉地拋出了一句。胸口深處一團無名燃起的火，讓我不顧風度地嗆出了如此粗魯的措辭。

「成軒？這、這關他什麼事了啊？」她問，口氣有一絲驚愕。

「如果是成軒現在邀妳出去吃晚飯呢？妳就會答應吧？！對不對？」我理智正在流失的語調裡，充斥著尖銳的質疑。

「你又來了！你不要無理取鬧好不好？這到底又關他什麼事了啊！」校花嚷道，分貝同步升高。

「我根本沒有無理取鬧！多少人在說你們老早就已經在一起了！那妳叫我要怎麼想？要怎麼想？妳教我啊！妳到底是打算把我當成什麼啊？！」彷彿脫韁野馬般傾巢而出的怒火衝燒著我全身，握著話筒的手正在劇烈顫抖。

「多少人在說？是誰在說的？！我都跟你講過了！我跟他就只是很熟的朋友！你也一樣！你們都是我很熟、很特別的好朋友！就只是這樣而已！你跟他都一樣！」她激動地反駁道，說出來的話卻像壓垮我的最後一根稻草。

「好啊，妳說我跟他都一樣……，」我深吸了一口氣，說：「那我算什麼？妳、妳知道我對妳的……對妳的好，那妳……妳難道都沒有一點點喜歡我嗎？都……都沒有嗎？」我的聲音正在逐漸衰弱。

「我是很喜歡跟你講電話的感覺！我是很喜歡跟你聊天！我也很喜歡你講笑話給我聽！可是我不喜歡你這樣！我討厭你這樣！」她叫道，聲音已經有點沙啞：「我當然知道你很喜歡我！可是我還沒辦法完全喜歡你這個人！我還需要多一點時間！所以你不要給我這麼大的壓力！不要給我這麼大的壓力！……」

然後哽咽。

「那……成軒呢？」我問，強忍住衝到我鼻頭的一口酸意。

「他也一樣……你們都一樣！你們都對我很好……但是、但是不要叫我選……我現在沒辦法從你們當中選擇一個！我還沒辦法跟你在一起！也還沒辦法跟他在一起……」抽噎著眼淚和鼻涕，她接著哭叫道：「不要了！我不要了！你們兩個我都不要了！都不要了……」

我安靜了，再也說不出，任何一句話。

而她，只是一直一直哭。

突然間，電話裡只剩下我沉沉的呼吸，和她細細微微的啜泣。

我一瞬間好像終於明白了是怎麼回事一般，身體一縮，驟然打了一個寒顫。然後一個寒顫又接著一個寒顫。

內心深處的某種感情正在急凍，眼瞼周圍的某種液體卻正在滾燙。

心臟不曉得為什麼，重甦了。

「對不起……妳不要哭了。」我很用力地咬住嘴唇，想藉此把眼瞼周圍的那某種液體給逼回去，但這一咬反而更糟。

「好啦……不講了……我媽叫我吃水果了……掰。」她抽噎著說，電話掛得很急。

「嗯，掰……」急得在我說出這句話之前，電話的那一頭已經斷了。

我輕輕放下話筒，就地一躺，後腦勺貼在冰涼的地板上。

嘴角泛起一絲歇斯底里的抽動，開始冷笑起自己一直以來膚淺到極點的愛情。

呿。還以為自己與眾不同，追校花捨我其誰。

還以為校花喜歡我是理所當然，誰叫我講話好笑，泡妞手段又高竿。

還以為校花遲早是跟我在一起，其他的男生都給我閃一邊涼快。

還以為一切，都如此必然。

但我卻從來就沒有認真地想過，自己是不是真的喜歡她。

如果是的話，是喜歡她哪一點呢？

又，是從什麼時候開始喜歡她的？

是坐在她隔壁的那一天開始的嗎？那一天，是哪一天？

哎呀，或許我根本就沒真的多喜歡她啊！搞不好這一切感情的開端，都只是基於我個人某種愛慕虛榮、覺得追到校花很屌的缺陷人格罷了。

我看八成是這樣啦！八成是。

所以我沒什麼好生氣的啊！可不是嗎？

反正既然我也不是真有多喜歡她，那追不到就算了，不會怎麼痛的。

我大字形平躺在地板上，在鬆弛了自己一直以來患得患失的緊繃情緒之後，竟嗤嗤呵呵地笑了起來。

好好笑喔。我根本沒什麼好生氣，也沒什麼好難過的啊！

反正我也不是真的有多喜歡她，那追不到就算了嘛，不會怎麼痛的。

但，既然是這樣，為什麼我的眼淚還會一直從兩邊的眼角流進耳朵裡去呢？誰來告訴我？為什麼？

這一通電話的吵架，把我們的距離也吵遠了吧……

我心想。緊咬著拳頭，我躺在冰涼地板上的身體，在顫抖。

□

七月二十日。

大學聯考成績單寄到學校的日子。

該來的，終究還是要來的。

那張紙上的分數，將決定我未來四年人生是彩色還黑白。

十點五分，平常的第二堂課剛下課，第三堂課快要開始之前。

我和明哲、阿佑、陽痿這幾個換帖好友相約一起到學校拿成績單，順便打算在久違的學校籃球場狠狠打他個幾場籃球，舒展舒展大夥兒放暑假之後開始日益痴肥的身體。

明哲率先從九點鐘方向走來，一邊聽著隨身聽一邊吹著口哨，神色看起來相當輕鬆。

緊接著出現在三點鐘方向的陽痿可就沒那麼從容了，瞧他一副聽天由命的凝重神情，全寫在他眉心深陷的三條深溝裡。

最後在六點鐘方向出現，彷彿聽候發落的囚犯般面無血色地走來的人，當然是阿佑。只見他雙手緊緊握住掛在脖子上的紅色平安符，一邊朝著天空膜拜一邊朗誦佛號，想必是正在祈求大恩大德的佛祖，不要把他流放到七賢路上的重考補習班受苦受難。

倚靠著校門口旁一根柱子的我，則忐忑不安地頻頻擦汗。一方面固然是忐忑著自己的成績，另一方面同時也不由自主地忐忑著校花的成績。

四條人影，四種心情。比肩走進學校大門。

就在我的大腳正要跨入這睽違好幾個禮拜之久的大門之際，神妙的一瞬間，那個我畢生最迷信的諭示又出現了。

迎著一道不算刺眼的陽光，斜斜打落在我臉頰的頃刻，我左眼皮上方的那條筋突然無端跳動了大概六下，或者七下。

我雄軀一震，動作一瞬間暫停，左眼皮那紮實有力地跳動，霎時彷如電流一般擴散至全身。

誠如我之前提過的，從小到大，右眼皮的跳動一直是扮演著預告我人生中重大慘案發生的角色。而此刻跳動了六、七下的左眼皮，則正好與右眼皮相反。到目前為止的人生中，我的左眼皮跳動次數雖然只有右眼皮的二分之一，但是只要它一跳，就一定會有好事發生，並且絕少例外。

它會在要領取聯考成績單這麼一個特別的時間點，突如其來地跳這六、七下，我相信背後一定存在著某種意義。

請不要怪我迷信。

你也知道，人類往往在自信不足的時候，特別容易對身邊某些奇妙的暗示抱持期待。

走進教務處辦公室，我們看到穿著休閒Polo衫的水鬼已等候多時。

真的很不搭啊。

啊，我說的是那件休閒Polo衫，跟水鬼那張臉。

「你們四個！過來。」水鬼吆喝，手裡拿著很像是成績單的不明紙張。

明哲還在聽隨身聽，陽痿全身顫抖，阿佑魂飛魄散，我的心臟瀕臨爆炸。

「杜明哲！」水鬼朝桌子猛力一拍，啪地一聲豪氣地站了起來，吼道：「Well done！幹得好！」

一掌重重地拍落明哲的肩膀，水鬼的眼中充滿了愛才惜才的讚許之色。這還是我三年來第一次聽到教數學的水鬼開口撂英文，由此可知他此刻的心情有多麼激動。

更令人瞠目結舌的是，明哲的聯考分數竟然高達相當誇張的全國第二十六名，台大法律系的第一志願頭銜，只能說已經像一片蛋糕般輕而易舉地成為他的囊中之物。此外，在班上素有數學小泰斗之美稱的他，也不負眾望地在數學一科中掄下了滿分，對，沒錯，是滿分，也就是彷彿在嘲笑命題老師「出這什麼鳥題目啊？也太簡單了吧！」的滿分。

明哲拔下了隨身聽的單邊耳機，上前從水鬼手裡接下成績單之後，竟然還挖著鼻屎擺出一副「這應該不算什麼吧？」的死菁英臭屁嘴臉，接著又把拔下來的單邊耳機塞回耳朵，成績單則只是隨便一揉塞進上衣口袋。

這混蛋。永遠不曉得那些再怎麼努力也考不上大學的人的悲哀。

啊！我可不是說阿佑喔。

因為阿佑那傢伙到現在為止，根本連「努力」兩個字要怎麼寫都還搞不清楚。

「楊英偉。」水鬼原本高亢熱情的聲音一下子收斂，只是淡淡地叫到陽痿的本名。

「有。」陽痿聽出水鬼語氣上的冷熱變化，不禁抖了個寒顫。

「很可惜，老師本來以為你可以考得再更好一點的。」所幸水鬼的語氣雖然不若剛才對明哲講話時那般熱情，但嘴角還是咧出了一絲笑容，拍了拍陽痿的頭表達對陽痿三年來認真唸書的鼓勵之後，將成績單遞了給他。

陽痿的成績其實已經算是相當不錯，有機會落在國立大學的邊緣不說，選填私立大學的話則絕對可以進入非常理想的科系。

陽痿笑了笑，把成績單小心翼翼地放進口袋，對自己的成績似乎也還算滿意。

「胡定佑。」水鬼喊出阿佑名字的聲音，就像沉進水裡的石頭一樣重。

阿佑一聽到這聲音，嚇得眼睛已經翻白。

「坦白講……你考得不太好，老師也很遺憾，但是這個分數填一些私立學校的冷門科系應該還是有機會的，只是如果你不甘心的話，老師其實比較建議你重考……」水鬼嘆了一口氣，對眼前這個三年來從不唸書的孽徒感到無可奈何的灰心。

「什麼？真的嗎？！老師？我這個分數還是有大學可以唸嗎？！」無可救藥的阿佑完全不鳥水鬼關於重考的建議，一聽到自己還有大學可讀，興奮得差一點要跳到水鬼背上唱歌。

水鬼搖著頭把成績單拿給阿佑，臉上佈滿無言以對的斜線。

明哲則在一旁打著呵欠直誇阿佑運氣不錯，神明庇佑。

「林博光，」水鬼鼻梁上的眼鏡鏡片閃過一抹陰寒的白光，說：「你讓老師很意外。」

我聞言挫退一步，開始瘋狂揉捏著剛才承諾要帶給我好運的左眼皮。

「真的，很讓人意外。」水鬼搖著頭說，臉上的表情誨澀難明。

我忽然感覺到自己彷彿置身快要翻覆的鐵達尼號，整個人陷入了搖搖欲墜的恐懼。

明哲相當關心地拔掉了單邊耳機。

陽痿瞪大眼睛。

正在手舞足蹈的阿佑突然定格盯著我。

神啊！你難道就要用這麼殘酷的方式，毀掉一個有為青年的一生嗎？

不！不要！

「坦白跟老師說，你是不是找槍手代考？」水鬼開口。

找槍手代考？這老還癲到底是在說什麼鬼話啊？

「沒、沒有啊！要去哪裡找槍手代考啊水鬼？啊、不、老、老師？」我緊張地答道。

「好傢伙，一匹黑馬啊。」水鬼很噁心地掐了掐我的臉頰，說：「你的分數要填上國立大學的法商學院也不成問題。」嘴角綻放出爽朗的笑意，把成績單交到我的手上。

我凝視著成績單上白紙黑字的分數，渾身劇震，只感到胸口澎湃不已。眼前這個分數，實在好得太不真實。

「博光，老師早就覺得你有潛力。」水鬼補充。好一個死馬後砲王。

雖然和怪物級的明哲還有一大段距離，但這絕對已經是足以令老爸和老媽欣慰得請我吃一頓王品台塑牛排的成績。

啊，王品台塑牛排？

說到王品台塑牛排……

「王品台塑牛排。」明哲伸出手，懶懶地呵了個呵欠。

「我請！我一定請啊！」我緊緊握住明哲的手，感激涕零地叫道。如果沒有他地獄式的鞭策，原本實力跟阿佑在伯仲之間的我，根本不可能在短短時間內晉升到這種水平。

告別了水鬼之後，四個準大學生在睽違許久的籃球場狂打了一天的籃球。在淋漓的汗水和歡笑之中，慶祝大夥兒在患難與共地賭上了三年青春之後，終於衝過了大學聯考這沉重的一關。

回到家，我立刻從包包裡掏出那張已經特地拿到沖洗店護貝好的成績單，向老爸和老媽報知這個喜訊。

老爸看到我出乎意料之外的好成績，除了哭得老淚縱橫之外，當場二話不說便決定要擇日犒賞我一頓王品台塑牛排慶功。

老媽則像是終於盼得兒子出運一般地欣喜若狂，馬上拿起電話跟一整個里、橫跨六條街的里民們報喜。其實老媽也太誇張了，這早已經不是那個大學聯考錄取率還低於百分之十的年代。

正在客廳沙發上蹺腳吃西瓜的老哥看了我的成績單之後，只是淡然地說了一句：「上了大學以後要是有辦聯誼的話，別忘了找我插花。」

咪咪則是象徵性地喵了兩聲，順便抬起後腿又當場拉了一坨屎，以表示牠盛情的祝賀。

回到房裡，我迫不及待，好想打電話給校花。

想告訴她我在考前因為特訓而把自己瘦成殭屍的努力，終於有了美滿的回報。

也想要問她考得怎麼樣。

可是我並沒有打。

自從在電話裡大吵了一架，自從「喜歡」、「不喜歡」這些太過露骨的字眼被大剌剌地講開之後，我就不知道該用什麼樣的心情來面對她，或者該用什麼樣的態度來跟她講話，甚至是……甚至是該怎麼很單純地，約她出來吃一頓飯。

一切都變得好困難。

於是我寧可選擇逃避。

一直到，她願意主動找我為止。

很消極。

但，目前的我似乎只能選擇這麼做。

□

聯考完的漫長暑假還真是越來越難打發。尤其在繳交完志願卡之後，好像除了等著分發學校之外就什麼事情也沒有。

說起來也真夠悲哀的了，在私立學校暗無天日地唸完了三年的高中，然後聯考一結束，整個人就像突然洩了氣的皮球一樣，頓時覺得流離失所，人生毫無重心。

為了排遣這麼無聊的時光，我和阿佑找了高雄火車站附近一家補習班發傳單的零工，然後又找了明哲，三個人一起團報了一家日文補習班學日文殺殺時間，雖然在上了兩堂課之後我們就發現日文五十音實在太難而沒有再去過。
看漫畫，打球，看電影，唱歌，打電動，逛街。
靠，無聊死了！怎麼會有這麼沒營養的人生啊？
高三的時候原本求之不得的各種玩樂，在唾手可得的一瞬間卻竟是如此空洞。
我打了個呵欠，突然有感而發。
然後又繼續看漫畫，打球，看電影，唱歌，打電動，逛街。
直到八八節當天。
放榜。
明哲一如預料地考上第一志願的台大法律系，斗大的名字被用一張相當醒目的紅紙張貼在校門口：「賀本校杜明哲同學高中第一志願台大法律系」，然後在『第一志願』的部分還加了粗體。
據明哲自己說，他在志願卡上面只填了三組志願，分別就是台大法律系下面的三個組：法學組、財經法組和司法組，結果在繳交志願卡的時候，負責回收的工作人員還很擔心地問他說：「同學你這樣沒關係嗎？你只填三個志願，真的很有可能會意外落榜喔！為了保險起見，我看你還是去桌子那邊多填幾個志願再來交好了啦，現在還有時間！」明哲則只是打了一個呵欠之後就走了。
一想到國家未來的律法很可能操控在這種臭屁傢伙的手裡，我就不禁對台灣的前途感到憂心不已。
陽痿上了暨南大學的……什麼系我忘了。總之他準備到南投去過過鄉下地方悠閒的生活。
還挺適合他樸實內斂的個性。
只是據說在那裡上課上到一半，不定時還會有野生的台灣黑熊衝進教室旁聽，希望他在那邊生活的時候要特別小心。
至於阿佑考上哪裡我看就不要說出來好了，因為就算說出來，說不定還是有很多人不知道是哪裡，那樣很尷尬。

我則是填上了位在台北的中興大學法商學院的企管系，後來在我大二還大三的時候改制成了台北大學，並且更率先取消了「二一」（二分之一以上的學分被當就得強迫退學）這個讓糜爛的大學生們感到芒刺在背的制度，讓我不禁豎起大拇指讚嘆這真是一間開明的好學校，不枉費我當初選擇了它。

透過老哥新買的電腦，我使用當時還是電話撥接的超慢網路連上查榜系統，輸入校花的名字「周妍文」搜尋之後，在跳出來的六筆同名同姓的考生資料中，點進了准考證號碼和我最接近的那一筆資料。

「**政大日文系**」。

顯示在螢幕上的這個結果，無疑令人感到非常高興。

一方面我高興校花能填上她理想的日文系，另一方面則高興兩個人將來都會在台北。

但，我也就只能默默地，傻傻地自己一個人高興。

回頭想想，從那一次大吵架到現在，也已經過了一個多月了。

遺憾的是，校花到目前為止依然沒有來過半通電話。

就像是……突然間從我的世界蒸發。

放榜的這一天晚上，來自班上同學總計五通的祝賀電話裡，沒有半通是校花打的。

反倒是校花的姊妹淘，小碧，相當難得地打了電話給我。

「喂，博光嗎？恭喜恭喜呦！沒想到你考得這麼好！」小碧的聲音依舊爽朗中帶著點俏皮。

「小碧？挖賽，稀客耶！好久不見啦！妳怎麼知道我考得不錯？」我熱情地打招呼。

「我們今天有去學校找老師啊！水鬼上網把全班同學錄取的學校和科系都查出來啦！沒想到看你平常功課爛爛的，最後竟然還考上國立大學！」小碧吐槽道。

「唉呀，考試這種東西是運氣運氣啦。妳剛才說『妳們』今天去學校找水鬼？『妳們』是指妳跟……妍文嗎？」我問。

「喂，你怎麼沒先問我考上哪裡啊？沒禮貌！」小碧嚷嚷道。

「妳？不是輔大國貿……還是輔大新聞來著的嗎？」

「啊！你怎麼知道？是輔大國貿啦！」

「喔，我今天也有上網路查榜啊，反正閒閒沒事就順便查了一下妳考上哪。」

「哦？那你也知道妍文考上……」

「政大日文嘛，當然知道啊。」

「喂，我不知道該不該這樣問你，可是……你們兩個……最近是不是在吵架啊？」小碧突然從天外飛來的一問，卻正中了我的痛處。

「啊？妳、妳知道這件事？這個……唉呀！其實也不能夠算是什麼吵架啦。就是有一點、有一點……怎麼講？妳知道的啊，就是有一點那個嘛。」我坑坑疤疤地答道。

「有一點那個？有一點那個是有一點哪個？」小碧問，這傢伙真的很故意，明知道我回答不出來還追問。

「靠。好啦，其實就是有一點小吵架沒錯啦。妳怎麼會知道的？」我噘著嘴哼哼地說。

「我怎麼會不知道？今天跟妍文去學校的時候，我問她最近跟你怎麼樣了，結果妍文竟然說她也不知道你最近怎麼樣，還說是因為你們很久沒聯絡了。我想說奇怪，你們兩個不是好得要命嗎？怎麼會變成很久沒聯絡了是怎樣？」

「啊哈……不瞞您說，我們已經一個月沒聯絡了。」我苦笑道。

「一個月沒聯絡？！為什麼？」小碧驚呼。看來校花也許並沒有跟小碧提及太多有關我們吵架的原委。

「這說起來很複雜，可能要解釋一、兩個小時以上，有空再跟妳說。」我停頓了一下，問：「小碧，妳……妳知道成軒這個人嗎？」

「喔……？知、知道啊。啊！所以說……你們是為了成軒而吵架的？」小碧並不笨，但也有可能是我在講到『成軒』這兩個字的時候，語氣中不小心透出了太強的殺氣。提到成軒，我今天倒是在網路上也順便搜尋了一下「張成軒」這個名字，結果沒想到那可惡的傢伙竟然硬是了得考上了清大，氣得我在電腦前當場咳出一口血。

「嗯……算是吧。那妳知道他跟妍文是什麼關係嗎？」我問，心裡卻有點害怕小碧會講出什麼讓我跳起來的答案。

「老實講這個我也不太清楚耶，你沒有自己問妍文嗎？」小碧答道。呼，還好。小碧誠懇的語氣聽起來不像是有所隱瞞。

「嘖，就是問了所以才吵架的啊。」

「是喔……」小碧沉吟了片刻，突然轉移話題說：「對了對了，八月十七日是七夕情人節耶！你有沒有打算對妍文做些什麼表示啊？」

「七夕情人節？嗯……要做些什麼表示？我和她並不是情人啊，我們只是朋友。」我淡然地說道。

「朋友你個大頭！你難道不是喜歡妍文的嗎？」

「唉呀，這個跟喜不喜歡無關，重要的是我們並不是情人啊。既然不是情人，幹嘛還要做什麼表示？」

「是這樣子說的嗎？」小碧問，不以為然。

「是。」我回答。

「那、那……那可是你還是可以趁著這個特別的節日，送個什麼禮物給妍文啊！你們不是已經很久沒聯絡了嗎？藉這個機會重新修補一下感情啊！哪，冷戰了一個月的苦情鴛鴦，在七夕夜裡牛郎織女的祝福中重修舊好，多浪漫啊！」小碧在電話的那一頭，自己一個人講得好High。但是像這種把事情想得很單純的語氣，不是阿佑那傢伙才會有的邏輯嗎？

「唉唷，妳在胡扯什麼啦，真是的。」我沒好氣地說。

「送嘛！送嘛！」小碧極力煽動著。

「幹嘛送啊？！這樣很怪好不好！」我反抗道。

「哪會怪啊！情人節送個禮物給要好的異性朋友也很ＯＫ啊！都什麼時代了！」

「不要啦！情人節送禮物給要好的異性朋友明明就好怪！」

「不會啦！相信我！快，要送喔！搞不好妍文也期待著你會送什麼小禮物給她啊！」

「嘖……會嗎？」

「會！你們兩個明明就很要好，幹嘛不敢送啊！」

「啐，好啦好啦！我知道了啦。這件事情讓我考慮一下。」我看著懸掛在牆上的月曆，說。

「要送喔！我可是很看好你跟妍文的喔！」小碧要掛電話之前還不忘再次叮嚀，真是標準的皇帝不急，急死太監。

嗯……八月十七日嗎……

我很猶豫。

畢竟這一個月來，校花並沒有跟我聯絡過半次。

半次，就連半次都沒有。

只是從我第一次打電話給校花以來，第一次這麼久沒通過電話。

唉呀，其實換個角度想想，她或許其實也很想打電話給我，只是因為有其他的事情在忙，所以才沒打的啊，對不對？

她之前不是也說了嗎？很喜歡跟我講電話，很喜歡跟我聊天，很喜歡聽我講笑話的嗎？她只是還沒有辦法完全喜歡我這個人而已嘛，那應該只是時間的問題啦。

再說之前在電話裡面那次也不能算是吵架啊！那充其量也不過就是一點點小口角，就只是小口角而已嘛！是不是啊？那沒有什麼的啦。

哈哈哈哈哈。

……要真的是這樣就好了。

□

高雄漢神百貨地下二樓，一排排國外品牌的高級巧克力專櫃前。

兩條人影。

「七夕情人節……你買巧克力幹什麼？」明哲用他奇長的中指端了端鼻梁上的眼鏡，面無表情地看著我。

「怎麼七夕情人節是有規定不能送巧克力的嗎？」半蹲在一個專櫃前仔細挑選著巧克力的我，抬起頭來問。

「牛郎跟織女……他們吃巧克力嗎？」明哲眯起眼睛呵了一口呵欠，問。

「校花是校花，並不是織女。」我站了起來，神情嚴肅地說。

「好吧，校花並不是織女。但是你這張又黑又油亮的臉倒還蠻有成為牛郎的潛力的。」明哲伸出雙手，放肆地捏著我兩側的臉頰甩來甩去，接著笑道：「瞧，還有兩個小酒窩呢，真討喜。」

這傢伙在找死。

「放手！混蛋。」我用一記仰角七十五度的渦輪霸王肩頂開明哲正搓揉著我臉頰的賤手，轉身走向另一家走可愛風的日式巧克力專櫃。

「吵架？」明哲雙手插進口袋跟著走了過來，問。

「沒有啊。」我含混地說。

「少來，一定吵架了對吧？」

「……嘖，好吧，你怎麼知道我們吵架？」

「首先，快一個月沒聽你講過校花的事了，光這一點就很不尋常。而且你今天看起來很焦慮。一般要挑選巧克力送給喜歡的人，臉上通常都會掛著神采飛揚的笑容才對吧？但你現在的表情卻比較像是在挑選去參加追思會用的供品。」

「啐。其實怎麼講，我們也不是真的吵架啦！我們只不過是在電話裡發生了一點小口角而已。」我逞強地說。

「喔，是為了什麼吵架的？」明哲走近專櫃邊，拿起一個包了好幾層的巧克力禮盒湊到鼻子旁猛聞，迫使在一旁的店員小姐額頭上當場飄降像英仙座流星雨一般茂密的斜線。

「就說了不是吵架！我們只是在電話裡的一點『小口角』、就只是『小口角』罷了！那沒有什麼的！」我清脆的一掌拍在專櫃冷藏櫃的玻璃上，忿忿地說。

「好、好，我知道，我知道。那麼，小口角的理由是？」明哲放下了巧克力禮盒，手肘搭上了我的肩。

「哼。」我聳肩將他的髒手抖落。

「說來兄弟我聽聽嘛。」明哲又把手搭了上來。

「成軒。」我說出這兩個字的時候，眼神殺氣暴綻。

「果然。」明哲點點頭。

「哼。找你出來不是要講廢話的，快拿出你多年來欺騙女孩子感情的豐富經驗，幫我挑一盒厲害一點的巧克力。我跟校花已經一個多月沒聯絡了。」我側身走向左邊另一家看起來藝術層次很高的歐式巧克力專櫃。

「巧克力，有用嗎？」明哲跟在後面，自言自語式地呢喃。

「你說什麼？」我心不在焉，只是逕自拿起一盒盒包裝華麗的巧克力，從上下前後左右各個角度仔細審視。

「我說，你們不是吵架了嗎？然後……你們也並不是男女朋友的關係吧？既然只是一般的朋友吵架的話……送巧克力幹什麼？」明哲訕訕地問道。

「就說了不是吵架嘛！同樣的話你是要我講幾遍！」我好強地辯駁道。

「好啦好啦、不是吵架，不是吵架。總之我的意思是說，如果只是一般的朋友鬧不愉快，送巧克力要幹什麼？」明哲搔著人中說道，話中似乎有什麼深意。但我並不想知道。

「哼，這個你不會懂。雖然我們不是男女朋友，可是也絕對不只是一般的朋友。」我回頭看著明哲，食指在他面前晃了兩下，接著抱起一盒跟三十二吋螢幕差不多大的巨無霸巧克力禮盒，走向店員。

「小姐，請問這盒巨無霸巧克力的保存期限到什麼時候？」

「這個啊，它盒子底下的標籤有寫，我看看喔，嗯……常溫下可以保存三十天。」

「喔，謝謝。」

「那也不會是送這盒巨無霸巧克力禮盒。」明哲走過來，把我手上的巨無霸巧克力禮盒一把奪了過去，放回架上，說：「好吧，既然你說你們現在是友達以上戀人未滿，那麼講一個你們之間最曖昧的約定來聽聽？」

「最曖昧的約定？那是三小？」我歪著半邊臉，問。

「你剛才說你們既不是男女朋友，卻也不是一般的朋友，對吧？那麼一定是曾經有過什麼樣的對話，又或者是有過什麼共同的默契，才會讓你們變成現在這樣子的關係吧？」明哲又用奇長的中指端了端眼鏡，解釋道。

「原來這叫作曖昧的約定啊？那不用說，我跟校花之間當然有啊！我們可是約定好了要、要……我們約定好要……」虧我講得信誓旦旦，腦子裡卻什麼曖昧約定都翻不出來。

「約定好要怎樣？」明哲斜著眼睛看我，表情透露出強烈懷疑。

「哼！少、少瞧不起人！我跟校花早就約定好，」我語氣急促，總算吐出一句：「我跟校花早就約定好上了大學之後也要一直一直聯絡下去！而且、而且……」在講這句話的時候，連我自己都覺得這約定聽起來還蠻弱的。

「而且什麼？」明哲輕蔑地看著我，問。

「而且我們還打勾勾！用大拇指蓋了印章！」我總算記起這個意義非凡的動作，不禁振奮地說。

但話說回來，就算打了勾勾，這也不過就是一個以後繼續保持聯絡的約定罷了，根本就沒有太多所謂曖昧的成分在內，八成會被明哲吐槽的。

「嗯……」明哲皺起眉頭，看吧，要吐槽了。

「好啦好啦！我知道這沒什麼啦好不好。」我噘起嘴嚷嚷地說。

不料明哲非但沒有任何要打槍我的意思，還點了點頭說：「不錯，這約定夠曖昧。」

「真、真的嗎？曖、曖昧在哪？」我有點心虛卻喜形於色地問，很想聽聽明哲的高見。

「這很簡單啊。你想想看吧，校花從小到大有多少人追？然後到目前為止也從來沒有聽說有半個人追到過。那麼從以前到現在那些沒有追到校花的人，現在恐怕多半跟校花都沒有聯絡了吧？」明哲說。

「嗯。那又怎樣？」

「重點就在這裡。可是校花她還會希望一直跟你聯絡下去，就表示她並不希望你成為那些沒追到她，然後就跟她失去聯絡的人之一，再深入一點推敲的話，這就只有兩個可能性。第一，她想要跟你一直聯絡下去，是在暗示你千萬不要追她，就讓你們當一輩子的好朋友就好。第二，她想要跟你一直聯絡下去，因為你極有可能是她考慮要挑來當男朋友的候選人之一。你說，這樣的約定，夠不夠曖昧？」不知道為什麼，這種很像屁話的邏輯，從明哲的嘴裡講出來就是會有那麼幾分道理。

「明哲大師，那麼照你看來，是哪一種情況的可能性比較高？」我問，困惑的表情宛如一隻急切需要人指點迷津的迷途羔羊。

「你問的是廢話。當然是第二種的可能性比較高啊。如果是第一種的話，那她也未免太希望和你當一輩子的好朋友了吧？希望到還得用打勾勾這種這麼曖昧的形式來承諾這件事，這絕對不合理啦。」明哲抿著嘴唇頓了一下，接著說：「不過嘛，這種事情有時候其實也很難講啦，反正所謂的『曖昧』本來就是沒有絕對的。就拿我自己以前的例子來說吧，我曾經在幾年前遇過一個女孩，她明明心裡很喜歡我，卻一直用各種方式暗示我不要追她，後來在我的逼問之下，她才坦承那是因為她家裡管得太嚴，她爸媽強烈禁止她在上大學之前跟男孩子有任何進一步的交往關係，因此她才會希望我不要追她，因為她也害怕自己會對我情不自禁而做出讓她爸媽傷心的事。」明哲若有所思地看著十點鐘方向的遠方，長嘆了一口令人作嘔的氣。

「你編的這個爛故事，跟我現在面對的情況有什麼相似之處嗎？」我貓了他的臉頰一拳，把他從自我構築的噁心世界裡喚醒。

「靠咧你會不會打太大力！」明哲揉著一瞬間就紅了起來的臉頰，說：「嘖，反正我要說的就是，搞不好校花是因為有什麼外力因素，所以導致現在還不能跟你在一起，可是也許她心裡是喜歡你的，而且未來也是有可能跟你在一起的啊。否則她跟你打勾勾叫你一直跟她聯絡下去幹嘛啊！是有這麼缺乏朋友嗎！」

「嗯……好，你成功安慰到我了。」我反覆咀嚼著明哲話中蘊含的深意，問：「那，你到底覺得我該買什麼送她比較好？七夕情人節，我覺得我至少該趁機表示一下吧。」

「說到重點了。既然你們的曖昧約定是兩個人要一直一直聯絡下去……那我看不如就送一點細水長流的東西吧？」明哲嘴角溢出一絲高深莫測的微笑，用手臂勾住我的脖子把我架離巧克力專櫃。

漢神百貨附近的一條小巷，某家裝潢低調的工藝品店。

「沙漏？」我看著眼前一只玻璃管內，水藍色的細沙通過狹窄收攏的腰部，一粒接一粒地緩緩漏下。

「這個沙漏有沒有讓你感覺到時間流動的永無止盡？」明哲搭著我的肩膀，說：「哪，沙漏裡的時間漏完了，翻過來，時間又會繼續跑下去，永不終止。你們兩個不是約定好一直聯絡下去的嗎？送這個沙漏夠有意義了吧？」我之前也說過了，不管是什麼狗屁不通的邏輯，從明哲這種菁英份子的嘴裡講出來，不知為何就是會有某種奇妙的說服力。

「嗯。好像真的不錯。」看吧，我這不就已經快被他說服了嗎？

「相信我，你和校花之間的曖昧約定，需要的正是時間的考驗和淬鍊。如果最後你們真的在一起，這個沙漏將會意義非凡。」明哲拍拍胸脯，講一些我聽得並不是很懂的論調。

「真的？」我問，眼睛凝視著沙漏裡滾滾漏下的水藍色沙粒。

「比起一口吃掉就消失了的巧克力，能夠將時間無限期保存的沙漏絕對好一兆倍。」明哲把沙漏翻過來，原本快要積滿在底部的沙子又重新反漏了回去。

「真的？」我重複問了一次，這回眼睛則凝視著明哲。

「賭一把。就信兄弟我一次。」明哲拿起沙漏，塞進我的手裡。

我抿嘴沉思了片刻，掏出錢包轉身走向收銀台。

能夠將時間無限期保存？

Maybe。

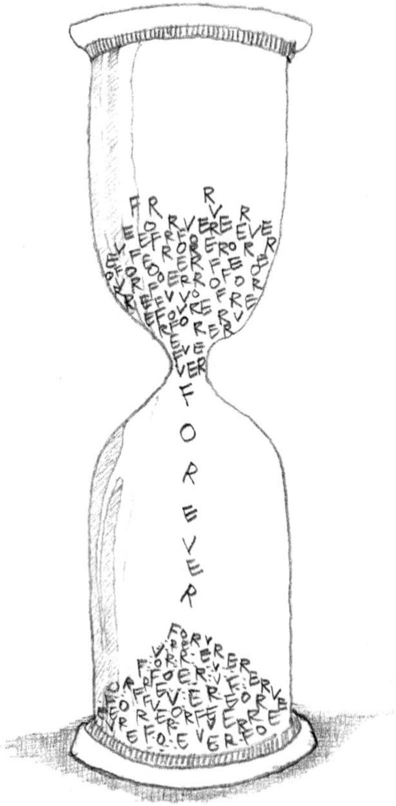
FOREVER

果真是這樣的話，我最希望無限期保存的，是坐在校花隔壁的那一段美好時光。
跟明哲坐在約定好要報答他的王品台塑牛排館裡，我一邊吃，一邊懷念著。
放在餐桌一旁的水藍色的沙漏，亮晶晶的沙子。
我送給她的第一個，也是最後一個禮物。

□

沙漏直立在茶几上的電話旁，水藍色的沙子以緩慢的節奏在底部逐漸堆高。
我拿起話筒，有點猶豫地撥出校花家裡的電話號碼。
鈴——鈴——
「喂？」曾經非常熟悉，如今卻有點陌生的聲音。
「喂，是、是我。」一個月沒跟她講過話了，心裡不自覺有點小小緊張。
「啊！」電話那一頭的聲音頓了一下，隨即熱烈地說：「是小黑嗎？好久不見了呢！最近都在忙些什麼啊？」只是這熱烈的語氣裡，夾雜的是一種很不自然的客套。
「沒有忙什麼啊，還不就每天吃喝玩樂嗎？哈。」我乾笑回答。
「哈，怎麼跟我一樣……啊，對了啦，聽說你聯考考得很不錯喔？！恭喜恭喜啊！」這傢伙還在繼續跟我說客套話。
「好說好說，託您的福。您也不錯啊，聽說政大的讀書環境和軟硬體設施都很不錯。」我索性也開始回以一些很敷衍的場面話。
「你知道我考上政大？」她問。
「當然知道啊，放榜那天我有上網查。」

「喔……那……可是那你怎麼都沒打電話來恭喜我？」她又問，語氣稍微恢復了一點她慣有的調皮。

「現在不就打來了嗎？也不過三天前才放榜的嘛，現在恭喜還不算太晚吧？」我反問，然後又補了一句：「啊，對，所以……恭喜恭喜。」

「什麼嘛。」她嘟囔地說：「不過這個恭喜還是太晚了喔！這三天裡面，全世界的人都已經打電話來恭喜過我了，就你還沒有。」

「唉呀，這個妳就不懂了，其實我就是擔心妳這兩天道賀的電話可能會接不完，所以才故意晚一點打的啦！哪，設想得多周到啊妳看看。」我一邊打哈哈瞎扯，一邊卻覺得有點生氣。畢竟再怎麼說，我這一通電話頂多也只晚了三天，可是我等她的一通電話卻已經等了足足一個多月。

「你少來。」

「唉呀，幹嘛這樣，遲來的祝福還是祝福啊。」

「哼。好了啦，不鬧了，打給我幹嘛？」

「啊？喔，其、其實也沒什麼特別的事啦，只是想說好久沒見了，想問妳下星期六有沒有空可以出來一起吃頓飯？」想到一個月前同樣也是打電話邀她吃飯，最後卻搞得大吵一架的慘事，我頓時覺得喉頭一窒，講話開始結巴。

「下星期六？」

「嗯。」

「下星期六……嗯，等一下喔，你說下星期六……是不是七夕情人節那一天啊？」她問，尾音隱隱上揚。

「啊！……是、是啊。」我回答的音量相當孱弱，同時額角冒汗。

「可是……我們不是男女朋友啊。」她說，語氣似乎在強調什麼。

「這個我知道，但是那並不重要。我只是想約妳下星期六出來吃飯，然後順便有個小東西要送妳。」我說，語氣也像是在澄清什麼。

她卻沒有回應。

我於是有點慌了，連忙說：「喂，這、這應該沒有什麼關係吧？就只是一起吃個飯而已，不是嗎……？」

她依然不講話。

不安的汗水一瞬間爬滿了我的額頭和人中。

「幹嘛不說話啊妳？喂！」我抬高的音調裡滿是倉皇。

「我覺得……」她總算開口了，卻只是淡淡地說了一句：「我覺得你這樣太急躁了。」語氣，清冷地像一杯沒有溫度的水。

「太、太急躁了？喂、喂！我不是說了我只是想找妳一起吃頓飯嗎？那就只是剛好那天是七夕情人節而已嘛！這跟急不急躁有哪門子關係啊？！」不知道為什麼，『急躁』這兩個字從她口中說出來真是刺耳極了。

「既然是這樣，為什麼還要送什麼小東西給我？」她冷然反問，真不知道到底是在追根究底些什麼。

「嘖！那是因為……那、那是因為我想說，反正既然剛好碰上了這個七夕情人節嘛！那我前幾天又剛好跟明哲去逛街，看到了一個不錯的小東西，所、所以就順便買了下來想說送給妳啊！那就只是順便、純粹就只是順便而已！並不是刻意去買來的！也並沒有任何暗示成分在內的！ＯＫ？」我試圖解釋又或者否認些什麼，但口氣卻異常困頓。

「嗯……可是我不是說過……我、我不喜歡你這樣子嗎？你這樣……你這樣只會給我很大的壓力。」她粗重的呼吸聲裡只聽見滿滿的反感和排拒。

但我不懂。

不也就只是一個要不了多少錢的便宜沙漏嗎？我又不是送妳勞力士！那這到底是會有什麼很大的壓力了啊？真的很奇怪耶！

「呼——我一定要申明一點，我絕對，絕對沒有要給妳什麼壓力。我發誓，那就真的只是一個很小很小的禮物罷了，甚至是妳可能一看到就會馬上笑它是便宜貨的那種禮物，這樣的話應該是沒有什麼大不了的吧？」我按下在心裡翻騰的不快情緒，盡可能以平穩的口氣說話。

「可是、可是你這樣就是在給我壓力啊！我們……我們就不是男女朋友嘛！那為什麼要在七夕情人節這特殊節日送我東西呢？！」她根本沒聽進去我說的話，只是一味地強調這個給她壓力的論調。

「喂！妳、妳是怎麼了嘛？有必要反應這麼激烈嗎？也就送個禮物而已，有什麼這麼不能夠接受的嗎？其他很多男生不也一樣，在情人節的時候送過妳很多禮物了嗎？」我問，眉心不自覺地糾結深陷。

我不明白。

真的一點都不明白。

我不明白為什麼我隔了一個月後好不容易才又鼓起勇氣打電話給她，她卻非得用這種口氣跟我說話？幾個月前坐在隔壁座位的時候明明就不是這樣！明明就不是這樣！那時候我們的感情明明比誰都好，我們明明還打了勾勾約定好，上大學以後也要一直一直聯絡下去的！不是嗎？那……為什麼她現在會變成這種態度？這世界到底是突然發生什麼事了？我不明白！我真的不明白！

正當我還在對這一切變化感到措手不及的時候，更讓人心寒的一句話已經刺了過來，直直地，指著我的心臟。

「你希望跟那些男生一樣是嗎？那好啊，那你就把禮物拿到我家樓下，寄放在大樓管理員那裡吧，我有出門的時候再順便跟管理員拿就好了。」她的話，讓電話的話筒，讓握著話筒的我的手，讓我整個人由頭到腳的全身上下，都，結冰了。

整個房間就像沉入了深海一般，不只寒冷，而且一片漆黑。

「為什麼……妳要說這種話？」我問，語氣卻藏不住那逐漸增強的顫抖。

「我沒有說哪種話啊？你不是堅持要送禮物給我嗎？以前其他男生要送禮物給我的時候，我懶得下去拿的話，也都會叫他們先寄放在管理員那邊啊。」這句話，冷酷得讓我簡直不敢相信是從校花的嘴裡說出。

她到底是怎麼了？！這世界到底是發生了什麼事？！為什麼好像一切全都變了？！變得這麼令人無力！變得這麼陌生！

我閉上眼睛，倒吸了一口氣。

很深很深的一口氣，不讓眼淚滴落下來的一口氣。

說。

「好吧，好。我會……嗯，我會寄放在管理員那裡……妳有空記得下樓拿。」

我的聲音開始沙啞，距離哽咽也許只差一步。

她聽出了我聲音裡的異樣，只是嘆了一口氣，說：「你下星期六到我家樓下的時候……再打電話給我吧。先這樣啦，我應該也差不多該去洗澡了，掰掰。」

「嗯……」我沒有說話，只用喉嚨的力量擠出了一點疲弱的聲音。

「掰掰？」她說。

「唔……嗯。」我好像有什麼話還想跟她說，卻好像又沒有。

「快點跟我掰掰嘛，不然我要掛電話了喔！」她催促道。那種明明說了過分的話還能維持若無其事的語調，未免也太像一場惡作劇。

「唔……妳直接掛掉電話沒……嘟——嘟——嘟——嘟——……」電話已經斷了，在我話還沒說完之前。

「……關係。」我對著已經被切掉的電話那一頭，哽咽。

掛上電話，隨手將茶几上的沙漏上下翻轉，原本沉積在底部的水藍色沙粒又開始一滴一滴向下反漏了回去。

鼻腔的深處，傳來一陣欲振乏力的酸楚。

這種整個人一直往下掉的感覺……

是不是就是所謂的「氣餒」？

□

七夕情人節的晚上。

我騎著JOG90，以一種非常緩慢的速度，騎到她家那棟豪宅對面的便利商店。一路上因為一直心不在焉的關係，短短一趟不用到十五分鐘的車程，竟然在我不慎騎錯三次路的情況下，花了將近一個小時才抵達。

把車子停妥在便利商店的騎樓，我提起掛在車頭吊鉤上的紙袋，走向牆壁上的公共電話。

鈴——鈴——

「喂？」是她的聲音。

「喂……是我啦。那個……我、我現在在妳家對面的便利商店……」我一邊說著，一邊看到一對狀甚親暱的國中生小情侶從便利商店走出，女孩右手捧著一大束花，左手緊勾著男孩的手臂。

我一瞬間有點搞不清楚了。

搞不清楚在這麼一個到處瀰漫著浪漫氣氛的七夕情人節裡，自己到底是為了什麼而必須要如此心情沉重地站在這具冰冷的公共電話前面。

「哦，你來了啊？那你等我一下喔，我現在下去，啊、還是你先過馬路到我家樓下這邊等吧。」她的語氣就像接到乾洗店老闆打電話來通知衣服已經送到樓下時那樣平淡。

「嗯。」我輕應了一聲，卻不曉得還能說什麼。

過了一會兒，校花出現在豪宅的門口，穿著一襲我從沒看她穿過的連身運動服，戴著一副我從沒看她戴過的塑膠框眼鏡，十足居家的打扮，就像真的只是要下樓來拿乾洗店老闆送來的衣服。而那張即使是一個月不見還是依舊美麗的臉孔，卻透射著幾許陌生。

「哪，這個是給妳的，」我把手上的紙袋遞了給她，勉強擠出一個僵硬的笑容，說：「祝妳……七夕情人節快樂。」

「謝謝。」她回以一個並不怎麼熱烈的客套微笑，搖了搖紙袋，問：「裡面是什麼？」

「妳回去打開不就知道了。」我聳了聳眉毛，試圖故作神秘地說。

「喔，好吧。謝謝喔！」她用雙手將袋子舉得高高的，又搖了搖。

我摸著頭笑了笑，示意她不必跟我這麼客氣。

接下來的一分鐘，兩個人之間再沒有任何的對話。

她低下頭去，看著自己的腳尖在地上蹬啊蹬、蹬啊蹬地亂踩。

我則把雙手插進口袋，視線漫無目的地飄搖在左手邊的遠方。

包圍在兩人周遭的氣氛，疏離得甚至有一點尷尬。

突然間，輕盈跳動的腳尖往後踩退了一步。

「那……就先這樣吧？我上樓了喔。」她把鏡框壓低，眼睛由下往上看著我。

「等、等一下啦！」我下意識地連忙大叫住她：「呃……我是說，等、等一下嘛……我都已經難得騎機車騎這麼遠到妳家來了……，妳不跟我喝杯咖啡嗎？」在這種時候，我蠢得要死的腦袋裡竟只浮現出當年某個頗具人氣的廣告詞『再忙也要跟你喝杯咖啡』，於是趕緊拿出來借用一下。

她沉默了幾秒，挑高眉毛露出一種無辜的眼神說：「可是……我現在穿著睡衣耶，沒辦法在外面見人。」

「還、還好啦！妳這只是比較居家一點的運動服而已吧？哪裡算是睡衣啊！放心啦，什麼衣服穿在妳身上都還是比路上所有的女生可愛啦！」為了爭取多一點跟她相處的時間，現在的我什麼甜言蜜語都肯說。

她抿著嘴，腳尖蹬啊蹬地又在地上亂踩了幾下。

「那……就在我家附近散步一下好不好？我想散步。」她側著頭，說。

「好啊、好！那就散步一下吧！」我喜出望外，立刻點頭如擣蒜。即便我看出了她的表情其實有點勉強。

林立在馬路兩側的商店霓虹燈招牌，今晚顯得特別絢爛。

右手邊的古典玫瑰園餐廳，客滿。

古典玫瑰園再過去一點的真鍋咖啡店，客滿。

就連跟浪漫氣氛一點也沾不上邊的錢潮涮涮鍋，都大客滿。

而且門口竟然還有好幾對橫跨老中青三代的情侶在排隊。

浪漫的情人節，和愛湊熱鬧、愛裝浪漫的台灣人。

卻有兩個人，在既不浪漫、空氣又差的大馬路上散步。

並且兩個人還走得很開。

兩個人，就只是走著，走著。

沉默地走著，走著。

沒有對話，沒有牽手，沒有甜蜜，沒有笑容。
什麼都沒有。
都沒有。
我跟她，到底算是什麼？
朋友？
不像。
情人？
不是。
小黑和妹妹？
這稱呼是過去式了。
我不是笨蛋，我感覺得到。
感覺得到她的態度，和她的溫度。
不會錯的。
那是女孩即將三振一個男孩時的態度，和溫度。
「回去吧？我送妳到家門口。」我兀自輕淺地笑了笑，心裡彷彿已經覺悟了什麼。
「嗯。」她點了點頭，但並沒有看我。
回到了那座豪宅的花崗岩大門口。
「我上去了喔！謝謝你的禮物。」她舉起紙袋，側著頭說。
「嗯，希望妳會喜歡。」我抿著嘴點了點頭，說。
校花給了一個淺淺的微笑之後，轉頭走去。就在走進大門的前一刻，像是突然想到了什麼一般地停下腳步，回頭看著我說：「我改天有空再打電話給你吧！」

「嗯，沒關係。」我點了點頭，揮了揮手。也不知道道自己回答這句『沒關係』到底是什麼意思。

但我知道，或許這場夢……是該醒了。

屬於十八歲夏天的，這場美夢。

「砰！」我有氣無力的拳頭，砸在便利商店騎樓的柱子上。

可以的話，我多希望它真的只是場夢。

回到家，襪子一脫，我頹躺在冰涼的地板上，隨手抽出書架上的那本畢業紀念冊，無意識地翻到校花大頭照的那一頁。

在隔壁頁下方某處不起眼的角落，有我的大頭照。

看了看她，再看了看我。又看了看她，又再看了看我。

該死！什麼都先不要說了，單從外表看起來，我就已經配不上她的一百億分之一了啊！

她五官精緻，唇紅齒白，我輪廓模糊，唇黑齒黃；她氣質出眾，笑容甜美，我一臉平庸，笑容痴呆！站在生物學的角度來看，這根本就好比是孔雀和火雞的差異，又或者是紅龍和小丑魚的分別嘛！

啐。

原來我和校花的組合，打從一開始就已經嚴重違反了生物界的法則。

我真該早一點認清這件事的。

鈴——鈴——嗯？！電話響了？

難……難道是紅龍打電話來了？剛才要分開的時候，她說了有空會再打電話給我的！想不到她這麼快就有空了！

「喂！」我欣喜若狂，接起電話不由分說地大叫。

「靠，你幹嘛那麼爽啊！該不會是我極力推薦的沙漏成功幫你追回校花了吧？哈哈，就跟你說了沙漏才是王道嘛！來，再報答本軍師一客王品台塑牛排吧！」這居歪又勢利的口氣，除了明哲以外沒有別人。

「媽的都是你啦！建議我買什麼芭樂蕃薯的鬼沙漏！一點屁用也沒有！我看我跟校花之間根本已經完蛋了！還無限期保存的沙漏咧！保存個屁！早知道就買我的巨無霸巧克力禮盒不也沒事了！西瓜你個芭……」我不由分說打算先破口大罵這傢伙一頓再講。

「嘟——嘟——嘟——嘟——」啊，電話竟然斷了。

這混蛋！

就在我立刻拿起美勞工具準備做一隻明哲的小草人來插針的時候，電話又響了。

鈴——鈴——

抓起話筒我二話不說當然就是一頓幹譙：「靠！你這王八蛋出了餿主意竟然還敢掛我電話！媽的兄弟做到今天了啦！靠！」我殺意如虹的音量和氣勢幾乎要把話筒震裂。

「喂……？不好意思，請、請問林博光在嗎？」啊？不是明哲而是一位女孩子的聲音，但並不是紅龍。

「啊？對不起對不起，我就是，妳、妳是……？」我連忙為自己的失態道歉。

「我、我是小碧啦，你、你幹嘛一接起來就鬼、鬼吼鬼叫啊？」小碧說，聲音還在隱約發抖。

「喔、沒、沒有啦！我以為是明哲打來的所以才、才……唉呀！總之我剛跟明哲那混蛋結下了一點樑子。」我尷尬地解釋道。

「結下樑子？為什麼？你們兩個不是一直都是最好的朋友嗎？」

「呸，我才沒有那種淨愛出餿主意害人的爛朋友。」我一邊說，一邊暗下決心下次見到明哲非賞他一記肝臟攻擊不可。
「啊?為什麼聽起來像是發生了什麼有趣的事情?」小碧虧道。
「一點也不有趣，而且也一言難盡。不提這個了!怎麼?打給我什麼事?」我把畢業紀念冊闔上，塞回書架。
「沒什麼特別的事啦，就是打電話關心你一下啊!怎麼樣?有沒有送東西給妍文啊?」
「有啊。」
「真的?!送了什麼?送了什麼?」小碧雀躍地追問。啐，這傢伙真的是打電話來關心我的嗎?怎麼一聽起來就像是來套取八卦消息的啊?
「一個水藍色的沙漏。」算了，反正這些事情她問校花也會知道。
「啊……你送沙漏這麼老土的東西幹什麼?」小碧的聲音突然卡住，語氣裡充滿迷惑。
「這個嘛……」我回答不出來，但是我更確定了一件事，就是杜明哲，你死定了。
「那你跟妍文現在和好了嗎?」小碧問。
「不，情況糟透了。嗯……好啦，老實跟妳講也沒關係，我想我應該已經被妍文三振出局了吧，哈。」我苦笑道，語氣中隱含著一絲自暴自棄的成分。
「怎麼會?我前幾天才打電話給妍文，我有問她覺得你怎麼樣，她那時候還跟我說她覺得你對她很好，也很疼她，是她在認真考慮的對象耶!」
「真的?!」我的世界頓時又明亮了起來。除非小碧是說謊，否則這番話就彷如荒漠甘泉一般，來得好及時啊!
「真的。只是妍文說你太急了，她說她現在的心情其實還不是處於一個很想談論男女感情的狀態，所以她其實是希望你能給她一點時間，等她整理好心情之後自然會找你，不管……，」小碧語氣突然中斷，似乎正要說出什麼關鍵的句子。

「不管什麼？」我急忙問。

「不管她最後決定是不是要跟你在一起。」小碧這話讓我渾身一震。

「小碧，妳說妳是什麼時候打電話給妍文的？」

「三、四天前吧。怎麼了嗎？」

「不，沒事。我……可以拜託妳一件事嗎？」

「嗯？」

「如果妳有再跟校花通電話或見面的時候，請幫我跟她說我一定會等她，並且就照她希望的，在她主動找我之前，我暫時都不會再找她。」

「好，我會跟她說的。你可要加油啊！我們幾個姊妹都比較希望妍文跟你在一起喔。」小碧說的話總是如此令人溫暖。

「謝謝妳，小碧。我會加油的。」我握著話筒不由得心頭一熱。小碧真是個好人，如果她長得不要那麼像唐老鴨的話，我一定會叫阿佑追她。

掛上電話，我深呼吸了一口氣。

小碧說，校花的心情還不安定，需要時間整理。

當時的我其實並不太懂。但我並沒有別的選擇，我只能等。

小丑魚要追紅龍，就只能等。

我把畢業紀念冊又從書架上抽了出來，翻到成軒那一班。

啊，該死！沒想到這混帳竟然長得不像小丑魚！像土虱。

哈哈哈哈哈。

我隨手拿起一支麥克筆，在成軒的臉上加了兩條觸鬚。

哈哈哈哈哈。

紅龍，不會讓給你的。

我小丑魚，對著這本畢業紀念冊發誓。

□

時間一晃眼又過了兩個星期。大學的入學通知、註冊單據和選課資料已經寄到家裡。

接踵而來的是系上的迎新、註冊手續、打探選課情報、申請宿舍，一大堆的活動有得我參加，一大堆的事情有得我忙。

時間越過越快，越過越快。

然後，九月了。

樹上的蟬鳴聲逐漸稀微，暑假，已經結束了。

而我，也要上台北了。

從此之後，我不再是高中生，而是大學生。

我不再需要穿著很像外勞的學生制服和超高腰的學生褲，我不再需要背著上面印有校徽的超土軍綠色書包，我不再需要把頭髮剪到眉毛和耳朵的兩公分以上，我不再需要聽主任教官每天在校門口居歪我的儀容。

都不用。

我即將要面對的，是一個令人興奮的嶄新環境，是一段令人期待的嶄新人生。

大學。

一個傳說中可以讓你盡情糜爛的天堂。

手裡提著包括生日那一天在NET買的方格襯衫和厚到不行的絨布褲在內，兩大包塞滿衣服和雜物的行囊，我站在房門口，凝重地環視這房間裡的每一寸角落，離鄉背井前的不捨全寫在我糾結的眉心。

即便老爸已經說過，等我一上台北唸書，我的房間就會被改裝租人以貼補家用，但我會懷念你們的，這房間裡的一景一物，我會永遠懷念你們。

和書架上每一本和我共同經歷過聯考那美好一仗的參考書們道別，再親吻了牆壁上周慧敏海報的額頭一下，轉身。離開這個我已經生活了十八年的地方。

再見了，高雄。

完成了新生報到和宿舍入住的冗長手續，大搖大擺地蹺了大學生涯的第一堂課，並且跟新認識不到十分鐘的系上同學跑去唱KTV之後，我夢想中無法無天的大學生活就這麼正式展開了。

以一種墮落無比的形式。

剛上大一的新鮮人，課業壓力不多，課外活動爆多。

每天都有參加不完的社團迎新，每天都有認識不完的狗黨狐群。

學校的籃球場上永遠有人在等你去喊Play，凌晨十二點永遠有人敲門找你吃宵夜。

聯誼學伴一堆，舞會跳到鐵腿。

而有一件連我自己都覺得難以置信的事情我一定要說一下，就是我竟然變帥了。

脫離了高中時代的髮禁藩籬，我徹頭徹尾地改變了原本俗到極點的髮型，不只留長了劉海和鬢角，還巧妙地上了一點深橄欖綠的低調挑染，配上我一張生來就彷如歷盡風霜一般的蕭瑟臉龐，整個人竟然意外地從原本酷似甘比亞難民的小黑，脫胎換骨成帥到連金城武看了可能都要蹲下去哭的時尚型男，更因此屢屢成為系上的公關舉辦聯誼活動時指名出席的當家紅牌，在新生這一屆裡面也樹立了不小的口碑。

這不禁讓我感嘆，原來醜小鴨變天鵝的故事是真的，小丑魚也會有春天。

而跟高中比起來，在大學裡頭條件好的女孩也比想像中多得多了。

轟動全校乃至於名噪整條民生東路的法律系超級靚妹，號稱眼球直徑三公分，五官細得像假人。開學第一堂課就造成教室外大批圍觀人潮的合經系系花，身高一百七十幾，神韻酷似梁詠琪。社會系的蛋糕妹更神，不只靠一張治癒系的甜美笑容瞬殺無數高年級學長，一手精湛的烹飪手藝，更讓她一進學校就立刻成為蛋糕研究社的招牌，為向來以女學生為主的蛋糕研究社帶進史無前例的三十幾名男性社員，並且全數在兩週內向她告白。跟我同班的一位千金小姐，有臉有胸有腰有臀就不必說了，琴棋書畫外加大老二、麻將、天九、擲骰子樣樣精，再加上外傳她有一個開電子公司身價超過十億的董事長老爸，更讓她形同天之驕女的化身。

以上幾位剛進大學的新鮮人天后，不只讓校園裡的豬哥男同學們一個個無不趨之若鶩，像蒼蠅一樣成天沾附在她們身邊，彼此的擁護者們更在當年才剛開始流行不久的BBS上為誰才是這一屆的真正校花掀起了砲火猛烈的筆戰，吵得不可開交。

哼。

全是一群沒見過世面的傢伙。

這些女孩子，一個也稱不上是校花。

在我心裡面，始終就只有一個校花。

而我，一直在等待她的回答。

在準備上台北的前兩天，為了家裡的人聯絡方便，老爸特地到中古通訊器材行買了支二手的手機給我。我一拿到手機，馬上打電話跟小碧說我的手機號碼，請她找機會幫我轉告校花。

即使如此，我在等待的那一通電話卻始終都沒有來。

倒是之前陽痿提供給我的那幾個線民，在這段時間裡傳來了一個比一個還壞的消息。

還記得被我揍過的那三個愛亂說話的線民嗎？

沒錯，又是那三個小王八蛋。

首先，第一個線民這次說他在幾個星期前，曾經目睹成軒和校花走在西門町的街上，並且手牽著手。

我聽了之後，僅是淡然地笑了一笑，然後賞了他下巴一記石破天驚的羚羊拳。

再來，第二個線民說他日前曾聽他住在清大宿舍的朋友說，校花曾經數度現身在清大男生宿舍的門口。

清大，不健忘的你一定知道，那正是成軒唸的學校。

這表示什麼？

「你是想跟我說，校花到清大宿舍去找成軒嗎？！混帳！你少唬爛啦！」我雙手朝兩側擺開，凌空跳了起來，給了他太陽穴一記駭客任務裡的華爾滋迴旋踢。

第三個線民這回又是最扯的一個了。

他竟然說他聽某些親近成軒的人士說，成軒最近這幾個禮拜的週末經常上台北找校花，而且幾乎都是在校花租在外面的公寓過夜。

「媽的！有種你再說一次看看！再說一次看看啊！你把妍文當成是什麼樣的女孩子了？！你以為她是那種會讓男孩子在她家過夜的女生嗎？！下地獄去為你的胡言亂語懺悔啦！」這個人，被我用柔道裡最殘暴的關節技折磨得最慘，而這招是我同寢室的一位柔道社學長私下傳授給我的。

說到底，還是只有那第四個女線民最中肯，她堅稱成軒的女朋友是唸高雄女中的另一個長得很漂亮但很恰的潑婦，畢業之後好像考上了東吳，什麼系她卻忘了。

我二話不說，當然又是請她吃了一客在台北地區頗為流行的貴族世家牛排。

我選擇相信這位女線民，也選擇相信校花。

我相信，校花不會騙我的。

我只能這麼相信。

□

某個無聊晚上的十點多鐘，我坐在宿舍的交誼廳裡，一邊吃著零嘴一邊看NBA球賽的重播。

嘟嚕嚕——嘟嚕嚕——

放在一旁的手機響了。

那個時候的手機來電鈴聲不要說什麼六十四和弦的旋律了，充其量也就只有那麼唯一一軌的音符組合。倒是來電顯示這種基本功能還是有的，在黑白螢幕單調的畫面上顯示著明哲的英文名字，Jason。

「喂，嚼，嚼，嚼，嚼，幹嘛？」我接起手機，一邊嘴裡還咬著零嘴。對了，關於那個送校花沙漏的餿主意，在明哲頗具誠意地以一客我家牛排賠罪之後，秉持著得饒人處且饒人的精神，我終究還是寬恕了他。

「聯誼啦！快，不要說我這個做兄弟的有好康的都不找你！這個星期六早上十點在我們台大校門口這邊集合，要去基隆跟北海岸！男、女生加一加總共會有個七、八台車吧！」明哲像在咆哮一般地嘶吼叫道，因為電話的那一頭好吵。

雖然這已經不是重點，但我還是善盡作者的責任交代一下好了。明哲高中時的那個女朋友，思吟，還記得這個名字嗎？不記得也沒差，因為她已經被明哲給甩了，同時也將隨之永遠消失在這篇故事中。至於箇中原因，據明哲自己說是因為思吟考上了台中的學校，明哲覺得遠距離戀愛終究還是太過辛苦，於是索性一上大學就快刀斬亂麻把那段感情結束掉，也因此明哲現在才能夠成天辦聯誼辦得不亦樂乎。

「你現在在哪啊？嚼，嚼，嚼，怎麼這麼吵？」我問。

「我們一群人在宿舍房間裡面喝酒開轟趴啦！媽的我剛被灌一堆啤酒，頭已經有點在昏了！」明哲話才說完，電話的那一頭突然傳來一陣女孩詭異的叫鬧聲。

「宿舍房間開轟趴？挖靠，你還帶女生回去宿舍開轟趴喔？嚼，嚼，嚼，可不可以問一下是哪種性質的轟趴啊？是猜拳輸了脫一件的那種嗎？是的話我現在可要立刻過去了喔！嚼，嚼，嚼，嚼。」我一邊吃一邊說，一邊暗暗羨慕著明哲荒淫無道的生活。

「靠北，不是啦！是系上一個同學的女朋友過生日啦！好啦，那不是重點，快一點啦！這星期六！來不來？」明哲催促叫道。

「參加是OK啦，可是你們聯個誼而已，跑到北海岸這麼遠的地方幹嘛啊！找一家餐廳一起吃吃飯聊聊天就好了不是嗎？」

「這是女生那邊提議的啦！她們說想去基隆玩！」

「嘖，女生是哪邊的啊？優嗎？」

「輔大輔大，保證優啦。」

「Hmm……嚼，嚼，嚼，啊靠，等一下、等一下，我現在看到報紙上寫說這個週末有颱風要來耶？『秋颱威力難測，請民眾務必嚴加防範』……喂！這樣你們還要去北海岸嗎？會不會太拚啊？！」我無意中瞥到坐在斜前方某位同學手裡拿著的報紙，上面除了斗大的標題外還刊載著一幅颱風行進路線圖。

「唉唷！你是老阿伯喔！有沒有怕成這樣的啊？我們是『大學生』、『大學生』耶！區區一個颱風我們沒有在怕的啦！而且你看清楚一點，人家颱風是星期天才要來，星期六根本就還在太平洋上面！」明哲鄙視的口吻，說。

「靠。那你們自己去好了，恕小弟不奉賠了。我一直都是愛惜生命並且拒絕以身犯險的大學生，噼，噼，噼……」我懶懶地說。

「啐！好吧好吧，那我只好跟你坦白了，不瞞你說這次的女生我已經有先看過其中幾個，正，真的正，保證不蓋你。做兄弟的我還特地幫你精心物色了一個，綁馬尾大眼睛，而且還長得有點像校花，到時候我一定盡我的能力內定她讓你載，怎樣？衝著長得像校花這一點，你應該就有動力來了吧？」明哲極力煽動著我。

「唔……是這樣嗎？」

「博光你聽我說，既然都已經上大學了，就應該敞開心胸多看看其他的女孩，不要為了死守著一棵樹就放棄整座森林！再說我也是看到這個女生長得像校花，才特別打電話邀你來的。」

「Hmm……」我陷入一陣沉思。

「而且最重要的一點是……」明哲語氣凝重。

「是什麼？」我卻泛起一絲不祥預感。

「就是我們剛好少一台車！是兄弟的話就幫忙湊個人數啦！星期六早上十點台大校門口，不見不散喔！沒來的人是小狗！掰掰！嘟～嘟～嘟～嘟……」

啊，電話斷了。

媽的咧我就知道！

還講得這麼動聽！明明每次找我去聯誼都是因為車不夠！

這該死的傢伙，星期六早上非拿機車大鎖狠狠鋤他後腦勺幾下不可。

我抬頭看了看掛在牆壁上的日曆，今天是十月二十七日。

那麼這個星期六的話……是十月三十日。

是十月三十日。

我從沒想到過這一天，後來竟成為我最永生難忘的一天。

□

星期六一早，我騎著從高雄托運上來的愛車JOG90來到那個有很多椰子樹的台大校門口。經過長時間的默契培養和反覆的練習之後，我總算已經慢慢掌握到催JOG90爆衝的油門而不被摔死的技巧，簡單來說就是那老生常談的四個字：「人車一體」。大腿內側牢牢夾緊車身，小腿採內八字姿勢稍微鉤住底盤，上半身微傾成七十至七十五度的斜角，放心地把自己的身體融入到車體裡面，形成一個生生不息的生命共同體之後，自然就能夠安全無虞地駕馭這台號稱有史以來摔死最多車主的終極超跑。

我抬頭看了一下椰子樹上樹葉飄動的狀況，雖然還無法感覺出很明顯的風速增強，並且微微飄降的毛毛雨也還在可以不需要撐傘的範圍內，但是東北邊天空越來越烏暗的顏色，卻似乎正隱隱預告即將襲來的颱風豪雨。

儘管如此，台大校門口還是擠滿了一團一團無視颱風威脅而正準備出遊的車隊，人車的陣仗很是驚人。目睹了這個盛況，我終於再次確認了大學生果真是社會上最不愛惜生命的一群人。

遠遠地，我在人群中輕易找到了明哲那張居歪的臉，同一時間他也看見了我，連忙打了個手勢叫我把車子騎過去。我故意把油門催得很慢，聚精會神地搜索著明哲身邊那一團人裡面，有沒有明哲說的那個長得像校花的女孩，但是我只能說一聲很他媽的遺憾，我根本就被晃點了啊混蛋！這一群路人裡面哪裡有像校花的女孩啊！

停好了車，明哲跑過來熱情地搭著我的肩膀說：「唉呀，來來來！我先幫你介紹一下今天參加這場颱風天聯誼盛會的人！」
「你說那個長得很像校花的女孩呢？靠，你不要怪我醜話先說在前頭喔，這種颱風天叫我冒著生命危險出來，如果你呼嚨我的話，那可真的不是一客王品台塑牛排就可以解決的唷？」我用手肘賞了明哲胸口一拐，小小聲地說。
「放心，兄弟一場，我哪時騙過你了？」明哲吃痛地咳嗽了幾聲，跑向前去拍了拍一位背對著我們的長髮女孩肩膀，說：「子伶，我幫妳介紹一下我兄弟！」
女孩轉過來，長髮在風中優美地一甩。
我呆住了。
走了過去，炸了明哲肚子一拳。
「更！你說她長得像校花是哪裡像？眉毛嗎？還是耳垂的輪廓？根本就一點也不像好嗎！」我抓住明哲的頭髮在他耳邊怒斥。
明哲抱著肚子彎了下去，艱辛地解釋道：「啊、啊不就是長頭髮、大眼睛嗎？你、你不是就喜歡這一型的嗎？」這傢伙竟然用這麼不入流的方式在跟我狡辯！
「如花也是長頭髮大眼睛啊混蛋！眼睛還很凸咧！照你這種講法的話，難不成我也會喜歡如花嗎？！」我一面表情僵硬地對著那位女孩乾笑，一面又給了明哲下巴一記羚羊拳。
「妳好，我叫子伶，今天要拜託你了喔。」眼前的女孩點點頭笑了笑，說。
「妳、妳好，我叫作博光，是明哲的高中同學啦……對、對了，我想要跟妳說聲抱歉，因為其實我的機車是90c.c.的關係，說真的這種遠距離的出遊實在是不太適合載……嗚！嗚！」該死！我話還沒說完，嘴巴竟然被明哲這混蛋給摀住！虧我之前幾次聯誼抽中籤王都用這招來擺脫的說！
「今天你們就好好相處吧！哈哈！」明哲從後面一把將我推向那個「長頭髮、大眼睛」女孩的魔爪，這沒義氣的傢伙竟然真的打算這樣對待兄弟！

我只能憨憨地摸了摸腦袋，憨憨地笑了笑，然後憨憨地把一頂安全帽交給那個女孩，然後轉過頭去狂掐明哲的脖子。

呼。

算了算了，說不定這個叫子伶的女孩，心裡也正在暗幹要給我載是件很倒楣的事。既然大家難得有緣相遇，我想我也不要做得那麼絕，要就待會騎到一半的時候假裝車子壞掉先設法脫隊落單，然後無可奈何地請她自己想辦法搭車回家，我再落跑就好了。畢竟天氣狀況這麼糟，摩托車會突然壞掉啊什麼的也都是很合理的。

「博光，你90c.c.的車子速度比較慢，為了避免脫隊，你還是騎在隊伍中間好了，我來負責殿後壓車。」明哲突然走過來，斜著嘴角奸笑道，明顯是已經洞悉了我的意圖，想讓我無法脫身。混蛋明哲，我真的好想拿大鎖貓你啊！

就這麼拖拖拉拉了個把小時之後，一行人、八台車，總算正式朝著已經烏漆媽黑成一片的北方天空出發。

在男子漢風度的驅使之下，我把機車裡唯一一件雨衣讓給了這位叫作子伶的女生，自己則穿著便利商店那種長度只到膝蓋的黃色塑膠雨衣。

緩緩遠離了台北市區，原本溫吞的雨勢突然一下子開始轉強，迎面掃來的風刀更是愈發刺骨，途中行經台北和基隆之間某個荒郊野外、人煙縹緲的工業區附近時，迅雷不及掩耳的一陣滂沱暴雨，伴隨著連續幾波尾勁極強的暴風斜打過來，我的JOG90好幾次快要盪飛出去，情況兇險萬分，多虧我幾番使出千斤墜神功穩住車身，外加死抓龍頭不放，才讓我們不致表演飛車撞山。

同一時候，我淺藍色牛仔褲的膝蓋以下部分，轉眼間已經濡濕成海水一般的深藍色，鞋子裡的儲水量也絕對已經足夠拿來當魚缸養魚；而坐在後座的子伶，除了整顆頭已經完全埋進我的背之外，兩隻手則是死命勒住我的肩膀以免不小心被風吹走。

靠！到底是哪一個智缺的傢伙說颱風是明天才會來的！都濕成這樣了還聯誼個屁啊！

我一邊大口大口地喝著微酸的雨水，一邊咒罵。

總算，在經過幾番瀕死掙扎的坎坷旅程之後，一行八台車終於光榮無比地以落湯雞之姿，活著來到基隆廟口夜市的附近。停好車，脫下安全帽之後，我赫然發現自己身上的黃色塑膠雨衣，已經像是經歷過一場槍戰一般地滿目瘡痍，額頭上的劉海則久久無法停止滴水。所幸大概是因為市區建築物多的關係，風勢感覺起來已經沒有那麼強了，雨勢則是一陣一陣忽大忽小。

儘管是颱風天，基隆廟口還是擠了滿坑滿谷飢餓的民眾，我們一群人撐著雨傘，在擁擠的巷道裡一一大快朵頤了超道地的天婦羅、鼎邊趖、馳名中外的三兄弟粉圓和堪稱王道的奶油螃蟹。在歷經狂風暴雨的洗禮之後，這些東西在一行人嘴裡吃起來倍感美味。

沿途中，明哲一直用眼神示意我過去跟子伶講話，他自己則是盯上了另一個裝可愛型的虎牙妹，不停地趨前攀談聊天。

剛開始我和子伶比肩走在一起時，只是蠢得跟個難得帶子女出來玩的爸爸一般，一直問她這個要不要吃、那個要不要喝，根本不知道該跟她聊什麼。所幸子伶是個比想像中開朗健談的女孩，俏皮無厘頭的講話方式跟小碧有點像，也會主動開一些讓人不太知道笑點在哪裡的玩笑，於是我也慢慢地敞開心房，開始跟她有說有笑，氣氛還算和樂融融。

並且在這個時候我才終於發現，子伶的背影的確是有那麼一點像校花的。

原來像的地方是背影。

「怎麼樣？大家都吃飽了嗎？那我們就出發去和平島海洋公園了喔？」明哲像個船長一般吆喝著眾人。

「好啊！」「爽啦！」「走啊走啊！」「殺！」「嗚喔喔！出發出發！」其他的水手們、啊不，其他的朋友們情緒高昂地附和著。

「靠北！最好是這種鬼天氣你們還要去和平島！」我一把勾住明哲的脖子，壓低嗓音罵道。

「本來就說好要去了啊！而且你看！現在雨勢也轉小了啊！應該沒問題啦！」明哲相當亢奮，卻沒有意識到自己在自欺欺人，因為從剛剛開始整個雨勢明明只有越轉越大的跡象，還轉小個屁咧。

看著身邊其他人此起彼落的吆喝，我只能用嘆為觀止來詮釋我當下的心情。

好一群不要命的瘋狂大學生，居然打算在這種瘋狂的天氣，去可能會有瘋狗浪的海邊聯誼。

但，我還能怎麼樣呢？

人都已經上了賊船了，退縮只會顯得我是個懦夫，這對以成為男子漢為畢生志向的我來說，是最沒有辦法接受的。

了不起這趟航程結束回家之後，再把船長給殺了就是了。

於是在基隆廟口買了一些點心和飲料之後，一行人又穿上了沒有實質遮蔽效果的塑膠雨衣，飛車前往和平島公園。

一路上越騎近海邊，不只風勢越發犀利了起來，砸在臉上的雨滴也越來越大顆，好幾次雨水飛射進眼睛裡面逼得我閉上雙眼的時候，我幾乎完全是靠第六感在騎車的。

而坐在我後面的子伶還是一樣，除了把頭埋進我的背以外，什麼都不會。

總算在十幾分鐘的亡命狂飆之後，和平島公園的標示牌已經依稀出現在前方，我勉強瞇著眼睛往左右兩旁張望了一下，發現這附近除了我們八台不要命的摩托車和兩、三條濕透的野狗之外，半個鬼影也沒有，而這時候狂嘯的海風撕裂空氣的聲響，已經大得我連摩托車的引擎聲都聽不清楚。

嘟嚕嚕——嘟嚕嚕——

啊，什麼聲音？

嘟嚕嚕——嘟嚕嚕——嘟嚕嚕——嘟嚕嚕——

在這麼一個環境險惡無比的時候，到底是什麼聲音？

嘟嚕嚕——嘟嚕嚕——嘟嚕嚕——嘟嚕嚕——嘟嚕嚕——嘟嚕嚕——

這是……是手機！我的手機在響！

該死！現在正在狂風暴雨的可怕海邊壓低上半身、集中精神飆車的我，哪有空把手機拿起來接啊！

嘟嚕嚕——嘟嚕嚕——嘟嚕嚕——嘟嚕嚕——嘟嚕嚕——嘟嚕嚕——

靠！吵死了！

我又急又氣之下只得勁貫右臂，在強風的吹擺下使出吃奶力氣穩住機車的龍頭，然後將左手伸進褲袋裡試圖把手機掏出，然而牛仔褲因為淋到雨已經濕透了的關係，緊得不得了，於是我手機就卡在大腿跟腰部附近那塊突起來的骨頭之間抽不出來，偏偏坐在後面的子伶又死命地用她的大腿把我的大腿往內夾，讓我的手機在那塊骨盆之間卡得更緊！就在這個剎那——

手機的鈴聲停了。

我哩咧哥安四聲我差點熊熊要罵出來！搞屁啊！虧我冒著摩托車飛進海裡的危險，在暴風雨中特地騰出左手來掏手機掏那麼久！

火大歸火大但是沒有辦法，我只好將抽出來到一半的手機又推了回褲袋裡去。

不推還好，這一推——

哥安四聲咧它竟然又給我響了！

嘟嚕嚕——嘟嚕嚕——

我這一把火可燒上來了，不管三七二十一地把大腿往外猛地一撐，當然這一來可能也連帶地把子伶的大腿給撐開了，但是我現在沒有空管子伶的感受了！我只想接電話！因為我不想錯過任何一通可能是校花打來的電話！我再度勁貫右手穩住車頭，左手插進口袋，猛力一抽，上面顯示著的是老哥的英文名字Alex，哥安四聲怎麼是你這王八蛋啊！

儘管我的鼻孔已經噴出了一縷憤怒的火焰，但既然手機都抽出來了，子伶的大腿也被撐開了，那麼還是聽一下好了，於是我按下通話鈕，把手機拿近到耳朵旁邊的時候——

赫然才發現我今天戴的是全罩式的安全帽啊混帳！是要怎麼聽啊？！

我真的快要氣爆了，只好把手機拿到嘴邊，再也沒有任何掩飾與避忌地嘶吼了一句：「幹！拎北在海邊騎車兜風，等一下再打給你啦！」然後切掉電話，大腿往外一撐，再次把手機塞回褲袋。

我側著頭過去跟子伶道歉，道歉我剛才這麼用力把大腿張開，很可能也連帶地掰開了她的大腿，希望這樣的行為沒有嚇到她才好。

但是整個臉埋進我背裡的子伶，不知道是睡著了還是風雨聲太吵沒聽到的關係，竟沒有任何反應。

也好，否則她要是要求我為掰開她的大腿負責，那我就困擾了。

又奔馳了幾分鐘之後，我們總算抵達了一個旅客休息中心。這休息中心外觀殘垣敗瓦的樣子，在颱風天裡顯得格外飄搖。即便如此，大夥兒還是迫不及待地停好車子，衝進裡面避雨，畢竟現在外面的風雨已經只能用毀天滅地來形容，這大自然發怒的力量要把我們八台車送進地府，就像人類要捏死八隻螻蟻般容易。

一位坐在休息中心打盹兒的歐基桑看到我們一群落湯雞衝進來，眼睛都嚇大了，指著窗外海邊一波波正在噬咬岩礁的瘋狗浪，劈頭問了帶頭的明哲一句：「肖聯耶，你們頭殼壞去啊喔？颱風天你們來和平島衝瞎？」

明哲沒有回答，只是一個勁兒的傻笑，一邊額頭上的水沿著鼻翼兩側湍急地流下。

子伶則證實是已經完全睡著了，因為剛才停好摩托車之後我要站起來時，她的頭差點往旁邊倒了下去。

我撕下了身上那件絕對已經宣告報廢的塑膠雨衣，從口袋裡掏出手機打算撥回去給老哥。

我撥，我撥……竟然撥不出去！混蛋！根本沒半格！

環顧了一下四周，我發現在休息中心入口附近的一根柱子上安裝有一具插卡式的公共電話，我於是只好向那個歐基桑買了一張電話卡，然後跑向公共電話。

「喂，老哥你找我？什麼事？」我問。

「哦，沒什麼事啦，颱風天無聊嘛，打電話問看看你在幹嘛。」老哥一派輕鬆地說，卻不知道他剛才差點間接殺了自己弟弟。

「問我在幹嘛？！靠！你害我剛才差點摔死在狂風暴雨之中！而且還害我非自願性地掰開了一個女生的大腿！」我疾言厲色地怒斥。

「喔？！掰開女生的大腿？……聽起來不錯。」老哥到底是在公蝦小？！

「不錯你個大便！剛才第一通也是你打的嗎？」我勉強忍住怒氣，問。

「什麼第一通？」老哥問。

「剛才在接你的電話之前，還有一通電話打來，但是因為某個姿勢讓我電話抽不出來，所以我沒有接到！」我說，一邊回想著自己剛才驚險的一幕。

「啊？某個姿勢使你抽不出來？……聽起來不錯。」老哥到底是又想到哪裡去了啊？！

「不錯你個大便！到底是不是你打的啦？」我再問。

「我只有打一通，就是你接起來罵幹的那一通。」老哥懶懶地說。

「不是你打的……？」

「我只有打一通啊。」

「啊……？」

「啊什麼？」

「沒什麼，我現在有事要忙，先掛電話了，掰。」我掛掉公共電話，立刻拿起手機，查詢剛才那一通沒接到的電話號碼——

0287875630。

一行陌生的電話號碼，還有一通語音留言。

陌生的電話號碼？

陌生的電話號碼！

我拿起公共電話的話筒，立刻撥了過去！

鈴——鈴——鈴——鈴——鈴——鈴——鈴……

沒有人接。

怎麼辦？這到底是誰的電話？

有了！聽留言！

我撥，我撥……竟然撥不出去！混蛋！我忘了這裡根本就收不到訊號！

「老伯！你們這邊手機都收不到訊號嗎？」我揪著老伯的領口，很客氣地問。

「喔，口以收到啦。不過我棉這邊很怪，你在這個房子裡面反而就收不到，你要站到外面去、靠近馬路那邊一點才收得到啦。」老伯呵著呵欠，眼角還暈著幾滴眼油。

我放開老伯的領口衝向門口，看著外面，狂風暴雨已經包圍了整個休閒中心的四周，一片白濛濛的可怕雨海和淒厲的風聲讓我陷入遲疑。

0287875630。

一行陌生的電話號碼，然後有一通留言。

我看了看手機，深呼吸一口氣，衝出門，往馬路的方向奔去。

如虹的雨勢沒有因為我的執著而網開一面，無情地潑打在我的臉，我的脖子，我的肩膀，我的全身。

我撥進手機的語音信箱——

嘟嚕嚕——嘟嚕嚕——

通了！

「您好，您有一通留言於三點四十五分，嗶——喂……我是妍文……你……是小黑嗎？你在哪裡？颱風來了，我家的公寓這邊都停電了，好可怕……外面的樓梯間好暗好暗，我一個人待在家，都不敢出去。我好像有點發燒了，頭好昏，可是又好餓喔，我躲在棉被裡面都不能動了……你……你為什麼不要接我的電話呢？你到底在哪裡……？喀喳——嘟——嘟——嘟——嘟……」

雨聲好吵。

可是我聽得好清楚。

雨水在我頭上像瀑布一般不停地往身體淋下，全身已經濕透。

可是我聽得好清楚。

校花在呼喚小黑。

我聽得好清楚，好清楚。

我拔腿衝回休息中心，全身上下的雨水一路滴一路滴，我抓住明哲的手臂，說：「校花在找我，對不起，但我必須先走，我身上現金只剩下這一千多塊，全給你，你幫我把子伶平安送回台北，我欠你一個人情和一客王品台塑牛排。」說完把一千幾百塊的鈔票和銅板全塞進明哲的手裡。

子伶見我全身濕透，關心地走過來問我發生什麼事？

「子伶，真的很抱歉，但是我有一件很重要很重要的事情，非馬上趕回台北去不可。明哲會想辦法送妳回去，對不起。」我重重地點著頭道歉，頭上的水還在滴落。

明哲拍了拍我的肩膀，笑了笑說：「去吧，兄弟。你欠我一客王品台塑牛排，也欠子伶一客。」

「幾客都好！我走了！」我緊握了一下明哲的手，然後頭也不回地衝向白茫茫的門外，狂暴的風雨中。

□

一件殘破的塑膠雨衣，一個心急如焚的人，一台奄奄一息的JOG90。

在惡劣的天候下，跟時間搏鬥。

油門沒有猶豫地催到最底，在幾個大角度轉彎的地方，側面的車殼還險險噴出了白色的火光。

眼睛已經睜不開。

但我只是一味地騎，騎得好快好快。

回到台北的時候，我就像剛游完台灣海峽上岸的偷渡客一樣，全身上下包括內褲和內褲更裡面，沒有一處是乾的。

火速趕回宿舍，我花了九十秒鐘洗了個澡，換了一套乾淨的衣服，立刻撥出那個陌生但毫無疑問是校花公寓的電話號碼。

0287875630——

這時候，時間已經是晚上的六點半左右。

鈴——鈴——鈴——鈴——

「喂……？」是校花！

「喂！是我！小黑！快告訴我妳家在哪裡？我現在馬上過去！」我著急地問。

「是你嗎……？你……你為什麼不接我的電話？」虛弱而沙啞的聲音，該死！她生病了！

「對不起！我跟朋友去基隆玩，那時候在騎車，要接起來的時候電話已經斷掉了，後來到一個休息中心又收不到訊號，我好不容易才聽到妳的留言，然後馬上就飆車飆回來了！告訴我妳家在哪裡？妳很餓對不對？我馬上帶妳去吃東西！」我說得好快好急。

「嗯……我好餓喔……突然想找你……可是你又不接我的電話……」她的聲音顫抖，我的心也跟著顫抖，那是一種出於自責的顫抖。

「我要！我當然要接妳的電話！我發誓我以後再也不會漏接妳的任何一通電話了！快告訴我妳在哪！」我急得大喊。

「……我家在興隆路上的一個社區，地址是○○路○○巷○○弄○○號五樓之五」她唸了一串很長的地址，我趕緊拿筆抄在手上，她又接著說：「可是我們這邊停電了電梯不能用，樓梯間也很暗，你要帶手電筒來……」

「好！我現在馬上過去！」掛掉電話，我衝向車棚發動機車，催盡JOG90的極速往她家方向飆去。

沿途在某家登山用品店買了一支手電筒後，我來到校花住的公寓，是一棟白色的公寓。公寓左右兩側都有樓梯，但果然都暗得伸手不見五指。我打開手電筒，順著樓梯上樓，找到了她家的門牌：五樓之五。

我按門鈴。

一會兒，門打開，門縫透出一道孱弱的光，還有校花像高爾夫球一樣的大眼睛。那孱弱的光或許是從她房間的窗子外透進來的，幽微而迷濛。

「你來了啊……在外面等我一下喔。」然後她又把門給關上，四周也瞬間再次陷入漆黑，我只好再把手電筒打開。

門再度打開，校花加了件外套，轉身走了出來，把門關上。

一片黑暗中只剩下我的手電筒，照著她的臉。

「好久不見！」她撒嬌地笑了笑，可愛得我心臟在半秒鐘內狂跳最少三十下。

「就是啊，妳沒事吧？」看她元氣的樣子，我鬆了一口氣笑了出來。

「我好餓。」她摸著自己嘰哩咕嚕叫的肚子。

「走，我帶妳去公館夜市吃東西吧？」

我將手電筒照往樓梯的方向，她則緊挨著我身邊，雙手輕輕勾住我手腕。台北的雨勢明顯比基隆小得多，我把預先在她家附近機車行買的一件新雨衣給她穿，我自己則索性不穿。到了公館夜市，我們一邊沿街吃著小吃，一邊閒扯著上了大學以後自己身邊發生的趣事，然後一會兒又爭相比較著自己大學的教授有多機車，學校的軟硬體設備有多爛，講得兩個人嗤嗤大笑。

一下子，好像又回到了高三下學期，我們坐在隔壁的時候一般，好快樂，好快樂。

我很高興，她在颱風天最無助的時候會想要找我。

為了她，不管什麼恐怖的颱風都沒什麼好怕的。

因為我要保護她。

像這樣永遠永遠地保護她。

連續吃了豬血糕、花枝羹、烤香腸、熱豆花等雜七雜八的夜市美食之後，我們飽得幾乎快要走不動了，她說因為她感冒有點頭昏的關係，要我送她回家休息。

天空依然飄著小雨，她依然穿著雨衣，我依然沒有穿，回到她家那棟白色公寓。

兩旁的走廊亮著燈，看來是電來了。

她說既然電已經來了，她自己搭電梯上樓就好，我卻堅持要送她到家門口。我很後悔自己的堅持。

如果那天沒有送她上樓，就好了。我真的很後悔。

兩個人站在她家的門口，她拿出鑰匙，插進門孔，推開門，已經復電的公共走廊上的壁燈，將一縷光線射進她的房門口。

有，一雙鞋子。

那是一雙，男生的運動鞋。

安靜，而又自然地躺在玄關的地板上。

在一地的女鞋當中，如此醒目。

「為什麼……有男生的鞋子？」我心情向下一沉，想盡量保持微笑卻太難辦到。

「啊……？啊，那、那個喔，那個是我、我姊的男朋友的鞋子啦。之前他跟我姊一起來我家住的時候帶來的啦，他大概是忘了帶回去了。」她吞吐地解釋道，眼神則四處游移。

說謊。

那，是說謊的表情。

我的心臟，就在那一瞬間，以一種飛快而筆直的速度沉進了海底，再也，再也浮不上來。

「妳不要騙我。」我的眼神冷得像冰，只是已經無法忍受再被謊言欺騙。

「我、我騙你幹嘛啊！你神經喔！」她語氣有點倉促，在那樣的情況下只是更加透露出她的心虛。

「是成軒的吧？」我緊咬著牙齒，想起了陽痿介紹的第三個，也就是那個最扯的線民曾經說過：『成軒這幾個週末經常上台北找校花，而且幾乎都在校花租在外面的公寓過夜。』

理智，一點一滴地正在崩潰。

對於眼前這短暫幸福的幻覺，開始分寸瓦解。

「你不要亂講！就跟你說那是我姊男朋友的了啊！」她拉高了音調辯駁，在我當下的解讀裡只覺得這是惱羞成怒。

我深呼吸了一口氣。

「我亂講什麼？妳不要騙我！那根本就不是妳姊男朋友的鞋子吧？妳姊跟她男朋友來住妳家，怎麼可能會忘了把球鞋帶走？！妳姊男朋友是要帶幾雙鞋子來住妳家啊？！這根本就不合理！」我的音量一句一句攀高。

「你……你大聲什麼！不相信就算了！我沒有必要跟你解釋這麼多！」她說著竟然就要把門給甩上。

我一把按住她的門，全身都在發抖，都在發抖！

「為什麼？為什麼！妳知不知道！人家跟我說看到妳跟成軒牽手走在西門町路上！我不信！人家說看到妳出現在清大的宿舍！我不信！人家說成軒週末會上台北找妳、而且還住在妳家！我不信！我都不信！可是這雙鞋子是怎樣？可是這雙鞋子是怎樣！是怎樣！」我再也承受不住地吶喊，鼻子酸進了後腦，全身失望地顫抖。

「從以前到現在你有相信過我嗎？你不相信我就不要喜歡我啊！你根本不懂！你根本就不懂！你只會傷害我！你們男生根本就沒有一個可以相信！」她的眼淚竟卑鄙地搶先我一步奪眶而出，哭著叫道。

但這一次，她的眼淚再也沒有辦法澆熄我的憤怒。

沒辦法澆熄我放了朋友鴿子、從遙遠的基隆和平島海邊、在狂風暴雨中拼死也要飆車回來找她、結果卻看到她門口那一雙男生運動鞋的憤怒。

「妳最好是講這種屁話！是誰傷害妳了？！是誰？！我有傷害妳什麼了嗎？！我有嗎！」我厲聲痛斥。

「你根本就什麼都不知道！我以前……我以前的男朋友、我以前的男朋友……他……」她轉過頭去，一直哭一直哭。

「什麼？妳說……什麼？妳以前……有男朋友？」我聞言，一下子如遭雷殛。

她埋在手心裡哭的頭，點了一下。

我一剎那彷彿聽見了自己的心臟，碎成一百多塊。

「那妳怎麼從來沒有跟我說過？」我問，全身已經沒有力氣。

「難道我什麼事情都要跟你說嗎？！」她瞪著我，眼眶紅腫地瞪著我，淚水還在湍急地滑落。

我吸了一口很深的氣，並且就在這一口氣的時間裡，心底彷彿正在醞釀一個重大的決定，問：「好……那妳以前的男朋友，傷害了妳什麼？」

「……他背著我跟別的女生發生關係！」大叫，然後她用力甩過頭去，眼淚像失控的大雨般潑落。

我一切的思考宣告中止，精神意識裡只剩下一種近乎癱瘓的絕望。

這句話，已經遠遠超出了我所能思考，以及回應的範圍，也狠狠粉碎了我自以為還和校花一起活在純愛世界的幼稚想像。

走上前試圖扶著她的肩安慰她不要哭，才正要開口之前，反而被她肩膀的一扭盪開我的手，以及一句冰冷的咆哮：「不要碰我！」

我閉上雙眼。

「對不起。」我倒吸了一口氣，悶在胸口，說：「我，很高興認識了妳。真的，我真的很高興認識了妳，然後跟妳變成好朋友。我甚至一度覺得，我是在認識妳之後，才感覺到自己有意義地活在這個世界上。」一邊說，我一邊開始後退。「妳給了我好多好多的情緒，有好開心的情緒，有好期待的情緒，也有好傷心的情緒，和好痛苦的情緒，有好多好多，身為一個有意義活著的人該有的情緒，妳都給我了。我不會忘記，這曾經發生的一切。我永遠不會忘記，在我十八歲的時候，有一個女孩。」說到這裡的時候，我已經退到了樓梯口。

「祝妳幸福。」最後一句話說完，我轉身，狂奔下樓。
吐掉悶在胸腔的那一口氣，眼淚已經俯衝了下來。
我抿著下嘴唇試圖把眼淚逼回去，卻來不及。
滾燙的熱淚佈滿了我整張臉，整個脖子，一直滴，一直滴。
停不下來了。這眼淚，今晚是停不下來了。
騎上機車，雨勢像是感應到我深沉的悲傷一般，突然強勁了起來，掩蓋了我濕成汪洋的臉頰。在這個遭到颱風侵襲的城市裡，在安全帽的透明玻璃罩底下，一個再也無法堅強的懦弱男子漢，正放聲痛哭。
正放聲痛哭。

□

結束了呢，這個和校花永遠幸福快樂地在一起的夢。
但這並不是夢，而是真實。
於是，我進入了另一個行屍走肉的夢裡。
再多的舞會，再多的聯誼，再多的邀約，也無法再引起我絲毫的興趣。
一群人舞會跳舞時，我總是悶在角落。一群人吃飯聯誼時，我總是眼神空洞。一群人喝酒聊天時，我總是保持沉默。
我，不再是我，只是一具缺乏表情、反應遲緩的軀殼，失去了隨心所欲大笑的能力，當然，更失去了愛人的能力。
名副其實的行屍走肉。

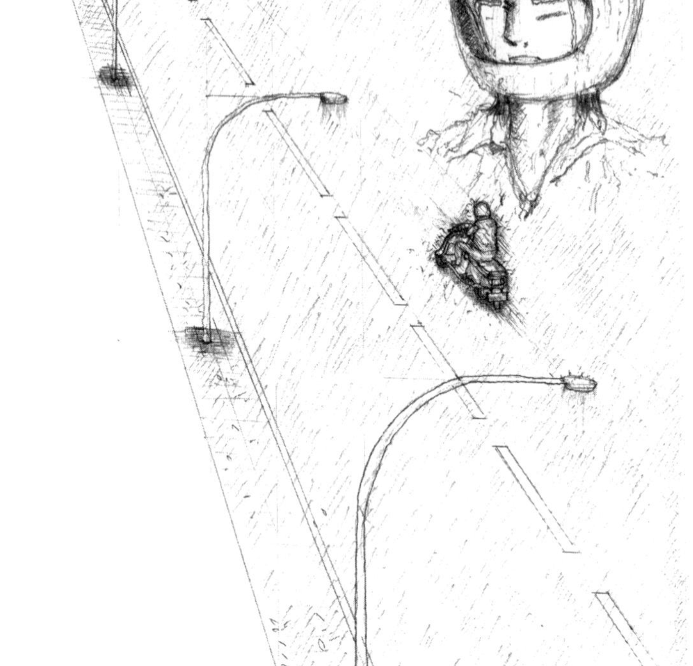

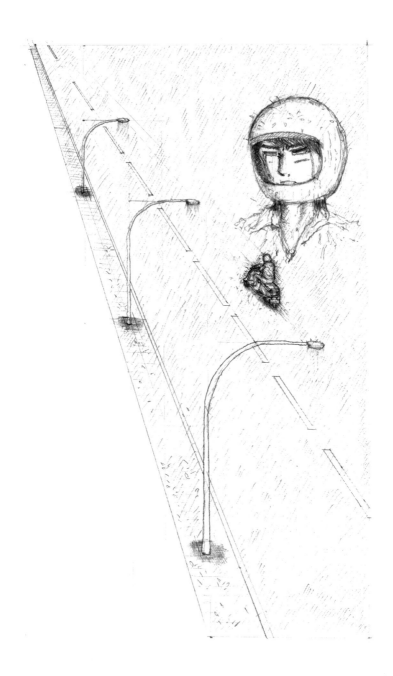

就這樣過了半年。

半年的時間並不如想像中短，它是一百八十二點五天，是四千三百八十個小時，是二十六萬兩千八百分鐘，是一千五百七十六萬八千秒。

也就是說，當你現在從一開始，數到一千五百七十六萬八千的時間內，我都在療傷。

也許這個比喻方法很老套而且有點幼稚，但卻異常真實。

在這段時間內，我搥了牆壁一千多下，摔破了三十幾個杯子，到北宜公路飆車飆了六次，在浴室裡面開著蓮蓬頭痛哭了無數次。只怕除了仰藥自殺以外，你所能想到最蠢的療傷方法我都用上了。

所幸再蠢的方法也會有一點效果的，尤其是伴隨著時間的堆疊流洩。

儘管痛苦的感覺本身並沒有消失，但是它至少淡化了。

然後在不知不覺中，被人體裡面蘊藏的某種自動修復系統打上一個繃帶和死結，封印在心臟深處某個隱密的地方。

這個療傷的工程，足足花了半年。

我總算恢復了身為一個正常大學生該有的人格，也總算恢復了隨心所欲哈哈大笑的能力，但愛人的能力卻暫時還是沒有恢復，也許是故障得太厲害了。

不過我還是在明哲再三的鼓勵之下，又開始參加聯誼了。只是目前的我，只負責在旁邊搖旗吶喊幫大家助威，並不把妹。

直到某次在KTV裡的聯誼，一個古怪的機緣巧合。

我遇見了一位長得很漂亮的女孩。

不，嚴格說起來，她應該是一個長得很漂亮但很恰的潑婦。

這麼剛好，她是雄女畢業。

「你說你叫作林博光？」她銳利的眼神盯得我頭皮發麻。

「是啊，怎麼了？」我略帶懼意地問。

「那你認識周妍文嗎？」她說出了令我渾身一震的三個字。

「啊……是、是啊，……曾經認識。妳認識她？」我驚訝地看著她，問。

「你被她甩了對吧？」她沒有回答，只問了這句話。

我錯愕，一時之間說不出話。

這個講話直接得近乎沒有禮貌的女人到底是誰啊？她為什麼會知道這麼……這麼私密性的事？

「嗯……那、那個，這樣講……好像也蠻怪的，因為我跟她……其實根本也不算是真的有正式在一起過……所以說是被她甩了，似乎也不太像……」我支支吾吾，其實並不怎麼想回答這個問題。

「原來你們沒有在一起過？」她維持著她非常直接的作風，接著問。

「嗯……好吧，應該說是我們還沒在一起就結束了，沒錯沒錯，應該這樣說比較恰當。不過我個人現在比較好奇的是，妳怎麼會知道我跟周妍文的事啊？妳到底是誰？她的朋友嗎？」我狐疑的眼神看著她，思緒不自覺凌亂了起來。

「你認識張成軒吧？周妍文的男朋友。」她略帶一絲不悅眼神，冷冷地說，又在我還沒來得及思考和回答之前接了下一句：「我是張成軒的前女友。」

啊？啊、啊啊啊？

啊、啊……？

我不想，但卻沒辦法阻止自己陷入一陣長達半分鐘的結巴。

因為她的話，就像一顆突如其來的砲彈一樣，轟進了我的腦子。

莫非……

莫非眼前這個講話直接，眼神又兇狠的冷酷美女……

就是之前那位我請了她兩次牛排的女線民一直堅稱的：「成軒真正的女朋友」？

可是如果是的話，她剛才怎麼會又說自己是「成軒的前女友」？

那些都暫時撇開！

更重要的是「周妍文的男朋友」這一句！

頓時間，我彷彿一切都明白了。

那個曾經我長久以來揮之不去的懷疑。

一切並不是空穴來風，第一個線民和第二個線民提供的情報也許都是事實。

從頭到尾全不就只有我自己這個笨蛋，自欺欺人地相信校花，然後一直被蒙在鼓裡。

呼——

但是這些，也都不重要了。

我微仰起頭看著天花板，淺嘆了一口不慍不火的氣。

反正，這些也都不重要了。

「沒想到這麼巧。」我微笑，思緒回復平緩。

「看來你什麼都不知道。」她冷言道，語氣像是同時夾雜了嘲諷和憐憫。

「嗯，是啊。我自己也覺得蠻誇張的，竟然什麼都不知道。」我拍了拍腦袋自嘲笑道。

「周妍文搶我的男朋友。」她咬著牙說。從她充滿恨意的表情裡，我看得出她並不是在開玩笑。

我心裡浮起了個問號。

因為從她口中說出這番話的感覺實在是太奇怪了。

光從氣質和外表來看，我怎麼都覺得她長得遠比校花更像是會搶人家男朋友的那種女生，尤其你仔細看她那一對冷酷卻勾魂的林熙蕾式媚眼，比校花高爾夫球型的清純大眼睛壞多了。

「她怎麼搶？」我問。

「唉，這件事太複雜了，下次等我有心情的時候再跟你說吧。我只是沒想到會在這種聯誼場合，碰到你這個跟我一樣的受害者。」她嘆了一口氣，說。

「哦。」我不知該如何回應。

其實事情都過半年了，我並不想再回憶這件事。

校花跟誰在一起都好，反正……反正那也已經不關我的事了。

從明哲手上接過麥克風，今天晚上，我只想盡興地唱歌。

□

隔了幾個星期後的某個晚上，我正窩在宿舍裡準備隔天的會計學期中考。

泡了一杯即溶的熱咖啡擺在桌子旁邊，切掉總是會讓我分心的電腦，我已經做好跟那本厚得跟辭海一樣的會計學原文書搏鬥到天亮的準備。

不料。

一通突如其來的電話，摧毀了我的讀書計畫，也讓我當掉了那個學期的會計學。

嘟嚕嚕——嘟嚕嚕——

「喂？」我接起手機。

「喂，你是林博光嗎？」陌生女子的聲音。不，說陌生又好像在哪聽過。

「我是。請問妳哪位？」我問。

「我是張成軒的前女友。」電話那一頭的女子冷冷的語氣答道。

「喔、是妳。」我拿起桌上的熱咖啡啜了一口，問：「妳怎麼知道我的手機號碼？」

「我請上次一起去聯誼的女生幫我問杜明哲的，你們是高中同學對吧？」

「嗯。那……找我有什麼事嗎？」我靠在椅背上，放下手上的筆。

「想拜託你一件事。」她的語氣裡透發出一絲凝重。

「拜託我？什麼事？」我問，不免納悶。只見過一次面的女生，是有什麼我能幫得上忙的地方？

「你一定知道周妍文住在哪吧？我想，請你帶我去她家。」她平鋪直述的口氣裡聽得出某種被隱忍住的怒氣。

「去她家？妳要去她家幹嘛？」

「張成軒這個大騙子現在正在周妍文家，我要去找他算帳。」電話那一頭如刀般冰冷的語氣和粗重的呼吸聲告訴我，這個潑辣的女孩現在正要暴走。

「等一下，妳冷靜一點。妳上次不是說妳是他的『前』女友嗎？既然都已經分手了還去找他幹什麼？」我在『前』字上加重了一點語氣，但又不敢加得太重怕反而更惹惱她。

「他這個大騙子！上星期還從新竹跑上來台北陪我過生日、還跟我說什麼不想要和我分開！結果呢？！結果他怎麼樣你知道嗎？結果他今天竟然又跑去周妍文那個賤女人家裡！賤！賤！兩個都是賤人！」女孩咆哮。很明顯，她失控了。

「等一下、妳先等一下嘛，妳要不要先告訴我，妳怎麼知道……怎麼知道張成軒現在在周妍文家裡的？」

「怎麼知道？！我剛才在BBS上看到張成軒ID的故鄉來源跟周妍文的是一樣的！我查過了！那個故鄉來源就是周妍文家裡網路的故鄉來源！你現在到底要不要帶我去！到底要不要帶我去！」電話那一頭的嘶吼聲中，已經摻著一絲男生多半難以招架的哭音。

同時間，我對於這複雜的關係也猜到了十之八九，即便我其實根本不想知道。

「妳先冷靜一點，妳總得先讓我釐清一下現在是什麼狀況啊。所以這麼說起來，其實妳跟張成軒還是藕斷絲連的囉？」我不曉得自己為什麼能保持如此冷靜的態度面對眼前這件事，但看來經過半年的療傷之後，我復原得相當不錯。

「才不是藕斷絲連！我們之前已經分手了！我當初就是因為發現張成軒那個大騙子背著我跟周妍文在一起，才會氣得馬上跟他提分手！可是後來他又回來找我！求我原諒他！說他還是比較喜歡我！說他還是不想分開！結果全部都是謊話！」她激動的程度，連在電話這一頭的我都彷彿感覺她整個人在冒煙。

不過，這不就是藕斷絲連嗎？

原來如此。

呼──

好一個張成軒，追走了我的校花還不夠，他媽的還腳踏兩條船啊。

他媽的這樣做，對得起校花嗎？對得起我嗎？

對得起電話裡面這個暴走的女孩嗎？！

他媽的垃圾！

我咬著下嘴唇，豈止憤怒。

但，我必須忍住。

冷靜，我得冷靜下來。

和校花的事情，早都已經過去了。

半年的療傷可不能白療。

不管怎麼樣，這一切都已經不關我的事了。

校花既然選擇了成軒，就表示成軒是可以給她幸福的人。

就算成軒是個王八蛋，只要校花覺得幸福就好。

我只管負責在旁邊祝福，沒必要蹚這淌渾水。

「我不會帶妳去。妳這樣去了也沒有意義。既然妳現在已經知道張成軒是個大騙子了，為什麼不乾脆退出算了？妳長得漂亮條件又好，要追妳的好男人從妳家門口可以排到陽明山頂。那樣的爛貨，不值得妳愛。」我試圖以理性勸說方式，打消她去校花家胡鬧的念頭。

也許，到現在我潛意識裡還是偏袒著校花吧？

說真的，我不希望電話裡這個暴走的女人去騷擾校花。即便是……即便是成軒那垃圾現在正在她家跟她卿卿我我，而半年前她家門口的那雙運動鞋，也幾乎確定了是成軒那垃圾的沒錯。

女孩沒有回話，只有越來越喘急的呼吸。

然後爆發。

「我知道！我知道他是個大爛貨！可是我求你！算我求你好不好？！我一定要去！我跟你保證我不會對周妍文怎樣的！而且我保證以後也都不會再去找他們了！可是今天我無論如何一定要去跟張成軒講清楚！我一定要親口問他為什麼要這樣騙我！一定要！」電話那一頭的女孩嚎啕大哭。

那個失望而無助的哭聲，是如此令人震撼而心疼。

張成軒！你這個天殺的龜孫子！

我一口怒氣翻騰上湧，直衝咽喉。

暴走的女孩哭聲如雨。

「呼。好，告訴我，妳現在在哪？我去載妳。可是……我只帶妳去她家，不跟妳一起進去，你們的事情，由你們自己解決。」我吐出了一口灼熱的氣，說。

「好，你只要載我到她家就可以了，我不會要求你跟我一起進去的。我現在剛要從火車站前面的網咖出來，你到新光三越站前店這邊載我。」女孩說，還沒停止抽噎。

我闔上會計學原文書，從抽屜取出摩托車鑰匙，步出宿舍往台北車站馳去。

□

晚上十點鐘——

新光三越站前店的側門口，擁擠的人潮中，我從很遠的地方就看見一個雙眼正在燃燒的女人，下彎的嘴角和利刃般眼神明確訴說著她的憤怒。

我下車，遞上一頂安全帽給她。

看著她宛如霜雪般蒼白卻缺乏任何血色的臉頰，我很想開口安慰她，但實在找不到什麼適切的語彙。畢竟這也不過是我跟她的第二次見面，我們其實並不熟，自己的男朋友劈腿，我一個旁人說再多安慰的話只怕也是多餘。

「走。」她說，跨上我機車的後座。

「妳確定要去？」我再一次問，希望她冷靜想清楚自己現在要做的事，和她這麼做可能會有的後果。

「走。」她的聲音平靜而堅決。

我抿著嘴深吐了一口氣，戴上安全帽，催動油門。

機車在夜半時分的空曠城市裡飛奔。

目標是興隆路上，那棟半年前我的心臟曾經在那裡碎過一次的公寓。

從耳際兩側流洩而過的風，低空中閃爍的橙黃的燈，馬路上朦朧交錯的光影。身邊一切似曾相識的場景，就像要把我的思緒再次推回那個曾經殘忍而可怕的過去。

於是校花家的公寓在我眼前越來越大，越來越近。

在公寓對面的騎樓停好了車，關掉引擎。

我脫下安全帽，抬頭仰望我睽違了半年卻沒想過會再回來的地方。

她焦急地跳下車，循著我的視線看去，問：「就是對面白色這一棟嗎？」

我沒有開口回答，只管凝視著前方，然後輕微地點了點頭。
五樓之五的窗子，卻漆黑一片。
「哪一戶？」她問。
「不在。」我輕聲說。
「哪一戶？」她扯著我的袖子，語氣急躁。
「窗戶暗暗的，人不在。」不知為何，我總有種還是不要告訴她比較好的感覺。
「到底是哪一戶？！」她拉高了嗓子，鼻子已經通紅。
我吞了口氣，略微遲疑地說：「……五樓之五。妳從五樓的右邊數過來，第五扇窗子。」
她立刻仰頭望去，眼神冷峻地說：「我要上去找那對狗男女。」然後衝出馬路，完全不管路上洶湧的來車和一連串尖銳的喇叭聲。
「紅燈耶大姊！妳是不怕死嗎？嘖！妳先冷靜一點好不好！」我追向前一把抓住她手臂將她拉回來，叫道。
她低著頭，喘氣聲好大好大。
我鬆開手，盡可能以溫和的語氣說：「妳沒看到五樓之五的窗戶烏漆媽黑的嗎？我想應該是沒人在啦。沒人在的話，妳氣呼呼衝上去也沒有用啊！是不是？回去吧，我送妳。」
「不。」女孩搖頭拒絕，說：「我非過去看不可。你如果想回去了，就自己先走吧。就算他們真的不在，我也要在這邊等到他們回來為止。」她看著左右來車，似乎又打算衝過馬路。
「等一下！」我叫住她。「好，妳上去，我在這裡等妳。但是如果他們真的不在的話，我就要載妳回家。大半夜的，我不可以讓妳一個人在這裡等。」
話雖然講得冠冕堂皇，但或許我心裡擔心的人其實根本是校花。
如果找不到人，回家睡覺的話也就算了，但萬一讓眼前這個正在暴走的女孩在公寓門口堵到校花他們回來，我可不敢想像到時會發生什麼恐怖的事。特別是幾個月前有則「某花心男大學生連劈五腿，女友C在盛怒之下用王水將女友B毀容」的新聞，教人更不能小覷人性裡殘暴的那一面。

嘖，這種心情也太矛盾了。

再怎麼說，暴走的女孩是我載來的。萬一校花被這暴走的女孩給毀容的話，那我豈不成幫兇了嗎？

就在我開始後悔的時候，暴走的女孩已經穿越馬路走到對面，沒入公寓的樓梯間。

我不自覺開始默默祈禱，拜託校花千萬不要在家裡。

漫長的五分鐘，我的眉頭緊鎖，一陣強烈的內疚感猛地襲上心頭。

我真的不知道到底是為什麼，半年前校花不是明明才那樣殘酷地對我嗎？為什麼我現在會為了帶這個暴走的女孩來這裡而感到內疚？

紊亂的思緒沒有答案。

暴走女孩的身影再度出現在公寓的門口，穿越馬路朝這邊走了回來。

「怎麼樣？他們不在家對吧？」我連忙趨前，緊張地問。

「嗯。我按了幾百下電鈴，可是都沒有反應。」她說，臉上的表情蒼白得可怕。

我卻暗鬆了一口氣。

「搞不好他們臨時出遠門去玩了，不知道什麼時候才回來。走吧，我送妳回家。」我打開車子的置物箱，拿出安全帽遞上。

「……你自己先回去吧。我要在這裡等到他們回來為止。」她說，拒絕接過我手上的安全帽。

「妳不要耍白目！他們出門去了根本不知道什麼時候才會回來，妳現在在這邊傻等是要等到什麼時候？嘖！如果張成軒真的常常上台北來找周妍文的話，妳有的是機會來找他們嘛！今天都已經這麼晚了，先回家睡覺了啦！」我苦勸道。

她沉默不語，糾結在眉心之間的憤怒卻揮之不去。

「呼，小姐，周妍文已經跟張成軒在一起了還瞞著我，我都可以不生氣、不計較了！那妳是還有什麼好生氣、好計較的？人生就是這樣啊！怎麼可能要求全世界的人都要對得起妳？！都不准傷害妳？！不可能嘛！對不對！好啊！妳現在心情不爽，我頂多就帶妳去夜市大吃大喝個痛快，然後吃飽就給我回家去睡覺！有什麼不爽的事情我拜託妳就明天再想，行不行？！」我發動機車引擎，安全帽硬塞進她手裡。

她依然靜默，但怒意明顯稍微收斂了一些。

「快點走啦！我肚子好餓，迫不及待要去夜市吃東西了！就當是衝著我辛苦騎車長途跋涉載妳來這裡的份上，陪我去吃一下東西行不行？快點上車！」我催促道，一邊故意催了幾下油門。

她露出勉為其難的表情，戴上安全帽，跨上後座。

機車駛向景美夜市。

我就這麼帶著一個處於高度暴走狀態中的女孩，在擁擠的攤販間穿梭，其間我還講了幾個白痴的網路冷笑話來舒緩她臉部僵硬的線條。胡亂吃了一堆東西之後，我買了兩杯清涼退火的青草茶，自己一杯，也給她一杯，正準備走回機車停放的地方時，碰巧經過了一個射飛鏢的攤子。

我頓時心生一計。

「喂，我看妳整個晚上臉都那麼臭，不如我們來射飛鏢吧？我教妳啦！妳呢，就把掛在釘子上的水球當作是張成軒的頭好了，然後我呢，就把水球當作是周妍文的頭，數到三我們一起射爆他們的頭，然後這筆仇恨就結束了，ＯＫ？」我努力堆起嘻皮笑臉，說。

她沒有回答，我則也不理會她了，逕自轉身從口袋掏出十元給正在挖鼻屎的老闆，得到了五鏢的機會，令人火大的是那飛鏢的鏢頭竟然還有點生鏽。

暴走的女孩面無表情，只是咬著青草茶的吸管，站在一旁。

「好吧，妳不射的話，我可是要先射了喔！哼，看我怎麼一鏢射爆他們的頭。」我捲起袖子，跨出馬步，手臂在空中迴旋了三圈，蓄勢待發。

她看到我認真卻滑稽的動作，總算勉強露出了今晚的第一個笑容。

我左腳微微抬起，右肩膀一個猛力的拉弓，爆喝一聲，側手一擲——

「咚——！」的一聲巨響，飛鏢的鏢頭牢牢地插進掛著水球的木板，氣勢驚人是驚人，但水球一個也沒破，老闆見狀不禁伸了個懶腰打呵欠。

「靠！」我跺腳大罵，對自己的失手感到無法置信的憤怒。

「妳要不要也來射一鏢？」我拿起一支鏢給她。

她笑著搖了搖頭，示意我再射。

我也不跟她客氣了，一連三鏢，分別使用了右手上投法、左手上投法，和右手的低肩側投法出擊，「咚——！咚——！咚——！」石破天驚的三聲巨響，三支鏢再次狠狠地釘在木板上，木板上掛滿的水球則全部完好如初。

老闆嘴角露出了一抹該死的奸笑，手裡竟然已經拿起一粒沒中半鏢的安慰獎——「沙士糖」，在半空中上下扔啊扔的。

混蛋，竟然藐視人藐視到這個地步。

「喂，只剩下最後一鏢了喔，妳要不要幫我報仇一下？我盡力了，但就是射不中他們的頭。」我苦笑，拿起最後一枚飛鏢給她。

她放下手上的青草茶走了過來，接下飛鏢，二話不說一個轉身，連瞄都沒瞄就朝著前方猛地一甩——

「噗唰——」的聲音清澈而痛快，張成軒那垃圾的頭顱應聲而爆。

老闆驚愕地從椅子上彈了起來，手裡的沙士糖掉到地上，對如此精湛的鏢技露出了折服之色。

「這鏢有準！這鏢有準！中一鏢的獎品『牛奶糖』沒了，就送你們中兩鏢的獎品『吹泡泡瓶』好啦！」老闆操著台灣國語，露出一口淩亂的牙齒嗤嗤笑道。

就這麼在暴走女孩的努力之下，我們得到了一瓶粉紅色瓶身的吹泡泡玩具。

我見她的心情似乎已經好轉，趕緊趁機說：「喂妳蠻強的嘛，真是多虧了妳的神準才讓我們免於得到沙士糖一粒之辱！走吧走吧！太晚了，天氣越來越涼，我送妳回家吧！」

暴走的女孩沒有說話，只是淺淺地笑了笑。

在她的指引之下，我載她回到安和路附近的她親戚家，附近一連幾棟都是看起來十分高檔的住宅大樓。

「早點睡，不要想太多。」我熄掉引擎，脫下安全帽。

她跳下機車，將安全帽還給我，雙眼卻若有所思地看著遠方。

我正準備再次發動機車要離開的時候，她突然拉住我的袖子，說：「你可不可以在這裡等我一下？」

「嗯？」

「天氣有點涼，我上去換件衣服，然後你再載我去她家一次。」

「啊？妳、妳還要去她家？」我皺著眉，問。

「嗯，對不起……真的很謝謝你帶我去夜市吃東西，還一直安慰我。可是我一定要再去一次……，我今天無論如何，非得親手打張成軒一巴掌不可。」她的眼神堅決如鐵。

「……」我沉默了，將頭別向遠方，說：「就不能跟我一起，祝福他們嗎？」

「為什麼我要？」她提高音調。

「我這樣都可以祝福他們了，妳不可以嗎？」

「你可以嗎？」她凝神看著我，反問。

「我……可以。」我說，說得有點逞強。

「好吧。你很偉大，所以你可以，但是我不行。帶我去，你把我放在她家門口就好，你可以先回去沒關係。」她諷刺性地笑了笑，說。

我語塞。

不知道是不是巧合，但這時候昏黑的天空突然應景地飄下毛毛細雨。

或許上天是為了我？還是為了她？

在哭。

為我虛偽的祝福，和她深沉的憤怒。

雨，一絲一絲，淋著我們兩人的臉。

暴走女孩的臉上，除了雨，還有淚。

深吸了一口潮濕的空氣，我無可奈何地點了點頭。

就在她上樓換衣服的時候，我不自覺拿起剛才得到的吹泡泡瓶，旋開瓶蓋，對著眼前一片錯落的雨景，吹出一顆顆晶透的泡泡。泡泡在一棟棟的大樓間自由自在地飛翔，最後無聲無息地消失在黑暗之中，再沒有一絲寂寞。

換了衣服下來的暴走女孩，明豔照人。

連身洋裝配上一襲絲質的短外套，烘托出穠纖合度的身材。明顯重新上過妝的臉龐在黑夜裡更顯美麗。

張成軒這垃圾未免也太幸福了啊，混蛋。

真的是混蛋。

我把吹泡泡瓶收進置物箱，發動摩托車。

沒有表情，沒有憂傷。

沒有任何情感的起伏。
往興隆路上校花家的白色公寓，再度疾馳而去。
公寓對面的騎樓，時間已經凌晨兩點。
我抬頭仰望，暗暗慶幸著五樓之五的窗子還是漆黑的。
「喏，燈沒亮，人還沒回來。」我指著對面的窗子，說。
「沒關係，我要在這裡等。」她回答得毫不猶豫。
「妳確定？」
「嗯。」
「嘖。妳不要這麼固執好不好？聽我說一句，他們都這麼晚了還沒回來，搞不好今天根本就不會回來了！妳在這邊乾等只是浪費時……」
「狗男女回來了。」她打斷我的話，銳利的眼神狠盯著正前方。
我順著她的視線，轉頭看去。
心頭一沉。
對面的白色公寓底下，突然靠邊停的一台計程車裡，走出兩個似曾熟悉的身影。
校花，和一個劈腿的人渣。
我趕緊壓低身子，躲在騎樓的一排機車後面以避免被他們發現。
很糟。
怎麼會這麼巧偏偏在這個時候回來，讓我連說服暴走女孩回家的時間都沒有。
男女走進公寓，過了一會兒，五樓之五的窗子果然亮起了燈。
暴走的女孩起身。
「喂，妳不要太衝動，先想一下妳上去要幹嘛再……」等不及我安撫她的情緒，暴走的女孩已經衝了出去。
穿著連身洋裝，踩著高跟鞋，不要命地衝過大馬路。
麻煩了，事情的發展已經無法阻止。
我呆立原地，遠遠看著對面公寓五樓之五的窗戶，腦海裡不停回想剛才校花和成軒並肩走進公寓的畫面，以及暴走女孩隨後衝過馬路閃進公寓的畫面，然後不禁又開始想像著……
待會兒在五樓之五可能會上演的恐怖場面。
很想衝過去，卻沒有勇氣。
不只沒有勇氣，也沒有力氣。
馬路的這一頭，我所能做的就只有發動車子，以最快最快的速度呼嘯逃離。
五味雜陳的情緒，像漣漪般在胸口一圈一圈擴散。
記憶千絲萬縷，在腦中雜亂無章地倒帶。
校花和成軒，果然一直都是在一起的。
我在安全帽的面罩下重複地苦笑，嘆氣，苦笑，再嘆氣。
突然有種再痛哭一次的衝動。
但是我得忍住。
冷靜，我必須冷靜。
和校花的事情，早都已經過去了。
半年的療傷，可不能白費。
這一切，都已經不關我的事了！
這件事情過了之後，我徹徹底底過了三年、身邊沒有任何校花消息的日子。

第三部　告白，和一個句點

三年，說長不長說短不短的三年，卻無喜無怒無哀無樂的三年。

當然，和暴走的女孩早已失聯，那天後來發生什麼事情我也不得而知了。但至少我沒有在報紙的社會版上看到校花被毀容的報導，也沒有聽到任何張成軒被暴走女孩閹掉的新聞，因此我推測他們三人應該都還平安無事地活在人世。

現在的我已經是一個正在準備考研究所的大四學生，滌盡了糜爛大學生的鉛華，開始到了必須為自己的前途和未來奮鬥的階段。為此，我也在大三的時候毅然決然搬出了墮落的淵藪：宿舍，而暫住進一個住在台北的阿姨家裡。

奮鬥歸奮鬥，感情的方面我可也沒閒著，屈指算算這麼三年多下來也已經交了五個女朋友。最長的交往了一年四個月，最短的交往了一個星期又四天。

最長的是第三任女朋友，分手的理由是她父親因為工作的關係，全家移民去了溫哥華。最短的是上個星期才和平分手的最後一任，分手的理由是因為她的前男友回來找她復合，我懶得拖泥帶水，於是協議分手。

還真是乖舛的人生啊，我。

對了，忘了一提，我第一任的女友其實就是子伶，對，你知道的，就是那個到基隆北海岸聯誼結果被我放鴿子的子伶。從那次聯誼之後過了一年，我們很偶然地在東區巷弄的一家咖啡廳裡巧遇，然後在交換電話之後的隔天起，展開了長達半年的交往。據明哲說，子伶自從那次看到我在不顧死活地衝進狂風暴雨中，騎車從和平島殺回台北的壯舉之後，便開始積極從各方打聽我的事情，後來知道我是為了喜歡的女孩才這麼做，對我的好感度更是大幅上升，只是一直也不好意思主動找我。

我想我會跟子伶在一起，多少是抱著放過她鴿子的愧疚心理，以及衝著她背影真的有點像校花這一點。因此說來好笑，我跟她約會的時候，兩個人經常都不是比肩而行，而是我要求她走在我的前面，一前一後，為的當然就是欣賞那令人惦念的背影。最後當然也是因為這樣而分手，因為事實上我喜歡的根本就不是子伶，而是子伶身上的、校花的影子。

這樣很爛我知道，但子伶並沒有生氣。畢竟打從一開始她也就是被我對校花那一股堅毅的深情給吸引，而她在跟我在一起之前就已經很清楚校花在我心裡有著多麼不可撼動的地位，即便那一切已經過去。

反正呢，經過三年在情場上的跌跌撞撞之後，我終於在大四的時候又再次落得孑然一身，一切歸於平靜。

罷了，一個人也沒什麼不好。

對感情的事情，總覺得年紀越大越是提不起勁。

值得慶幸的是，明哲和阿佑這些高中時期的好朋友們還是會經常聯絡碰面，一起吃吃火鍋或者到撞球間玩玩撞球。明哲這時候已經輕鬆地換到了第八任女朋友（而且中間還穿插了好幾個他不承認的），阿佑則是迄今連半個女孩子的手都還沒牽到過，只能說上天賦予人的把妹才能也實在是太不公平了。而且還有一件更殘酷的事，阿佑高中時代暗戀的雅欣，一上大學之後馬上就交了一個台大醫科的超菁英男友，阿佑在不堪打擊之下還曾經躲在宿舍裡面自閉了三個月。

看到阿佑這個眼前的實例，我不禁慶幸自己還不算是這個世界上最悲慘的人，怎麼說我起碼還交過五個女朋友。

只是，縱然已經過了那麼久，在我心裡的某處卻始終還是有個身影在那兒。

雖然模糊，但卻一直都在。

□

某個初春寒冷的早晨。

我因為太冷而一早就被凍醒，披著毛夾克到外面的早餐車買了杯熱奶茶和三明治回家，睡眼惺忪地窩在電腦旁，慣性地打開BBS的視窗。

呼——

有沒有搞錯啊？怎麼三月了還這麼冷。

我邊打哆嗦，右手的大拇指一邊無意識地按著鍵盤上的空白鍵，BBS上的使用者名單不停地跳往下一頁。

嘴裡則咬著那個並不怎麼可口的三明治。

突然。

某個使用者的「暱稱」暫停了我右手拇指的動作，在視窗閃動的一瞬間。

「尋找消失的黑天使」。

我啃食三明治的動作同時停住，睜大了眼。

那個暱稱的ID是：YaeiouN。

這ID裡面也未免擠太多母音了吧！是什麼意思啊？

Hmm……

不管，硬唸看看。

押，噎，唷，屋，嗯，

Hmm……

妍……文？？？？？

突如其來的靈光一閃，脫口而出這個名字。

我胸口不由自主地砰顫了兩下，腦海中朦朧的記憶片段頓時有點蠢動。

啜了一口熱奶茶。

深呼吸了一口氣，卻意外地沒有太多猶豫。

水球，丟了出去。

「★BlackAngel請問妳是……妍文？」

忘了說，我的ID是跟高中的時候做給校花的卡片上一樣的：『BlackAngel』。

水球丟出去後，YaeiouN的狀態顯示「中一顆水球」，我的呼吸不禁有點緊繃。

將視窗切離使用者名單，再重新進入使用者名單一次，YaeiouN的狀態已經變成了「水球準備中」，我盯著螢幕的雙眼目不轉睛。

「☆YaeiouN是你嗎!?真的是你嗎……???」

這顆水球，幾乎已經可以確定了網路對面的那一個人就是校花沒錯。

我心頭微漾，手指在鍵盤上快速敲打。

「★BlackAngel是啊……應該是我沒錯吧？哈。很久沒見了呢。」

「☆YaeiouN嗯!好久喔。你過得好嗎？」

「★BlackAngel過得?普普吧，還不就是那樣子。妳呢?應該還不錯吧？」

「☆YaeiouN嗯……我也不知道。」

「★BlackAngel不知道?這回答很無厘頭。應該還跟妳男朋友在一起吧？」

「☆YaeiouN嗯……」

「★BlackAngel 偷偷告訴妳，我約莫一年前有在台北火車站附近看到過他，不過他當時好像沒看到我。」

「☆YaeiouN有，他有看到你。他有跟我說他看到你了。」

「★BlackAngel啊？虧他還認得我。」

「☆YaeiouN嗯……」

「★BlackAngel 妳在忙嗎？還是打字太慢？丟水球的速度頗慢一把的。」
「☆YaeiouN 唉呀！我正在上一門電腦課啦，偷打BBS超怕被教授發現的……」
「★BlackAngel 啊！現在站在妳後面的那個人就是教授嗎？！」
「☆YaeiouN 討厭啦！你不要嚇我！」
「★BlackAngel 哈哈哈……好吧，那不打擾妳了啦，掰。」
「☆YaeiouN 等一下啦、你等一下！」
「★BlackAngel 幹嘛？」
「☆YaeiouN 呼，好險，教授剛才好像在看我這邊……」
「★BlackAngel 呿。那妳先專心上課啦，不要再偷打BBS了，掰。」
我退出使用者名單回到主畫面，準備下站。
「☆YaeiouN 我們出來吃飯好不好？」
一顆迅疾的水球趕在我要下站的前一秒鐘，砸在視窗上方。
我將醒未醒的雙眼迷濛地盯著螢幕，手指頭輕放在鍵盤上，卻沒有辦法按下任何一鍵。
「☆YaeiouN 喂？你幹嘛不說話啊？是當機了嗎？」
一顆水球又來。
視窗上的游標在跳動，我的手指卻還動不了。
「☆YaeiouN 啊！教授走過來了！我再寫信到你ID的信箱給你喔！掰掰！」
又一顆水球砸進我的視窗。
我挪動手指輕按方向鍵將視窗切回使用者名單，YaeiouN的ID已經消失。
我的腦海裡卻像是被啟動了某種回憶的機制，進入一種恍神狀態。
也許是這種回憶機制裡附加的功能，我在這不由自主的恍神狀態中，正進行著一種，選擇性的回想。

一邊努力，回想她可愛的笑臉。

一邊努力，不回想她曾經的殘忍。

關掉視窗，我拿起熱熱的奶茶，托在下巴前面，讓蒸騰出來的煙霧薰進我的口鼻。

早已塵封在三年半的老舊記憶像抽絲剝繭一般，正一縷一縷地被重新組織了起來，儘管非常緩慢。我試著拼湊那張快要從我腦海中消褪的輪廓，卻始終十分模糊。也許三年半的時間終究還是太長了？長到足以沖淡校花在我腦海中的一切，包括長相。

雙眼盯著漂浮在熱奶茶上的泡沫，一個失神，整個人掉進了回憶的漩渦。

良久。

一陣風穿透紗窗拂上我的臉，淺淺的涼意吹醒了已經在桌上睡著的我。

杯子裡涼掉了的奶茶還沒喝完，袋子裡的三明治還有一半，電腦鍵盤上則是多了一灘口水。我看了一下左手腕上，錶面已經佈滿無數歲月刮痕的五芒星SWATCH，才知道自己竟一睡就睡了五個小時，而且是趴在這麼凹凸不平的鍵盤上。

唉。看來人老到一個年紀以後，真的都會不知不覺染上某種慢性的嗜睡症。

我揉了揉眼睛，把剩下的奶茶一口乾掉，準備關掉電腦出門吃午飯之前，腦袋裡朦朦朧朧地像是突然迸出了一點什麼。

嗯……

今天早上我是不是在BBS上遇到誰啊？

奇怪。

好像有一點印象，卻又有一點模糊。

到底是遇到誰了？嘖。

校花？

不，不，看到鬼也不是這樣好不好，怎麼可能會在BBS上遇見校花啊，太誇張了。

嗯……

一定是因為我剛趴在鍵盤上睡著的時候，夢到自己高三那時候每次午休時間都假裝趴在桌上睡覺，但其實是一直用斜眼在偷瞄校花的往事，才會出現這種以為自己在BBS上遇到校花的錯覺。

唉。人老到一個年紀以後，沒想到還會染上某種夢境和現實不分的幻想症。

突然，BBS的視窗在我面前的電腦螢幕上被開啟，連線，登入。

好奇怪啊，為什麼腦袋明明是下達關掉電腦出去吃飯的指令，手指頭卻不聽使喚？

「郵差來按鈴了！」視窗的上方，閃動著亮白字的字體。

手指頭再度自發性地點進Mail選單。

「三月十五日 YaeiouN ◇ 小黑！星期四吃飯！」

標題並不聳動，稱呼卻很熟悉。

小黑……已經太久沒有人這麼叫我。

不，應該說，在地球上敢這用這種像在叫喚小狗的方式稱呼本少爺，卻還能夠安然活到現在的人，一直都只有一個。

＊＊＊＊＊＊＊＊＊

小黑！真的好久好久不見了呢！

今天在站上碰巧遇到你，我真的很開心耶！雖然你好像對我有點冷淡？

該不會是還在恨我吧？呵呵。

不要這樣子嘛！都過這麼久了還在記恨？出來吃個飯見見面吧！

那，就這個星期四中午十二點好了？

好，就這麼決定了喔。

地點的話……我看就在仁愛路跟光復南路交叉口的那家Skylark好了！你一定沒意見的對吧？

我知道你一定會來的，是我約你的，你才不敢不來咧！對不對？

嗯，那就不見不散囉！

對了，敢遲到的話你就完了！

妍文　(：P)

P.S. 你會不會變很多啊？我怕我看到你的時候會認不出來是你耶，因為其實我已經有點忘記你的長相了。不過你皮膚這麼黑，應該很好認吧？

＊＊＊＊＊＊＊＊＊

內容並不聳動，口氣卻很熟悉。

在地球上敢用這種一副擺明吃定我了的口氣跟我講話，卻還能安然活到現在的人，一直也都只有一個。

熟悉的稱呼，熟悉的口氣。

還有那個儘管在電腦螢幕上也還是依然吐著舌頭的，熟悉的笑臉。

(：P)

我莞爾一笑，真的很想罵自己犯賤。

為什麼明明就曾經因為她而感到那麼的痛苦，現在卻竟然又有那麼一點想要見她？

□

大四學生由於忙著找工作的找工作，忙著準備研究所的準備研究所，忙著抓住青春的尾巴狂玩的人狂玩，所以一般說起來，大家修的學分通常都很少。如果懂得妥善安排課表，把必修跟選修課盡量湊在同一天的話，週休五日基本上不是什麼問題。

尤其是在愉快的商學院。

但是偏偏，我這個懂得妥善安排課表的人，在週休五日的一個星期之間，唯一要上課的兩天就是星期一和星期四。

特別是星期四早上和下午的兩門學分，更是一旦當掉就非得延畢不可的必修。說起這兩門課的教授，其中前額頭髮略少的那一位，是相當執著於點名和出席率的死腦筋派；而甫從國外光榮歸國、還不懂得台灣人含蓄文化的另一位，則是酷愛以抽點同學站起來回答問題的方式來營造教室互動氣氛的自High派，可以說無一不是現代大學生最最痛恨的類型。而好巧不巧的是，這兩位教授之間有一個更該死的共同點，那就是只要在課堂上被點到名卻沒有在三秒鐘以內舉手答有，很簡單，一次就是扣總平均十分，集滿四次以上就是明年見，並且絕對不接受包括在辦公室門口下跪、買便當給教授、晚上用身體交換等任何形式的求情。

聽起來很可怕吧？

沒有錯。

所以我很掙扎。

星期四的中午有校花睽違了三年半之久的邀約。

嗯。在我權衡輕重，反覆的思量之後，覺得男子漢還是應該以學業為重，這絕對不是說只有被點一次名沒到扣十分這樣的考量而已，我本身旺盛的求知慾和學習慾沒有辦法允許我蹺課或早退去參加這種吃飽太閒的高中同學敘舊。

尤其……尤其是在我早上那一堂課已經被點到過三次缺席，下午那堂課也已經被點到過兩次缺席的嚴峻情況下。

這種險冒不得。

唉，看來這一趟我是不能赴約的了。不好意思啊，校花。

「我知道你一定會來的，是我約你的，你才不敢不來咧！對不對？」

靠。

我上輩子八成欠她很多錢。

咻——

時間飛快，星期四的早上，來了。

上午這門課的死腦筋教授有一套非常狡猾的點名習慣，那就是他會先在九點鐘的第一堂課一打鐘的時候先火速點一次名，這個目的是為了要對付那些喜歡遲到的人，然後為了避免有人點完名就提前落跑，在十一點鐘的第三堂課一開始，通常還會再加點一次。這個禿子教授、啊不，我、我是說頭髮少教授，這個頭髮少教授喜歡在一個早上點兩次名的習慣，在修課的學生當中也算是眾所皆知的常識。

我鎖定的，正是十一點鐘點完第二次名之後的幾十分鐘。

這幾十分鐘的時間，應該已經足夠讓我從位在四樓的教室奔下樓梯、衝出校門、跳上摩托車、然後再狂飆到仁愛路、光復南路交叉口的那家Skylark。

就在我暗自盤算的時候，教授大聲地唱到了我的名。

「林博光！」

我高舉手臂並以中氣飽滿的音量，答了聲鏗鏘有力的「有！」之後，雙腳同時已經開始碎動，桌子上的東西已經淨空，從教室後門逃逸的準備已經就緒。

所幸由於這是一間特大號的教室，就算是修課的學生全部到齊，還是會留下不少空著的位子，而這些零星散佈的空座位便構成了我逃逸時的據點，勾勒出我落跑的路線。於是，利用教授轉身寫黑板的一次又一次空檔，我一格又一格地往更接近後面的位子退去，少頭髮教授每一轉身，我就趁機退往後面一格的空位，少頭髮教授再一轉身，我退往再更後面一格的空位。

在教授的第十次轉身的時候，我不巧退到了全班最認真最用功最老實最難相處的班代隔壁，班代識破了我想要落跑的陰謀，竟舉起手打算把我意圖逃亡的行為報告教授，我慌了手腳，一時也沒有選擇了，於是拿起我剛擤過鼻涕的衛生紙往他口鼻一摀，沉重的羚羊拳已經伴隨著來到了他的肚子上，沉悶的一聲，班代趴了下去，白沫汩汩地流出在教科書上，眼睛還睜得老大，死不瞑目。

我用手由他的額頭往下巴方向輕拂，微微將他的眼皮闔上。

接著在教授第十一次轉身寫黑板的時候，我成功地退倒了後門門口的那個位子，接著一招神不知鬼不覺的側身俯衝，以類似棒球選手撲壘的姿勢滑出教室。

我想要為自己精采的落跑行動振臂喝采，但我知道我已經沒有時間，為了擺平班代我額外耽擱了一點時間。於是拍了拍身上的沙子，我拔起腿往停放在校門口對面的機車奔去。

JOG90，我就給它催到九十。

在光復南北路上，面不改色地連闖四個紅燈。

來到仁愛路、光復南路交叉口的附近，我順利地找到一個路邊的停車格，一招兩段式的甩尾不偏不倚地把車子停了進去。脫下安全帽，我看了看左手上的五芒星，十二點十五分，已經比校花片面約定的時間遲到了十五分鐘。

啐，我就知道。

剛才在遁出教室的步驟上始終還是花了太多時間。

撥了撥被安全帽壓垮的頭髮，我深呼吸了一口氣，大步往Skylark的方向走去。

餐廳門口，一條久違的身影。

轉過頭來的女孩，戴著淺褐色的墨鏡。

墨鏡底下像高爾夫球一樣大的眼睛，正看往這裡。

「Hi。」我一邊走近，一邊舉起手打招呼。嘴角的笑容無可避免地有點僵硬。

「你遲到了。」她露出和過去一樣的調皮笑容，說。

陽光穿透仁愛路枝葉茂密的行道樹，斜打在她的臉上。

那清澈而柔和的五官線條，美麗得讓人傻眼。

而她身上的那一件鵝黃色小洋裝則和湛藍色的天空拼接得天衣無縫。

果然校花就是校花，即便過了三年還是光芒不減。

「抱歉啦。我已經想盡辦法提早蹺了剛才的課溜出教室了，沒想到還是遲到。」我強忍住內心很想要讚美她很漂亮的衝動，只是嗤笑著道歉。

「你變老了呢。」她摘下太陽眼鏡，發表睽違三年半不見的第一個感想。

「什麼嘛，小孩子真不會講話。這個叫作變成熟了好不好，咳。」我裝腔作勢地說。

她沒有回話，只是將雙手負在背後，視線從頭掃到了我的腳，然後又從腳掃回到我的頭，好奇的表情像是在打量一個首次見面的網友。

「進去吧？」我侷促地說。

走下入口處的階梯進到位在地下一樓的餐廳，門口的服務生領著我們走向一處靠牆壁的座位，遞給我們一人一本Menu後便相當識趣地微笑退下。

卻反而留下了一陣尷尬的靜默。

她不說話，甚至連Menu也沒翻開，只是目不轉睛地盯著我看。

我試圖躲避她那令人難以招架的好奇目光，於是把Menu在眼前舉高到正好可以擋住她眼睛的位置，然後假裝很認真地在挑選食物。

「你很緊張？」她突然開口。

「嗯……有一點。」我把Menu壓低到剛好勉強可以對上她眼睛的位置，說。

她又不接話了。

那雙像高爾夫球一樣大的眼睛絲毫沒有要放過我的打算。

「唉唷！妳幹嘛一直看我啦。」我終於受不了，雙掌一拍闔起Menu，說。

「怎麼覺得好久沒看到你……你變得好陌生？」她蹙著眉頭，說：「你真的老了好多喔。」

我伸出手掌作勢撫了撫自己的臉頰，實在不了解一個人到二十一歲的樣子到底是會比十八歲的樣子老到哪裡去。

「去妳的，我不過也就是下巴多出了那麼七根鬍碴罷了。」我用指尖搓弄著那七根我今天早上才算過的鬍碴。或許是先天男性荷爾蒙分泌遲緩的關係，我下巴這七根鬍子還是上了大學以後才發育出來的。

「哈哈……這麼久不見，你講話還是跟以前一樣無聊耶！」她噗哧笑著說。

「是嗎？原來我從以前開始講話就很無聊啊？我今天才知道。」我喝了一口桌上的檸檬水，說。

「哈哈……笨蛋。好啦，先點東西吧！你剛看Menu有決定要吃什麼了嗎？」她翻開了她自己的那本Menu。

「吃……我要吃……」我側著頭，抓了抓脖子，說：「要吃什麼我不知道耶！有沒有什麼好推薦啊？我沒來過這家餐廳。」

「什麼？Skylark你沒來過？這不是台北超有名的連鎖餐廳嗎？！我超——愛這裡的焗烤的。超愛。」她瞪大了眼睛驚訝叫道，隨即以拉長了四個八拍的「超」字來詮釋她內心對這裡的焗烤料理的推崇和熱愛。

「哦，是喔。」我滿不在乎地又喝了一口檸檬水，東張西望地看著店裡面的裝潢，接著說：「根本就不紅嘛，像我就沒來過。」哼，這什麼全台北連鎖的Skylark我是沒吃過啦，不過全台灣連鎖的我家牛排我倒是還蠻常去的啦。

她抬起頭來白了我一眼，似乎對於我這副不以為然的態度感到頗為不滿。

「唉呀，好啦好啦，那妳就幫我點一個店裡的招牌菜好了啦。」我挖了挖耳屎，說，然後把小指指尖開採出來的耳屎朝天一吹。

她又抬起頭來白了我一眼。

「啊？什麼？招牌菜啊，幫我點招牌菜。」我裝出一張無辜的表情，指了指她正在翻的Menu，說。

「綜合海鮮焗烤，好不好？」她問。

「好，好，妳推薦的都好。」我答。

「飲料呢？冰奶茶好不好？」她問。

「好，好，妳推薦的都好。」我答。

「敷衍。」她白了我第三眼，然後揮了揮手請服務生過來。

「一個綜合海鮮焗烤，一個泰式辣味炒飯，兩杯冰奶茶。飲料餐後再上就好。」

「喂，妳不是說妳超——愛這裡的焗烤的嗎？那妳自己幹嘛點泰式辣味炒飯？」我看著Menu上印的那張感覺起來並不怎麼可口的泰式辣味炒飯的照片，問。

「沒有啊，我自己是點綜合海鮮焗烤，泰式辣味炒飯是幫你點的，也是這間餐廳裡面我覺得最難吃的一樣東西。」換她喝了一口檸檬水。

「靠……那妳還幫我點那個幹嘛？！」我瞪大眼睛叫道。

「誰叫你要敷衍我。」她拆開濕紙巾的塑膠封套，怡然自得地擦著手。

「妳……！」我咬牙切齒，卻偏又拿她沒轍。

沙拉很快地送上來了，伴隨著一碗看起來配料很紮實的蘑菇玉米濃湯。坐在對面的兩個人，各自專注地吃著，安靜地喝著。

又一陣尷尬的靜默。

空氣中只是來回穿梭著兩個人咀嚼沙拉的聲音，和吸吮濃湯的聲音。

「幹嘛都不講話啊？」她率先以矯捷的速度清光了桌上的沙拉和濃湯，於是問。

「喔？有嗎？可能是太久沒見面了吧。突然之間好像也不知道該跟妳聊什麼好。」我叉起沙拉裡殘存的最後半顆白煮蛋，吞進嘴。

「好吧，那我來問你好了。你這幾年過得怎麼樣？」她問，問了一句百年不褪流行的老牌場面話。

「過得普普通通、乏善可陳啦，並沒有什麼特別值得拿出來講的事。」我聳了聳肩，答道。

「是這樣嗎？」她露出了一抹邪惡的笑容，說：「跟你說，大概一年多前吧？還是兩年多前？我忘了，總之有一次我在通化夜市入口旁邊的那攤滷味，看到你牽著一個女孩子的手喔。有吧？有這回事吧？」她閃動著一雙大眼睛，想要八卦什麼的表情相當逗趣。

我心裡卻覺得有點怪怪的。

「唉唷，拜託喔，這麼久了我哪還記得啊。不過如果妳有看到我的話，為什麼我會沒有看到妳？」我說，腦子裡一邊開始回想是跟哪一任女朋友去過通化夜市。

「哈，我跟我男朋友躲在你們後面跟蹤你們啊！你們那天後來騎車去了華納威秀那附近對吧？」她問。

「挖靠！妳幹嘛還跟蹤我啊！」我實在想不起來，只依稀記得自己確實曾經在通化夜市口買過滷味。

「是不是嘛？！到底是不是去華納威秀？」她興奮地問，但我不明白她是在起勁什麼。

「唉唷，都這麼久了，我真的不記得了啦。」我困頓地摳了摳脖子，接著問：「啊你們不是跟蹤我嗎？那怎麼會還不知道我是不是去華納？」

「那天你買完滷味之後就去牽車，我跟我男朋友騎車偷偷跟在你們後面，可是又不敢跟得太緊怕被你發現，然後就在華納威秀的附近被一個紅綠燈檔到了啦！你騎得好快喔！」她生動地描述著當日的情景。

「你們……」我皺了皺眉，癟著嘴說：「你們是吃飽撐著，嫌生活太無聊嗎？」

「才不會無聊呢！那時候好緊張喔！超怕被你從後照鏡裡面發現！」她拍著桌子大笑說。

「哦，我根本沒發現，而且我也不太記得了。那個跟我牽著手的女孩子是長得怎樣？高嗎？長頭髮還是短頭髮？」

「沒看得那麼仔細啦！而且也只有遠遠地看到她的背面和側面而已。不過身材好像跟我差不多吧？就是大概一百六十幾公分，瘦瘦的，臉小小的。我記得我男朋友那時候還說那個女孩子的背影跟我好像。」

「喔。」從這個描述來看八成是子伶了吧我想。如果是子伶的話，那應該至少是兩年半以前的事。

「怎麼樣？想起是哪一個女朋友了沒？」她賊賊地笑道。

「沒，還是想不起來。」我喝了一口檸檬水，笑了笑，說：「可能真的過太久了。」

餐點上來了。

她的綜合海鮮焗烤蒸騰著霧白色的熱氣，焗烤的表皮上還嗶剝嗶剝不斷鼓出著美味的泡泡。相形成強烈對比的，我的泰式辣味炒飯則相當死氣沉沉地躺在盤子裡，乾巴巴的醬油色米飯賣相糟透了。

這間餐廳裡面最好吃的料理，和最難吃的料理，在同一張桌子上相逢。

也太一目了然了吧！靠。

我拿著湯匙低懸在半空中的手，猶豫不決。

我絕不相信泰國人吃的炒飯會是這副德行。

「怎麼啦？吃啊，我特地幫你點的喔。」校花笑瞇瞇地說，然後拿起她的湯匙剷進那盤香到不行的焗烤裡面。

「喔、喔……我只是覺得這盤炒飯看起來太好吃了，我有點捨不得。」我眼泛淚光地把湯匙剷進眼前的這一盤泰式辣味餿水、啊不，這盤泰式辣味炒飯裡，接著說：「對了，在開動之前，有一件事情我要跟妳道歉，就是……嗯，妳應該還記得吧？那個……三年前某一個月黑風高的晚上。」我奮力把湯匙裡的炒飯盡可能直接送進嘴。

………………

嗯，我想這道泰式辣味炒飯，不管到哪一家餐廳都會是最難吃的一道料理。

嘔。

「三年前？然後呢？」她快意地品嚐著她的海鮮焗烤，還一直露出「我的好好吃喔」那種欠揍的表情。

「有一個暴走的女孩去了妳家吧？嗯……說得更詳細一點的話，應該是一位穿著華麗洋裝的暴走女孩。」我狂喝了半杯檸檬水漱口之後，說。

「啊？果然是你帶她來的？」她試圖掩飾自己的表情微震，卻還是被我發現。

「果然是我？」我問。

「我幾乎是不告訴別人我家在哪裡的，所以知道的人本來就已經不多，」她從海鮮焗烤裡叉起一塊肥大的蝦仁往嘴裡送，接著說：「既知道我家在哪裡，又有可能會認識那個女生，然後還帶她來的人，更少。」

「嗯，是我帶她去的。」我攤了攤手，擠出無辜的表情說：「可是妳一定要相信我，我也是被逼的！真的。我那天有再三勸她不要那麼衝動，也有再三跟她說就算去妳家也沒辦法解決任何問題，可是她就是不聽，硬是脅迫我帶她去妳家。」

「哼。」她噘起嘴，瞪了我一眼。

「不要這樣嘛，妳都不知道我那時候多擔心她會不會在一怒之下憤而潑妳硫酸毀妳的容，哈哈，我是不知道妳記不記得啦，但是那陣子報紙上超多那種社會案件的，我怕她有樣學樣，更怕在社會版上會出現妳的名字，好險一直到目前為止都沒有。」我自認有點理虧，故意嘻皮笑臉地說：「不過還是覺得很抱歉啦，造成妳們的困擾了。」

「哼。」她又哼了一聲，但眼神已經緩和。

「好啦好啦，這件事是我不對，我已經道完歉了。不過那一天那個女生進去妳家之後，沒有發生什麼恐怖的事嗎？啊，等等，妳有讓她進去妳家嗎？」我問。

「她就一直狂按門鈴啊，然後我從門上面的透視孔看到是她，知道她應該是來找我男朋友的，於是我就把門打開讓她進來了。」她說，語氣也未免太輕鬆了。

「什麼！妳竟然還敢開門讓她進去妳家喔？會不會也太勇敢了一點啊……她那個時候已經完全呈現暴走狀態了耶！」我驚訝叫道。

「還好吧？反正她是來找我男朋友的啊，應該不會對我怎麼樣吧？」我的天啊，這傢伙是假天真還是真無知，萬一硫酸一潑過來可是閃都閃不了的啊。

「然後呢？」

「然後她就走進我房間啊，不過也沒看我一眼啦。反正她就直接走向我男朋友，然後手舉起來一巴掌就要甩下去。」

「然、然後呢？」我目瞪口呆地問，感覺自己聽到了三立八點檔才會有的那種橋段。

「然後？然後我男朋友就抓住她的手啊！怎麼可能真的讓她一巴掌打下去？我男朋友抓住她，然後把她帶出我家，然後好像就下樓去了吧。」她說。

啐。好一個垃圾張成軒，最好是劈腿被當場抓包還能給我保持這麼鎮定。

「那妳呢？妳該不會有跟著他們下樓嗎？那就真的太八點檔了喔！」我緊張地追問。

「當然沒有啊！我跟他們下樓幹嘛？很尷尬好不好。而且我記得那時候我好像已經換好睡衣了吧？不方便下樓。」喂！她這個語氣也太事不關己了吧！好說歹說張垃圾、啊不，張成軒不是她的男朋友嗎？難道她一點都不擔心自己的男朋友被暴走女孩給怎麼樣嗎？再說……再說一般人遇到這種男朋友劈腿的事情，不是應該都會很火大的嗎？

她看起來真的太平靜了！老大。

我拍著額頭，整個人差點沒力。

呼——算了。

反正無論如何，張成軒現在還是跟她在一起的。

或許對她來說，這些早已經過去的事情並沒有那麼重要。

「哦。」我把視線瞥向遠方，說：「總之無論如何，造成妳的困擾我真的覺得很抱歉。妳知道，可能……嗯，可能我那時候還有點恨妳吧？……所以才會答應帶她去妳家。」

但我並沒有告訴校花，其實在親眼目睹她和成軒一起出現在公寓門口的那一剎那之前，我一直都還不願意相信他們真的是在一起的。

畢竟我是一直那麼地不願意去相信，她欺騙了我的事實。

「我讓你恨我了？」她吃了口焗烤，笑了笑。

「啊？哈……嗯。怎麼講，曾經有一點吧……不過那是恨嗎？好像也不是。」我勉強又吞了一口恐怖的泰式辣味炒飯，卻盡力擠出一個豁達的笑容，說：「不過也不重要了啦，這一切反正都過去了。」

「但是，我不會跟你道歉。」她看著我，說。眼神理直氣壯。

「哈！當然啊，本來就不需要跟我道歉。電視上不是都那樣說嗎？感情的事，沒有誰對不起誰。」我淺淺地笑了笑，說。卻明知道自己是在偽裝堅強。

眼神，軟弱地失焦在十點鐘方向的遠方。

良久的一陣沉默，兩人之間沒再有任何對話。

她吃著店裡面最好吃的海鮮焗烤，我吃著店裡面最難吃的泰式辣味炒飯。

然後各自陷入回憶的井。

也許我們彼此都需要安靜一下，好重新整理那停滯在三年半前的遙遠記憶。

也許一邊看一看對方的臉，一邊整理。

直到不知道過了多久，一位過來幫我們加檸檬水的服務生吵醒了陷入思緒中的兩個人。

兩個人對視，笑了出來。

「在想什麼？」我先開口，問。

「沒想什麼，只是覺得時間過得好快。一些以前的事情，怎麼感覺好像已經離我們好遠？」她輕嘆了一口氣，卻又笑著問：「你呢？在想什麼。」

「沒什麼。」我笑著搖了搖頭，說：「真的好遠啊。」腦子裡其實早佈滿了校花高三時的身影，和兩個人相處片段的軌跡。

「哪，分你吃一口。」她不曉得是突然良心發現還是怎地，挖了一口海鮮焗烤放進我的盤子。

「謝謝，不過我在想……妳該不會其實是已經吃不下了吧？」我似笑非笑地說。

「哈！你好聰明！唉呀，不要這樣嘛，焗烤真的很好吃喔，你嚐嚐看嘛。」她不好意思地笑著說，然後又挖了一口過來。

「哼。」我剷起焗烤，一口送進嘴裡。

啊……

這果然比泰式辣味炒飯好吃一億倍啊混蛋！也差太多了！

「反正你也過得很好啊，不是嗎？那天在通化夜市跟你手牽手的女孩……應該也蠻可愛的吧？」她問，又剷起了一坨焗烤要送過來，一邊用叉子輔助把焗烤的牽絲斬斷。

「我不太記得她可不可愛耶，早分手了。」我索性直接把她焗烤的盤子拉了過來，拿自己的湯匙直接挖。

「分手了？！會不會太快啊你？」她驚問。

「喂，那是多久以前的事了耶！分手也很正常吧。」我辯解道。

「哇，那你這三年多以來到底是交過幾個女朋友了啊？」

「五個。」

「這麼多？！原來你這麼花心！幸好我當初沒跟你在一起。」她說。

我卻不知道她這句話到底是什麼意思，只覺得胸口突然一緊。

「哈，哈。對啊……幸好。」我乾笑應道。

「現在呢？現在的女朋友在一起多久了？」她賊賊地笑著，問。

「那不重要吧。」我看了看錶，說：「啊，我該走了。待會下午那堂課的教授，是出了名喜歡用抽點同學起來回答問題的方式來創造教室互動氣氛的自High王，重點是被點到的人如果沒有在三秒鐘以內舉手答有的話，很簡單，一次就是扣總平均十分，集滿四次以上就是明年見，並且絕對不接受包括在辦公室門口下跪、買便當給教授、晚上用身體交換等任何形式的求情。」我拿濕紙巾擦了擦嘴，站起身。

「哈哈……怎麼有這麼好玩的教授啊？」她大笑道。

「一點也不好玩。」我拿起檸檬水喝最後一口，接著說：「應該還有甜點沒上吧？有的話妳吃完再走好了，反正這裡氣氛不錯。」

「嗯。你還沒換手錶啊？我看到你手上的SWATCH。」她指著我的左手腕，問。

「喔，嗯。」我抬起手看了看，點了點頭。

「這麼想念我嗎？」她笑嘻嘻地問。

「也沒有，只是它一直都還會走，所以沒換。」我說，拿起帳單走向櫃檯。

買完單，正要往樓梯走去之前，她突然跑了過來，拉住我襯衫的袖角。

「下次有空再找你的話……你還會願意跟我出來嗎？」她看著我，眼睛裡面好像還有其他的話要說。

「……妳有找我再說吧！掰。」我笑了笑，轉身走上樓梯。

□

和校花共進了那一頓久別重逢的午飯之後，原本生活的步調並沒有什麼太大的改變。

接下來的兩個月內，我南征北討，一連參加了五間研究所的入學考試，在喘不過氣來的身心俱疲中透支了大學生涯的最後青春。

於是就在天氣漸熱的五月，研究所的錄取名單也陸續揭曉了。在連續收到了四家損龜的噩耗之後，今天早上我總算在最後的希望：「中正企研所」的網路榜單上尋獲自己的名字，懸在心上的一塊沉重大石終於得以放下，並且暗自高興著這麼一來看電影至少還可以再買兩年的學生票了。

校花在這段時間裡曾經寫過兩次信給我。

第一次是一起在Skylark吃完飯的那天晚上寄來的。內容很無聊，不外乎就是批評著我三年半來容貌上的衰老啦，我額頭上皺紋數量的增加啦，等等的。總之措辭上就是一貫地維持著她校花式的風格。

第二次則是今天早上。

「郵差來按鈴了！」久違的亮白色字體再度閃爍在視窗的上方。

我點進郵件選單，一封沒有標題的新信件。

「五月二十日 YaeiouN ◇（無標題）」

信裡頭，只有短短的兩句話。

「你有空嗎？可不可以陪我去流浪？」

我看著螢幕上的視窗，左手食指上下彈撥著嘴唇。

流浪？

……這個詞彙不是早就已經過氣了嗎？

而且也太莫名其妙了吧。

就算是有空好了，問題是，她也沒有說什麼時候要我陪她去流浪，然後也沒有說是要去哪裡流浪，就這樣扔下一句話，誰知道她是在說什麼啊？

我納悶地抓了抓脖子，退回郵件選單，索性正準備要D掉這封信。
突如其來的一顆水球卻在這個時候砸在我視窗上。
「☆YaeiouN 明天早上九點，來我家載我。」
就在我目瞪口呆並且措手不及的時候，第二顆水球以迅雷不及掩耳的速度飛過來了。
「☆YaeiouN 啊，九點對你來說可能太早了喔？那就十點好了，十點。」
我手指飛快地敲落在鍵盤上，立刻回砸了一顆水球過去。
「★BlackAngel 妳這傢伙是背後靈嗎？突然出現是怎樣？」
「☆YaeiouN 沒有突然出現啊，我看到你的動態正在讀信。」
「★BlackAngel 是啊，正在讀妳莫名其妙並且只有兩句話的信。」
「☆YaeiouN 嗯，那你讀完了嗎？」
「★BlackAngel 讀完兩句話基本上並不需要太多時間。」
「☆YaeiouN 既然讀完了，那明天早上十點記得到我家樓下接我喔。」
「★BlackAngel 喂、喂！是發生了什麼事情嚴重到必須要去『流浪』？嘖，說真的這詞兒好爛。」
「☆YaeiouN 明天心情好的話再跟你說吧。早上十點喔，你起得來嗎？」
「★BlackAngel 十點嗎……我沒有把握耶。」
「☆YaeiouN 沒有把握的話，我就只好找別人帶我去了哦？」
「★BlackAngel 妳這是在威脅我。」
「☆YaeiouN 好吧，那不威脅你了，我找社團學長帶我去。」
「★BlackAngel 少囉唆，十點是吧？我鬧鐘已經調好了，並且今天晚上我決定八點半就熄燈就寢，哼。」

「☆YaeiouN 哈哈……笨蛋。那就明天見囉！我先下線了，掰。（:P）」

□

翌日早晨。

大太陽金黃色的光線迫不及待地穿透窗戶，打進房間的地板。

推開窗，幾朵棉絮狀的白雲飄浮在淡藍色的天空上，看起來似乎是個相當不錯的天氣。

久違三年的白色公寓樓下，看了看五芒星，九點五十七分。

校花穿著一身悠閒的運動夾克、牛仔褲、平底鞋，從公寓裡走出。

「早。」我蹺著二郎腿坐在機車上，嘴裡咀嚼著剛才在美而美買的鮪魚漢堡。

「不錯嘛，準時喔。」她把手舉起在額頭上，遮擋烈日的強光。

「開玩笑，我一向都是那麼準時的人。上車吧！」我遞了頂安全帽給她。

「要去哪裡流浪？」她顯得很雀躍。

「去摩托車到得了的地方。」我把鮪魚漢堡的空盒子塞進置物箱，戴上安全帽。

「那是哪裡？」她問。

「妳決定啊！台北市附近摩托車到得了的流浪據點妳選一個。」我發動引擎。

「嗯……花蓮。」她跨了上來。

「最好是花蓮！那並不是一台破爛的JOG90到得了的地方好嗎！」我差點沒從機車上摔下來。

「厚，很沒用耶你！早知道就找小白不找你了啦。」她拍了我安全帽一下。

「小白……？誰是小白？」我催動油門，機車噴了出去。

「啊？我沒跟你說過這個人嗎？就是我社團學長啊，一個跟你很像的男生。他算是我以前社團的學長啦，現在已經在唸研究所了。」她說。

「跟我很像？」

「嗯。」

「妳的意思是說……他長得很帥嗎？」

「不是啦！笨蛋，不是外表像啦！是……嗯，怎麼說？是他給我的感覺……跟你很像。」她支吾地說了一些語意不明的話。

「感覺？哪裡有什麼感覺？」我停頓了一下，問：「除了很帥氣的感覺以外，我還有給妳什麼其他的感覺嗎？哈哈。」

「就跟你說不是啦！你從來就不是那種帥的類型好嗎？真是的。總之就是……那就是一種很熟悉的感覺嘛，我也不太會講。我有跟小白說過，說他跟我高三的時候坐在隔壁的一個男生很像，然後小白就很不屑地叫我不要拿他跟別的男生做比較。我心裡就在想，要是你的話應該也會這麼說吧？」她解釋著。

「我才不會這麼說咧，少拿我跟他做比較。」我呵了一口呵欠。

「看吧！看吧！就知道你一定也會這麼說！」她大叫。

「哼。」我噘起嘴。

她卻笑得很樂。大概是很滿意我說出了符合她預想的回答。

而這時候，我已經擅自決定往陽明山的方向前進，因為那裡是我判定這台年邁的JOG90目前所能負荷的最遠流浪據點。

「那個冒充我的社團學長在追妳嗎？」我問。

「應該不太算是啦……可是他應該是在喜歡我吧？就說跟你很像啊。」她笑著說，然後又拍了我安全帽一下。

「哼。」我再度嘛嘴。
「可是我男朋友很在意他。」
「哦?」
「因為我跟我男朋友說，有一個跟你很像的男生在喜歡我。」
「那也沒有怎麼樣啊。」
「是沒有怎麼樣沒錯，可是我男朋友就抓狂了，禁止我再跟他有任何來往，一群人一起出去也不可以。」
「唉呀，那是一定的吧，知道有別的男生在喜歡自己的女朋友，通常都會擔心的。」
「但是我身邊有很多其他的男生在喜歡我啊，可是我男朋友只在意他。」
「所以?」
「沒有所以啊，重點在於我男朋友在意的是那個喜歡我的男生跟你很像這件事。」
「喔。沒想到妳男朋友還挺痛恨我的。」
「嗯，超恨的。」
我納悶不語。
奇怪了，不是應該是我要痛恨她男朋友才對的嗎?
人都被他追走了還痛恨我做什麼。
「對了，妳剛才說早知道就找小白不找我了?可是妳男朋友不是禁止妳跟他來往嗎?那妳還找他?」我問。
「哈!我男朋友也禁止我跟你來往啊。就跟你說了，我男朋友會禁止我跟小白來往，是因為我跟他說小白跟你很像。否則我身邊還有那麼多其他的學長啊、男同學啊什麼的，我男朋友也沒有禁止我跟他們來往啊。」她滿不在乎地說。

車子不知不覺已經騎到了通往陽明山的仰德大道。

就在這個時候，天上不知道從哪裡飄來了幾大片灰濛濛的雲團，遮住了原本高掛青空的太陽。一下子天色忽然陰暗了下來。

「陽明山？」她問。

「是啊。」一台破爛的JOG90，在仰德大道上負擔著兩個人的體重，有氣無力地爬坡。

「你要帶我到陽明山流浪？」

「是啊。」

「陽明山不是觀光名勝嗎？根本就不是流浪的地方啊！」她用力敲打著我的安全帽抗議。

「少囉唆！這已經是我這台年事已高的JOG90所能負荷的最遠流浪據點了！不然妳的小白是有本事帶妳去花蓮流浪嗎？」我確定我已經把油門催到最底，但是儀表板上的時速卻依然無法突破二十。

「當然可以啊！他開車。而且才不像你的JOG，他開的是家裡的JAGUAR。」她說。

「哼。」我第三度噘嘴。JAGUAR了不起啊！也不就多我幾個英文字母罷了。

山上的氣溫下降得很厲害，才剛騎到半山腰，周圍就已經開始薄霧繚繞，冷風颯颯。只穿著短T恤外加一件薄襯衫的我首當其衝，雙手顫抖，下巴抽搐，上下排牙齒撞擊個不停。她整個人屈曲在後座，在我寬厚肩膀的庇蔭下想必是一點也無法體會我破風前進的艱辛。

「過了三年多你一點也沒有進步嘛，還是這麼不體貼。」她在我的耳邊說，聲音在風吹下顯得很稀薄。

「是、是、是怎樣了啦？」我問。上下排牙齒來回撞擊了三次，嘴巴冒出一團白煙。

這山上、山下的氣溫也未免差太多了。

「這山上這麼冷，身為一位體貼的男士不是應該問我會不會冷，然後把你身上的襯衫脫下來給我穿才對的嗎?」她說,嘴巴也吐出陣陣白煙。

我沉默了幾秒,說:「那、那、那妳會不會冷?要、要、要不要我身上的襯衫借妳穿?」我的牙齒已經快要被彼此撞碎了。

「不必了啦!哼。我說了你才問。」她哼著說。

「是、是、是喔!可、可、可是我有點冷耶!既然妳不會冷,那妳身上的夾克可以脫下來借我穿一下嗎?哈哈……哈……」我試圖開個可愛的小玩笑。

「豬頭!你身上的襯衫給我脫下來!」她聞言大叫,一把要將我的襯衫硬扯下來。

「不、不、不行啦!我哪知道今天會這麼冷啊!而且我襯衫裡面只剩下一件T恤!」儘管我高聲尖叫想要制止她粗暴的舉動,但襯衫還是慘遭無情地剝去,我細嫩的手腕和手臂於是赤裸裸地袒露在刺骨的寒風中,雞母皮噗吱作響。

萬分艱辛的十分鐘後。

車子總算抵達了文化大學後山附近的麥當勞和頂好超市一帶。

我一身短袖T恤的勇敢行頭,贏得了無數穿著長袖外套的路人們一致的注目與尊敬,原本是打算到麥當勞買個午餐的,但為了避免自己的羞恥心被路人們吃驚的表情踐踏至死,我索性連安全帽也沒脫就衝進便利商店,隨便抓了兩罐熱咖啡和兩顆茶葉蛋結帳之後,火速奔出店外跳上機車,油門一催逕往目的地擎天崗的方向馳去。

上擎天崗的路程兇險萬分,除了眼前已經霧白成一片茫茫世界之外,我裸露在空氣中的手臂已經開始冰冷,瞳孔也逐漸開始放大,隱然出現了瀕臨休克的跡象。

「喂!你要騎去哪裡啊?在這附近找個地方停車就好了啦!好冷喔!」她說。這個硬搶走別人襯衫的傢伙,也總算感覺得到冷了呢。

於是機車停放在一塊平坦的大岩石上。

這塊平坦的大岩石出現得十分突兀。

在長滿樹木的荒郊野嶺裡，在蜿蜒陡峭的山路上，一塊異常平坦而且光禿禿的大岩石，不奇怪嗎？而且從這個大岩石的面積、形狀和色澤等物理特性來判斷，我斷言它很有可能就是外星人的飛碟降落在地球的碼頭之一，而在這背後更可能牽涉到一樁關乎到太陽系安危的重大陰謀。

我蹲下來，仔細摸著大岩石的材質和紋理，並且仔細觀察著上面是否有任何可疑生物的腳印。

沒有腳印，也沒有指紋。

好一群狡猾又細心的外星人，竟然還懂得清理現場，湮滅證據。

我決定現在就立刻打電話到美國的太空總署，告發你們這群外星狗賊的陰謀。

我熱愛的地球，不會讓給你們。

「喂！你走來走去的在幹嘛啊？過來坐啊！」校花叫道。她已經坐在大岩石側邊一塊略微凸起的小岩石上。

「別吵！我懷疑我們不小心闖進外星人的基地了！」我神色凝重地說，並且把食指壓在嘴前示意她安靜。

「白痴。」但她竟然完全懶得理我。

啐。

我大感沒趣地走到她的身邊，坐在另一塊略微凸起的小岩石上。

「啊——這裡好舒服喔！整天待在台北都快悶死了。」她伸了個懶腰，說：「我們好像從來沒有像這樣一起出來郊外玩過喔？」

「嗯……印象中好像沒有吧。」我拿了一杯剛在便利商店買的熱咖啡給她。啊，不過現在已經變成冰咖啡了。

從我們兩個人的嘴裡一直呼出白煙這一點，實在無法讓人相信現在已經五月了。

不過也或許高山上從來就沒有四季之分。

「我轉系了。」她突然說。

「轉系？轉到什麼系？」我驚訝地問。因為在上次吃飯的時候也沒聽她說過這件事。

「企管。」

「啊？什麼時候轉的？妳以前不是說妳對商學院的科系沒什麼興趣嗎？」

「一年前轉的，是我爸媽叫我轉的。我想他們可能覺得唸商學院的話出社會比較好找工作吧。」

「什麼嘛。」我抓了抓脖子，說：「好找工作沒有屁用，重點是自己有沒有興趣，人生不是只為了工作而活吧。」

「所以我唸得很痛苦，那些東西我一點也沒有興趣。」她仰起頭嘆了一口氣，說。

「嗯。」我卻也不知道該如何安慰她，因為我自己也是唸商學院。

「我明天要回高雄。」她拉開咖啡的拉環，啜了一口，說。

「哦？」

「我姊下星期要去日本唸書了，回去送她。」

「喔，妳那個母夜叉轉世的姊姊終於要去日本留學了嗎？那很好啊，那很好。」我斜著一邊嘴角，奸笑著說。

「好個頭，那是因為她在台灣已經跟我媽吵翻了的關係。」

「跟妳媽吵翻？幹嘛跟妳媽吵翻？啊……果然連妳媽也終於受不了那個母夜叉了嗎？嘖嘖。」

「你到底要不要好好聽我講啊？」

「好，好，妳講，妳講。」

「我姊最近交了一個在夜店工作的男朋友，氣質就大概是那種你所能夠想像在夜店工作的人的樣子，穿了一排耳洞還打眉環。」

「眉環?!」

「對，眉環，打在眉毛上的。」

「喔。屌。」

「像我們比較年輕的人可能頂多就覺得很酷，也沒有什麼。可是我媽是那種很傳統很保守的人啊！結果竟然有一次我姊在那個男生上班的夜店喝醉了，那個男生送她回我家，結果剛好被我媽在我家樓下撞見，我媽氣死了，立刻命令我姊要馬上跟那個男的分手，是命令喔！命令。」

「喔。但妳姊不會聽吧？」

「我姊那種個性當然不會聽啊！結果從那之後開始她跟我媽每天吵架，每天吵架，我姊又是那種講話很衝的人啊，每次都把我媽惹哭，然後我媽一被惹哭就打電話給我，一直哭說什麼我姊都不聽她的話啦、我姊又跑出去跟那個男生約會了啦、什麼什麼的。可是……可是、跟我講這個幹嘛啊！這又跟我無關！我姊不聽她的話她一直打電話跟我說也沒有用啊！我都快煩死了！」

「喔。所以妳媽決定索性把妳姊送出國讀書，好阻止妳姊跟那個男生繼續往來。」

「對！」

「聽起來，妳媽似乎是個神經質的傾向有點嚴重的女人。」我下了個小結論。

「她是啊！你知不知道她有多誇張！她每次打電話來跟我講我姊的事情，一講就是兩個鐘頭以上！然後一直要叫我去勸我姊！是要怎麼勸啊？我姊連我媽的話都不聽了，會聽我的話嗎？」她說，語氣中聽得見她的無奈和不耐。

我心裡不禁暗暗感嘆。

聽起來很單純的家庭問題，卻似乎往往都比想像中難以解決。

「妳跟妳媽的關係本來不是還不錯嗎？怎麼妳現在講得好像跟她很不和睦似的。」這是我停留在高三下學期的印象，至少當年大學聯考的時候她媽還有到考場陪考。

「那是以前。自從她逼我轉系之後，關係就變壞了，其實那時候為了轉系的事情我也跟我媽吵過好一陣子。再加上現在因為我姊的事情，關係更壞。我覺得我媽太歇斯底里了，而且又很固執，什麼事情都要小孩子遵照她要求的方向去做。」她苦笑道。

「嗯，所以妳才會需要流浪。」我說，抓了抓脖子。

「對啊！我連手機都不敢帶出來！怕我媽又要打來講我姊的事了！」她叫道。

我笑了笑，卻不知道該再說些什麼。

畢竟這也只不過是我們失聯三年半以來的第二次見面而已。對於她的生活，對於她的心情，我實在一點也不清楚。

四周的霧氣越來越重，天空甚至還飄起了零星的細雨。

我拉開咖啡的拉環，啜了一口。

打在臉上的雨滴，很冰。

「喂。」她把她的咖啡罐子放在腳邊的地上，說。

「嗯？」

「你不准再喜歡我了喔。」一句話，突如其來。

「妳說什麼？」我一時恍神沒聽清楚。

「我說，我是說，你不准再喜歡我了喔。」她微笑看著我，複誦剛才的話。

「什、什麼啦。什麼嘛……」我露出一咧措手不及的乾笑，頓時發覺自己竟似乎無法保證。

「嗯？」她轉過頭來，睜大著一雙明亮眼睛看著我。

「唉唷，不會了啦。不是都過去了嗎……？」我迴避她的視線看往霧濛濛的遠方，說：「妳都有男朋友了……我不會再喜歡妳了啦。」

「對嘛，你也該正正經經交個女朋友了吧？不要一直換！」她皺著眉頭，用手肘頂了我一下，說。

「知道啦。」我訕訕地說。

「不過……嗯……沒有啦、沒有。」她欲言又止。

「不過什麼？」最討厭吊胃口。

「不過我男朋友要是知道我現在跟你兩個人在陽明山上的話，一定會氣死。」她笑笑地說，似乎也並不覺得她男朋友氣死關她什麼事。那輕鬆的表情真是像極了典型把男人玩弄於股掌之間的壞女人。

「應該不會吧。」我噘起嘴，說：「我失去妳都還活得好好的了，妳不過是跟我出來流浪一下而已，他有什麼資格生氣。」

「那時候我沒有跟你在一起……讓你很難過嗎？」她露出調皮的笑容，問。

「廢話，當然難過，而且是難過得差一點死掉。」我嘴巴噘得更高了。

「會是你一生中最難過的事情嗎？」她收起笑容，凝視著我的眼睛睜得好大。

「唔……」我想了想，說：「會是吧，我想。」點了點頭，抿著嘴。

「那就好。」她再次綻出笑容，竟像是很滿意的樣子。

「靠！什麼叫作『那就好』啊？」真想給她一記飛踢。

「我覺得這樣很好啊。」她裝出一張無辜的表情，說。

「好妳個大頭鬼！我那時候可是真的真的差一點點就死掉了妳知不知道！那一天我從妳家騎車回家的時候在安全帽的面罩裡面哭得多慘妳知不知道！我簡直流掉了我整整十年份的眼淚妳知不知道！知道了就最好不要再給我講這麼不負責任的話！哼。」我罵道，半摻著一點玩笑的口吻。

「你覺得很倒楣嗎？」她遲疑了一會兒，問。

「什麼覺得很倒楣？」我不太懂。

「喜歡我，你覺得很倒楣嗎？」她很認真的眼神看著我，問。
「唉唷，也不能說倒楣啦！嘖。」我皺著眉，說。
「……可以的話，我希望我是你這一輩子當中最愛，跟最恨的人。」說完，她露出一抹邪惡的笑容。
「喂！妳這個女人怎麼那麼變態啊？！」我抗議叫道。
「這樣你應該就會一輩子都記得我了吧？哈哈……」她笑得很開懷。
「妳……！」我氣結，卻跟著也笑了出來，說：「靠，妳這傢伙就只會欺負我。」
兩個人嘴裡都呼出一大口一大口的白煙。
山上很冷，我的心卻很暖。
在這個白霧瀰漫的飛碟碼頭，我和校花之間，彷彿在一瞬間又回到了從前坐在隔壁時的感覺。
說笑打鬧，然後天南地北地瞎聊著一些沒有什麼營養並且多半都很幼稚的話題。
忘了她有男朋友的事實，忘了她男朋友是我仇人的事實，忘了她欺騙過我的事實，忘了已經過了三年半的事實。
我就算不想承認，也根本無法否認。
眼前的這個女孩，我真的好喜歡，好喜歡。
一直都好喜歡，好喜歡。
只是這一切……都早已回不到過去。
這就是現實。
即便再遺憾，但這就是現實。
「下山吧？我好冷。」她說，屈著身體打著哆嗦。
「嗯。」

我花了十分鐘，好不容易把引擎已經冷掉的摩托車重新發動，在茫茫白霧中循原路下山。也許是因為太冷的關係，她的雙手從後面輕摟在我的腰際，這不禁讓身上僅剩下一件單薄T恤的我，生出了對抗寒冷的無比勇氣。

在仰德大道上向下俯衝的同時，三年半前的塵封回憶頓時宛如流轉的雪片，在紊亂的腦海中不斷倒帶。

在她家的公寓門口最後的大吵架，在藍色狂想第一次未經允許擅自牽了她的手，送她一束爛香檳玫瑰的畢業典禮，一句話都沒講到的生日Party，在巧妙的醞釀下送她第一張卡片的星期六……

到底是從什麼時候開始的？

喜歡她，到底是從什麼時候開始的？

回到家，我迫不及待打開電腦。

腦海中已經千絲萬縷的思緒，透過指尖在鍵盤上豁然釋放。

寄出一封信。

＊＊＊＊＊＊＊＊

Dear 妍文：

我從來就沒有想過，自己會喜歡一個人這麼久。

也許我曾經深深地恨過妳，恨妳騙我，

恨妳用那麼殘酷的方式騙我。

但是我卻沒有辦法騙自己。

我沒有辦法。

所以說……如果，我是說如果，
如果有一天，
如果有那麼一天，
我還可以繼續喜歡妳的話，
請妳一定要告訴我。
雖然不一定會有那麼一天……

但是我一定會等。
因為我，一直都是妳的黑天使。

一直一直都是。

****

翌日。
一覺睡醒的時候，已經是中午了。
走到書桌前，一手揉著惺忪的眼睛，另一手下意識地打開電腦，連上BBS。
「郵差來按鈴了！」
有信。

我點進郵件選單，一封新信件。

「五月二十日 YaeiouN Re：（無標題）」

＊＊＊＊＊＊＊＊＊

我看完你的信了。

我要是被怎麼樣了你可要負責！

可是這家網咖裡的人看起來都好可怕喔，而且好像只有我一個女生……

我有預感你回家以後一定會有話想對我說，所以我在我家附近隨便找了一家網咖上網。

我已經回到高雄了。

給 親愛的小黑：

你知道嗎？我常常在想，如果我男朋友對我不好的話，你會不會想要揍他一頓啊？呵呵。

我感覺得出來，你對我的感情一直都沒有改變。

我也很高興，能夠認識你這麼一個很特別的好朋友。

可是我想，

我還是離不開我男朋友的。

所以，我不可以再喜歡你了。

也說不定再過幾年，我就會再次成為你生命中的過客了吧？

可是我會記得你，小黑。

我會一直一直記得你。

＊＊＊＊＊＊＊＊＊

颱風特報：今年頭號颱風——中颱「泰坦特」來勢洶洶直撲台灣，氣象局已針對全台灣各地發佈海上陸上颱風警報，依照颱風之行進速度，預測其將於今日（六月二十日）中午過後從恆春半島登陸，傍晚過後全台都將籠罩在暴風圈之內，風勢雨勢也會逐漸增強，請民眾務必提前做好防颱準備工作！

電視螢幕的左側，跑馬燈的文字流轉不息。

這麼一來，明天學校的畢業典禮該不會要被迫取消了吧？虧我還特地跟老哥借了數位相機。

這幾天，我忙著收拾大學四年來的東西，打算畢業典禮一結束就先搬回高雄。然後等暑假過完，研究所快要開學之前，再到嘉義的中正大學附近找房子住。

不好好整理都沒感覺，一整理才發覺四年累積下來的東西還真不是蓋的多。

衣服、照片、教科書，電腦，和無數燒有奇怪內容的光碟片。

都是回憶啊。

尤其是光碟片。什麼都能丟，就這些光碟片我打死也不丟。

在書櫃裡一疊教科書的底下，我翻到了一本沾滿了灰塵的高中畢業紀念冊。

原來在這兒啊！

記得還是當初剛上大學的時候，我不辭勞苦地特地帶上來台北的。原本還打算每天早晚翻開一次，注視校花的照片十分鐘，好當作是一種想念校花的儀式。

當時還真夠幼稚的。

結果跟校花鬧翻了，這個儀式於是也理所當然地被我永久作廢了。記得最後一次翻開它是在颱風天去基隆北海岸聯誼那次的前一天。

呵，其實也就是跟校花鬧翻的前一天啦。

我在床緣坐了下來，拍了拍畢業紀念冊上的灰塵，翻開。

「Thank you for all the happiness you brought me these days！Remember me always and forever！」

校花的字。

漾著懷念的氣息。

高三教室裡那種青澀的味道，突然無中生有般神奇地撲鼻而來。

直覺式地翻到了我那們那一班。

率先看到了我自己的照片。

天啊！好醜！

那像極了笨蛋的中分劉海究竟是怎麼一回事？

我以前……

我以前真的是以這副衰樣苟活在人世的嗎？

簡直不敢相信啊。

接著視線掃到了校花的照片。

媽啊。

女神，真的。

這種等級。

無論過了幾年回來看，都還是女神啊。

不過可惜了呢。
是別人的女神，呵。
我笑了笑，把畢業紀念冊闔上，裝進已經疊滿教科書的紙箱。
自從校花的那一封回信之後，我們又失聯了兩個月了。
其實並不意外。
我們本來就不該再有任何聯絡的，就算聯絡了現實也不會有任何的改變。
這所謂的現實當然就是她依然繼續跟她男朋友在一起，我則還是繼續過著一直換女朋友的生活，就好比我最近又跟一個小我兩屆的學妹開始頻繁地約會。
所以並不意外。
喜歡並不見得能夠擁有，這個道理我三年半前就已經體悟過。
哪兒都去不了的颱風天，只好上網打BBS。
「郵差來按鈴了！」
喔，有新信件？
我進入郵件選單。
「六月二十　YaeiouN ◇停電」

＊＊＊＊＊＊＊＊＊

又在BBS上鬼混啦？呵呵。
跟你說，我現在在高雄喔！準備回來過暑假啦，結果沒想到一回來就遇上颱風！
這邊雨下得好大喔，而且我們家剛才竟然停電了！超恐怖！

幸好只停了一個小時就修復了，不然我一定又會嚇得躲在棉被裡哭。
你知道嗎？每次颱風天停電的時候，我都會不經意地想起你喔！
想起你幾年前的颱風天帶我去公館夜市吃東西的事情，然後心裡就甜甜的。
而且我現在也有一點想你。
我常常在想……那一天，我們是不是根本就不應該再聯絡的呢？
可是這麼說起來，那一天到底是哪一天啊？
我怎麼都想不起來……

對了。
我有兩件難過的事情想跟你說，
可是你還願意聽嗎？

＊＊＊＊＊＊＊＊

突然間外頭一陣強風打在窗戶上，颳得窗戶的玻璃嘶嘶作響。
我退出郵件選單，靠在椅背上，盯著天花板。
接著我的手機闖進了我的視線範圍，遮擋住我和天花板之間長達三十秒的彼此沉默。
左手拇指在數字鍵上跳躍，手機的畫面上一個數字一個數字地閃出了那組令人懷念的號碼。
072362336——
鈴——鈴——
「喂？」校花的聲音。

「喂，是我。」

「……啊！你是小黑嗎？」校花想了一下，問。

「喂。我們這次也才剛開始失聯兩個月而已，妳這傢伙竟然就已經連我在電話裡的聲音都給忘記了嗎？」我不滿地癟著嘴說。

「沒有忘記啦，只是沒有想到你會打電話來。你怎麼還記得我高雄家的電話號碼啊？」

「沒有為什麼，就是記得。」

「喔，記性真好。」

「啐，什麼啊。」我額頭上浮出幾條黑線，用手肘擦掉之後接著說：「好吧好吧，說重點，是什麼兩件難過的事情？」

「你真的願意聽嗎？」

「不願意聽的話我打電話給妳幹嘛？」

「其中一件事情是我可能得延畢。因為轉系的關係，有兩門必修的學分來不及修，所以要再延一年才能畢業。」

「轉系延畢很正常。」

「問題是我已經不想再唸了！我唸得好痛苦。一點興趣也沒有就算了，結果現在還要比別人晚一年畢業！」

「我不想講些安慰妳的屁話，但是我們都長大了，人生並不是什麼事情都可以依照興趣前進。既然只剩下兩門學分的話，就勉強唸完它吧。換個角度想，妳也許可以趁著比別人多留在學校的這一年，去選一些妳真正有興趣的課來上，也可以多思考一下妳未來的路要怎麼走。」

「為什麼！為什麼人生不能依照自己的興趣前進？為什麼從小學開始讀了那麼多的書讀到大學，最後還要因為是不是好找工作的關係轉進一個自己完全沒有興趣的領域？」

「不要問我為什麼的問題！這種問題我無法回答。那很簡單啊，妳不高興的話可以當初就跟妳爸媽說妳誓死不轉系啊！為什麼最後還是轉了？那就是因為有現實面的壓力，有現實面的問題，那麼我只能針對現實的狀況給妳建議。妳現在已經處在這樣的現實底下，沒有其他選擇，能改變的只有妳的心態。那一方面也是因為我們都還沒有完全獨立，我們還沒資格完全主宰自己的人生，所以妳只能換個角度想，讓自己快樂一點。人生還這麼長，總有一天妳會有充分自主的能力做妳想做的事情的時候，而且那一天也不會太遠。把時間的格局拉長一點來看，在那一天到來之前，就稍微用正面一點的心情來看待這種小小不順心意的事情，有這麼困難嗎？」

「看不出來你這麼會說教。」

「我哪有說教啊！我、我只是希望啟發妳一些正面的思考。」

「那不就是說教嗎？」

「啐。」

「我真的很羨慕我姊，可以去日本留學。」

「妳畢業以後再去就好了嘛。女生少了兩年當兵的時間，應該有很充裕的時間可以規劃啦，再說妳家的經濟能力應該也完全沒有問題吧。」我腦中浮現她高雄家住的那棟帝王豪宅，隨便賣掉個五、六坪就有了吧。

「才不一定，日本的生活費很貴耶！我姊要不是因為交了那個在夜店工作的男朋友，我看我媽可能也不會讓她去。」

「笨耶。那妳就比照辦理找一個在夜店上班的男朋友嚇嚇妳媽啊！如果只要這麼簡單就可以去日本留學的話。不過或許不用那麼極端啦，妳可以找個長相兇狠一點，譬如說長得像我這樣的臨時演員充當一下，哈哈。」

「笨蛋，怎麼可能。」

「唉唷，老話一句，反正人生還那麼長，總會有機會如妳所願出國唸書的啦！妳就先把大學平安唸畢業了再說嘛！哪有人是不是畢得了業都還不知道就在想出國。」

「這個我當然知道啊！你安慰人的方式真的很爛耶。」

「呿。好啦好啦，還有另一件難過的事情呢？不是說有兩件嗎？」

「第二件事情等一下再講，有一個問題我想先問你。」

「問。」

「你……是不是從來沒有正式跟我告白過？」

突如其來的一問，讓我的左胸口噗通了好大一下。

「妳、妳說告白？是……是、是好像沒有啦。」我支吾地回答道。

「不是好像，是真的沒有。」

「喔、喔。沒、沒有就沒有啊，是怎麼了嗎？突、突然講起這個。」我有點害羞。

「那你現在來一段告白聽聽。」

「現在？！喂、喂、是怎樣啊！我的告白有這麼廉價嗎？」

「唉唷，又沒關係！快一點嘛，我想聽。」她撒嬌的語氣催促道。

這……還有這種逼迫人家告白的方式嗎？見鬼了我。

「妳不要鬧了啦。大家都已經長大了，就別開這種玩笑了吧。」我正經地說。

「我沒有開玩笑啊，我是真的想聽。」她的口氣竟是異常認真。

「……」我抿著嘴頓了一會兒，說：「屁啦！妳真的不要再鬧了啦。」

「我沒有鬧，我想聽你的告白。」

「……」我二度抿著嘴頓了一會兒，問：「妳現在該不會是正跟朋友在玩大冒險吧？」

「好吧，不告白就算了，不勉強。」

「等、等一下啦！……」我三度抿著嘴頓了一會兒，問：「妳是非～常～認～真～地想聽我告白？」我特意放慢了『非常認真』那幾個字的速度以表示強調。

「對，非～常～認～真～地想聽。」她說，語氣相當篤定。

「……」我四度抿著嘴頓了一會兒，哼著說：「才不要。現在告白對我有什麼好處？妳都已經有男朋友了。」

「好處嗎？嗯……好。你現在告白的話，我就破例告訴你一個我心裡的秘密。」

「可是……」我五度抿著嘴頓了一會兒，訕訕地說：「我並沒有很想知道妳的秘密啊。」然後呵了一口呵欠。

「這秘密你一定會想聽的啦。」她信誓旦旦。

「……」我六度抿著嘴頓了一會兒，問：「這麼有價值的秘密？」

「沒錯，信不信隨便你。」

「……」我七度抿著嘴頓了一會兒，問：「我不聽會後悔至死的秘密？」

「應該不會至死啦，但是一定會後悔。」

「……」我最後一次抿著嘴頓了一會兒，說：「好啦！告白就告白，難道我會因為這樣而少一塊肉嗎？哼，洗乾淨耳朵聽清楚了。」我作勢乾咳了兩聲，吞了口口水將喉嚨和聲帶潤到一種最乾淨的狀態。

「好，快。」

「唉呀，告白而已嘛，以為我不敢嗎？哈哈。」我又咳了兩聲，又吞了口口水把喉嚨和聲帶再潤了一次。

「好啊，那就快一點嘛。」

「那妳不要吵嘛！這麼著急。我現在就要告白了啊！妳這樣在旁邊一直吵一直吵的，我是要怎麼專心告白啊！」

「好，好，那我都不要講話，都不要講話喔。」

「唔……咿……呃……」該死！聲音竟然出不來！一定是因為剛才咳嗽還是沒有把喉嚨潤乾淨的關係！

「……怎麼了？是說不出口嗎？好啦，我看算了，早就知道你根本也沒有真心喜歡過我。」

「我說了幾次、妳不要吵嘛！我這是在醞釀！醞釀！告白的情緒是需要時間培養的！」我被逼急了，不知道自己為什麼非得突然在這種時候跟她告白不可。

「那你慢慢醞釀好了，我要先去睡午覺了，掰。」

「唉呀、等一下啦！把人家弄得這麼害羞然後就這麼掛掉電話，是要叫人家怎麼下台啊！好了啦好了啦！我醞釀好了啦！正式來了喔，我……」我氣貫丹田，勁走全身，正式吐出了告白真言的第一個字：『我』。

「嗯。」她很平靜。

「我喜……」乘勝追擊，第二個『喜』字也在萬分痛苦中從我嘴巴吐了出來。

「嗯。」她還是很平靜，彷彿正旁觀一個困窘的笨蛋兀自辛苦地掙扎。

「我喜……」我的嘴型停置在第二個字，遲遲無法向第三個字推進。

「你喜什麼？快一點。男子漢大丈夫，不要吞吞吐吐的。」妳也太冷靜了吧混蛋！

「不要催啦！再讓我稍微醞釀一下、一下下、一下下就好！」我惱羞成怒地叫道。

「怎麼這麼沒用啊你？還是我看你乾脆不要告白好了！不過……你只有這一次交換秘密的機會喔？唯一一次。」

「好啦好啦……就說告白就告白嘛，有什麼大不了的！來，聽好了。」我深吸一口氣，蓄積在胸口，說：「我還算蠻中意妳的啦……哈哈……哈……呼——呼——呼——如何！這、這樣可以了吧？

唉呀，原來不難嘛！

「喂！這算什麼告白啊！什麼叫作還算蠻中意我的！你根本沒誠意嘛！哼！算了啦，反正早就知道你根本也沒有真心喜……」

「我喜歡妳。」

一股不知道從哪裡冒出來的力量，驅使我打斷了她的話。

一鼓作氣，衝出四字真言。

流動在兩支話筒之間的空氣一瞬間突然安靜了下來。

只剩下兩個人緩慢交錯的呼吸聲。

和心跳聲。

沒有助長氣勢的大把玫瑰，沒有特意營造的浪漫氛圍。

只有在連接遙遠兩地的電話裡，渾然天成的四字真言。

從高三下學期坐在她隔壁以來，第一次的告白。

「一直都好喜歡好喜歡妳。」

同時也是唯一，唯一一次的告白。

長達五十八次呼吸交錯的靜默。

確定是五十八次沒錯，我有數。

她先開口，問：「真的？」

「當然是假的！哈！哈！哈！」我嗤嗤大笑。

「哼！我就知道你根本不是真心喜歡我！」她說完，也跟著大笑。

「那麼可以交換秘密了吧？」我問。

「其實也不是什麼秘密啦，哈……」她邪惡地笑了幾聲，說：「只是我常常在想……那個時候你要是聰明一點的話……我現在的男朋友應該是你吧？」

「……聰明一點的話？」我心頭微微一震，即便知道現在說這些也已經沒用，卻無法對她的話不在意。

「嗯……只要你當初聰明一點。你那時候真的太笨了，總是一直跟我吵架。」

「少來。妳那時候應該就已經跟張成軒在一起了吧？只是妳一直在隱瞞我。說到這個，小碧也真是可惡，當初竟然幫著妳一起騙我。」我不滿地哼了一聲，接著說：「話說回來，妳跟張成軒……到底是什麼時候在一起的啊？我坐到妳隔壁之前，你們就已經在一起了嗎？」

「那時候小碧也還不知道我跟成軒在一起的事啦，所以你也不能怪她。其實我和成軒大概在高三上學期的時候就在一起了吧……所以是在你坐到我隔壁之前。不過、不過……算了。」

「不過什麼？！話不要講一半啊。」

「算了啦，反正講了你也不會相信。」

「妳根本什麼都還沒講啊！又知道我不會相信了。」

「好啦……其實也沒什麼啦，我要說的就是……雖然那個時候我答應跟他在一起，但是高三的時候功課那麼忙，每天放學後又幾乎都要補習，所以我跟他其實很少見面，很少約會，他也很少打電話給我。比較起來我跟你講電話的時間還比跟他多十倍呢！呵……只是我真的沒想到高三下學期你會坐到我隔壁，然後又跟我變得那麼好……」她彷彿試圖在解釋什麼的語氣有些許紊亂。

我卻到此刻才終於正式知道，原來他們高三上學期就已經在一起。

很殘酷的事實。

打從一開始我就被蒙在鼓裡卻還沾沾自喜以為自己出運了的事實。

曾經讓我心臟碎掉一次的事實。

證實了我高三下學期當了半年不折不扣的大笨蛋的事實。

但從她口中親自確認的同時，我卻已經不再有半分悲傷，和半分痛苦。

反而是那個在三年半前曾經被以一種極端痛苦的形式，封印在心臟深處某個地方的死結，在此刻卻竟有一種總算被解開的感覺。

「嗯。」我輕應了一聲，喉嚨像是哽著什麼東西。

「而且……我沒有跟你說過吧？其實你帶那個暴走的女人來我家那次……我男朋友不是把那個女人帶出我房間到我家樓下去談嗎？他們大概在樓下講了一、兩個小時吧，後來我男朋友上來按電鈴，我打開門不准他進來，還把他所有的東西都扔出門外，結果我們就在門口大吵一架之後就分手了。我那時候真的好想逃到你身邊去，覺得自己好笨，覺得自己選錯了，覺得如果你是我的男朋友的話一定不會這樣對我，覺得如果可以重選一次的話我一定會好好珍惜你……可是我再怎麼想要逃到你身邊去，也不知道要再怎麼面對你，而且你之後就也沒有再回來找過我，你一直都沒有出現……後來，大概過了半年吧，我男朋友回頭跟我認錯，求我原諒他，我才又跟他在一起。」

「嗯。」我仰頭看著天花板，微微地嘆了口氣：「所以說，我們一直錯過？」

「嗯……一直錯過。應該說，我們一直沒有在對的時間相遇。」或許是我的錯覺，但我在她的語氣裡聽得見一種深沉而真摯的遺憾，並且哽咽。

「嗯。」我依然只能說嗯，即便我眼瞼裡面突然有一些該死的液體想竄出來。

「我男朋友一直都很在意很在意你。雖然我身邊一直有很多男生在追我，可是我男朋友只在意你，他只在意你。他一直覺得，我高三下學期的時候是在喜歡你的。」她的聲音沙啞了。

「那妳是嗎？」

「我男朋友太了解我了……」

「那……我們還有在對的時間相遇的機會嗎？」輪到我沙啞了。

三年半來，我每分每秒，每分每秒都在想念她。

我需要那個再次相遇的機會。

拜託，我真的很需要很需要。

「沒有了……」她沙啞著喉嚨的聲音，說：「我今年年底……就要跟我男朋友訂婚了，然後可能明年我一畢業就會結婚了吧。他奶奶生了重病現在住在醫院，他是他們家的長孫，所以他家人一直都希望我們可以早一點結婚……」

一瞬間，我聽見了。

在窗外狂亂颼颼的風雨聲中，我還是聽得好清楚。

她眼淚滑落的聲音，和我眼淚滑落的聲音。

我無法再言語，儘管我已經變得比以前堅強。

下巴顫抖個不停，淚水像兩行瀑布般潑落。

但是我卻笑了。

「這……該不會就是第二件讓妳很難過的事情吧？這不是好事情嗎？哈……」我勉強由鼻子發出聲音，問。

「當然不是……」她抽噎著鼻涕，說：「你明天早上陪我回學校去看看好不好？」

「回學校……？妳說高中嗎？」我有點意外地問。

「嗯。」

「可、可是我現在在台北耶？而且現在外面是大颱風天，明天也不一定回得去，就算可以回得去，明天又正好是我們學校的畢業典禮，我可能還是必須參加一下……」

「明天早上十點，會不會太早？我在校門口等你。你來的話，我就告訴你我第二件難過的事情。」她說，語氣已經平靜了下來。

「明天我們學校畢業典禮耶！一定要明天嗎？喂！不然後天好了！好不好？後天！」我著急地

問。

「明天早上十點見，掰。」她在沙啞的聲音中，掛斷了電話。

我放下手機，轉頭看著窗外狂風暴雨的恐怖景象，愣住。

好一個中颱泰坦特，還真是令人忐忑。

留在台北參加畢業典禮？

回高雄聽校花講她第二件難過的事情？

照現在的樣子，我哪兒都去不了。

□

翌日早晨——

我人還在台北。

一個晚上的狂風呼嘯聲，讓我不敢擅離房門一步。

打開窗子。

風停了，雨也靜了。

打開電視。

颱風動態：中颱泰坦特由於行進速度極快，在成功侵襲台灣之後，目前已轉弱為輕度颱風，並將持續朝西北西方向的福建沿海一帶前進，台灣全島的陸上颱風警報已於今天清晨六點解除，預計海上颱風警報亦將於中午以前全面解除。

我當場笑倒在地上打滾。跑馬燈上，侵襲台灣前面的那「成功」兩個字，真不曉得是哪一個富有幽默感的天才記者Key上去的。

也因此，大學的畢業典禮並沒有取消或順延，依然將照常在今天早上的九點鐘舉行。

刷完牙洗完臉後，我從書包裡拿出系上統一租來的、準備在畢業典禮上大肆拍照用的學士服和學士帽，在鏡子前試穿了一下。

靠，好醜！

唉，我就知道像我這種天涯浪子型的男生，穿學士服一定不上相的。

脫下學士服和學士帽，丟在椅子上。

出門，坐上計程車，目標是松山機場。

好熱啊，久違了的高雄太陽。

除了地上堆滿了散落的樹葉之外，一點也不像是剛被中度颱風掃過的地方。

「人客，到了喔，一百八十五塊。」計程車司機操著我很熟悉的台語，載我抵達一所很熟悉的學校。

時間差不多了吧？

我看了看手上的五芒星SWATCH，赫然驚見錶上秒針在原地顫啊顫的，卻竟然不前進了。時針、分針、秒針停留在九點五十六分二十六秒的位置。

我趕緊拿出手機來看，現在是九點五十八分，但不知道幾秒。

現在是九點五十八分的話……那五芒星上的這個九點五十六分二十六秒，究竟是昨天晚上的九點五十六分二十六秒，還是兩分鐘前的九點五十六分二十六秒？嘖，可惜這支五芒星上面沒有顯示日期的功能，沒辦法藉以判斷手錶停止的時間。

不對啊，這麼說起來，難道我今天一整個早上都沒看過手錶嗎？怎麼竟然都沒注意到。

很奇怪的徵兆。

「在看什麼？」就在我正納悶的時候，校花不知不覺地從我背後出現，拍了我肩膀一下。

「沒、沒什麼。」我趕緊把左手插進褲子的口袋。

「你不是說你今天畢業典禮嗎？害我還有點擔心你會不會真的不來了。」她嘟囔著嘴，說。

「哦，我有稍微試穿了一下學士服和學士帽啦，結果發現我整個人的Style超不適合那種打扮的，所以我就不想去參加了。」我笑嗤嗤地說：「而且啊，總是有比畢業典禮更重要的事嘛。」

「你知道就好！進去吧？好久沒來了，我想回去我們以前那間教室看看！」她好像很興奮。

「什麼？！因為是私立學校的關係，沒有教職員帶領的話不能進學校？」我看著凶神惡煞的管理員阿伯和趴在他腳邊那隻凶神惡煞的狼犬，問。

管理員一邊挖著鼻屎，一邊點了點頭，同時在挖鼻屎以外空下來的另一隻手則撫摸著狼犬的頭，似乎是想要警告我他跟那頭狼犬是一夥兒的，要我別亂來。

該、該死，那頭狼犬怎麼一直在滴口水，是太久沒吃東西了嗎？

「搞、搞屁啊！我們是校友耶！」我抗議道，但看在那頭狼犬的面子上，我也不好意思嚷嚷得太大聲。

「校友？我怎麼知道你是不是校友？啊要是每個人都像你這樣來跟我揮說他是校友，啊我就放他進企的話，那我這個鞋校管理言是幹假的喔？」管理員阿伯用一口很衝的台灣國語罵道。那頭狼犬大哥似乎感覺出牠的主人不甚高興，竟然開始一面瞪著我一面磨牙。

卑、卑鄙！這管理員阿伯根本是狐假虎威啊！

「可是今天是星期六，水鬼和其他老師應該也不會來學校吧……現在怎麼辦？」校花感覺出我已經喪失了跟管理員對抗的勇氣，把我拉到一邊，問。

「我、我再嘗試跟他溝通最後一次。」我滿臉汗水，轉頭走向那個管理員阿伯。

「管理員北杯，這你養的狗啊？好可愛喔！對、對了啦，事情是這樣子的，我們真的是水鬼、啊不，是何水貴老師以前的學生，現在都在外地唸書，這次難得回高雄一趟，想要進學校懷念一下，好不好嘛！」我小腿彎成內八，雙手結合成禱告狀，裝出一副小乖乖的樣子央求管理員阿伯。

「……你們是何老師的學生？」管理員眉毛一挑，問。看來我的小乖乖作戰奏效了！

「對啊，想我當時跟何老師在學校裡情同父子，情比金堅，互相提攜，肝膽相照……」

「好了好了，夠了，可是何老師星期六也不在啊！你們還是下星期再來啦，不然沒有教職員出來帶你們，按照鞋校規定我還是不能放你們進企。」可惡的管理員阿伯怎麼跟石頭一樣固執啊！打死他就是不肯通融是怎樣。

我從背包裡面拿出了一把隨身攜帶的機車大鎖，目露凶光。

我早說過了我討厭這種無謂的溝通。

「汪！」一聲吠叫提醒了我不要輕舉妄動，也迫使我把機車大鎖壓了回背包裡。我低頭看了看狼犬大哥，發現牠紅溜溜的舌頭正來回舔舐著牙齒，似乎想找東西塞牙縫。

混帳，真的幹起來，就算我有機車大鎖在手，恐怕贏面也不大。

罷了。

「是喔……那好吧，我們下星期再來好了。」我假裝失落地皺著眉，說。

於是跟校花兩個人訕訕地離開校門口。

「怎麼辦？不能進去。」校花問。

「不能進去？好笑了，憑一頭狼犬就想阻擋我。來，帶妳抄捷徑。」我抓著校花的手，往學校側面的圍牆一角奔去。

「爬牆？！」校花驚問。

「高三的時候我們懶得從校門口出來買午餐，就一直都是爬牆出去的啊！而且從這裡翻過去的話，只要繞過體育館旁邊的小路就可以直接通到以前的教室了，超近。」話剛說完，我一個起落已經跳進學校裡面。

「你這麼高當然好爬啦！我怎麼爬得過去啊！」校花在圍牆的另一頭叫道。

「妳可以啦，相信我！扶著欄杆翻過來，不用怕，我會想辦法接住妳，不會讓妳摔死啦！」我鼓勵著。

校花猶豫了一會兒，總算鼓起勇氣撐著兩條欄杆，小心翼翼地翻越圍牆，然後再慢慢磨蹭著圍牆的邊緣，滑落地面，我則從後面扶住她的腰以輔助她安全著陸。

「哪，這不是翻過來了嗎？」我鼓鼓掌，說。

「啊！我的手髒死了！」校花一邊叫道，一邊把手往我身上擦。該死。

「不要擦了啦！快走，等一下被管理員阿伯抓包！」我拉著她狂奔，繞過了體育館旁邊的那條小路，呆了一下。

體育館旁邊的小路，熟悉的場景，也是我心碎的起點。

我笑了一笑，不願意再去回想。

總算平安來到那間熟悉的教室。

熟悉的黑板，熟悉的講桌。

熟悉的那兩個我們第一次坐在隔壁的、從教室左邊數過來一、二排最靠近黑板的位子。

我不知不覺地拉開了那張第一次跟校花邂逅時的椅子，坐下。

好懷念。

校花並沒有坐下，只是四處走動著，一下子到教室最後面看了看佈告欄，一下子又到窗戶旁邊看了看外面的操場。最後走到了黑板前面，從講桌的抽屜裡拿出一根粉筆，在黑板最右邊、也就是離我坐的地方最遠的角落，偷偷摸摸地寫了起來。

然後放下粉筆，笑瞇瞇地朝這邊走了過來。

由於反光極強的關係，我無法看清楚她在黑板上寫的字，於是站起身走向前，一邊側著脖子望去。

「喂！妳這傢伙一回學校就在黑板上寫我的壞話是怎樣！」我輕按了她的額頭一下。

她腳步一個踉蹌，竟不小心踢到講台旁的一把椅子，頓時重心不穩，往側後方跌了過去。

我伸手抓住她的手，輕輕地往前一拉。

只是輕輕地，真的。只是輕輕地。

可是她的頭就已經靠在我的肩膀上了。

她的頭並沒有因為抗拒而離開。

於是我舉起雙手，緊緊地抱住她，抱得很緊很緊。

同時我清楚地感覺到她的雙手，也緊緊地環抱在我的肩膀上。

清澈明亮的太陽光線從黑板旁邊的氣窗上射進來，不僅正巧刺進我的眼睛，也把兩個人擁抱的影子打落在教室左邊的牆上。

於是我閉上雙眼。

「想知道我第二件難過的事情嗎？」她細細的聲音從我的脖子附近傳出。

「嗯。」我輕應了一聲。

「我在信裡面有跟你說過，對不對？昨天我們家停電的事。」

「嗯。」

「那時候我房間很暗……結果我在找手電筒的時候，不小心把放在我床頭櫃上的沙漏打破了。」校花一邊說，一邊從口袋裡掏出了一只透明的小塑膠袋，裡頭裝著水藍色的沙粒，在陽光的照射下亮晶晶的。

「嗯。那麼我也有一件難過的事要告訴妳。」我說。

「是什麼？」

「今天早上剛到學校門口的時候，妳不是問我在看什麼嗎？其實我是在看手上的五芒星SWATCH。」

「為什麼？」

「它停了，停在九點五十六分二十六秒。」

「啊！」我慘叫一聲，脖子上已經被她大咬一口。

「這一咬算是送你最後的禮物，痛嗎？」她咬得很滿足，也笑得很開懷。

「痛死了。」我拍了拍她的頭。

「你為什麼抱我？」她問，帶著撒嬌的語氣。

「因為我想抱妳。」我在她柔軟的耳邊，小小聲回答。

六月下旬，淡而燥熱的薰風從窗外徐徐吹來。

沙漏破了，手錶也停了。

一切，已經回不到過去。

「林博光你這個大笨蛋！從明天開始，不准你再喜歡我了！」

看著黑板上的字，眼睛模糊成海洋。

那麼，在今天的刺眼陽光離開我的視線之前，

就讓我再抱妳一會兒吧。

The End

國家圖書館出版品預行編目資料

黑天使的告白 ／承太郎著. -- 初版,
-- 臺北市：春天出版國際, 2008. 03
面； 公分. --（承太郎作品 01）
ISBN 978-986-6675-16-4（平裝）
857.7 97003822

承太郎作品 01

黑天使的告白

作　　者◎承太郎
封面內頁插圖◎陳伯諭
封面設計◎克里斯
內文編排◎陳偉哲

發 行 人◎蘇彥誠
出 版 者◎春天出版國際文化有限公司
地　　址◎台北市忠孝東路四段303號4樓之1
電　　話◎02-2721-9302
傳　　真◎02-2721-9674
E-mail◎frank.spring@msa.hinet.net
網　　址◎www.bookspring.com.tw
郵政帳號◎19705538
戶　　名◎春天出版國際文化有限公司
法律顧問◎蕭顯忠律師事務所
出版日期◎二〇〇八年四月初版一刷
定　　價◎299元

總 經 銷◎楨德圖書事業有限公司
地　　址◎台北縣新店市復興路45號3樓
電　　話◎02-2219-2839
傳　　真◎02-8667-2510
印 刷 所◎鴻霖印刷傳媒事業有限公司

ISBN 978-986-6675-16-4
Printed in Taiwan